Unicorn

独角兽书系

作者简介

唐 缺

唐缺，原名戴飞，1981年出生。毕业于北航，曾居住北京多年，现居于四川成都，自称“无业游民，卖文为生。”

曾以笔名“雨夜屠夫”发表科幻小说若干，自2006年开始奇幻创作，以九州世界作品为主，已创作九州作品近两百万字，有单行本《英雄》《星痕》《云之彼岸》《轮回之悸》等出版，风格自成一家，以“反英雄主义”精神游走于严谨与虚幻之间，擅长以幽默调侃的文字与诡诈多变的悬疑布局拨动读者心弦。

参与编剧武侠喜剧电影《刀见笑》，于2011年上映，获得第四十八届金马奖最佳改编剧本提名。

九州

天空城

九州系列
长篇巨作

唐缺 著

—— 珍藏版 ——

NOVOLAND:
CASTLE IN THE
SKY

重庆出版社

图书在版编目（CIP）数据

九州·天空城 ： 珍藏版 / 唐缺著. -- 重庆 ： 重庆出版社, 2025.7
ISBN 978-7-229-16679-3

Ⅰ. ①九… Ⅱ. ①唐… Ⅲ. ①长篇小说－中国－当代 Ⅳ. ①I247.5

中国版本图书馆CIP数据核字(2022)第042867号

九州·天空城

JIUZHOU · TIANKONG CHENG

唐 缺 著

责任编辑:邹 禾 唐弋淄 王靓婷
装帧设计:谢颖设计工作室
特别策划:胡翼亭
责任校对:廖应碧
排版设计:池胜祥

重庆出版社 出版
重庆市南岸区南滨路162号1幢 邮政编码:400061 http://www.cqph.com
成都国图广告印务有限公司 印刷
重庆出版社有限责任公司 发行
邮购电话:023-61520646
全国新华书店经销

开本:890mm×1230mm 1/32 印张:10.875 字数:265千
2025年7月第1版 2025年7月第1次印刷
ISBN 978-7-229-16679-3
定价:89.00元

目录

序章　亡灵之屋

女鬼第一次在风家宅院中现身杀戮，是在天空城两周年庆典的时候。

第一个被女鬼杀死的人是风氏的旁系子弟风祥。其时正好天空城建成两年的纪念日临近，城主下令组织庆典，入住城中的各大家族自然都要借机显露一下自家的威风，风氏、云氏、羽氏等声名显赫的传统贵族更是召回了不少原本没有资格入住这座城市的旁系子弟。

风祥就是这些被征召的旁系子弟当中的一员。他的内心充满了朝圣般的激动和自豪，凝翅飞上云霄、飞入这座神圣的城市，高空的稀薄空气让他有一些短暂的不适应，但很快地，身上的血液被风氏族长风天照的一番话点燃了。

“我们奋斗了千年的目标，无非就是此时此刻，”风天照对风家的青年子弟们说，“站在九州最高的地方，俯瞰大地众生。天空城是羽族不世的荣光。”

年轻人们报以响彻云霄的欢呼。

羽族是九州各族中最好虚荣、最讲究排场的种族，遇到这样的隆重庆典，当然要全力以赴。风祥和所有人一样，为了庆典忙碌了一整天，直到天黑之后才能休息。晚餐虽然精致，但他累得没有什么胃口，匆匆应付了几口之后，回到家族安排的客房里，倒头就睡。那是一栋位于风宅西北角的小楼，原本住着风家的一位小姐，在她嫁人离开风家后，小楼就一直空着，直到这次庆典的到来才被打扫干净、临时用作客房。

风祥就住在小楼一层的某一个房间。这个房间并不大，陈设也很简单，当年属于随侍那位小姐的女仆。好在床还算舒服，风祥头一挨到枕头就睡着了，当天夜里，隔壁房间的人都能听到他极富穿透力的响亮鼾声。

到了深夜，白昼里人声鼎沸的风宅终于安静下来后，一声凄厉的惨叫忽然打破了夜的寂静。住在这栋楼里训练有素的风家子弟们当即惊醒并循声赶去。他们在一层的走廊上发现一名晕厥在地上的女仆，刚才那一声惨叫大概就是她发出来的，而在她的身边，风祥的房门虚掩着，隐隐有血腥味从门缝里传出来。

人们意识到了有不寻常的事情发生。他们对望了几眼后，一名年纪稍大些的风氏子弟走上前去，一手握着剑，一手小心地推开了门。月光正透过窗户照进房间，所以他毫不费力地看清了房内的一切。他立刻发出了一声短促的惊呼。

“他死了！”他喊道，“住在这屋子里的是谁？他死了！”

是的，风祥死了，而且死状颇为凄惨——他的身体被拦腰分开，变成了两半截。他的上半身依然躺在床上，腰部以下却与上身分离，落到了地板上。鲜血浸透了床单，流淌了一地。惨白的月光映照在他的脸上，深深的恐惧永久地凝固在他圆睁的双目中。

“死得真惨啊……”发现尸体的人低声咕哝着。

这桩突如其来的惨案很快惊动了族长风天照。他来到现场，看着风祥断裂成两半的尸体，眉头紧皱，久久不语。风宅早已按照他的命令封闭了所有地面出口，却并没有找到任何可疑之人，塔楼上的轮值守卫也赌咒发誓，说他们没有见到任何人凝翅飞出宅院。

“如果有人飞出去，以我们的眼力，一定会看到的。”他们说。

除此之外，和风祥住在同一栋楼里的其他人也并没有看到或听到任何异常。于是，寻找疑凶的唯一线索落在了那个昏迷的女仆身上。她似乎是受到了极大的惊吓，一直躺在床上，昏迷了两个对时才醒过来，刚一醒来，她就爆发出一连串的惊叫声。

“鬼！鬼！”她浑身颤抖，下意识地抓紧了被子缩成一团，“有鬼啊！女鬼！”

“女鬼？”风天照微微一愣，“什么样的女鬼？”

在喝了几口热茶之后，女仆终于慢慢平静下来。她的声音依然发抖，却终于可以清楚地说话了：“我看到了一个女鬼在走廊里爬。她只有半截身子，没有腿，就用两只手在地上爬，拖了一地的血……”

人们面面相觑。风天照想了想，问她说：“你有没有看清楚那个……女鬼长什么样？”

女仆点点头又摇摇头：“我……我只看了一眼就吓昏过去了，没有看得太仔细，她头发很长，脸被头发遮住了，看不清，就注意到她只有半截身子，浑身都是血，手指上的指甲全部掉光了。”

“她穿着什么颜色的衣裳？”风天照又问。

“红色……不对！是白色！”女仆说，“她穿着白色的衣衫，只不过被血染红了。”

在场的人无不泛起深深的寒意。风天照的眉头皱得更紧了。

找到凶手最终没有能够，这一桩惨案只能不了了之。尽管风天照严令封锁消息，天空城的庆典并未受此案影响，但此事还是不胫而走，悄悄流传开来。鬼、神、幽灵、恶魔……类似的说法虽然从未在九州大地上得到过确凿的证实，却一直都驻在人心之中，散播着恐惧的种子。在此过程中，有人对女鬼的身份做出了猜测。

“那个女鬼，说不定是当年天空城初建成时的一个冤死者。”这个人说。

“冤死者？天空城初建成时？到底是怎么回事？”听众们急忙问。

“这得从天空城刚刚扩建成城市的时候说起，”讲故事的人说，“你们也知道，天空城不仅仅是一座让人生活在其中的城市，同时也是一种身份的象征，所以各大家族早早地入住，开始修建各自的住地。在那段日子里，整个城市里充斥着叮叮当当的施工噪声。他们几乎是在比拼谁家的宅院更大更宏伟，谁家的宅院最先建好，也因此在工程中留下了隐患。

“风家的宅院是几大家族中最先建造好的，也是最先有人入住的，倒是给风家挣到了面子，但不久之后就发生了一次意外——花园里一根装饰用的石柱突然倒塌，正好把一名女仆压在了下面。那根石柱沉重非常，当场把女仆的腰压断。闻讯赶来的人们手足无措，只能眼睁睁看着女仆在地上痛苦地挣扎，直至最后断气身亡。

“然而还有另外一种更加恐怖的说法。有人说，那个女仆虽然被砸中腰部，但并没有砸正，腰并没有当场断裂，假如抢救及时还能保住一条命；然而当时风家的人却故意拖延不救，活生生任由她流血而死，因为一旦她被救活，按照我们羽族的规矩，风家就必须得供养她一辈子。而她即便活过来也注定腰椎断裂沦为残废，再也没有什么用处了。因此，人们眼睁睁地看着她被压在石柱下痛苦哀号、苦苦乞求，直到鲜血流干慢慢死去。据说那时候，她的嗓子都喊哑了，双手在坚硬的地面上拼命地扒拉，手指甲都被磨掉了，身上穿的白衣服被染得鲜红。而在临死前，她发出了恶毒的诅咒，说自己宁愿化身厉鬼，让风家永世不得安宁。

“上面两种说法，究竟哪种才是事实的真相，旁人也无法得知了。不过，据说，那位半夜被杀死的风家子弟，当时正好就睡在那位女仆曾经住过的房间里……”

这一则传言说得有板有眼，知道的人也越来越多，风家还不能公开出面辩驳这样的鬼怪奇谭——太有失身份，只能任由它传播开去。毕竟天下的事情都挨不过时间，日子长了，人们谈得厌了，慢慢也就会消停了。至少风家人是这么期望的。

事实也原本朝着他们期待的方向发展。九州大地如此广袤，随时随地都在发生各种各样离奇怪诞的事件，人们的谈资也终究会更新。几个月后，这个血案慢慢被人淡忘。然而，令人意想不到的是，新的案件又发生了，而且，死者的身份比之风祥要高得多，实在是想掩盖都盖不住。

这一次死去的是，族长风天照的三外孙羽宁。羽族贵族的婚姻最讲究门当户对，羽宁的父亲、也就是风天照的三女婿，是大名鼎鼎的宁南羽家的未来继承人，这使得羽宁的身份更加与众不同。

所以他刚刚过了十六岁的成人礼，就跟随母亲回风家省亲。不过这位羽公子的性情和一般沉稳蹈矩的贵族少年不大一样，大概是仗着自己显赫的身世，一贯喜欢惹是生非，胆大妄为，从不安分。从住进风宅那天起，他就不停地在这个巨大的宅院里窜来窜去，探寻一切可能引起他兴趣的事物。

最后，大约是在命运的安排之下，他逛到了那座风祥死于其中的小楼，并惊讶于这座楼的冷清破败。在他的追问下，随侍的仆人告诉了他此地曾经发生过的事情，羽宁的眼神立刻就亮了起来。

"闹鬼的房间？还杀死了一个人？这可太有意思了！"羽宁兴致勃勃地说，"我一定要进去看一看！"

仆人拦不住他，只能任由他闯进了那栋楼，闯进了死人的房间。房间早已被收拾过，时隔数月，也不可能再闻到血腥味，除了遍地的尘土之外，似乎和任何一个寻常的房间相比并无两样。

"这里好脏啊，是好长时间没有人住了吗？"羽宁问。

"毕竟这里死过人，不吉利。反正咱们风家宅子大，多的是房间，这里就没有再派什么用场了。"仆人回答。

"一个个都胆小如鼠！"羽宁轻蔑地一笑，"你叫人给我把这间屋子打扫干净，今天晚上我就睡在这儿，会一会这个女鬼！"

仆人一脸的为难，嗫嚅着没有应声，羽宁转过身来，拍了拍他的肩膀："怎么了？我外公有什么明确的禁令不许人住这间房吗？"

他把"我外公"三个字说得很重，仆人显然体会到了他话里的含义，苦笑一声："我这就派人打扫去，然后替您准备被褥。"

当天夜里，羽宁真的睡在了那个房间里，看上去毫无畏惧。仆人却心里惴惴不安，不敢去休息，一直悄悄地守在门廊处。但到了半夜，他还是感到了困倦，终于忍不住把身体靠在墙上，就这么站着合上了眼皮。

也不知道过了多久，他忽然感到一阵寒意掠过身畔，就像是忽然进入了冬季。他睁开眼睛，那一瞬间心脏差点停止跳动。

——女鬼！他看到了那个传说中的女鬼！

女鬼正在从他身边爬过，身上带着浓烈的血腥味儿，白色的衣裙已经被染红。和那个曾目击女鬼的女仆所描述的一样，她只有半截身躯，断裂的腰部在地上拖出长长的血迹，手上的指甲完全被磨掉了，十指鲜血淋漓。她的面容藏在长长的头发里，完全看不清楚，但当仆人看向她时，她似乎是注意到了对方的目光，回头看了一眼，一只眼睛从头发的缝隙里露了出来。

这只眼睛是血红色的。

仆人一辈子也没有见到过这样恐怖的场景，甚至没能来得及叫出声就晕过去了。

醒来时，天色已经微微发白。女鬼早已不知去向，走廊的地面上光洁如新，没有一丁点血迹，仿佛他半夜所见只是一场梦魇，一场幻觉。然而他很快想起来了：羽宁还睡在那间房间里！

他挣扎着站起身来，踉踉跄跄地冲进房间。然后他面对着身前被分成两半的少年的躯体，在这一天中第二次晕厥过去。

这一次死的是羽氏的贵族子弟、风天照的外孙，那么重大的事件想要隐瞒也是瞒不住的。结合几个月前发生的第一桩命案，这个风家宅院里的女鬼成了人们闲谈打发时间的日常话题。所有人都在关心一件事：还会有第三次杀人案吗？

如果说风祥的死虽然令人吃惊、却并不足以影响什么的话，羽宁的死让风家上上下下都被震动，陷入了一种不安的氛围里。风天照因为外孙的死大病了一场，而除他之外，还有另一个人十分恼火，那就是风天照的二儿子风齐胜。因为他负责风宅的内部保卫，并且一直以来都做得非常出色。然而在短短的半年时间里，连续两个人死在风宅，而且是在同一房间里暴毙，最可气的是事后完全找不到凶手的踪迹，实在让风齐胜颜面扫地。因此，当羽宁的尸体被运走后，风齐胜做出了一个决定。

“从今天起，我搬进那个房间住，”风齐胜宣布说，“我要亲自会一会女鬼。”

以风齐胜的地位，说出来的话自然无人能阻拦。但他并不是一个人住进去的，还安排了其他卫士跟随。每一天夜里，会有十二名守卫在小楼内外来回巡逻，虎视眈眈地等待着女鬼现身。

然而女鬼却再也不出现了。风齐胜在小楼里住了整整三个月，货真价实地连个鬼影子都没有见到。风家还有其他事务，他不能永无止境地耗在这里。

“算了，回去吧，”三个月后的某一天，风齐胜这样说道，“看来女鬼是怕了我了。”

这一天夜里，风齐胜终于可以回到家里，和自己的夫人躺在同一张床上了；辛苦了三个月的轮值守卫们也可以稍微松一口气了。当然，只是稍微松一口气，因为即便不再需要彻夜防范女鬼，他们还是得早起，这是背地里被他们称为“魔鬼”的教头风齐胜的命令：风家所有的年轻武士，只要没有特别任务，都必须每天进行晨间操练。

当第一缕阳光照亮天空城时，风家的年轻子弟们已经在练武场上集合了，但他们等了好一会儿，风齐胜都没有出现。这可有些不寻常，因为风齐胜一向对待自己比对待下属更严苛，从来不给任何人挑刺的机会。若干年来，无论是过去在雁都，还是如今在天空城，除了被家族派出执行任务，他从未迟到过任何一次晨练。

但今天，风齐胜没有像往常那样早早地出现。人们忍不住开始窃窃私语，其中难免有些猥琐的猜想。

“会不会是三个月没和老婆同床，一下子消耗过度啊？”

“也难说，二爷虽然年纪不小了，那身板可比年轻人还结实，二夫人又那么漂亮……”

一直站在一旁沉默不语的副教头风齐震大喝一声：“都闭嘴！”

等到人群安静下来，他接着说：“今天早上，自行操练。风木，风喆，你们两个负责监督，不许偷懒！”

然后他离开练武场，来到了风齐胜的住宅，正遇上了出门而来的风夫人。风夫人听完对方的问询，摇了摇头：“我也不知道。昨晚就寝的时候他还在床上，可是，早上醒来……他就已经不见了。他过去也经常这样深夜收到临时任务、即刻出发，也是从来不惊扰我，所以我没有太在意。”

深夜里的紧急任务？风齐震微微一怔，但很快意识到事情不会那么简单。他思索了一阵子，忽然间脸色惨白，背后闪现出蓝色的弧光，继而变成纯白的光华。

他凝出了羽翼。甚至来不及向风夫人道别，他就展翼飞了起来。尽管按照一般贵族的家规，是不允许族员在宅院里飞行的，他还是不顾一切地起飞，飞向风宅的西北角，飞向闹鬼的小楼。

他很快地飞越过几排院落，落在了小楼前，一面收起羽翼一面大步冲进小楼，一脚踹开了那个曾死过两个人的房间的门。然后他愣在了那里，眼看着风齐胜被拦腰斩断的身体摆放在床上，曾经勇武而冷峻的双眸里仍然带着挥之不去的惧意。

鲜血的气味充塞着整个房间。

风家上上下下陷入了混乱、震惊和愤怒，然而一番忙碌之后，仍然没有人能找到那只女鬼。她就像是一个极富耐心的猎手，绝不和风氏正面相对，只是耐心地躲在巢穴里，仅当时机适宜时才会果断出击，然后一击致命。

风氏是整个羽族社会中举足轻重的重要力量，风天照本人更是地位仅次于羽皇的几个大贵族之一，他实在没有过多的精力和时间去和女鬼纠缠。因此，当家族的精英们宣布缉凶无果时，他果断地下达了族长令。

"不用再追究此事了，"风天照带着一脸的不甘心，阴沉着脸说，"把那栋楼的门窗全部封死，然后砌一道墙，把它围起来，从此不许任何人靠近。"

家族的子弟们奉令出动，很快把整座小楼全部封死，每一道门、每一扇窗都堵住了，除了女鬼，再也没有什么活人能够进入。一道长长的砖墙砌了起来，将废墟围在其中。从此以后，那个连杀三人的白衣女鬼再也没有现身，只留下与她有关的种种可怕传说，在天空城、乃至于宁州居民们的街谈巷议中不断流传。

第一章 刺客入城

罗旭阴沉着脸回到家里，饭也不吃就径直走进书房，砰的一声关上门。夫人看了书房门一眼，欲言又止。

“父亲是不是……今晚又不吃饭了？”儿子问。

夫人叹了一口气：“多半如此了。你已经吃完，就自己去看书吧，今天晚上就别去打扰他了。”

儿子乖乖地回房看书去了。夫人呆呆地坐在饭桌旁，看着自己特意为罗旭准备的鲭鱼羹——鱼肉是羽族勉强可以接受的肉食品种，不过价格偏贵——默然不语。那个已经转过不知多少次的念头，又在脑海里浮现出来：真是不该来天空城啊。来到这里，赚钱确实赚得多了，但受的气也多。

罗旭和夫人都是平民出身，他靠的是自己学自东陆的精湛医术，才获得了在天空城居住和开设医馆的批准。刚开始罗旭很高兴，觉得自己的事业进入到了一个新的阶段，然而天空城不是一般的地方，住在里面的人非富即贵，给这些人看病难免要受很多折磨，稍有不顺就会被责骂。似乎在这些贵族的心目中，“贵族”两个字就应该天然地吓跑一切疾病。

最近罗旭更是不顺。前后有两家不同的贵族请他去看病，生病者的症状几乎相同：高烧发热、昏迷不醒。罗旭试了好几种祛热去邪的方子，都不见效，只能猜测是中毒，而这样的猜测理所当然地受到了重重的训斥。

“这位神医的意思，是说我们汤家内部有人下毒了？”贵族们冷哼着，翻着白眼，“你知道你的这句话意味着什么吗？”

于是罗旭不敢多说话了。他已经连续诊治了好几天，两位病人丝毫不见好转，至今仍然没有半点苏醒的迹象，就算不遭受贵族的冷眼，身为医生，无法击败病魔的尴尬也让他内心自责。夫人看在眼里，急在心里，却也爱莫能助，帮不上什么忙。

夫妻二人一个在书房里，一个在饭桌旁，不知道沉默了有多久，夫人忽然听到书房里传来几声拍打声，像是罗旭在打蚊子。

这可有点奇怪，罗夫人想，此刻正是秋季，已经过了蚊虫飞舞的季节。没等她细想，房间里又传来了另外一个声音：像是某些沉重的物体落到地上的声响。她意识到有些不妙，连忙站起身来，三步并作两步跑到书房门口，推开了门。

果然，罗旭已经倒在了地上，一动也不动。罗夫人慌忙俯下身，吃力地扶起罗旭的上半身，发现他还有呼吸，但是双目紧闭，昏迷不醒，怎么摇晃叫唤都没有反应。

儿子闻声赶了过来。他倒是比较镇静，没有像母亲那样手足无措，而是立刻开始检查书房的各处角落。

“娘，您进门的时候，发现什么奇怪的东西没有？”儿子一边检查窗户是否被人开关过，一边发问。

“我……我一下子慌了手脚，没留意……”罗夫人坐在地上，失魂落魄地回答。她的眼神无意间向周围的地面一扫，立刻尖叫了出来。

“那是什么？那是什么？”她吓得声音都变了，“那是什么怪东西？”

儿子连忙俯下身，顺着罗夫人的手指看去。就在书桌的下方，靠近桌腿的位置，有一小团黑乎乎的东西正在蠕动。他从书桌上取下烛台，用烛火一照，不由得吓得浑身一哆嗦。

那是一只虫子，形貌异常丑陋的巨大的虫子。它的形体是长的椭圆形，差不多有人的手掌那么长，浑身覆盖着赤红色的硬壳，有几十条蜈蚣般短短的腿，头部近似蝗虫，有一对极其丑陋的复眼。但和蝗虫不同的是，它的口器之外还有一对粗而弯曲的大颚，看上去极其凶狠。

“这是什么玩意儿？”儿子惊诧地自言自语。他顺手抄起了一本放在书桌上的书，小心翼翼地靠近，想要把这只虫子拍死，却不料虫子的反应远远比他想象的要快，机敏地躲过了他这一拍，然后猛地一窜，扑到了他的手背上。他只感到手背上一阵刺痛，随即脑子里开始发晕，眼前的一切仿佛都在旋转。

“娘，你为什么把蜡烛吹熄了？什么都看不见啦……”他嘟哝着，身子软软地瘫在地上，和父亲一样，虽然还有呼吸，却再也人事不省。而那只咬伤他的红色怪虫灵活地扭动着身躯，钻回书桌下，消失不见了。

罗夫人呆若木鸡，看看儿子再看看丈夫，一时间手足无措。她再一次确定了自己的判断：搬到天空城来居住，是一个巨大的错误。

第一眼见到天空城时，萧轻盈差点以为自己在做梦。这座亘古以来从未有过的伟大城市，就这样突兀而粗暴地出现在她的视野中，出现在高不可攀的云端之上，仿佛天空都被它撕裂了。

“天空城飞得太高了，平时很难看得清楚，”她身边另外两个等待摆渡的人正在聊天，“今天运气不错，天气好，隔得老远都能看得很真切。当然了，我们马上就要实实在在地踩在天空城的地面上了，那可不是单纯地看一看能比的。”

“我还是觉得，离得远远地看着，更让人感到震撼，”第一个说话者的同伴说，“等我们真的踩上去了，就会感觉自己其实只是进入了一个普普通通的羽族城市，就像旧齐格林、宁南、雁都、厌火一样。但是这样仰望它……真像是在看着天神创造的奇迹。”

萧轻盈虽然没有搭腔，心里却也赞同这个人的话。抬头仰望的时候，天空城的确很难不让人联想到“神迹”一样的词。此刻，在她的眼中，天空城就像是一座岛屿，漂浮在云海之上，那些隐约可见的精致建筑在阳光下熠熠生辉，恍若海市蜃楼。

这是一座城市，羽人一砖一木辛苦营建的城市，它取代了过去的青都齐格林，成为羽族新的都城，新的中心。

但它并没有根植于大地之上，而是飘浮于天空。

萧轻盈还记得自己以前和师兄关于天空城的对话。师兄费了很大的力气，才向她解释清楚，那块令城市起飞的谷玄星流石有多么难得，而秘道家们又是如何花费了近百年的时间，才找到了利用太阳和谷玄的星辰力相互震荡、制造出上升巨力的方法；那些设计巧妙的巨大风帆又是怎么样赋予了天空城移动的可能性，尽管它在一般情况下并不会移动，只是持续盘踞在旧齐格林的上空，使得这座城市仍然拥有传统的东西南北的方向。当然，一旦移动起来，这样的东西南北就得颠倒了……

“哎呀唠唠叨叨那么一大堆，烦死我了，反正我也听不懂……”萧轻盈嘟哝着，“总而言之，知道是一块天上掉下来的破石头，然后秘术师们闲得无聊想法子让它飞起来的就行啦。”

“太阳和谷玄，截然相反的力量，竟然能用来产生飞翔的动力，那么伟大的事情，你却无动于衷。对牛弹琴，你不愧是组织里头脑简单四肢发达的代名词……”师兄叹息着，“随你怎么想吧。不过我真是很羡慕你能得到这一次的任务，我也很希望去天空城逛一逛看一看哪，毕竟那是历史上从未有过的奇迹。但是我们十姓之外的羽族人，是很难得到批准的。”

所谓“十姓”，指的是“风羽经天翼、鹤雪纬云汤”这十个羽族的高贵姓氏，它们都起源于最初被人类皇帝册封的贵族家族，并且绵延至今，历史上羽族的羽皇和大城邦领主基本都脱离不开这十个姓氏。而萧轻盈的姓氏“萧”，以及师兄的姓，都不在十姓之列。

“有什么好去的？要是可能的话，其实我巴不得和你换。”萧轻盈撇撇嘴。“我可受够了那些自以为高贵的货色的白眼。我其实一直没想明白，为什么要劳神费力建立这么一座城市？就在地面上不是方便得多么？搞得现在不管是运物资还是运飞行能力不够的人都得靠摆渡，白白浪费人力物力。”

“所以说你是个不爱动脑子而且完全不关心世事的蛮牛！蛮牛！”师兄嗤之以鼻，“天空城早期的雏形可并不是现在这样的城市，就在几年前，它还只是一座悬浮于空中的堡垒，目的一半是为了继续进行对星辰力的使用的采集和研究，一半也是为了探讨军事上的用途。”

“军事？我们羽人反正自己就能飞，还需要一座飞翔的城市来干什么？”

“你真是……蠢到无可救药！”师兄以手扶额，“你也不想想，虽然我们是个能飞的种族，有多少人能一直不停地飞行？即便是十姓里血统最纯的精英，大多数也每天飞行不到一个对时就会疲累不堪，但战争一旦开始，就不会给人休息的机会。尤其是人类，在和我们长达千年的战争中，越来越熟练地掌握我们的习性、捕捉到我们的弱点。”

“但是我们有森林可供休息啊，”萧轻盈有些不服气，“累了的时候，飞到大树的顶端休息，恢复体力再继续飞，不也可以么？”

师兄赞许地点点头：“你终于也学会动脑筋思考了。没错，森林是我们赖以和人类对抗的重要工具，但人类也在想方设法地破解我们的利器。他们在历次战争中要么避开森林决战，要么以放火、秘术摧毁树根之类的手段消灭森林，让我们无所依凭……”

萧轻盈打断了他：“啊！我明白了！要是有一座浮在天空中的城市，就不怕他们放火烧啦！我们的战士就可以随时出击、随时休息。”

“就是这么个意思，”师兄说，“有了天空城，就相当于我们多了一座不可击落的堡垒，无论华族、蛮族、夸父还是河络，想要对我们动手，都得多掂量掂量了。事实上，早期的堡垒建成后，并没有真正投入过和异族的战争，因为我们已经足够强大了，但它的震慑作用至少还是挺大的。”

“我知道我知道，这是一个羽族称雄的时代——可是我还是觉得不关我的事，”萧轻盈伸了个懒腰，“我安心地做好自己的杀手就行了。杀人类也好，杀夸父也好，杀羽族同胞也好，对我而言都一样。”

“你他妈一辈子就是一头蛮牛……和你的名字完全南辕北辙……”

“你呢？你这种叠到一起就能圆润地滚起来的肥猪有什么资格说我？”

两人的对话在师兄的一脸悻悻之色中结束，所以萧轻盈也忘了问他，在羽族的军力已经称霸九州、令各族畏惧退让之时，为什么还要把原有的堡垒扩建成为庞大的城市。但当真正站在天空城那遮蔽一切的阴影中时，即便头脑简单如她，似乎也可以意识到一些什么了。

——天空城是一种象征，一种无论多么劳民伤财也要完成的象征，一种宣告羽族重新崛起的伟大象征。这座城市高悬于九州的头顶上，每一分每一秒都像是在高唱着凯歌，打敌人的脸。

“这些种族啊国家啊的事情，还真复杂呢……”萧轻盈自言自语着，在摆渡人的指挥下，跨入了摆渡舟。摆渡舟名字里带个“舟”字，外形也像船，其实却是一种飞行器，利用和天空城升起一样的原理上升与下降的交通工具，用来为这座云天之上的城市运送每日所需的巨量物资。而那些血统不够纯正、飞行能力不够强的羽人，以及少量被批准入城的异族人，也只能通过摆渡舟才能进城。

某种程度上，站在摆渡舟里几乎意味着耻辱，但没有办法，血统高贵的精英终究是少数。

萧轻盈站在摆渡舟的边缘，看着脚下的景物一点一点变小，渐渐无法分辨；头顶的城市却在变得越来越大，越来越清晰。和通常依托于森林建起的羽族城市不同，为了达到足够的强度，天空城的主要材料是由特殊的黏土烧制而成的砖石。整座城市的基础结构是一些直径上百尺，高接近千尺的巨型石柱，这些石柱构成了城市的主体，也成了安装风帆的基础。

然而这并不意味着天空城是粗糙的。接近这座城市时，你会发现，那些依托石柱而建的建筑物，一座座设计精巧、美轮美奂，完全不输于人类的南淮、天启等大城市。尤其是高踞于城市顶端的羽皇皇宫，石质的宫殿和郁郁葱葱的园林并举，犹如一座壮美的空中花园，堪称九州建筑史上的奇观。

连我这样的粗人都会觉得它漂亮得让人窒息啊，萧轻盈想。

很快，摆渡舟把这一批次的乘客送到了天空城的关口处。萧轻盈走向守关的城务司官员，递上了她的路引和其他证明文书。官员打开文书，细细地验看着。

“嗯，从宁南城来，准备和建造司谈新建风帆的材料供应……”官员审读着她的资料，“我也出生在宁南城。城中心那棵年木怎么样了？枝叶还是那么茂盛吗？”

“去年因为一次雷击，引发了大火，已经烧得不成样子啦，”萧轻盈摆出一脸的遗憾，“我们宁南城的居民为此还进行了游行抗议呢，城务司对年木的保护也太不上心了，那毕竟是我们羽族的传统啊！”

“是吗？那可真是太可惜了，”官员摇摇头，“你们所提供的这些风帆材料，还是河络打造的吗？”

“不是，河络并不擅长航海，他们的兽皮帆布经受不起高空的强风。我们所用的技术，一半是羽族的，一半是吸取了人类造船业的一些经验。”萧轻盈回答得滴水不漏。

官员合起材料，在路引上印上红章，递还给萧轻盈：“谢谢，还真让我长了见识。请进城吧。”

萧轻盈笑容可掬地收好东西，通过了关口，心里暗自庆幸自己事先为了背熟各种材料所花费的苦功。这年头当杀手可不容易，为了伪装自己，得填一肚子乱七八糟的知识。

在客栈安顿好之后，萧轻盈舒舒服服地吃了一顿饭，然后去往城西南。在那里有一个人工修建的湖泊，事先安排好的接头人会在那里和她会合，把刺杀对象的详细信息交给她。通常，当组织要刺杀的人物极为重要时，就会采取这种方法，以防泄密。

会要我刺杀什么人呢？萧轻盈一边走一边好奇地猜测着。天空城是一座王公贵族云集的城市，也有不少的富商居住在其中，而即便是那些开客栈开餐馆卖布料卖果蔬的，甚至打扫清洁的，也都经过了严格的筛选。换句话说，这座城里随手扔一块石头大概都能砸到一个有身份的人。

“算了，不猜了，反正马上就能知道。”萧轻盈摇晃了一下脑袋。那个人工湖泊就在前方不足百步的距离了。

然而，刚刚走出几步，她忽然听到前面有一阵异样的嘈杂声响，像是有人在打架。萧轻盈虽然在国家大事之类的事情上总是懒得动脑子，对于个体之间动刀动枪打打杀杀却有着职业的敏感，她快步跑向前，转过一个弯后，眼前就是人工湖了。

果然有人打斗。但和她之前的预想不同，这不是一场寻常的街头斗殴，而是几个真正的高手之间的对决。她一眼就能分辨出，参与这场战斗的一共有四个人，其中三个是一伙的，合攻剩下的那一个。

三个合攻的都是羽族的武士，两个看来很年轻，手中持剑；另一个年纪稍大，空着两手，从他的出手动作可以看出是个拳术的行家。他以自己绵绵密密的拳劲逼住对手，不让对方脱身，两个年轻武士伺机不断以长剑攻击要害，争取造成杀伤。

萧轻盈再把视线放到被围攻者身上，这一看她就吓了一跳——这正是她的接头人！按照上级下达的命令，将在这一天和她接头的是一个身穿灰色衣衫、手背上有蝎子刺青的人类。而眼下，这个穿着灰色衣衫、手背上纹着蝎子图案的人，正在遭受围攻。他赤手空拳，并没有携带武器，在三人的攻击下左支右绌，身上已经有好几道鲜血淋漓的伤口。看起来，他支撑不了太久了。

萧轻盈的第一反应是上前助拳，但刚刚跨出半步，又停住了。如前所述，她对于那些“大事”浑不上心，在这样的具体而微的事件上却总是能做出准确的判断，否则也不会成为组织中炙手可热的王牌杀手。此地是天空城，羽族最重要的城市，四处布满眼线，她出手未必能帮助同伴取胜，却绝对会暴露自己的身份。至少，现在在斗圈周围已经围了好几十个好奇的看客了。

对不起了，兄弟，萧轻盈在心里默默地说。我救不了你，只能眼睁睁看着你被抓走。不过，我仍然会努力想办法完成这次的任务，让你不会白死。

接头人十分顽强，武功也着实不弱，但毕竟以一敌三，还是难以招架。他的出招越来越凌乱，完全陷入了羽人拳术家用拳和掌织成的密密麻麻的罗网之中，身上流血的伤口也让他的动作越来越迟钝。而老辣的拳术家看出了对方已到强弩之末，更是加快了拳速。

接头人知道自己已经身处绝境，骤然使出险招，不顾防守，拼尽全力向着拳术家当胸一脚踢去，似乎是希望对方能做出闪避动作，给他让出一条逃生的道路。但拳术家已经猜到了他的搏命手段，两膝微曲，双臂交叉于胸前，不躲不闪，硬生生挡下了这一踢。羽人的身体相对人类而言较为瘦弱，尤其是骨质中空，对方又用足了全力，只听咔嚓一声，拳术家的两条小臂一起骨折了。

但接头人的所有力气都用在了这一脚上，身体无法再作出其他的变化了。一名一直在一旁伺机偷袭的青年剑客看准时机一剑刺出，正刺中他来不及收回的腿弯。这一剑既准且狠，生生削断了他的腿筋，接头人闷哼一声，颓然倒地。另一名剑客手起剑落，一剑刺穿了他的肩膀，剑尖继续刺入地面，竟然把他活生生钉在地上。

拳术家这才缓缓垂下被踢断的双臂，来到接头人身前。他的脸上并没有一丝痛楚，声音也依旧沉稳："告诉我，你来天空城有什么目的？你们到底想要做什么？”

接头人还没来得及说话，远处已经匆匆赶来一队巡逻的士兵。双臂骨折的拳术家使了个眼色，一名剑客会意，从身上取出腰牌向士兵们晃了晃：“虎翼司办案！这个人是血羽会的刺客！”

士兵谨慎地走上前验看了腰牌，随即鞠了个躬，协助三人把受重伤的接头人拉起来用绳子捆绑好。等到这一行人离开，围观的民众才开始唧唧喳喳地议论起来。

“血羽会？是那个宁州最大的帮会组织吗？”

“可不是！听说他们尤其擅长刺杀，这次是不是想要到天空城来杀什么大人物啊？”

“得押到虎翼司去好好审问审问！”

萧轻盈静静地听着人们的议论，心里想着：审问是没有用的。既然能在天空城做接头人，那绝对是用什么酷刑都没法撬开嘴的硬汉子。但是接头人被抓走了，自己却连要杀的人是谁都还不知道。天空城和其他普通的城市不一样，组织想要再派人进城也得颇费周折，短期内很难办到。

也就是说，自己就像是一只被扔进乌鸦群里的麻雀，陷入了孤立无援的境地。

好在萧轻盈是一个相对头脑简单的人，这样的头脑简单带来的好处就是，她的心特别宽，很难得为了什么事愁眉不展。眼下接头人已经失陷，木已成舟，她发了一会儿呆之后，索性把这件事暂时抛诸脑后。

反正着急也没用，还是静心等待组织派来的新接头人吧，她想。既然任务暂时无法执行了，左右无事，我正好去处理一点私事。

一般的城市都会有富人聚居区和贫民区，但天空城初建的时候并没有。确切地说，按照建造之初的规划，这里根本不允许真正意义上的“贫民”存在，穷人倒也有很多，基本都是为贵族们服务而入住的仆佣，他们大多住在贵族宅院里划定的仆人居住区域。

当这些人在劳累的工作之余想要寻找一些属于穷人的娱乐时，就会发现完全没有地方可去。天空城也有赌场，但都是高档的场所，一把的输赢穷人们挣上一年都未必够。天空城也有青楼，但同样的，穷人赚上一年也未必能请楼里的姑娘赏脸唱一首小曲。哪怕是想要找个地方喝点小酒，也遍寻不得便宜的小酒馆。

所以，在建城一年后，高层也慢慢发现了这个问题——下层的服务人员得不到足够的娱乐，严重影响他们的工作积极性。于是几家贵族征得羽皇睁一只眼闭一只眼的许可后，在城南开辟出了一片专为穷人准备的区域。这里有小酒馆，有小赌坊，有戏班子，马虎可以供这些人在此取乐。据说，羽皇对于开辟这一区域十分不满，觉得这就像是在天空城华丽的外袍上打了一块丑陋的补丁，但最终他还是没有提出反对意见。

“羽族就不应该学着人类搞这些享乐的玩意儿，”羽皇曾在背地里开玩笑说，“何况人类城市的生活变得那么丰富也就是几百年的事情，再往前，他们还不是一到夜里就无事可做，只好熄了灯去生孩子，搞得人族的人口那么多……都是惯出来的！”

现在萧轻盈就走在这片惯出来的贫民区里。相比于那些富丽堂皇美轮美奂的所在，这里让她感觉更舒服、更自在。毕竟她也是从贫困里挣扎求生出来的，更习惯这样的市井气息，而天空城那种高高在上俯瞰一切的氛围让她总觉得别扭。

她沿路打听，来到了一家挂着“千顺赌坊”招牌的小赌坊。赌坊内弥漫着刺鼻的烟味儿和酒味儿，东陆语和羽族语的吆喝声、谈笑声、叫骂声混杂着传入她的耳中。走进赌坊，可以看到许多或新或旧的桌子，和桌旁围满的人群。从这些人的服饰打扮来看，果然都是下层的平民。他们一改在贵族面前的谨小慎微，变得张扬而粗鲁。

萧轻盈这样一个年轻漂亮的女孩走进赌坊，自然吸引了不少人的目光，还有人开始放肆地吹口哨。她微微一笑，风情万种地扭扭腰，走向那个吹口哨的羽族男人。男人看着她走近，张了张嘴，似乎是想说点什么轻佻的话，但一个字都还没说出口，只听喀喇一声，他的下巴就被生生拧脱臼了。紧跟着，他的身体就像一根被扔出去的柴火，骤然间横飞而起，正正砸在一张赌桌上，把整张桌子都砸塌了。

他大张着嘴，两眼翻白，躺在一地的筹码和铜锱上晕了过去。而萧轻盈却依旧笑吟吟地站立在原地，好像什么也没做过。

赌客们都惊呆了，赌坊里顿时安静下来。萧轻盈大步走向大厅尽头的柜台处，人们自觉地让出一条道。她径直来到了柜台前，对正趴在柜台上睡觉的金色头发的羽人伙计说：“叫你们老板出来，那个叫洛夜行的。”

伙计抬起头，睡眼惺忪地看了她一眼，打了个哈欠：“我就是。你不只打我的客人，还想打我么?”

萧轻盈略微有些诧异。从走进赌坊之后，她就一直在留意着这个人。此人一直都趴在柜台上作熟睡状，她出手拧脱那个轻佻赌客下巴并把他扔出去时，都没见他抬过头，好似聋子一般。但刚才的一切，又好像全都被他看清了。

她不由得好奇地端详了一下对方。这个名叫洛夜行的家伙比她想象中年轻得多，脸也生得不难看，但是那副皮笑肉不笑的表情，让人看了就忍不住想揍他一顿。

“我打不打你，取决于你怎么回答我的问题。”萧轻盈说。

“你想要问什么？”洛夜行问。

“我听说，你现在住在从前的虎翼司主事雪严君的家里，对么？”萧轻盈说。

洛夜行点点头：“没错啊，他生前收留了我，允许我住在那儿。后来他死了，我自然也就乐得逍遥独霸、继续住下去了。不过你来了，这座房子我就得让出来了。”

萧轻盈脸色一变：“你这话什么意思？”

“雪严君生前曾经嘱咐过我，他有一个不在身边的私生女儿，是他这辈子唯一留下的子嗣。他对我说，他死后所留下的一切，我可以随意动用，但任何时候那个私生女儿找来，我就必须得全部交给她，”洛夜行说，“你开口就问起他，再看看你的脸，也就差不多能猜到你的身份了。”

萧轻盈的声音微微有点颤抖：“他……他真是这么说的？”

洛夜行哈哈一笑：“假的。事实上他什么也没有来得及交代就死啦，只不过我个人判断，那是他内心的真实想法。”

萧轻盈哼了一声，极力压抑住自己把这孙子胖揍一顿的冲动：“你猜的也能算数？”

“算数不算数已经不重要了，反正他已经死了，现在房子归我处置，”洛夜行说着，扔给萧轻盈一把钥匙，“去吧，除了西首第一间是我的房间，里面的东西回头我得搬走，剩下的一切都是你的了。今晚等我的合作伙伴来找我交接之后，我会去搬家。”

“你还真是个奇怪的人。”萧轻盈打量着他，“好像不管是房子，还是别的财产，你都完全不在意，可以说给人就给人。可你偏偏是个开赌坊的。”

“只要有头脑，钱上哪儿都能赚，何况钱并没有那么重要……”洛夜行伸了个懒腰，“拜托你快点去吧，让我再睡会儿……”

“你误会了，我既不想要那座房子，也不想要他的什么遗产，”萧轻盈说，“我只是为了完成亡母的遗愿，找他拿回一件东西而已。这把钥匙，就算是你借给我的。”

她转过身，向着赌坊大门走去，赌徒们照例让出一条路来。洛夜行看着她的背影，若有所思。

“随你便吧。”他轻笑一声，然后重新趴回了桌上。

雪严君留下的房子其实并不算小，但和遍布天空城的权贵之家相比，就不太起眼了，毕竟他不过是个虎翼司主事。但即便是这样的身份，也比萧轻盈的母亲高出不知多少。母亲平时绝少谈及生父的事情，只有在萧轻盈十四岁那年，她自知自己的寿命已不长久，才把过往的一切告诉了女儿。许多年后萧轻盈回想起那一切的时候，眼前就会浮现出厌火城里的那间阴暗潮湿的小屋，鼻端会隐隐闻到刺鼻的药味儿。

“他当时已经是齐格林虎翼司的新锐，前途无量，又有着‘雪’这样的高贵姓氏，而我只是一个木工铺老板的女儿，和他比起来，身份完全是天差地远。”母亲躺在床上，面容苍白，每说一句话都会咳嗽一会儿，“孩子还没生下来，我们之间的事就被他父母发现了。他父母把他锁在家里，不许他和我相见，然后派人给了我一笔钱，强行把我赶出了齐格林。于是我独自一人在厌火城住了下来，生下了你。”

“那么多年了，他都从来没有找过你？”萧轻盈问。

“没有，从来没有过……”母亲喃喃地说，“我在厌火城等了他那么多年，一直等到心完全冷下来，再也不抱什么希望了。”

“这个负心的混蛋！”萧轻盈十分愤怒，“等我学好了武艺，一定去齐格林替你刺他一剑！”

“不，你不必那么做，”母亲吃力地摇了摇手，“我想，他或许是有什么不得已的苦衷吧。何况，事情已经过去那么久了，纠缠于往事又有什么意义呢？不过，你倒的确可以去找他。毕竟你是他的亲生女儿，他如果还念着旧情，或许会照顾你……”

“我才不需要他照顾！”萧轻盈狠狠一跺脚，“我姓萧，不姓雪！”

母亲又是一阵剧烈的咳嗽，萧轻盈连忙帮她捶背倒水，过了好一会儿，母亲才稍微缓过来。她看着萧轻盈倔强的脸，轻轻地叹了口气：“算啦，你虽然是我的女儿，性子却比我硬许多，我也不知道这是好还是坏……你不愿意寻求他的荫庇，我也不勉强你，但我还是希望你有一天能去见一见他。如果他真的是一个不念旧情的人，你可以不认他，然后替我拿一样东西回来。”

“东西？什么东西？”萧轻盈问。

“那是我和他刚刚相好的时候，我送给他的一个木雕，”母亲的眼神里闪过一丝温柔的光芒，“我是木匠的女儿，也有那么一点点雕刻的手艺，就雕了一个自己的人像送给他，希望他每天见到木雕的时候就像见到我一样。你找到他的时候，如果那个木雕还没有被丢掉，你就替我拿回来，和我的尸体埋在一起。”

萧轻盈记住了母亲所说的话。不久之后，母亲溘然长逝，而她也加入了宁州，乃至整个九州名声最响、势力最大的黑道组织——血羽会。血羽会成立之初只是一个纯粹的杀手组织，后来规模却越来越大，涉足的生意也越来越多，当初的杀手组织也成了会中一个代号“暗月”的分部。

当然，这仍然是血羽会的精华所在。萧轻盈付出了极大的努力，终于成了暗月中排在前列的几名王牌杀手之一。她所肩负的任务很繁重，也无暇顾及其他，直到这次接到进入天空城刺杀的任务，她才想起，生父雪严君作为旧齐格林虎翼司的一员，现在多半已经身居高位，很有可能也在天空城里居住，倒是可以借这个机会去瞧一瞧他，杀不杀他到时候再议。

只是没想到，一打探才发现，雪严君已经在两年前去世了，是被人杀死的。据说，杀害他的是两个从监狱里逃离的重犯，当初把他们抓进监狱的就是雪严君，所以他们越狱后第一件事就是去找雪严君复仇。

雪严君死了，不过似乎旧宅还在，里面住着一个名叫洛夜行的旧交，打探消息的人说："有可能是被那个姓洛的强行霸占了。"萧轻盈对生父的死没有感到丝毫的悲痛，只是想着：这家伙要是死了，母亲的木雕就很难找了吧？

打探消息的人还告诉她，雪严君似乎一直到死都是孑然一身，一直没有婚娶。这让萧轻盈有些想不明白：他既然抛弃了母女二人，为什么没有顺理成章地迎娶一位门当户对的大姓小姐呢？

现在她就站在雪严君留下的宅子里。院子中央杂草丛生，一些小鸟正在地上啄食，对走进来的萧轻盈视若无睹。推开堂屋的门，里面布满灰尘和蛛网，像是至少有好几年都没人居住了，但萧轻盈注意到，屋子里的东西都摆放整齐，没有丝毫凌乱被人翻动过的迹象。她又看了其他几个房间，也是如此。

这就是说，可能自从雪严君去世后，这些房间就再也无人进入过。洛夜行口口声声"逍遥独霸"，但实质上，他好像真的只占据了自己的那间卧房，与其说是霸占了这间宅院，不如说是忠实地帮雪严君看房子。

"果然是个奇怪的人。"萧轻盈自言自语着，再想起那张懒洋洋的皮笑肉不笑的脸，倒是恶感稍减，"不过也实在是个懒鬼，院子脏成这样，哪儿像是羽人住的地方……而且还偷偷吃肉，简直和人类一样粗鄙……”

在洛夜行的房外的屋檐下，醒目地挂着好几串一般只有人类才会吃的腊肉和香肠。

趁着天色还明亮，她索性一个个房间地仔细检视。雪严君去世前已经做到了虎翼司的主事，俸禄优厚，所以房屋内的家具陈设都还不错，假如一一拿出来擦拭打理干净的话，倒还颇能值上一些钱。只是萧轻盈对金钱的事情一向不怎么上心，始终关心的还是那个木雕。

但是找不到。她找遍了每一个房间，甚至连洛夜行所住的那间乱糟糟的房间都找过了，还是没有见到木雕的踪迹。最后她疲累地回到雪严君的书房，一屁股坐在椅子上发呆。

也许，生父早已经把母亲忘记了，她想。这样负心薄幸的贵族男子的故事，每一天都在九州上演，自己又何必抱着那一丝的侥幸，寄望于生父还惦记着母亲、惦记着自己呢？只可恨自己没能在他死去之前见到他，不然的话，倒是可以亲自杀了他，替母亲出气……

想到凶狠的地方，她禁不住狠狠地一跺脚，脚踩到地板上，发出一声回响。听到这一声响，萧轻盈愣了一下。作为精研各种刺杀术的专家，她对机关暗道自然也有相当的了解。这一声响，不像是实心的地板所能发出来的，也就是说，地板下可能是空的。

她站起身来，一脚把椅子踢到一边，蹲下身来，用手在那块地板上敲击了几下。错不了，下面的确是中空的，很有可能藏了些什么。凭感觉，这块木板应该有机关控制，但她懒得去找机关了，挥起拳头狠狠往地上一砸，木板破裂了，露出下方的一个四四方方的大洞。她一眼就能看出来，这个洞里有一个布满铜绿的铜匣子。

萧轻盈定了定神，伸出手去，刚刚碰到铜匣子，又下意识地缩了回去。但最后，她还是咬了咬牙，把这个分量不轻的铜盒取了出来，摆放在书桌上。

铜盒被一把沉重的大锁锁住，萧轻盈试了试，凭借空手无法把锁拧断。她把右手缩回袖子里，一秒钟后重新伸出来时，手上已经覆盖了一层银色的金属光泽。那是一副特制的手套，也是她杀人用的专属利器。

她伸出食指，用指尖轻轻在锁上一划，这把看起来很结实的大锁就像纸片一样被划成了两半。

萧轻盈再把手缩回衣袖，一缩一伸间已经取下了杀人的手套。她深吸了一口气，手指微微颤抖，掀开了盒盖。然后她忽然间觉得自己的眼睛有一种热热的、湿乎乎的感觉。

盒子里放着一些材质不一、大小不一的纸张，摞在一起有厚厚的一沓，从最上面那一张上密密麻麻的字迹可以猜出，这是一些文字资料。而压在这些资料上面的，就是母亲一直到临死的时候都没能忘记的那个雕像。

已经是黄昏时分了，夕阳的光芒带着几分暗红的色调，透过书房的窗户照在雕像上。萧轻盈怔怔地凝视着这个表面已经有不少磨损的木雕，久久没有把视线挪开。

“妈，我现在才知道，你并没有骗我啊，”萧轻盈低声说，“你的木雕手艺真的很不错。这个雕像……和你一模一样。”

刚才那场突如其来的小风波并没有过多打搅赌客们的兴致。萧轻盈离开后，几个伙计收拾了一下地上的狼藉，把伤者运走，人们接着开赌，好像那个美丽而凶恶的女子压根没有来过。

洛夜行更是重新往柜台上一趴，又不动了，似乎失去一座宅院这样的事情对他而言也比不过睡觉更重要。直到日头刚刚开始西斜时，他才抬起头来，看了一眼挂在墙上的河络制造的时计钟，站起身来。

“黄喜！”他招呼着一个伙计，“我等不及老董回来了，先走了。你替我盯着点儿。”

名叫黄喜的伙计点点头，站到了柜台后。洛夜行略微整理了一下衣服和头发，走出门去。

他走向了天空城的中心地带。那里是皇宫的所在地，外围则有不少重要的国家机构，所以该区域一直戒备森严，无论进出都需要验看手令。以洛夜行这种贫民区赌坊老板的卑下身份，刚一靠近警戒线就被拦住了。他也并不勉强，静静地站在一旁，似乎是在等待着什么。他的视线一直投射在中心区域边缘的一栋房屋上，那里是天空城的皇家驿馆，用来接待各国的使节和公务人员。

过了一会儿，驿馆门口走出一个年轻的人类女子。她的面容虽然清秀，目光却格外冷峻，腰间佩着的双刀更是十分醒目。一见到她出来，洛夜行就展露出满脸笑容，冲着她不停挥手。女子很快注意到了洛夜行，一直紧绷的面容微微有些放松，嘴角绽起一个若有若无的微笑，笑容里却隐隐有一些无奈和苦涩。

她来到警戒线边，向卫兵出示了自己的临时出入文牒，上面写着她的名字和来处：简帆，天启。

她来自人类的帝都，中州天启城。

简帆快步来到洛夜行身边，叹了口气：“你准备每天都来这儿等我吗？”

“反正也等不了多久，”洛夜行咧嘴一乐，“羽族衙门的繁文缛节固然很多，你所要引渡的这个撒酒疯的蠢货也不过是个子爵的儿子，而且被他打伤的羽人并没有死。你已经来了好些天了，最多再需要两三天，你就能把这个蠢货带回中州，让他的子爵老爹打烂他的屁股。”

“加起来已经很长了，”简帆摇摇头，“我在衙门里还有好多公务要做。这个任务我一直不想接的，但上头说我过去接受过不少和羽族有关的案子，更懂得如何和羽人打交道，不容得我推托。”

“因为在你们人类眼里，羽人都是板着脸不好打交道的啊，”洛夜行捏了捏自己的鼻子，“像我这样和蔼可亲、与人为善的羽人可真不多。”

简帆的脸上终于露出了一丝笑容：“和蔼可亲？与人为善？你那阵子给我找的麻烦难道少了？要不是我有与人为善之心，早就一刀剁了你了。”

说完这句话，她的笑容忽然收敛，目光中掠过一丝阴云：“不过，我们……终究……”

洛夜行摆摆手打断了她：“你不必每次见面都提这个。我知道你心里想的是什么，我也从来没有勉强过你，也从来没有对你说过多余的话，不是么？我只是想要见见你，和你说两句话，仅此而已。”

简帆勉强笑了笑：“你现在不是已经见到我、和我站在一起说话了吗？你……”

她还没来得及说完，就忽然住口。洛夜行顺着她的视线看过去，只见不远处匆匆跑过来一队士兵，个个全副武装，向着两人而来。

“奇怪，我最近没有偷税漏税也没有惹是生非啊？”洛夜行搔搔头皮，“总不能偷偷吃点肉也要被抓吧？”

“他们不是冲你来的，”简帆说，“你看那个领头的军官，是虎翼司里佩戴灰色羽翎的人，要抓你这种小混混，最多用赤羽就足够了。”

羽族的武装力量往往用“白蓝灰褐赤黑”六色金属羽翎来划分等级，白色为最高，灰色已经是相当高的阶层了。

“真是没面子……”洛夜行咕哝了一声，随即眉头一皱，“照这么说，这帮人难道是……”

这一队军士已经来到了两人身边。那个佩戴着灰色金属羽翎的军官站到简帆跟前，用礼貌而公事公办的口吻说：“请问，你就是从天启城来引渡人类囚犯的简帆简捕头吗？”

简帆点了点头：“是我。”

“麻烦你跟我们走一趟。”军官出示了虎翼司的腰牌。

“我能问问是什么事吗？”简帆问。

“我们怀疑你和近期发生的妖……一些伤人案有关，需要问你一些问题。”军官答道。

简帆和洛夜行对望一眼，都有些茫然。洛夜行忍不住问：“妖？伤人案？那是什么玩意儿？”

军官完全没有搭理他，甚至看都没看他一眼，仿佛他压根不存在。洛夜行倒也不以为意，轻轻笑了笑，简帆开口说话了：“我也不明白你说的到底是什么。那是什么样的伤人案？和妖有关吗？”

“我没有说过什么妖不妖的，你听错了。我建议我们回虎翼司后慢慢谈。”军官说着，招了招手，身后一名士兵掏出了一条用来锁住犯人双手的金属锁链。先前还作淡定状的洛夜行眼睛里骤然闪过一丝凌厉的杀意，下垂着的右手手指开始悄悄移动，似乎是想要画出某种图案。

简帆已经伸出手来，轻轻拍了一下他的手背：“千万别冲动，对你没有益处。他们只是带走我而已，还不至于有什么危险。”

洛夜行没有说话，但右手却已经停止动作，慢慢握成了拳头。

“你去吧。”洛夜行沉声说，“我会去找出这件事的真相，救你出来。”

简帆看着他，欲言又止。士兵已经把锁链铐在了简帆的手上，她并没有反抗，跟在军官身后重新回到了警戒线内。但这一次，她不是回驿馆了，而是将去往虎翼司——负责羽族国家安全的最高机构。她的身份不再是前来引渡囚犯的人类捕快，而是即将沦为阶下囚。

洛夜行的拳头握得紧紧的，手背上青筋暴露，眼看着这一行人的身影消失在视线之外。然后他转过身，大步地跑了起来。

他几乎是一口气跑回了贫民区，跑回千顺赌坊。太阳落山，赌坊里已经点上了灯火，显得更加热闹，被他称之为“老董”的合伙人，此刻正坐在柜台后面。这是一个四十多岁的中年羽人，生得有些尖嘴缩腮，但眼神颇为锐利，正不停地扫视着赌坊里的动向，和先前洛夜行懒散的模样形成鲜明对照。

看到洛夜行回来，他的脸上露出诧异的神色：“你怎么回来了？而且是跑回来的？这可真是太阳打西边出来了。”

“老董，我有事情要问你。”洛夜行直截了当地说。

老董看了他一眼，从柜台后站起来，两人一起走进了后堂的一间供赌坊工作人员休息的小屋。老董正准备倒茶，洛夜行拦住了他：“没时间喝茶了，兄弟，有要紧的事情要你帮忙。”

“我看得出来，你这副被火燎了尾巴的德行，一定是又要给我找大麻烦了。”老董叹了口气，“说吧，你要我干什么？”

“我认识的那个人族女孩子，你还记得吗？”洛夜行说。

“就是以前抓过你，后来又和你纠缠不清的那个女捕头？”老董说，“你是怎么了？打算去中州向她求婚？”

“我倒是想，可也得有机会啊。”洛夜行摇摇头，“她因为公事来天空城了，却被虎翼司带走了，说是怀疑她和最近的一些‘伤人案’有关，关键字是‘妖’。”

“妖？伤人？”老董一怔，“那是什么？”

“我奇怪的就在这儿，”洛夜行说，“赌坊是一个流言汇聚的中心，你我每天在这里待着，却从来没有听说过什么‘妖伤人’。所以我猜测，与这件事有关的消息可能被封锁了，而那个被派来抓人的灰羽军官，应该只是无意间说漏了嘴。”

“所以你想让我替你打探一下？”老董问，“难道你想解决这个案子、把她救出来？”

洛夜行没有回答，但眼神说明了一切。老董又是一声叹息：“算啦，谁叫我这辈子都欠着你的呢？我这就找人帮你去打听。你先回家去吧，有消息我派人通知你。”

“你并不欠我什么，这只是我求你帮忙而已，”洛夜行说，“我救过你的命，并不意味着以后一辈子都要在你面前摆出恩主的架势。”

老董笑了起来：“我一直都在说，你是一个怪人，不过倒是蛮对我胃口的。”

洛夜行回到雪严君留下的宅院时，夜色已经渐渐浓重，但雪严君生前的书房里却还亮着灯火，从窗户上隐约能看见萧轻盈的影子。看上去，她似乎在低头阅读着什么东西，手上不停地翻页，显得很专注。

“想要了解自己的老爹是什么人么？”洛夜行笑了笑。他也不去打搅萧轻盈，自顾自回到房间，倒头就睡。但没睡多久，他的门就被重重地拍响了，他迷迷糊糊地翻了个身，拿枕头压住脑袋，打算不理不睬，但拍门的人锲而不舍，持续地拍了两分钟，终于把他彻底惊醒。

他的第一反应是老董替他查到了什么，一下子从床上蹦起来，三步并作两步来到门边把门打开，但站在门外的并不是老董或者老董的手下，而是萧轻盈。

“小姐，房子我都还给你了，你还想干什么？真的打算连夜把我赶走么?”洛夜行不耐烦地揉着眼睛。

“我只是想问你一个问题。”萧轻盈说。

“明天问行不行?”

“不行！现在你就得告诉我!”萧轻盈一拳打在门框上，木质的门框被她砸得木渣四溅。

洛夜行看了一眼萧轻盈的手：“这可是你爹留给你的房子，打坏每一处都是你自己的损失。”

“我说过了，我什么东西都不要。你只需要回答清楚我的问题，我马上转身就走。”萧轻盈说。

洛夜行盯着对方的脸看了一会儿，终于长出了一口气：“你不需要转身就走。不过，请进来吧。”

萧轻盈走进房间，关上门，却并不在椅子上坐下，只是站在门边。洛夜行也不多说，坐在床上，打了个哈欠：“说吧，有什么问题要问?”

“我要你告诉我，雪严君到底是怎么死的，以及你知不知道他死前所办的最后一件案子的情况。”萧轻盈说。

“怎么死的？你来到这里之前没有打探清楚吗?”洛夜行有些奇怪，“至于他平时办什么案子，我压根不知道。”

“我打听清楚了，他是被寻仇的逃犯杀死的，但我想听你说一说，毕竟那时候你在场。”萧轻盈说。

“你怎么了？为什么会突然问起这个？”洛夜行说，“难道你发现了什么疑点？”

萧轻盈沉默了一会儿，轻轻点了点头：“是的。我在他留下的东西里，找到了疑点。我怀疑，他的死，并不是单纯的寻仇，而是有人想要灭口。”

“灭口？”

“是的，灭口，为了他死去之前所办的最后一桩案子。”

铜盒子里放着母亲的雕像。

萧轻盈久久凝视这个雕像，忽然间觉得自己胸中累积多年的对生父的仇恨与鄙夷减弱了许多。他并不是忘情的人啊，萧轻盈想，不然不会把雕像藏在这个地方。而且从雕像的磨损程度来看，他一定经常把雕像放在手里摩挲观看。这个一生都没有婚娶、也没有其他子嗣的男人，是不是就是坐在这张书桌前，在幽暗的烛光下端详着曾经爱过的女人的容貌，以此度过那一个又一个孤独而凄清的夜晚呢？

可你为什么不来找我们？为什么不来？难道其中有什么隐情？

萧轻盈发了很久的呆，才把木雕放到一边，开始翻检铜盒里的纸张。她发现这些都是雪严君历年来亲手写下的日记。可惜的是，这些日记统统都是他的破案笔记，上面全部都是与工作相关的东西，半点也没有涉及私人生活。她没能在上面找到一丁点和母亲有关的信息，心里难免有些失望。

不过看看那些破案记录倒也有些意思。自己是一个为了金钱就能取人性命的杀手，生父却偏偏是一个维护律法的虎翼司主事，自己应该是他抓捕的对象。从日志里可以看出，雪严君的确是一个查案高手，心思缜密，目光敏锐，总能注意到旁人容易忽视的细节。他的日志里所记录的那些推理过程，几乎可以作为捕快入门的教材使用了。

她甚至注意到，雪严君抓获过三名在宁南城刺杀城守未遂的血羽会刺客。当然，这三人严守着组织的规条，直到被判刑收监也没有吐露出组织的名字，但那三个人的名字萧轻盈却早就听说过。师兄就曾经多次用这三人来提醒萧轻盈："你可别太自以为是了，真以为天底下的捕快都是吃白饭的?"

不过，这一桩功劳被别人领了，所以萧轻盈并没有在故事里听到生父的名字。从这一则记录可以看出，雪严君并不太在意功名利禄，他通过蛛丝马迹查找到三位刺客的隐身之所后，就指点别人去抓捕了，自己隐身于幕后。

"幸好你死得早啊，"萧轻盈拍打着手里的纸张，自嘲地说，"不然要是你来抓我，还真是麻烦呢。"

她还在这些日志里看到了杀害雪严君的两名凶手的案件。按照雪严君的记载，那是两个穷凶极恶的人类悍匪，在澜州人类和羽族居住区的交界地带组成山寨，和一个羽人军师勾结在一起，手下的匪徒既有人类也有羽人，不分种族谁都打劫，手里犯下了无数大案子。这两人碰巧都曾经在面颊上受过伤，后来索性就在脸上纹上了黑色秃鹫的刺青，更加显得穷凶极恶，他们的手下也纷纷效仿，因此这群匪徒也被人们直接称之为"秃鹫"。

后来这个山寨被羽皇派兵剿灭，两位匪首逃遁到了雁都城，打算筹划一次鱼死网破的惊天血案，幸好被雪严君及时抓获。

也难怪他们要找生父报仇啊，萧轻盈想着。虽然她的身份也是黑帮组织里的杀手，和雪严君完全是两条道上的人，不知怎么的，此刻却隐隐有一些为雪严君感到自豪。

毕竟我的父亲是一个不寻常的人，在她的心底，有一个声音悄悄地说着。

不知不觉夜色已深。萧轻盈听到院门被打开，有人走了进来，径直进入西首第一间的房间，她知道，那是洛夜行回来了。

还真是不早了呢，萧轻盈想，先在雪严君的卧室将就睡一晚上，明天再接着看吧。反正此行已经找到了母亲心心念念的那个木雕，也证明了生父并不像过去想象的那么冷血薄情，也就算是有收获了。

她随手把这些纸张在桌子上拢起来，整理整齐，这时候从纸张的缝隙中掉出来一张薄薄的小纸条。她捡起纸条，漫不经心地瞟了一眼，忽然间眉头皱了起来。

这张纸条上写的是："此案还有相当的疑点。王国麟的死因绝不寻常，须寻找新的证据和切入点。可能幕后有文章。"

这张纸条没头没尾，没有其他多余的字，也没有日期，唯一有可能帮助辨识的就是"王国麟"这个人名，和雪严君留下的其他日志风格大不相同。在其他的日志里，他都会标明案件发生的时间、地点以及破案的时间，有时候连受害人的名字都会列举出来。

萧轻盈嗅到了一丝不祥的气息。凭借一个杀手的敏锐直觉，她感到这张字条有点不同寻常，可能其中包含着一些不为人知的东西。她收束起睡意，把自己还没看过的纸张又统统拿了出来，在上面一张一张地寻找着"王国麟"这个名字。最后，当这三个字终于在眼前出现时，她先是兴奋，继而困惑，内心深处隐隐有一股寒意升腾而起。

这个名叫王国麟的人，果然是雪严君曾经经办过的一桩案件中的死者。然而，这桩案子却并没有办完。在雪严君的日志里，这个案件只记录了个开头，没有破案，没有总结。

因为这就是雪严君生前所办的最后一件案子。从日期来看，就在办案的中途，在接手调查这个案子刚刚几天的时候，雪严君被那两个寻仇的逃犯杀害了。

所以对于这个案子，雪严君所留下的记录几乎只有对案情本身的现场陈述，而没有任何的调查进展。然而，单是现场陈述的寥寥数字，也透出一股浓烈的血腥味儿。

萧轻盈把这段文字反复念诵了几遍，直到自己能背出来为止。这真是一个惨烈的案件，她想，可是，会和生父的死有什么关联吗？

“四月十八日清晨，虎翼司接到报案，斗兽场‘猎风馆’的老板王国麟死亡。现场被发现时，王国麟的尸体被锁在一个关着斗兽场所饲养的狰的铁笼里，躯体几乎已被狰吃光。现场找到一些线索，但似乎还存在着疑点。”

第二章 妖虫

宏大的斗兽场里座无虚席。

在人群的欢呼声中，第一扇铁门被打开了，一只体形硕大的巨狰从门里慢慢走了出来。

寻常的狰一般体长五尺到七尺，高约八尺，但这只凶残的巨兽却高超过了一丈，体长大概接近丈二，有着豹子一样恶形恶状的头颅，尖锐的獠牙和利爪，厚实的外皮。而它那根长长的尾巴挥动起来犹如钢鞭，能一下子击碎岩石。它一步一步地走到斗兽场的中央，每一步踏在地面都带着沉闷的钝响，似乎在令大地颤抖。

巨狰张开大嘴，对着天空发出一声愤怒的嗥叫，那声音高亢刺耳，充满杀意。随着这一声嗥叫，观众们的激情也被点燃了。他们欢呼雀跃着，大叫着："快点出来！快点出来！"

随着观众们的召唤，第二扇铁门也被打开了。这次走出来的，是四个夸父。他们围着兽皮，皮肤有如岩石般粗糙，手里拿着大刀、长枪和巨斧之类的武器，谨慎地向着巨狰靠近。夸父是巨人的种族，这四个夸父的身高都在一丈四五尺左右，比巨狰还高一些，但从他们警惕的神情可以判断出，这头狰绝对不好对付。

巨狰注意到了敌人的靠近，它机警地转过身，看着身前的四个夸父，目光中流露出某种残忍和痛恨。这是两个恶斗了无数世代的物种，夸父搏杀普通的狰，巨狰搏杀夸父，彼此的血液中就蕴含着来自远古的仇恨记忆。

它俯下了身子，两条强壮的后腿微微弯曲，前爪不断地在地上摩擦，这是它捕猎前的准备动作。四个夸父显然对巨狰的习性非常熟悉，一见到它做出这样的动作，马上站成两前两后的队列，握紧了武器。他们不敢分散开来，因为当面对单独一只巨狰时，一头巨狰的全力一击很有可能是致命的。

显然巨狰也知道四个手持武器的夸父有多厉害，双方剑拔弩张地对峙着，好几分钟都不敢轻举妄动。这令等待着观赏一场大战的观众们十分失望，看台上开始响起了此起彼伏的嘘声。

就在这时，从斗兽场的后方，也就是巨狰和夸父出来的铁门后，传来一声尖锐的号角声。四个夸父听到号角声后，都是神情一变，显得又是愤怒又是无可奈何，脚下却已经移动起来，开始小心翼翼地接近巨狰。看来，这号角是催逼他们进击的信号。

移动就会带来破绽。巨狰捕捉到了夸父们前行中阵形的漏洞，猛然抢先发力。它后腿一蹬，整个身子像箭一样直射出去，扑向了最前方手拿巨斧的夸父。夸父看准了巨狰的来势，双手握斧横斩而出，斧刃正对着巨狰的前胸。

但巨狰似乎是早已算好对方的动作，腰部灵活地一扭，在半空中躲开了这一斧。而它钢鞭一样的长尾也在这时候骤然挥出，抽向旁边手执长枪的夸父。夸父猝不及防，被狰尾抽个正着，右手的指骨当即发出断裂的脆响。但他的应变也快，迅速收手扔掉长枪，没有受伤的左手一把抓住了狰尾。他暴喝一声，用尽全身的力气，揪住狰尾用力往地上一掼，把巨狰重重砸在地上。但巨狰皮糙肉厚，这一下摔在地上只是让它受了些轻微的擦伤。它立即翻身爬起，躲开了第三名夸父迎头劈来的大刀，一爪抓向第四个夸父的左腿。

第四名夸父手里所拿着的，是一根粗长的狼牙棒。见到巨狰向他挥爪，他却并不躲闪，而是调转棒头，像握着一柄捣药杵一样向下戳去。如果巨狰不收爪的话，夸父的小腿固然会受伤，它的爪子却也会遭受重创。

以一敌四，一定要尽量避免伤害，巨狰在这短短的一刹那做出了精确的判断。它硬生生收回了爪子，身体因为用力过猛而向右倾斜，索性顺势在地上一滚，逃出夸父们的包围圈。它站立起来，冲着夸父们怒嗥一声，双方陷入新的对峙。

这几下交手看似发生在极短的时间里，却蕴含着生死一发的无穷变化，先前还在嘘声不断的观众们一下子过足了瘾，嘘声也转化为暴风雨般的欢呼与喝彩。

“杀！杀！”他们齐声呼喝着，也不知是在叫夸父杀巨狰，还是叫巨狰杀夸父。

在正对着沙场的贵宾席里，观众却相对克制得多。这是整个斗兽场里视角最佳的位置，能坐到贵宾席里的基本都是羽族贵族或者外族贵宾。他们顾及着身份，只是面带矜持的微笑鼓着掌，相互之间交头接耳地评价几句。

“我可真是孤陋寡闻啊，早知道天空城还有这种水准的斗兽场，我恐怕早就到这里来了！”一个五十来岁的老年羽人贵族捋着胡须，眯缝着眼睛说：“不虚此行，不虚此行啊！”

“可不是，这也说明了我们羽族现在的强盛啊。”身旁一个女贵族附和说，“斗兽场这种东西，过去只有在人类的地盘才会有，现在我们也可以在羽族自己的城市里看到斗兽表演了。”

她侧过头，对身旁一个贵宾说："风先生好像并不怎么开心的样子？是不喜欢斗兽表演么？"

被她称为风先生的是一个看起来不到三十岁的年轻男人，眼瞳里泛着羽族特有的蓝色，头发却是羽人中较为少见的纯黑色，身材也不像一般羽人那样瘦削高挑，应该是个人羽混血。如那个女贵族所说，和其他人不一样，这位风先生一直坐在座位上，面无表情，一点也不像其他人那样兴奋。

听到女贵族的问话，他咳嗽了一声，不紧不慢地说："啊，倒还挺好看的，我刚才只是一直在想着别的事情，所以稍微有些走神罢了。"

"哦？您在想些什么呢？"女贵族问。

"我只是在想，在过去，在人类最强盛的时代里，那些东陆大城市的斗兽场地面上，除了夸父和狰之外，也流淌着我们羽人的血啊。"风先生说。

其他贵族的脸色都显得有些难看。风先生站起身来："我还有事，先走了，不打扰诸位的雅兴了。"

说完，他真的离开坐席，从贵宾席的出口处走了出去。贵族们面面相觑，都感到有些没趣。一个年纪较轻的贵族忍不住问："这个风先生到底是什么来头？在各位大人的面前，说话那么狂妄无礼，真是可恶。而且看他的形貌，不过是个人羽混血，何德何能可以和血统高贵的贵族们平起平坐？"

女贵族摇了摇头："他的确是人羽混血，但论起身份，一般的纯血贵族他可能还真不放在眼里。他就是翔瑞鸾驿的老板，风天逸。"

年轻贵族一怔："风天逸？翔瑞鸾驿？你是说，那个遍布全九州的货运商号，翔瑞鸾驿？"

"就是那个翔瑞鸾驿，"女贵族说，"九州的每一条道路上，都奔跑着翔瑞鸾驿的马匹。就是风天逸独创性地把运货和保镖结合起来，还利用遍布九州的驿站进行快速送货，搞得全九州的镖局倒闭了一半。”

年轻贵族不说话了，过了一会儿才讷讷地说：“那也难怪了。这么一个富可敌国的大老板，又是贵族后裔——尽管是混血——如果高兴的话，随手能买下十座这样的斗兽场。可是我不知道他竟然会那么年轻，看起来恐怕还不到三十岁吧？”

“的确很年轻，他接手这个商号的时候才十多岁呢，但他在商场上却极有手段，是一个相当强横霸道的人，让多少商界老手都犯怵，”女贵族说着，微微一笑，“今天他和我们说话，都已经算是相当客气了。”

年轻贵族耷拉着脑袋，不吭声了。过了好久，他才从牙缝里挤出一句：“有钱就是好啊……”

斗兽场内，伤痕累累的夸父和巨狰继续缠斗在一起，喝彩声越来越热烈，响彻云霄。

风天逸离开斗兽场，坐进了他的马车，车夫扬起鞭子，驾驶着马车驶往城中心。作为贵族的后代，风天逸在天空城也拥有自己的住所，并且正位于城市的中心地带。看到他的马车时，守卫的士兵没有做出任何阻拦，但眼神里却隐隐有一些混杂着嫉妒和不屑的复杂情绪。

这是一个名动九州的富豪。这是一个人羽混血。

风天逸回到自己的卧房里，脱下出行时穿着的设计繁复的羽族贵族礼服，换回一身舒适的便装。然后他慢慢地踱步来到楼下的花园里。此时正是下午，初秋的阳光温暖和煦，照在身上很是舒服，他在一张石椅上坐了下来，表情看起来很惬意。

相比于斗兽场里的惨烈厮杀，这位有钱的大老板似乎更享受独坐在阳光下静静发呆的感觉。

坐了一会儿之后，一片还没来得及变黄的树叶落了下来，正掉在他的左肩膀上。风天逸漫不经心地偏头看了一眼，右手伸出，很随意地把树叶掸了下去。

然而，就在树叶开始下落的那一瞬间，一道银色的光芒从他的右手里射出，方向正好和树叶相反，是笔直地射向了上方。这一道银色光芒带着破空的尖啸，射入了风天逸头顶密密的树叶里，树叶里传来叮的一声金属碰撞的响声，那道银色光芒斜飞出去，掉落在地上，原来是一枚小小的飞镖。

还没等飞镖落地，风天逸已经拔一跃而起，跳到了大树的枝叶之间。树顶上传来几声拳脚相交的声响，像是他和什么人打起来了，但没过几秒钟，风天逸忽然大叫一声："是你！"

他迅速从树上跳将下来，落在了地上。很快的，另一个人影也跟着跳下。这是一个人类女子，看上去有二十多岁，一张圆圆的苹果脸生得很可爱，但眼神里有一种很奇特的倔强，还略有一点点……呆。

风天逸和女子对视了一会儿，两人都没有说话。最后还是风天逸先打破了沉默："你躲在我的花园树上干什么？扮狗熊么？"

"你……你才狗熊呢！"女子哼唧着，"你下手还真是重，要不是我这些年武功有了进展，刚才就被你打下来啦！"

"废话，我哪儿知道蹲在树上的是狗熊还是刺客呢？"风天逸白了她一眼，"我这样有身份的人，当然得谨慎为先了！"

女子正想说话，肚子里却发出咕咕的声响，她脸上微微一红，风天逸笑了起来："树上没有蜂蜜，难怪你饿了，走吧，跟我吃饭去。”

女子哦了一声，跟着他向楼里走去，走出几步，忽然反应过来了：“树上没有……蜂蜜？你还是在说我是狗熊？”

风天逸哈哈大笑，对着身前走过来的仆人指了指女子：“这是白茯苓小姐，是我的客人，快去替她准备晚餐。”

他顿了顿，又补充说：“她可以在院里随便走动，去哪里都行。”

白茯苓看来是真的饿坏了，几乎一个人把一桌子的素餐风卷残云似的消灭了个干净。风天逸一直坐在旁边，饶有兴味地看着她，几乎没有动筷。直到每一个碗碟都空了之后，白茯苓才满足地叹息一声，然后发现似乎风天逸什么都没吃。

“对不起，我实在是饿坏了，你们羽人吃的东西没有肉，又不容易吃饱……”她低下头，像是个做了错事的孩子。

风天逸扑哧一声：“你到底是有多长时间没吃饭了？饿成这样？”

白茯苓想了想：“大概有……快一天了吧。天空城里到处守备森严，我一直逃啊逃啊，根本没顾得上吃饭。”

“逃？有人在追你？”风天逸眉头微蹙，“什么人在追你？你又为什么会来天空城？几年前你离开的时候，不是说你厌倦了羽族的一切，以后也不会进入这座城市么？”

“你又不是不知道我，计划总是赶不上变化嘛……”白茯苓嘟嘟囔囔地说，“离开翔瑞鸾驿之后，我也想要去做其他的营生，可是都做不好，我发现我还是最适合押运货物——你以前也夸我腿脚最麻利。可是我都跟你说了我不在你的商号做啦，又不好意思反悔，只好再去找别的事儿做。后来我认识了一个人，他介绍给我做一份活，是在九州各地跑腿送东西，而且送的货物一般都很轻，并不费力。”

“帮他跑腿送东西？还都是很轻的东西？”风天逸思索片刻，脸上显露出恍然大悟的神色，“你这孩子，真是呆到无可救药了，难怪被人利用。那个人一定是犯罪组织的人，利用你传送一些不可告人的情报之类的玩意儿。”

白茯苓竟然也跟着作恍然大悟状：“啊？原来是这样？那我岂不是成了犯罪组织的帮凶了？难怪他们要抓我呢！”

“谁？谁抓你？到底是怎么回事？”

“我这次也是帮那个家伙送一样东西到天空城，给他的同伴，或许就是你说的……情报之类的东西吧。反正我把东西送到了，还没来得及离开天空城，忽然就有虎翼司的人抓我。我东躲西藏，幸好最后打听到了你的住址，就跑来碰碰运气了，看能不能撞上你。总算我运气还不错。”白茯苓说。

风天逸哭笑不得：“你这孩子真是无可救药了……可你知不知道，你帮助传递情报的到底是什么组织？”

“那些虎翼司追我的人嘴里一直念叨着‘血羽会’。”白茯苓回答。

“血羽会？你没听错？”风天逸的眼睛一下子瞪圆了。

“是的，就是血羽会。”白茯苓肯定地点点头。

风天逸以手扶额：“我他妈上辈子一定欠你的！”

“我还真是从来没关心过他平时办些什么案子，”洛夜行说，“不过照你刚才说的，他是在办那个斗兽场老板的凶杀案时死的？那个案子我倒是听说过，赌坊里的人最喜欢散布各种耸人听闻的流言。”

“凶杀案？那个老板最后被定为凶杀了？罪犯是谁？”萧轻盈若

有所思，“快给我仔细讲讲！”

“看来你一着急就把礼貌什么的全丢了……”洛夜行摇摇头，“给你讲讲可以。不过那桩案子我也只是听来的，我不能保证绝对真实。”

如前所述，天空城在建立之初，就定下了“炫耀”的基调。在羽皇心目中，这座高翔于云天之上的城市绝不仅仅是行政都城，也不仅仅是让有身份的贵族们居住的一个地点，它还应该担负起向九州其他种族展示羽族强大实力的示威重任。所以，即便天空城内寸土寸金，羽皇还是钦定了一块土地，修建了一座斗兽场。斗兽场的土地和建筑属于皇室，但却交给有运营经验的外人来承运，皇室从收入中分成。

第一位承运人就是案件中的死者，王国麟，一个并非贵族的羽族平民。这其实有点赶鸭子上架的味道，因为羽族历史上并未出现过真正大规模的斗兽场——这玩意儿更符合人族的恶趣味。但考虑到羽人也曾经作为角斗士在人类斗兽场中出现过，让人类来运营难免会唤起羽人屈辱的种族记忆，所以必须交给羽人。

然而，要管理大批的猛兽以及夸父这样的异族奴隶，绝非易事，要让它们完成斗兽场上的性命厮杀以博观众一乐就更难了，万一惹出点麻烦那可就是马屁拍到马蹄子上了，所以并没有哪个贵族敢接手。这时候有一位贵族想起了他曾经认识的一个人。

“有一个叫王国麟的人，常年在人类的地盘鬼混，专长于捕兽驯兽，听说已经在宛州经营了一个很大的驯兽班，到处巡回表演。这是我能想起的唯一能干这件事的羽人了。不过，这个人是下三翼的贱民，为人很粗鄙，连字都不认识……”

“无妨，就找他来试试吧，驯兽又不是练字作诗文，”羽皇说，“钱不是问题，如果能把斗兽场运营好，还可以赏赐他爵位和姓氏。”

于是王国麟就这么被请到了天空城。这个在人类社会里沾染了一身商贾精明的羽族平民，敏锐地意识到这件事能为他带来用多少金钱也换不到的东西——世袭的爵位、高贵的姓氏，这两者足以帮助他的后代填平先辈们无法跨越的阶层鸿沟，于是果断接受了羽皇的委任。他把自己手里全部的野兽都运到了天空城，利用羽皇拨给的资金购买了许多新的猛兽，又在羽皇的特批下得到了一些夸父俘虏，甚至“猎风馆”这个名字都是羽皇御赐。

“这个世界上体型最庞大的生物，就是大风了吧？”羽皇说，“那我们的斗兽场就叫‘猎风’好了。这是羽族的霸气。”

王国麟没有辜负羽皇的信任。三年的时间里，他把猎风馆经营得有声有色，让“去斗兽场看一次角斗表演”成了许多人来到天空城的必选项目。他牢牢地坚持着自己的目标：地位比金钱更重要，除了修建了一座豪华的宅院之外，把赚来的钱基本都用于购买猛兽和聘请有经验的驯兽师，以及给野兽和角斗士们提供高质量的饮食。这些行为极大讨好了羽皇，看上去，一个爵位离他并不遥远了。

谁也没想到，他会那么快地死去，死在他驯养的猛兽口中。

那是一个春日的清晨，王国麟去喂养猎风馆新近购进的一头四角牦牛。这头四角牦牛体形庞大，价值不菲，兼之生性十分暴躁凶恶，他并不放心把这头牦牛交给别人照管，而是由自己和另一名人族的老驯兽师轮流负责喂养，已经有好几天了。

他带着准备好的草料去往关押着四角牦牛的特制铁笼，却再也没有回来。不久之后，人们发现王国麟没有出现在日常的斗兽场例会中，觉得不对劲，连忙四处寻找，最后在一个关狰的笼子里找到了他。这也是一只购进不久的狰，还在驯化过程中，攻击性极强，尤其仇恨人。

所以王国麟的结局可想而知。被找到时，他的身体已经被狰吃掉了一大半，幸好头颅还在，可以供人们准确无误地辨认出他的身份。狰满意地享用着这顿意外得来的美餐，对涌来的人流视若无睹。

人们开始认为这是一场意外，或许是王国麟喂完了牦牛又去喂狰，一不小心被狰拖进了笼子里，这才被吃掉的。但很快地，大家发现了不对劲的地方：笼子是上了锁的。也就是说，要么是王国麟穿越了那些坚固而密集的铁栏杆进入铁笼里，要么是……有人把他塞进了笼子，然后锁上了门。

锁门的钥匙就掉落在笼门边。这正是王国麟随身携带的那一把。

虎翼司的捕快们很快赶到现场。鉴于猎风馆的特殊性，主事雪严君也亲自赶到。现场除了王国麟和老驯兽师两人的足迹之外，并没有其他新鲜的痕迹。

老驯兽师理所当然地被当成首要嫌疑犯。尽管他声称案发时他正在家里睡觉，可他是一个孤身一人的老光棍，无妻无子一个人独居，根本找不到任何证人。倒是猎风馆的人们纷纷证实，老驯兽师因为不满意王国麟的跋扈专横，经常和他产生口角，有一次还差点抄家伙打起来。

“我告诉你，扁毛！别以为你是老板就了不起，惹毛了老子剁了你！”老驯兽师暴怒之下口不择言，连羽人大忌的词汇都蹦出来了。

老驯兽师自然被作为头号嫌疑犯带回了虎翼司。两天之后，发生了一件意外，正在经办此案的雪严君遇刺身亡，不过这并不会影响案件的办理，接手案子的另一位主事很快想办法让老驯兽师招供了，案子水落石出尘埃落定。

王国麟这样的小人物，死了也就死了，反正猎风馆的架子已经搭起来了，斗兽场的运营早就走上了正轨，他也没有更多利用价值了。羽皇另外换人管理斗兽场，心里大概还隐隐有一些高兴王国麟的死——毕竟他因此省下了一个爵位。

所以老驯兽师最终并没有被判死刑，只是押入重犯监狱终身囚禁。猎风馆停业两天后继续开展角斗表演，一切如常。

“全部经过就是这样，”洛夜行说，“反正都是从别人那里听来的，也不知道有多少是准确的。”

“知道了这些，也就很好啦，谢谢，”萧轻盈说，“这次算是有礼貌了吧？”

洛夜行扑哧一笑：“马马虎虎吧。你刚才是不是还想问，你父亲遇刺时的情状？”

“他不是我父……”萧轻盈想要说“他不是我父亲”，眼前却忽然闪现出那个被摩挲得掉了漆的木雕。她心里微微一酸，没有再否认：“嗯，麻烦你再说一说。”

“那一天我喝了点酒，回家很晚，发现老雪居然还没睡。”洛夜行说，“他一向很注重养生，即便办案的时候也绝少熬夜，我有些奇怪，就去敲他的门问问。他并没有开门，只是在房间里说，他在研究一些案情里的紧要线索，让我不必担心。

“我没有多想，回去睡了，到了深夜时分，忽然听到外面有一些异样的响动。我连忙赶过去，发现你父亲已经躺在地上，腰间有一道并不算太深的伤口，但伤口里流出的血是黑色的，全身的皮肤已经泛出青紫色。我想要扶起他，他却猛一振袖，把我的手打开，几乎是嘶吼着对我说：‘别碰我！有剧毒！’

“我不擅毒术，正想出门去找大夫，他叫住我，用最后的力气说：‘来不及了。你听我说，我有一个私生女，不知在何方，如果……如果……’说到这里。他就断气了。这是他第一次对我提起他有一个私生女，却也是最后一次了，尽管话并没有说完，但他话里的意思我能猜到。这几年来，我虽然住在这个宅子里，却每天都在等着你上门。”

萧轻盈低下头去，又体会到了那种眼睛发热的感觉。她没有料到，父亲临死前的最后一句遗言，竟然会是提到她。先前的疑惑再次涌上心头：父亲明明很在乎她们母子俩，却为何从来不去寻找她们，宁可自己孤独一生？

洛夜行接着说：“后来，虎翼司捉住了凶手，那是以前被你父亲抓获的两个悍匪。他们对杀害你父亲的罪行供认不讳，因此虎翼司迅速结案了，并将他们斩首。我当时本来想离开的，却发现官府并没有人来收回你父亲的房子，干脆就一直住在这儿了。”

“你把房子照看得很好，谢谢，”萧轻盈说着，犹豫了一下，“不过，太脏了。”

“你还真是直白……”洛夜行笑了起来，“反正以后房子是你的了，你就想办法把它弄干净吧。”

萧轻盈摇摇头：“我说过的话是不会变的。我不属于天空城，也不会要这座房子。这件事以后不要提了。”

洛夜行一摊手：“我也还是那句话，随你便吧。你现在不要，我就继续替你看房好了，直到你改变主意。”

“对了，我还没问过，你和他是怎么认识的呢？”萧轻盈说，“你们俩年纪差那么远，性子好像也完全不一样。”

“那是个很长的故事，不过可以简单地浓缩一下，”洛夜行说，“在天空城建成之前，有那么一次，老雪去中州和一位人类的女捕快一起办案，遇上了一些小麻烦。我当时看那个女捕快长得漂亮，就见色起意帮了他们一把，于是大家就认识啦。”

“你刚刚夸我直白，你自己也不差嘛。”萧轻盈哈哈笑了起来，心里的种种郁闷似乎稍微缓解了一些。

“现在该知道的都知道了，你打算怎么办呢？”洛夜行问，“就凭老雪留下来的只言片语，你就怀疑那个案子有问题，然后打算替他讨还公道？”

萧轻盈搔了搔头皮：“讨还公道什么的，倒也不至于，毕竟人已经死了，什么样的公道也没法让死人活过来。其实我就是……闲得无事可做随便打发打发时间。我这个人，一向被朋友嘲笑，说我行事鲁莽冲动、毫无远见，经常凭着一时的喜好去做事。现在……大概就是这样的突发奇想了吧。”

洛夜行目光炯炯地看着萧轻盈，似乎是想要看穿她内心真实的念头，但最后，他只是淡淡地一笑：“有时候鲁莽冲动也未必是坏事。不过原谅我没法帮你了，我最近也有自己的要事需要办。”

“你已经帮了我很多了，”萧轻盈说，“剩下的事情，我会自己去解决。”

“嗯，你倒是有那个本事，”洛夜行说，“那天在赌坊里打人的时候，出手又准又快，一看就知道不只练过，还在道上混过。你到底是做什么的？”

萧轻盈犹豫了一下，洛夜行摆摆手：“不方便说就不用说了。我只是随口一问而已……你怎么了？”

他发现萧轻盈的神情变得有点奇怪，好像是在倾听着什么。萧轻盈冲他摆了摆手，示意他安静，身子慢慢蹲了下来，似乎她所听到的声音来自较低的地方。

“你的这间屋子，下面有什么地道吗？”萧轻盈问。

“地道？没有啊。”洛夜行有些莫名其妙，“你是听到了什么声音吗？”

“有什么小东西在咱们的脚底下，”萧轻盈说着，双手缩回袖子里，再伸出时，已经戴上了她的杀人手套，“不一般的小东西。你退到门口去。”

洛夜行显得很听话，退到了门边。萧轻盈也慢慢靠到墙边，目光中流露出一种不可阻挡的杀意，这一刹那，她浑身的气势都起了变化，既不像是一个不愿多动脑子的莽撞傻妞，也不像是一个正在感怀亡父的忧伤的少女，而是变成了一个如冰般冷酷无情的杀手。

很快地，洛夜行的耳朵也捕捉到了地下传来的响动。如萧轻盈所说，有什么体积很小的东西在地下钻来钻去，越靠近地面声音越清楚。听上去，这玩意儿有着不错的挖掘能力，行进速度并不慢。

“这是什么？老鼠么？”洛夜行自言自语，“看来这院子我真的该好好收拾收拾了……”

然而他刚刚说完，地面上突然出现了一个圆洞，一个奇怪的小东西从洞里钻了出来。那是一只椭圆形的红色虫子，有着坚硬的外壳和蜈蚣一样的密密麻麻的短腿，看上去极为丑陋怪异。而最让人不寒而栗的是它头部的那对大颚，一看就极具攻击性。

“你在天空城见过这种东西么？”萧轻盈一边问，一边紧盯着这只虫子，双手手指微微活动着。

洛夜行摇摇头：“没有，别说天空城，哪儿都没见过。”

两人的说话声吸引了虫子的注意。它高昂起半边身体，丑恶的头颅对着萧轻盈，大颚就像一只钳子，不停开合。忽然间，它的身体，渐渐缩短，几乎缩到只有体长的一半，继而猛地一松，就像一根蓄力的弹簧一样，嗖的一声冲向了萧轻盈。

萧轻盈冷笑一声，等到虫子飞到她跟前时，右手闪电般地一切，正好切在怪虫的腰间。怪虫发出吱呀一声怪叫，身子瞬间被切成了两半，落在地上仍在拼命挣扎，断口处流出绿色的脓液。

“注意别碰，”萧轻盈说，“多半有毒。”

“我明白，”洛夜行说，“这虫子确实相当古怪，看刚才攻击你的速度和力道，要是钻进了普通人的家里，恐怕会伤害不少人，唔……”

他的眉头微皱，像是在思索着什么。正当他陷入沉思之际，正在地上挣扎的虫子的前半截身子突然再度弹起，直冲冲地对着他飞了过去。

“当心！”萧轻盈惊叫一声，想要替他阻挡已经来不及了，只能眼睁睁看着那对疑似有剧毒的大颚飞向洛夜行的面门。

但接下来的事情大大出乎她的意料。洛夜行站在原地，一动也没有动，甚至连姿态都没什么变化，那只怪虫飞到他跟前时，却像是撞上了一道看不见的屏障，一下子停滞在半空中。紧跟着，它的身体罩上了一层白霜，动作也变得僵硬，勉强挣扎了几下之后，不再动弹了。它啪嗒一声落在地上，摔成了七八截碎块。

就在刚才的那一刹那，它被某种无形的力量冻结成了冰块。

“我明白了，你是一个秘术师，”萧轻盈说，“倒是真没看出来。”

洛夜行没有应答。他只是蹲下身来，看着怪虫的碎尸，过了半晌才说：“我总算明白那个伤人的‘妖’是什么玩意儿了。”

“妖？什么妖？”萧轻盈莫名其妙。

“我最近听人说，天空城忽然发生了若干起伤人案，关键词是一个‘妖’字。当时我还没想明白是什么妖，现在我有点明白了，那个人想要说的，应该是‘妖虫’。”

萧轻盈默然，心里忽然有了一些不祥的预感。地上妖虫的尸块在她眼里变得分外狰狞。

白茯苓的到来让风府的仆人们猜测纷纷。风天逸在过去的几年里一直单身一人没有讨老婆，现在却忽然收留了一个来路不明的美丽姑娘，难免让人浮想联翩。风天逸家大业大，在九州很多地方都有宅院，天空城的这些仆人平时不跟随他走动，原本对他身边的事并不熟悉。

一天后，一个替翔瑞鸾驿运送货物的车夫来为风天逸运送几件商业伙伴送来的礼品，正听到仆人们的议论，不觉哑然。

“我知道你们说的那个白茯苓小姐，”车夫说，“她过去和主上的关系可是很亲密呢，不过那已经是七八年前的事情了，那会儿天空城都还只是一座空中堡垒呢。”

“快讲讲快讲讲！”仆人们兴趣大发。

“白小姐过去也是翔瑞鸾驿的运工，因为腿脚麻利跑得特别快，专门运送各种急件，大概就和故事里说的朝廷八百里加急差不多吧，”车夫说，“听说她性子憨直，即便是面对主上也敢于争执，主上反而因此器重她。后来……好像是主上被强加了一桩他十分不喜欢的婚姻，他为了拒绝这桩婚事，就硬逼白小姐假装是他的情人。你们也知道，主上一向霸道得要命，又舍得掏钱，白茯苓没有办法，只好配合着他演演戏。

“后来的事情我就不太清楚了，我只是个小车夫而已。总之在七八年前，白小姐不知为了什么离开了翔瑞鸾驿，这也是我这么多年来第一次听说她的消息。”

就在仆人们叽叽喳喳嚼着舌头的时候，风天逸正在书房里大发雷霆。白茯苓站在他的面前，神情淡然，仿佛对他发火的样子习以为常。

“我早就跟你说过，不要乱动我的东西！但是你每次都不听！”风天逸用力拍着桌子，“我桌上的东西全都是有用的，你这么一搅和，我又得从零开始找起。”

“那么乱，我看不下去。”白茯苓说。

“你……”风天逸伸手指着白茯苓，双目圆瞪，看样子是想把她撕成碎片。最后他却只是摆了摆手，一脸郁闷地坐了下来。

“就算是老子欠你的吧。”他哼了一声。

白茯苓望着他，轻轻叹了口气，眼神里忽然多了几分温柔：“这些年来，你过得还好吗？”

“我？还是九州最有钱的人之一，还是最让纯血统的贵族们嫉恨的人之一，还是下属们心目中的恶人老板……”风天逸微笑着，“还是光棍一条。”

白茯苓低下头，没有说话。风天逸伸了个懒腰：“这两天我让人查了一下血羽会的事情，你恐怕惹上大麻烦了。据说是血羽会最近在筹划一次很重要的刺杀，刺杀对象不详，只能肯定是天空城里极有身份的角色，甚至不能排除是羽皇。他们在天空城安排了不只一个内应，还可能派遣了新刺客入城。虎翼司抓住了一个血羽会的内应，然而无论怎么拷问，对方都坚决不肯透露同伴的身份。也就是说，现在城里可能有着不止一个血羽会的杀手隐藏着。”

“难怪他们想要抓我，”白茯苓恍然大悟，“肯定是把我当成血羽会的人了。可我不是血羽会的啊，我就是帮他们送东西而已。”

“你解释得清吗？”风天逸嗤了一声，“帮他们送东西，就会被当成同伙。血羽会还从来没有对天空城里的目标下过手，虎翼司很重视，就算我出面也没用。现在唯一能做的，就是把你藏起来。真是没见过那么笨的，自己往火坑里跳。”

白茯苓刚刚抬起的头又垂下去了：“对不起，我老是给你惹麻烦。”

风天逸的嘴角一歪，似乎又想说出些什么刻薄的话语，但最后，他的面容也忽然间变得温和。

“没事儿，我习惯了，”风天逸说，“有些年头你没给我找麻烦了，还挺怀念的呢。”

白茯苓不敢搭腔，过了一会儿才问：“我还没问过你呢，你这次来天空城，是有什么重要的事情要做么？”

“也不算什么大事，”风天逸说，“有一个得力手下得了怪病，突然间昏迷不醒。他一直负责天空城分号的生意，而且最近正在按我的指示筹划着新分号的准备事宜。这一昏迷，很多事就没有人照管了。所以我匆匆赶了过来，安排一下各项事宜，然后等着新的分号掌柜到位就可以离开了。不过，既然撞上了你这档子事，我就多留几天吧，反正待在哪儿都是一回事。”

“得了怪病？昏迷不醒？”白茯苓歪着头想了想，“奇怪了，我来到天空城的时候，所住的客栈里也有一个伙计得了差不多的病，也是莫名其妙就昏迷了，一直醒不过来。”

“听起来……别是什么恶性的传染病吧，”风天逸眉头微皱，“那样的话，可不大好办了。”

他伸出手，在书桌角落里的一个按钮上按了一下。半分钟后，一个健壮的中年汉子走进了书房。

“主人。”中年汉子虽然并未身着仆人的服饰，却显得对风天逸十分恭敬，只是那张脸一直绷得像石头，毫无表情。

“马旗，你去查一查，城里还有没有其他的突然染病昏迷不醒的人。”风天逸吩咐说。

“我已经查过了，”名叫马旗的汉子回答，“这些日子以来，天空城内已经发生了不下二十起此类突然昏迷不醒的事件，分布在全城各处，症状都十分相似。而除了天空城，宁州各地暂时没有发生类似的事情。”

“你不愧是最懂我心思的人，”风天逸夸奖说，“那么，他们昏迷的原因，有什么说法吗？”

“我打听到一个传言，还没有得到证实。”马旗说，“有可能是和某种红色的妖虫有关。”

“红色的妖虫？”风天逸微微一怔，“详细说来听听。”

“听说，在某一位民间大夫的家里，大夫和他的儿子都得了这种怪病，但大夫的夫人却亲眼目击到，他们是被一只从地下钻出来的红色虫子袭击后才昏迷的，而那只虫子伤人之后，又躲回了地下，踪影全无。虎翼司听说后，连夜检查了所有的病人，果然在他们身上的不同部位都找到了伤口。现在消息被虎翼司封锁了，想来是怕引起城内混乱，大夫们和毒术师们正在化验血液，寻找毒质以及解毒的方法。”

“的确是，地下随时可能钻出伤人的妖虫，这样的消息足以引起民众恐慌，”风天逸说，“不过，要对付这种虫子也是一桩让人头疼的事情。至少得想办法抓到一只，才知道它的特性如何，毒又该怎么解。”

“还有一种说法，虎翼司认为，这样的妖虫绝不可能平白无故出现在天空城，说不定是有人故意投放的，”马旗说，“所以，那些外来的异族人首当其冲，成为重点怀疑对象。”

“嗯，某些笨蛋现在可是双重嫌犯了，”风天逸两眼望着天花板，“一边要被当成血羽会的党羽，一边要当成把妖虫带进天空城的异族敌人……那可是多少条命都不够用啊。”

白茯苓一脸不忿，却也找不到什么话反击，只能站在一旁生闷气。风天逸接着说：“马旗，你想办法安排一趟货物，神不知鬼不觉地把这个笨蛋送出天空城吧。”

“我……”白茯苓想要说些什么，却欲言又止。

“就这么定了。”风天逸一摆手。

马旗离开后，风天逸随手拿起一本账本翻开，却并没有看，脸上表情阴晴不定，像是在想着什么很让他烦心的事。白茯苓低声说：“别心烦啦，都是我不好。我听你的安排，要我什么时候走我就什么时候走。”

“你知道我不希望你走。”风天逸淡淡地说。

白茯苓一愣，脸上微微一红，风天逸接着说：“但是你非走不可。”

“非走不可？为什么？”白茯苓不解。

“我有一种预感，有毒的妖虫，血羽会的入侵，这两件事情同时发生，不会是偶然的。”风天逸说，“天空城是一个特殊的地方，特殊到过去几千年都从未出现过如此复杂、如此牵连甚广的城市。如果在这座城市里要发生什么，那就一定是大事。你作为一个异族人，在这里继续待下去太危险了，我都未必能保护得了你。”

“我明白。但你为什么不走？”白茯苓说，“你不是也一向不喜欢卷进这一类的事情里去么？”

“我不喜欢，但却必须处理完生意上的事才能走，而到了那个时候……可能已经泥足深陷，想走也走不了了。”风天逸说，“当一个大老板就是这样，并不是想去哪儿就能去哪儿的。”

听完老董的讲述后，洛夜行半闭着眼睛，身体靠在椅子上，许久没有说话。

“喂，兄弟，你不会是睡着了吧？”老董摇摇他的肩膀。

“啊，没有，没有，虽然我确实是很想睡，昨晚没睡好……”洛夜行说着，疲倦地揉揉双眼，“我只是在想，这个妖虫的事件，真是很麻烦啊。天空城建成以来，还没有遇到过这种事儿呢。我同意你的猜测，这百分之百是人为。”

“这种事可大可小，但放在天空城，一定是大事，”老董分析说，“一旦闹起来导致人心惶惶，丢的可是羽皇的脸面。虎翼司绝对不会放松。所以说，你的那位单恋对象就算被证明无罪，轻易也是不会放出来的，因为……”

“因为万一解决不了，他们需要替罪羊。”洛夜行的眼睛睁开了，“因为用异族做替罪羊，可以最大限度地激起羽人们的同仇敌忾之心，而不会有人去关注真正的凶手是谁。他妈的，别再用‘单恋对象’这种词儿行不行？听得老子好心酸。”

老董哈哈哈地大笑起来。临近柜台的桌子上的赌徒听到笑声，扭头望了一眼，又继续事不关已地继续掷骰子。此时正是白天，赌场里依然是那股永远也不会散去的混杂着烟味儿、酒味儿、汗味儿的气息，只是人比夜间少得多。因为能在此刻来到赌场的，大多是贵族人家里轮值夜班的下人；那些晚间的熟客，这时候大抵是在贵族们身边被呼来喝去，并且等待着夜间放松时刻的到来。

如此循环往复，直到生命的终结。

“有时候，看着这些人，我才能体会到，为什么那么多羽人宁可忍受着异族的白眼，也要去宛州、中州甚至瀚州讨生活；为什么宁南城这样模仿人类而建的商业城市会发展如此迅速，很快超越那些传统的羽族大城市。”洛夜行喝了一口浓茶。“哪怕被人当成异类，哪怕需要付出极其艰辛的代价，在那些地方，穷人至少有翻身往上爬的机会。可是在天空城这样的地方，下人就是下人，贱民就是贱民，一辈子都没有出头的机会，一辈子都只能在伺候完主人之后，拿着微薄的薪水，跑到贫民区的破烂赌坊里麻醉自己，下注的单位都是铜锱……”

“那你呢？”老董看着他，“你和那些普通的贫民不一样，你的智慧、见识，即便是很多贵族都无法比拟。而且，你的秘术那么厉害，就算去做山贼也没问题吧？你偏偏就这么迷迷糊糊地打发日子，和我这样的庸人一起看一个你口中的破烂小赌坊。你也不怕骨头烂掉？”

“我只是单纯的懒而已，”洛夜行放下茶杯，“有一张床睡，每顿饭有点儿肉吃，我就觉得生活没什么值得追求的了。”

老董摇摇头：“我还真没见过像你这么爱吃肉的羽人……不过，你喜欢的那位人类女捕快，你也不打算花点力气去追求？”

洛夜行的眼神黯淡了下来：“没有用的。我喜欢她，就是因为她性子坚强，从不轻易动摇。”

他摇了摇手：“不说这些了。这段日子的赌场。麻烦你安排其他人帮我看着，我需要出去一趟。对了，还得支一些钱。”

“为了救出心爱的女人，暂时抛掉你的懒散？”老董坏笑一声，“你得有年头没出过城了。”

“废话，这种事儿都懒的话，我的骨头就真烂掉了……”洛夜行说着，起身离开。

走到街上时，他才发现，街边巡逻的军士多了起来。大概是妖虫的事情已经引起了官方的高度警惕吧？洛夜行猜测。

他回到雪严君的宅院里，发现萧轻盈已经不知去向。他在雪严君的书房里给萧轻盈留下一张字条，回到屋里收拾了一些随身衣物，走向了城门口。在那里，摆渡舟正在上上下下，循环不休。

站在天空城边缘的时候，洛夜行才注意到这座城市所处的高度。那些缥缥缈缈的云气缠绕于周围，地下的一切都被笼罩在白雾中无法看清，只有一条条巨大的摆渡舟联系着大地与天空。成群的飞鸟从脚下飞过，恍如海里的游鱼。他不禁产生了一种古怪的联想。

九州就像是一片大海，而天空城，是海上唯一的一条船。

“真是让人挤破头的一条船啊。”洛夜行自言自语着。

查验完身份后，洛夜行登上了摆渡舟。在星辰力的驱动下，摆渡舟从高空中迅速地下降，让他感觉仿佛自己的身体都变轻了，正在飘浮而起。

不过，这样的飘浮感并没有持续多久。摆渡舟终究还是落在了地面上，一阵震动后，停稳当了。他走出摆渡舟，踩在了宁州的土地上。

“奇怪了，在天上的时候没什么感觉，现在才觉得真正的土地更稳啊。”身边几个人在谈笑。

“一个是人力创造出的地面，一个是天神创造的大地，不一样的嘛。”

洛夜行在心里冷笑了一声。他从来对什么天神地神的说法心怀鄙夷，不过，这个人倒也说出了事实：踩在天空中的城市地面，大概的确不如踩在真实的土地上那么踏实。

天空城所对应的地面位置，距离旧日的都城齐格林并不远。这座繁盛千年的旧都，既承载了羽族无数光辉的历史，也见证过羽族无数的屈辱。在很长一段时间里，它甚至被雁都之类的新都城所取代。而现在，当天空城升天之后，它仿佛再度被遗弃。

遗弃。这个词只有当真正走入齐格林的时候才能更好地体会。往日那整齐肃穆中带着威严的城市容貌，在短短几年的时间里已经荡然无存，如今呈现在洛夜行眼前的，是一派破败而脏污的景象。那些原本郁郁葱葱茂盛生长的外围林木，现在已经有不少干枯了，洛夜行猜测是从天空城运下来并倾倒在附近的垃圾影响了水质和土质。

城市里并不如洛夜行所想象的那样空荡而冷清。事实上，街面上仍然有不少的行人。但走近了就可以看出来，这些人的身上都带有贫穷刻下的深深的影子，他们衣衫陈旧甚至破烂，脸上带着劳累艰苦的生活留下的衰老印记，目光里往往带着一种令人不寒而栗的麻木。

而齐格林的城市结构也起了很大的变化。这里很多地方都被辟为仓库，辟为牲畜圈栏，辟为各种加工场所，已经沦为天空城的大仓库和中转站。尤其是此地的黏土被大量开采、用于生产天空城所需要的特殊建筑材料，整座城的周围被挖掘出了许多大大小小的巨坑。

齐格林已经不再是过往的那座荣耀之城。现在的它，只是天空城的附庸，或者说，奴隶。当天空城成了羽族的新图腾之后，齐格林正在等待着死亡。

洛夜行走过一个宏大的树屋建筑群，尽管门牌早已脱落，他还是能认出，这里曾经是青都羽氏家族的老宅。羽氏是羽族最古老的姓氏之一，历史上也曾经建立过羽姓王朝，一直是齐格林城内最重要的家族。而现在，这个宅院里的大部分人迁往天空城，剩余的去往他乡，往日人声鼎沸的宅院，如今人去楼空，只有飞鸟和小兽穿行其间。

离开羽宅后，他拐进了一条僻静的小巷。这条小巷狭窄而肮脏，地上满是垃圾便溺。大约走到小巷中央时，忽然背后传来几声异响，似乎有人从小巷边的墙上跳了下来，正好落在洛夜行身后。随即，一阵劲风袭来，像是这个人在用什么锐器向着他的后背用力砍来。

洛夜行停住脚步，手指随意地向后指了一指，劲风立即停止。他慢慢转过身来，只见背后站着一个瘦弱的青年羽人，手上高高举着一把人类才喜欢用的大砍刀，刀身已经有不少锈迹，刀刃上也布满了缺口。不过，这一刀是没有办法砍下来了，因为他的浑身上下都被笼罩在一层冰冷的白雾中。

在那一瞬间，他已经被洛夜行的秘术冻住。

“太阳都还没落山呢，”洛夜行抬头看看日头，“这就当街打劫？这座城里当真没有任何人维护治安了？”

抢劫的羽人呼哧呼哧喘着粗气，被冻得瑟瑟发抖，却固执地一声不吭。洛夜行继续说：“从你刚才砍我那一刀的力道来看，已经是用上了全力。现在齐格林的强盗都这样么？不管有没有钱，先要了人命再说？”

羽人哼了一声，终于开口说话：“那又怎么样？现在齐格林早就没人管了，不去抢人杀人，就要被别人抢和杀。再说了，就算有人管，最多不过被抓起来绞死，有什么大不了的？”

“你说得对，在什么样的地方，就有什么样的生活方式。”洛夜行说，“我也没兴趣站在官府的立场去审判你。不过，被我这样冰冻住全身，即便一会儿秘术解了，关节和内脏都会受伤，以后你还能有多少力气去打劫，就很难说了。自求多福吧。”

太阳即将落山的时候，洛夜行穿越了整座城市，来到了此行的目的地：齐格林城南郊外的一片墓场。历史上，这里通常都是用来埋葬各大家族里为贵族服务一生的忠仆的。虽然这些仆人身份低贱，但贵族们感念他们的忠诚，会专门在这里给他们安排一个墓穴，让他们能够得到善终。这也是在等级观念森严的羽族社会中，贵族对平民的难得的一点儿温情。

不过现在，齐格林的活人都自顾不暇，自然也不会有人来关心睡在这里的死者。如今的墓场，荒草丛生，狐狸们白天也敢在长草中钻过来钻过去，到了夜间，夜鸮的鸣叫声犹如鬼魅，令人闻之而胆寒。

洛夜行在那些大大小小或完整或破碎的石碑间熟练地穿行，最后来到一座碑文都已经模糊到不可辨认的、至少有上百年历史的老坟前。他四下看了几眼，坟场里除了他之外再也没有其他人了，于是伸出手来，在墓碑上有节奏地敲击了几下。

一分钟之后，墓碑下方的泥土忽然动了起来，几只沾满黑泥的手从地下猛地探出，抓向洛夜行的双足。

洛夜行急速后退，避开了这几爪。紧跟着，地面上出现了几个大洞，三个人从地下钻了出来。这三人浑身覆盖着泥土，完全看不清面目，一直起身来，就向着洛夜行直扑而来。

“上来就打？这个混蛋……”洛夜行微微一笑，右手食指快速画出秘术印纹，他的身前的空气开始流动，迅速卷起一股风暴，风暴中夹杂着雪花和冰渣，寒气袭人，一下子把这三个人全部卷在其中。

他手指轻弹，风暴的力量陡然加强，将三人都旋转着带到了半空之中，然后再掉落下来，重重地摔在墓场的地面上。但他们好像丝毫也不感到疼痛，刚刚摔到地上，就立刻重新弹起，再度向洛夜行冲来，动作半点也没有减缓。

然而，刚才那一阵风暴已经卷掉了他们身上覆盖着的泥土，让洛夜行可以看清楚他们的真面目。这三个人都穿着破破烂烂的衣衫，身上的肌肉早已萎缩，令他们显得十分消瘦。而他们的面颊也是瘦得几乎就剩下一层皮，眼窝深陷，骨头凸出，森白的牙齿吓人地露在嘴唇之外。

这根本不是三个活人，而是三具干尸，三具死亡已久的干尸。

洛夜行毫无惧意，等三具干尸靠近他身畔时，再次绘制出秘术印纹，三道火柱骤然从地下升腾而起，刚好把干尸包围在其中。火柱的烈焰十分猛烈，一沾到干尸的身体就燃遍了全身，将他们变成移动着的火球。

干尸仍旧不知疼痛，但身体却在火焰的焚烧下很快烧焦、炭化。它们的身体无法再保持完整，头颅、手臂纷纷被烧掉，最终整个躯体跪在了地面上，化为灰烬。

“几年不见，你这臭小子倒不光是玩岁正秘术的那几套冰霜雪雨了，又开始玩火了，精进很快嘛。”从先前那个陈旧的墓碑下方，忽然传来一个苍老的声音。

“不只冰和火，还有其他的，”洛夜行说，“你还有多少尸仆？都放出来试试呗，我保证三餐不重样。”

“免啦，刚才那三个原本就是我打算废掉的，刚才随手拿来试一试你的本事，”墓碑下面的老人说，“好货色可舍不得拿给你糟践。快点滚进来吧！”

所谓的尸仆，是指死去的人的尸体被用某种特殊的秘术操纵，可以按照主人的心意活动，甚至训练成极为厉害的打手。这种秘术被称为尸舞术，而能够使用尸舞术操纵尸体的人，被称为尸舞者。

这个藏在墓地里说话的老人，应该就是一个尸舞者。

老人的话音刚落，墓碑下发出一阵机关移动的声响，墓碑挪开了几尺远，露出下方一个方形的入口。洛夜行从入口处走了下去，那里有一段粗糙的阶梯，一直通到墓穴深处。

沿着阶梯走到尽头，眼前豁然开朗，地下竟然已经挖掘出了一间宽大的石室。原本这些地位低下的奴仆死后得到的墓穴也不会大，通常就是能放下一口棺材的空间而已，眼下这间石室却像寻常人的住家一样宽敞，里面床、桌椅、柜子等家具齐备。一个胖乎乎的秃头老人正坐在一把摇椅上，舒舒服服地晃荡着，嘴里还叼着一支烟斗。

“死老爹，你他妈的还真是会享受。”洛夜行笑骂着，在老人身边的一个石凳上坐了下来，从茶几上抓起一把果脯塞进嘴里。

“所以我早就劝你陪我一起做尸舞者，”老人吐出一口烟雾，“自由自在，无拘无束，什么事儿都有尸仆替你干。”

“免了，我还是情愿在活人堆里扎着。”洛夜行嚼着果脯，含混不清地说。

“然后遇到点儿什么解不开的难题，就来找你的尸舞者养父解决……”老人用烟斗指着洛夜行，“你这狗东西什么时候能好心来看我了？每次来找我都是因为遇到了麻烦。”

“这不正好证明您老能力强么？”洛夜行坏笑一声，“要是个寻常的阿猫阿狗，哪儿值得我去求？”

老人摇摇头：“你总是胡搅蛮缠得跟很有理似的……说吧，这次又是什么事？”

“我知道你对毒虫毒花特别有研究，所以想要请你帮我瞧一样东西，看你能不能辨别出这是谁培育的。”洛夜行说。尸舞者驱使尸体为自己服务，都是通过毒药，而他们的日常收入来源也往往是通过药材，所以尸舞者通常本身就是毒术大师。

洛夜行说着，从包袱里取出一个小木盒递给老人。老人打开木盒，从里面取出一块还在散发着寒气的冰块，洛夜行一直用秘术维持着它的冰冻状态。冰块里面，是一些虫子的碎片。

“最近一段时间以来，这种虫子在天空城频频出现，能钻地，能纵跃，速度奇快，”洛夜行说，“最重要的在于，它带有一种奇怪的毒性，人被叮咬后会陷入长时间的昏迷——到现在还没有一个醒过来的。”

“这虫子……确实奇怪，”老人把冰块摊在掌心，借着墓穴里的烛火仔细分辨着，“我这辈子从来没有见过这种模样的毒虫，它要么是近些年变异的新种，要么……就可能是某些人专门培育出来的。照我看，培育出来的可能性更大。”

“我也是这么猜的，”洛夜行说，“所以才来问你，看你有没有办法瞧出它的来历。”

“这个很难啊……”老人沉吟着，“九州各地擅长运用杂交和秘术之类的方法培养毒虫的御虫师，光我知道的就有二十多个。这些人手法各异，光看这条虫子，我恐怕没办法判断出是谁干的。不过么……”

“不过什么？”洛夜行问。

“从这只虫子的特性，可以根据那些人的性子来猜一猜，”老人说，“那些擅长豢养毒虫的大师，并不像一般人心目中想象的那么邪恶，正相反，他们对自身、对门人都有着严格的自律与约束，绝不轻易用毒虫伤人。但有一个人……有那么一个家伙……几乎是百无禁忌的。如果这种虫子不是被偷到天空城去的，而是事先得到了御虫师的同意而施放，那么倒是很有可能是他干的。”

“那是个什么人？怎么才能找到？”洛夜行忙问。

“有一个名叫毒虫洛金的河络，听名字就知道，是个培育毒虫的大师，”老人说，“他和其他的御虫师不一样，性情很是古怪。你有没有听说过，在十多年前，杉右城曾经闹过虫灾？”

“我听说过，那也算是一件大事了。”洛夜行回答。杉右是一座位于宁州东部沿海的重要港口城市，大约十多年前的一个春季，城里突然闹起了虫灾，冒出了大量的飞虫。这种飞虫个头极小，数量却极其庞大，一旦飞起来就铺天盖地，让人们无处逃遁。人被这种飞虫叮咬后，会生出又痛又痒的小疙瘩，涂什么药都不管用。

这起虫灾连羽皇都惊动了，专门派出了治虫专家去往杉右，却收效甚微。虫灾闹了将近两个月，甚至闹到不少人忍受不了准备举家搬迁时，又突然间消失了。

“那起虫灾，就是毒虫洛金干的，”老人说，“那一年洛金从海外得到了一些珍稀的植物种子，从杉右港返回陆地，那些植物种子却因为形象怪异，被海关当作危险品扣押了。洛金十分恼怒，回到家里就带了这种毒虫去杉右撒播。”

“这家伙真够狠的啊！”洛夜行感叹，“就算要报复，得罪他的人也不过是海关的那么几个官员，他就要全城的人难受两个月。这么心胸狭窄加不分轻重，确实与众不同。”

“所以啊，要说能那么不分轻重地在天空城放红色妖虫，他的嫌疑应该最大吧。”老人悠悠地说，“然而，要找到他的难度也大，要逼他说实话的难度就更大了。”

洛夜行的眉毛拧到了一起。

第三章 各行其是

虎翼司看来对血羽会的案件相当重视，城门处的通行检查都做得很严格，即便是以风天逸的势力，也暂时不方便把白茯苓送出去，所以她只好暂时留在风家，等待时机。

于她而言，虽然和风天逸重逢令她的心情颇为复杂，但当看到这个昔日的混蛋老板时，心里还是难免有一种无法掩饰、无法欺骗自己的喜悦感。所以，她也并不焦急，每天还是和风天逸斗两句嘴，败下阵来后一脸郁郁地去替对方收拾房间，然后等着这位大老板暴跳如雷。

这样的日子好像也蛮有趣的，白茯苓想。

又过了两天，吃罢早餐后，她发现风天逸换上了一身华丽的正经装束，看架势是要出门的样子，不由得微微有些诧异。自从自己来到风宅后，风天逸嘴上没事儿做就要挖苦自己两句，但不知怎么的，却几乎推掉了一切对外事务，每天都待在家里，用他的话来说是“这个妞笨到惊天动地，我不守在这儿怕她把房子给拆了”。

“你去哪儿？今天不怕我拆掉你的房子了？”白茯苓忍不住问。

“今天老子就冒一把险，然后一劳永逸地解决掉你这个心腹大患。”风天逸一本正经地说。

“一劳永逸？什么意思？”白茯苓问。

“我和虎翼司的一位主事约了今天谈些事情，我找的借口是谈一些商号的安保问题，”风天逸说，“他和我一向关系不错，我可以试试送他一些钱，让虎翼司放过你。毕竟你只是被骗替他们送点东西而已，抓住你也没有什么大用处。”

“送一些钱……又要你破费啦。”白茯苓说。

“反正我的钱多得花不完，”风天逸潇洒地一摆手，“就当是在赌场里散掉了就行了。”

他走出几步，忽然又停住：“对了，我书房里的那间密室，你还记得吧？”

“你昨天才说的，我就算再笨也不至于转天就忘掉吧？”白茯苓气鼓鼓地说。

风天逸笑了笑，不再多说。白茯苓目送着他出门乘上马车，忽然在心里想道：他这算不算是……急于把我赶走呢？也许我每天给他收拾房间真的让他很不高兴？

这个奇怪的念头在心里转来转去，不知怎么的就没有办法消散。她回到风天逸为她安排的卧室，甚至连去替风天逸收拾房间的兴趣都没有了。

“你究竟是喜欢我出现在你面前呢，还是想要我早点离开呢？”她托着腮，自言自语着。

这一天她有些心不在焉，好像是忽然间发现，没有风天逸在耳边唠唠叨叨，也有那么一点点不适应。想到很快就可以离开天空城，不知道什么时候才能和风天逸再见，更是有些隐隐的愁思。

风天逸一去就是半天，午饭时间也没有回来。下午的时候，天气忽然起了变化，天色一下子变得阴沉，很快有雨水落下。云层中雷鸣阵阵，预示着这场雨不会太小。

虽然风宅里仆从不少，被风天逸讥讽为“一辈子穷命”的白茯苓还是跑上楼去，打算关上书房的窗户，以免雨水随风进到房里。然而，刚刚来到窗口，她就注意到，风宅的后门院墙外有士兵的影子在晃动。

她微微一怔，连忙换了一扇窗户往外望，发现正门门口也已经站上了士兵。风天逸正在一队士兵的护送，或者说押送之下，从大门回到宅院。走近一些之后，她勉强能看清楚，紧随着风天逸的那名军官佩戴着蓝色羽翎，那已经是相当高的军阶了。

虽然还不明白发生了什么事，她还是意识到，自己恐怕得先藏起来为妙。她启动机关，藏进书房顶部的那一间小小密室后，她突然有点明白风天逸反复强调这间密室的用意了。

他一定是早就有所预料，事情不会那么顺利，会有一些意外的波折发生。

很快地，一行人的脚步声来到了书房外。其余士兵都留在了门外，只有两个人陪同风天逸一起走进来。白茯苓从密室的窥探孔向外看去，只见风天逸的身边站着两名军官，一个是进门时一直跟在他身边的蓝色羽翎的高级军官，另一名佩戴着灰色羽翎，职衔也不低。

“很抱歉发生了这样的事情，风先生，”蓝翎军官说，“但是按照规条，我们必须这么执行。”

“我理解，公事公办嘛，”风天逸的话语里倒是不含恼怒，“你们两分钟前还和汤大人有过对话，而我刚刚走进屋子，汤大人就变成了尸体躺在那里，确实很难解释得清。事实上，你们能够允许只是让我回家软禁，而不是马上送到虎翼司审问，已经够给我面子了。”

“毕竟您的身份特殊，我们也必须考虑到贵族的尊严，”蓝翎军官说话始终不卑不亢，“总而言之，在抓到凶手之前，只能委屈您暂时留在家里。我们会布置人手，保障您的安全。”

这几句对话虽然简单，却足以让白茯苓听明白发生了什么。听起来，风天逸要去与之商谈的，是一个姓汤的高官，此人在风天逸抵达虎翼司之前两分钟还活着。然而，当风天逸走进这位汤大人的厅堂后，却发现他已经被杀害，“变成尸体躺在那里”。因此风天逸成了杀人凶嫌。只不过他一方面有大贵族的身份，另一方面又是举足轻重的富商，所以虎翼司也并没有把他抓起来，只是将他打发回家软禁，直到事情查清楚为止。

“看来这些日子，我是出不去了，”风天逸接过仆人泡的热茶，“我手下的人太笨了，大多指望不上，但愿他们能照料好自己，不至于像我这样被困在家里处处受监视，我也就放心了。唉，那个杀人凶手，一定是个很厉害的角色，也许比我的仆人马旗还厉害。”

这句话说得有些没头没脑，两位军官也不知道该怎么接。但藏在暗室里的白茯苓却听明白了他的意思。这句话是说给白茯苓听的，目的是警告她不要轻举妄动，只要照料好自己就行了，因为敌人可能十分厉害，她未必是对手。而那一句“不至于像我这样被困在家里处处受监视”，则是在告诉她，现在她继续留在风宅也不安全了，还是离开比较好。

离开倒是不难，这个暗室里有一条密道，可以直接离开风宅，风天逸还很贴心地在暗室里准备了金银，足够她在天空城躲藏一段时间了。白茯苓想了想，决定按照风天逸的指示行事。她悄无声息地离开风宅，然后按照风天逸最后一句话里的暗示，在出口附近隐藏起来，等到了前来寻找她的忠仆马旗。

“主人早就交代过了，”马旗说，“万一发生什么事，无论如何都要把你送出天空城。我们在城里早就准备好了避难屋，请你随我去暂时停留几天。我一找到机会就送你出城。”

白茯苓没有异议。

于是她来到了避难屋。这是位于贫民区的一间小酒店，出售一些廉价的酒和廉价的食品，供贫民们消遣取乐。白茯苓在酒店后的一间阴暗的小木屋里待了两天，环境和富丽堂皇的风宅自然无法相比。但她过惯了穷人的日子，倒也并不觉得难受，只是一想到风天逸就觉得心里百味杂陈。

*风天逸完全是被我拉扯进这个麻烦的吧？*她想。虽然那个杀死汤大人的凶手到底是谁还没有定论，她却有一种强烈的直觉，此事一定和血羽会有关。而且，她模模糊糊地感觉到，整个事件似乎有那么一点点设计在里面，自己这一次被血羽会诓骗到天空城来，也许……并非偶然？

她平时被风天逸嘲笑笨，只不过是第一反应总会比风天逸慢点，加上性子执拗，一件事情不翻来覆去想透彻了不轻易发言，倒并非是真笨。此时此刻，那股执拗的性子又起来了，她连饭都吃不下，坐在屋子里想啊想啊，到了最后，终于有那么一点结论出来了。

整个事件都是为了对付风天逸。从一开始自己被派到天空城来传递物品，就是一个阴谋，因为设计这个阴谋的人知道自己和风天逸的过去，也知道自己一旦卷入了，风天逸绝不会袖手旁观。果然，风天逸不但收留了自己这个不受信任的人类，还主动约谈那位汤大人——他原本没有任何和汤大人见面的必要。然后，对方顺理成章地安排了这个圈套，让风天逸成了杀人凶嫌。

我该怎么办呢？白茯苓发着呆。当然，她可以听从风天逸的安排，由马旗送她离开天空城，从此永远不再回来。风天逸毕竟身份特殊，在找不到确凿证据之前，羽人们也不会太难为他，最多不过软禁他一段时间罢了。但是……

白茯苓的额头冒汗了。把风天逸这样一位大老板软禁起来，无疑会大大影响他对生意的掌控。那么，如果这段时间有竞争对手针对翔瑞鸾驿展开种种打击倾轧，翔瑞鸾驿的应对速度必然会被制约，甚至于产生严重的后果。

都是我的错！白茯苓敲了敲脑袋，只觉得心里疙疙瘩瘩的十分不痛快。她更加想到，以风天逸的聪明才智，不可能想不到其中潜伏着的危机。

但他还是去冒险了，为的就是帮自己脱罪。仔细回想起来，自从两人认识之后，风天逸虽然在她面前总是一副飞扬跋扈的嘴脸，却也一次又一次地为了她做出这种“不划算”的事情。

“看来，我还是欠你的啊。”白茯苓轻声说。

入夜后。

夜间的小酒馆十分热闹，穷人们卸下了白昼里伺候权贵们时的如履薄冰，喝着劣质的烧酒，行着酒令，闹闹哄哄地打发掉又一个长夜。

马旗给白茯苓送来了几张面饼，还特意搭配了一个胖乎乎的猪蹄：“主人专门交代过，你们人类喜欢吃肉。我这里平时也不敢把肉卖给顾客的。”

“他还想得真周到……谢谢你啦。”白茯苓说着，依然愁容不展。

她性子爽直，不太擅长在脸上掩饰自己的情绪。

“别担心，现在虎翼司的注意力都在主人身上，甚至都没有加派人手来搜捕你。”马旗说，“我一定能把你安全送出去的。”

“不，我并没有担心这个。”白茯苓说，“正相反，我不打算走了。”

“哦？为什么呢？”马旗问，倒是并不显得如何惊奇。

“风天逸是为了我才被软禁的，”白茯苓说，“我不能一走了之。我要留下来，找到杀害那位什么汤大人的真凶，为他洗清冤屈。”

马旗的脸上第一次露出了微微的笑容：“主人果然没有看错你。”

“什么没有看错我？”白茯苓莫名其妙。

“两年前的七夕那天，主人喝醉了，在院子里撒酒疯，砸坏了不少东西。第二天早上酒还没醒，他半醉半醒地开始埋怨我们，怪我们没有阻止他，简直白养了我们了。”

“这是他一向的作风，最喜欢迁怒于别人，”白茯苓评价说，“不过一般也就是嘴上说说，倒是不会真正去责罚谁。”

“是啊，所以我们也不会在意，反而借这个机会劝他赶快找个女主人，因为我们是不可能管得住他的，只有女主人才行。”马旗说，“他却告诉我们，他在心里惦记着一个笨蛋，除了那个笨蛋，他不想要其他的女主人……”

白茯苓轻轻低下头去。

也许是因为高悬于天空的缘故，从天空城抬头向上望，会觉得天空格外的蓝，蓝到近乎透明。萧轻盈坐在院子里，抬头看着这样的蓝天，就会觉得心情稍微舒畅了一些。

洛夜行已经离开好几天了，这几天里，她把屋子里一切和雪严君有关的东西都收拾整理了一遍。雪严君的确留下了一笔不算太多也绝不算少的遗产给她，再加上这座宅院，假如她照单全收，倒是勉强可以过上一段时间不错的日子了。但她并没有这个打算，对财产多寡也并不在意，只是想找出父亲死亡的真相。

她其实倒并不是非要查清这件事不可，然而除了此事之外，她好像也没别的可做的。这几天里，她也曾抽空出门，在路边留下一些血羽会的暗记，但并没有任何人来联络她。她好像真的被组织遗忘了，被孤零零地扔在这座九州最高的城市里。

就当是打发时间了，反正闲着也是闲着，她对自己说。

她还真的去打听了一下和这桩案子有关的情况，但并没有太多新的收获。别人的说法，也和洛夜行的说法差不多。除了有一个人说，那个被认为是杀害王国麟的凶手的老驯兽师，最初坚决不认罪，一直在喊冤枉，直到被用刑为止。

“我叔叔曾经在虎翼司做过低级衙役，”这个人说，“堂审的时候，他就在门口守门，一直听到那个老驯兽师在里面扯着嗓子争辩，坚称自己是被冤枉的。后来主审官大概也被他叫烦了，下令打他板子，打晕过去好几次。他毕竟年纪大了，那种刑罚熬下来简直是生不如死，所以后来终于还是认罪了。”

这不就是刑讯逼供、屈打成招么？萧轻盈想。这种事儿对于一个血羽会的成员来说，可半点也不新鲜。不过他们从来不会办出“屈打成招”这种事儿，他们只是用严酷的刑罚逼迫手中的俘虏说出真相。然而官府很多时候却并不需要“真相”，他们只需要一个“结果”。

官府比犯罪组织坏多了，萧轻盈得出了这个结论。她决定去探访一下那位并没有被判死刑的老驯兽师，但愿他还活着。

她乔装改扮之后，带了些金银在身边，很容易就贿赂了监牢的看守，得到了见老驯兽师的机会。这倒并不是说羽族的监牢就漏洞百出容易攻破，而是因为这位老驯兽师实在是太不重要了，就算任他逃狱都无所谓。

“真没想到，那么个老家伙还有人愿意去探访。”狱卒满意地把玩着手里的金铢。“去吧，他反正是一个离死不远的人了，你在天黑之前离开就行。”

“你就不怕我偷偷杀死他什么的？”萧轻盈故意说。

“你要是愿意杀死他，那更好，就算是为国家节省粮食了。”狱卒轻松地说。

果然人类在羽人心目中压根不能算人啊，萧轻盈想。

她来到老驯兽师的监牢外，还没有靠近就闻到一股恶臭。狱卒捂住了鼻子：“老家伙的腿都烂啦，臭得很，我就不过去了。你自己去吧。”

好在杀手一向擅长忍耐各种极端环境，这样的恶臭对于萧轻盈而言并不算什么。但现在她装的是一个普通的淑女，不怕臭反而显得可疑，于是她掏出手绢，捂在鼻子上，作皱眉状来到牢门口。

作为一个杀人经验丰富的职业杀手，她一眼就能判断出，老驯兽师估计连一个月都活不了了。老驯兽师完全瘦成了一把骨头，面庞有若骷髅，双眼半开半闭。他浑身脓疮，右腿的整个小腿都已经溃烂，露出了白骨，无数的苍蝇围着他乱飞，而他似乎连驱赶苍蝇的力气都没有了。

他的耳朵好像也不好使了。萧轻盈隔着牢笼叫了他好几声，几乎是要扯着嗓子喊了，他才勉强听到：“谁啊？”

“我是来找你问一些事情的。”萧轻盈说。

“问我……事情？”老驯兽师显得茫然而昏聩，脑子好像有些反应不过来，“我有什么事可问？”

“我想问一下，两年前猎风馆馆主王国麟的那起案子……”

这句话造成的反应是她意想不到的。一听到王国麟的名字，先前还毫无生气的老驯兽师猛然间睁大了眼睛。他就像是被注入了什么强心吊命的药物，竟然拖着伤腿像野兽一样在地上爬行，几下就爬到了牢笼边。萧轻盈见他来者不善，连忙向后退了一步。

老驯兽师身体瘫在地上，用枯瘦的双手抓住牢笼，喉咙里发出呼噜呼噜的声响。过了好一会儿，他才张开嘴，用嘶哑而微弱的声音吼叫着：“我没有杀人！我没有杀王国麟！我是冤枉的！冤枉的！”

萧轻盈看着他激动的模样，忽然间有了主意。她贴到牢笼旁边，压低声音说：“我是虎翼司派来清查冤案的，知道你的案子有冤屈。你赶紧把你所知道的一切都告诉我，我兴许能想办法还你清白。”

老驯兽师的喉咙里又是发出一阵怪响，看来情绪亢奋到了极点。他闭上眼睛，稍稍平复了一会儿心情，这才继续说话：“我是冤枉的。我并没有杀王国麟。他被杀的时候，我在家里睡觉，什么也不知道。被带到虎翼司去的时候，我一见到是雪严君大人亲自主理，先放下了一半的心，因为我听说过雪大人的名头，他一向秉公办案，明察秋毫，手底下没有出过任何冤案。我想，最多被关上几天，雪大人一定能找出真正的凶手，为我洗脱冤屈。”

“可是，雪严君死了。”萧轻盈叹了口气。

老驯兽师浑身颤抖：“是的，他死了，就在我被押到虎翼司没两天的时候。新接手的那个臭扁毛……那个臭扁毛……他竟然直接就对我刑讯逼供，逼我认罪。雪大人明明告诉我，他在尸体上发现了疑点，那个臭扁毛就像完全没听见一样……”

萧轻盈身子一震：“你说什么？雪严君在尸体上发现了疑点？”

“是的，雪大人亲口告诉我的，他说如果我真的是冤枉的，也许对那具尸体的检验结果就能说明问题。可是他死了，别人就再也不管了……”

萧轻盈已经听不进老驯兽师的絮絮叨叨了。尸体，王国麟那具已经被狰吃掉了一大半的尸体，居然还藏着什么玄机？父亲从尸体里找到了关键的证据，却还没来得及公布出来，就已经遇害了。这会是巧合吗？

恐怕不是巧合。作为一个职业杀手，萧轻盈最擅长把杀人现场布置成意外，或者栽赃诬陷他人，以掩盖杀人的真实动机和幕后买凶人的身份。当听到此案中可能有被掩盖的证据时，她第一时间就联想到了这一点。也许，就是为了这个关键的疑点，有人铤而走险杀死了雪严君，目的是让老驯兽师的罪名坐实。

那样的话，就不会有人知道真正的凶手是谁了，也不会有人知道真正的杀人动机是什么了。

过了好一会儿，萧轻盈才从沉思中回过神来，低头一看，老驯兽师瞪大着眼睛，却已经不再有呼吸，双手还死死地抓着牢门上的木栏。刚才那一番激动的诉说，消耗尽了他最后的一点生命力。

“你放心地去吧，”萧轻盈低声说，“我会想办法弄清楚这件事的真相，还你一个清白。”

离开监狱后，萧轻盈在街边信步闲走，心里琢磨着老驯兽师的话。现在她可以确定，雪严君的死绝不是简单的逃犯寻仇，那两个逃犯的身后，绝对有人指使，目的就是不让雪严君找到真正的凶手。可是，现在老驯兽师死了，那两个逃犯也被问斩了，王国麟的尸体更是应该早就化成枯骨了，到哪里去找证据呢？

雪严君在尸体上发现了疑点，老驯兽师如是说。尸体……尸体……检验尸体？

萧轻盈的眼前忽然一亮。以雪严君的身份，应该不会亲手检验尸体，而是会使用虎翼司专门的仵作。那么，短短两年时间，这个仵作不大可能改换地点，很大程度上或许仍旧在虎翼司里任职。

这个仵作，应该就会知道王国麟的尸体上隐藏了什么样的秘密。

萧轻盈回到雪严君的家里，睡了一觉，等到天黑之后，钻进了虎翼司。凭借着出色的潜伏技能，她没有被发现，很快找到了验尸房。出乎意料的是，验尸房里居然还亮着灯。

居然这么敬业，这倒是省了我的麻烦，萧轻盈想。她原本打算利用自己长期锻炼的隐藏术藏在验尸房里，等待白昼仵作来上工时记住对方的长相，然后等到下工后去跟踪，现在却可以直接和对方碰面了。

她先谨慎地探查了一下周围，确认没有其他人在附近，这才悄悄来到验尸房门口，从门缝里向里面张望。她没想到，验尸房里竟然有两个人，这就有些不好办了。不过她还是耐心地观望着，等待时机。

验尸房里传出呛人的药物味道和尸臭。此刻待在里面的，是一老一少两个仵作，正在各自检验一具尸体。

“这两天怎么会那么忙啊？”年轻仵作抱怨着，“这帮贵族也真是的，没事儿做比什么武决什么生死？害得我下了工都被重新叫回来。”

“仵作这个行当就是这样的啰，”老仵作说，“忙的时候忙死，闲的时候闲死。不过这两天确实不寻常，连着死了好几个人。”

“可不是？尤其是昨天，汤擎那样的虎翼司副监察使，居然在虎翼司内部、在自己的厅堂里被杀了，这样的事情简直是闻所未闻——这里可是天空城啊！昨天的尸检是您负责的，发现了什么没有？”

“死因倒是一目了然，被一柄极轻薄的匕首刺入心脏，当场死亡。那把匕首的工艺很不寻常，就算是一般的河络工匠都不容易打造出来，像纸一样薄，却兼具硬度和韧性，刺入心脏后几乎没有流血。”老仵作回答说。

“听他们说……汤大人……是被翔瑞鸾驿的大老板风天逸杀死的？”年轻仵作忽然压低了声音。

“还没定罪呢，不能说得那么绝对，”老仵作说，“不过他确实有着最大的嫌疑。据说昨天上午，两人约定见面，就在风天逸走进厅堂之前的两分钟，汤擎都还活着；结果风天逸走进去后，很快喊起来，说是汤擎被杀了。虎翼司的人连忙冲进去，却并没有发现其他人的痕迹。风天逸自然就成了头号嫌疑犯。”

“这不就是贼喊捉贼么？”年轻仵作说，“总觉得风天逸这么做不合情理啊。那么多虎翼司的人就在隔壁，几乎就是当着别人的面杀人，是不是也太笨了点？”

“的确不合情理，但办案讲的不是动机和情理，是证据，”老仵作说，“首先，现场只有他一个人，其次，那把匕首，是风天逸的收藏品。”

“这可真是说不清了……”年轻仵作摇摇头，“你还好，资历到了，检验的都是汤大人那种大人物的尸体，我就净捡些边角料，今天下午那一具差点没把我臭死。”

“怎么了？他们在哪儿发现了死了很久的腐尸？”老仵作漫不经心地随口问道。

“不是，新死的，不过也和腐尸差不多了，是一个关押了几年的老囚犯，全身流脓，又脏又臭的，”年轻仵作说，“本来直接卷上席子随便葬了也就是了，偏偏牢里有规矩，非要先验尸，真是毫无意义。不过这个囚犯，当初犯事儿的时候还蛮有名的呢。”

“哦？什么案子？”老仵作来了兴趣。

“你还记得两年前被推进笼子里喂狰的那个斗兽场老板吗？”年轻仵作说，“下午死的那人就是杀他的那个人类驯兽师。”

老仵作放下手里的工具，面色显得有些阴沉。年轻仵作很奇怪：“您怎么了？”

“那个驯兽师……那个驯兽师……”他嘴里低声念叨着，过了好一会儿才回过神来，“啊，没什么。只是想到此人杀人手段如此凶残，有些不大舒服。还是继续干活吧。”

萧轻盈松了一口气。就从刚才两人的最后两句对话，以及老仵作那极不自然的表情，她就可以判断出，老仵作没有说实话。他即便不是两年前配合雪严君验尸的人，也一定知道一些什么。

她弯腰从地上捡起了一粒小石子，在手里掂了掂，左手把验尸房的门推开一条小缝，右手石子飞出，噗的一声正打在年轻仵作的太阳穴上。仵作两眼翻白，叫都来不及叫一声，就软软地倒在了地上，失去知觉。

老仵作悚然回头，正看见萧轻盈走进来。她来到老仵作面前，直截了当地说：“我是雪严君的私生女。”

听到雪严君的名字，老仵作一下子向后退出了两步，踉踉跄跄地差点摔倒。过了好一会儿，他才镇定下来，扶着桌子慢慢走到萧轻盈面前。

“嗯，你的眼睛，你的鼻梁，还有嘴角……的确很像雪大人。”老仵作端详着萧轻盈的面容，“你来这里，是为了找我？”

“我想知道，两年前，在王国麟的那件案子里，你和我父亲究竟发现了什么？”萧轻盈此前从不愿意称呼雪严君为父亲。但此刻，似乎是为了取得老仵作的信任，她毫不犹豫地说出了口。不过，好像也并不算太为难，比想象中好很多。

老仵作有些惊奇地看着萧轻盈：“你可能是弄错了吧？”

“弄错了？”

“当时和雪大人一起查案的，并不是我啊。”

萧轻盈一愣：“可是刚才提到那件案子时，你的神态……很不寻常。”

老仵作叹了一口气：“因为你所想要问的那个人……是我的徒弟。”

“你的徒弟？”

“是的，我的徒弟。而且你可能不知道，就在雪大人去世后没几天，他……他也死了。”

木钊已经被打得遍体鳞伤。

他的后脑在刚才摔倒时被地上的石头磕破了，鲜血一直顺着脖颈流了下去。左眼被一掌带到，虽然没有伤及眼球，但已经肿得几乎睁不开眼皮。他的左臂也受了伤，使不上力，只能用右手抓住那根木棒，拼命地挥舞着，脚底下磕磕绊绊，似乎随时都会再次倒下去。

而在他的身前，经家兄弟显得非常悠闲，他们迈着优雅的步子，轻松随意地就躲开木钊胡乱挥出的棒子。几个回合之后，大概是觉得这样的猫鼠游戏有些玩腻了，弟弟经宇珩侧肩避过木钊的一击后，伸脚一绊，木钊狠狠趴在了地上。经宇珩上前两步，一脚踩在了木钊的背上，木钊拼命挣扎，却怎么也站不起来。

哥哥经宇陌在木钊身前蹲了下来，带着微笑俯瞰着他：“你们这些只会种种树刨刨地的贱民，也敢和我们贵族动手，是活得不耐烦了么？”

木钊呸的一声从嘴里吐出一口血沫：“是你们逼我动手的！我弟弟才只有五岁，只是不小心跑到大路上惊扰了你们的马，你们就想活生生打死他，还有天良吗？”

“有啊，当然有天良，”经宇陌继续微笑着，“惊了马的是他，我们原本只打算打死他一个人就行了，并没有考虑株连到你。可是你非要拿着这根破木棒来反抗我们，向贵族动手可是大罪，那就只好送你们兄弟俩一起上路了。”

木钊的视线移向一旁，弟弟小小的身躯正躺在地上，虽然还有呼吸，却是一动也不动了。他咬紧牙关，恨恨地说：“我就是变成鬼，也不会放过你们……”

经宇陌摇摇头：“所以说贱民就是愚蠢，蠢到无可救药。世间是没有鬼神的，你死之后，魂魄将消散于天地之间。”

他重新站起来，颔首示意，经宇珩会意，高高扬起手里的长剑，向着木钊的后背刺了下去。

眼看着剑尖就要刺进木钊的后心，突然之间，经宇珩的动作停滞了。剑尖明明就抵在木钊的衣服上，却怎么也刺不下去。

“你怎么了？心软了？”经宇陌十分不满，“杀掉区区一个贱民而已，这都不敢？”

“不是！大哥！我的身体……动不了啦！”经宇珩嚷嚷着，“而且……好冷啊！”

“动不了了？冷？”经宇陌十分吃惊。他上前一步，摸了摸经宇珩的躯干四肢，发现他果然浑身僵硬冰冷，像是被什么东西冻住了。

这是谁施展的秘术？经宇陌猛然反应过来。他正想拔剑回头，忽然感到一股寒流掠过身体，手臂不由自主地停住了，无法再动弹。这股凶猛的寒流迅速流遍全身，让他瞬间变成了木头人一样。

好在嘴还能动。经宇陌厉声喝道："是哪里的秘术师在跟我开玩笑？你知不知道我是谁?"

从侧面响起了一个男人的声音："你们两兄弟不就是大将经飞度的两个不成器的孙子么？天空城里的贵族子弟，数你俩最废物最没出息。"

经家兄弟大怒，待要反驳却又说不出话来。男人继续说："听说最近在天空城里，几家贵族之间正闹得挺僵的，说不定什么时候就会打起来，所以贵族子弟们个个严阵以待。你们这两个废物这会儿却优哉游哉地在外面闲逛欺侮贫民，我没猜错的话，一定是害怕和其他贵族打架，知道自己打不过，所以随便讨了个闲差溜出来了吧?"

经家兄弟的两张脸涨得紫红，却依旧无法反驳。只听那个男人又开口说话了，这次却是对着已经挣扎着站起身来的木钊。

"你赶紧搜他们的身，把所有的金钱都带走，和你的家人一起逃走，远离宁州吧。"男人说，"这两个废物奈何不了我，回过头一定会找你们撒气。赶紧逃走，越快越好。"

经宇陌气得七窍生烟，只感到木钊从自己身上搜走了钱袋。耳朵里听到木钊向那个斜刺里杀出来的多管闲事的男人道谢，然后抱起昏迷的弟弟快步离开，更是怒火中烧。然而，这个人的秘术好生厉害，自己怎么用力都纹丝不动，他心里不禁有些后悔：早知道有今天，应该好好下苦功练练武艺的。

等到木钊走远了，男人才慢悠悠地对兄弟俩说："我正愁没有马呢，既然你俩给我送来了，我就不客气了。你们兄弟虽然废物，可经家的马都是好马。你们在这儿多待一会儿，秘术自然会解。"

经家兄弟无话可说，只能耳听得此人把他们的马匹一起牵走，骑上其中的一匹，绝尘而去。

运气不错，洛夜行想，居然正好在半道上遇到了仗势欺人的经家兄弟，抢到了两匹好马。这一趟要去的地方并不近，但如果两匹马换乘一路不停步的话，一天时间就能到了。

入夜时分，他来到了位于宁州东北部的一处沼泽。这片沼泽并不大，但一向多毒虫、多瘴气，所以附近并没有人烟。但他所要找的那个人，就躲在这片沼泽里。

“毒虫洛金的藏身之所很隐秘，幸好我算是这个世界上为数不多和他还有那么一丁点交情的人。他一直住在一座沼泽里，叫作墨沼，”洛夜行的尸舞者养父告诉他，“那座沼泽常年被瘴气围绕，再加上植物和土壤都有古怪，让沼泽的颜色奇黑如墨，一般人一看就不敢靠近。所以那个沼泽里根本就没有一般人认识的通往中心的路径，踩错一步就可能被吞没。”

“但是我非得钻到这座墨沼里面去找洛金?”洛夜行苦笑一声。

“谁叫你小子非要把这件事揽到身上呢?”养父哼了一声，“明明是一个什么都不愿意干的懒鬼，遇到姑娘的事儿居然变勤快了。见色起意就要付出代价。”

现在他就在体会着“见色起意”的代价。墨沼的空气里漂浮着一股似香非香、似臭非臭的味道，乍一闻没什么关系，时间稍微长一点就会有晕眩的感觉。虽然养父给了他一些消解瘴毒的药物，但也不知道能顶多久。

天色阴沉，厚厚的乌云遮住了月亮和星星，但墨沼内却并非伸手不见五指。在沼泽深处，星星点点地闪烁着一些七彩的光亮，远远望去倒还挺好看，但洛夜行明白，那些都是剧毒的植物或者毒虫，一旦动物或者人类被亮光吸引靠近，就会陷入灭顶之灾。

“果然不是个好地方……”洛夜行摊开左手手掌，掌心闪耀出一团亮眼的白光，瞬间照亮了附近好几丈的距离。脚下的沼泽看上去一片平坦，再加上颜色漆黑，根本无法分辨出哪里是路，哪里是让人沉陷的淤泥。

不过洛夜行有办法。也不见他做什么动作，脚下的沼泽忽然开始冒泡，而他低下头，小心翼翼地沿着没有冒气泡的方向向前行走。这是他使用了可以驱动液体的印池秘术，利用沼泽里的水来寻找坚实的土地。水就像是他的触手一样，为他探查出足够坚固可以踩上去的道路，从而避开一旦陷入就无法脱逃的沼泽。

他缓缓地行走了大约一个对时，已经进入了墨沼的深处。到了这里，那些奇特的光点反而消失了，空气中的怪味也消失了，整个区域安静得听不到一丁点虫鸣声，这反而让人不安。

洛夜行试探着再往前走了几步，然后忽然停住了脚步。他感到有一些暂时无法捉摸的危险正在靠近，但手里的白光分明将周围的一切照得很清楚，除了沼泽泥水，什么都没有。

洛夜行想了想，手握成拳，白光消失了。他立刻陷入了伸手不见五指的黑暗中。这样的黑暗似乎给潜伏着的敌人增加了信心，他的耳中终于听到了声响：像是有什么东西在泥泞的下方钻行，正在围绕着他不停转圈，一点一点地迫近。

“出来吧，”洛夜行说，“早完早了，我的时间很紧哪。”

话音刚落，地面忽然一阵震动，从沼泽地下钻出了一条长长的东西，向着洛夜行的面门疾冲而来，速度极快。洛夜行刚才握成拳的左手重新摊开，这一次出现的却并非照明的白光，而是一团紫色的焰火。他手指轻弹，焰火直飞出去，正打在袭击者长形身体的尖端。

紫色的焰火迅速蔓延开，将这条东西照亮。这是一条有些像蛇的怪物，有五六尺长，但身体有很明显的分节，又有些像一条没有脚的巨大蜈蚣。这团紫色焰火看上去十分厉害，“蜈蚣”的全身都被火焰烧灼，痛得在泥水里拼命翻滚，但这些紫色的火焰并不能被水熄灭，它越是翻滚，烧得越是厉害。

半分钟后，这条长长的“蜈蚣”忽然间断裂开来，每一处关节都分离开，变成了上百个跳跃的小火团。这些火团带着身上炽烈燃烧的紫焰，向着洛夜行撞了过来。而后者也已经看清楚了，原来这个形若蜈蚣的怪物，是由上百只小虫拼接在一起的。

“倒是别有新意啊。”洛夜行冷笑一声。眼看那些四散飞来的紫焰就要触碰到他的身体了，忽然之间，好像是有一阵狂风刮过，把乱飞的小虫们卷作一团，在半空中不断旋转。须臾之后，它们全都被烧成了灰烬，旋风这才止息。

洛夜行继续向前走，渐渐闻到了一股香气。这香气刚开始时还很淡，越往前走味道越浓，简直就像是有人在沼泽深处倾倒了无数的香精。这样的香气，初闻挺舒服，闻多了就会感到难受，鼻子发沉，甚至会有些喘不过气来。

“如果你闻到一股甜腻腻的浓烈香气，就把这颗灰色药丸吞下去，”养父告诉他，“那是一种慢慢侵蚀人体的毒花，不可大意。不过，一旦闻到这种味道，就说明你离毒虫洛金已经很近了。”

洛夜行吞下了那枚灰色的药丸，那股浓香虽然闻着还是不舒服，却不会有呼吸不畅的感觉了。他知道这里已经距离毒虫洛金的居住地不远，步伐越发放慢，随时警惕着可能出现的情况，但身边反而什么古怪都没有冒出来了。他顺顺当当地又往前走出了几里路，终于，眼前出现了一片平坦的硬地。

他稍稍松了口气，踏上这块干燥的土地，才发现自己从衣服到鞋子都沾满了泥水，先前分心留神着沼泽里可能存在的危险，没有注意到，这会儿才觉得自己真是够脏。

“我应该学一点打理衣服的秘术才对，这么个模样去登门拜访，实在不体面。”洛夜行自言自语着，随即提高了声响：“请问，毒虫洛金先生在吗？在下并无恶意，深夜来访，实在是有急事想要请教。”

他用秘术把这段话远远地送了出去，却没有等到任何回话。他又喊了两遍，仍然没有人应答。他想了想，决定直接走进去。

前方种着一些长相古怪的花草，绝大多数都是洛夜行未曾见过的，其中一些生得十分邪恶，一看就不同寻常。其中最为奇特的是一堆藤蔓状的植物，这种植物并没有花，上面挂着的是一颗颗的头颅——有兽头，也有死人头。这些诡异的头颅仿佛是替代了原本应该有的花朵，让这一丛藤蔓看上去鬼气森森。

洛夜行小心地绕过这丛藤蔓，继续前行，然后他停住了脚步。在他身前不远处，有一团模糊的黑影，看得不是很分明，从大小来判断，似乎是一只猛狮或者老虎。他指尖轻弹，一道白色的火花在那个黑影的头顶炸响，借助着火光，他看清楚了这样东西是什么。

那是一只浑身呈幽蓝色的巨大蟾蜍。它的嘴似乎一张开就可以吞下一整个人，两只赤红色的眼睛就像两面大鼓。

如果这真的是一只老虎，一头狮子，一头狰，甚至是巨狰，洛夜行大概眼睛都不会眨一下。但是一只原本体形微小的动物忽然拥有了超出日常认知的庞大体型，而且偏偏还是蟾蜍这种丑陋又有毒的生物，即便以他的胆量，也难免有些暗暗心惊。他连忙催动秘术，在自己的身前凝成了一面坚固的冰镜，因为蟾蜍背后的疙瘩是可以喷射毒液的，而这只巨型蟾蜍喷出的毒液搞不好是致命的。

羽人和蟾蜍僵持着。洛夜行随时准备着用杀伤力最强的秘术来对付对方，但这只蟾蜍偏偏只是趴在地上，久久都没有发起攻击。

而它的呼吸也显得很粗重，听上去有些不大对劲。

洛夜行皱着眉头想了一会儿，消解掉了身前的冰镜，开始一步一步靠近蟾蜍，蟾蜍的嘴里发出呼噜呼噜的近乎威胁的声音，身体勉强地晃动了一下，却仍然做不出像样的攻击动作。

“原来如此……”洛夜行已经走到了蟾蜍身前十来步的范围内，“是谁把你伤成这样的，蛤蟆兄？”

难怪这只蟾蜍一直没有发起攻击。它已经受了重伤。在它的肚子上，有一道又长又深的伤口，像是被什么巨大的锐器一下子划开的，紫黑色的血液在轻微地从伤处渗出，速度并不快，但那可能是因为蟾蜍身上的血已经快流干了。

见到洛夜行走到身畔，蟾蜍奋起最后的力量，向前挪动了两步，但终于还是无力为继，硕大的身躯像岩石一样趴在了地面上，两只巨眼怒瞪着敌人，显得很不甘心。洛夜行看着它，叹了口气：“将死之时，战意还是那么浓，虽然不知道你只是本能的凶残还是真的有护主的愿望，不过，姑且把你当成一只忠仆吧。我来帮你减轻一些痛苦如何？”

不知道是不是听懂了洛夜行的话，还是力气确实耗尽了，蟾蜍不再挣扎了。洛夜行来到它身边，手指轻轻地虚空一点，一道白气在蟾蜍身上萦绕，慢慢地越来越浓，化为了一团云雾。不久之后，云雾凝结成了固体，变成一块巨大的冰块，把蟾蜍冻结在其中。

洛夜行绕过蟾蜍，接着向前走，前方不远处已经看到建筑物的轮廓，里面还有灯光透出来，地上却越来越多地出现了各种各样的奇怪尸体：蛇、蝎子、蜈蚣、蟾蜍、蜘蛛以及其他不知名的巨虫小兽。这些毒虫毒兽，几乎都是同一种死法：被某种锐器砍成好几截。

看上去，有人血洗了毒虫洛金的居住地，把外围这一堆用于防御的毒虫全部斩杀得干干净净。洛夜行估计了一下毒虫的数量，得出一个结论：自己想要打发掉那么多剧毒的玩意儿，只怕也并不容易。也就是说，无论来的是一个人还是一群人，实力并不逊色于自己。

那么，如果敌人是专门来找毒虫洛金的麻烦的话，洛金活下来的可能性恐怕不大了，洛夜行的心里微微一沉。他很快来到了这片干地的中心地带，那里有一座构造严谨的石屋，看来应该是毒虫洛金的住处。石屋的大门此刻半开着，门内透出灯光，还能隐隐闻到血腥味。

“果然来晚了……”洛夜行摇了摇头，大模大样地推门走进去。果然，刚一进门，他就看到了一具河络的尸体。

这是一个年迈的老河络，看脸形居然慈眉善目，和洛夜行想象中的凶狠乖戾的模样不大相同。他斜靠在一张桌子的桌腿上，咽喉处有一个深深的血洞，看来是被锐器直接戳穿的。这样的伤口，怕是天神下凡也救不了了。

他没有办法，只能先在屋子里私下搜索一番。毒虫洛金看来是个生活极为简单的家伙，屋里几乎没有任何和“享受”有关的东西，最多的就是各种各样的瓶瓶罐罐，有的装着粉末，有的装着植物块茎，有的装着液体，有的装着成形的虫子。整个房间里充斥着浓烈的药味。

“早知道把老家伙硬揪过来了……”洛夜行搔搔头皮。他对毒术没有任何研究，虽然眼前摆满了东西，却没有能力从中辨别出和天空城毒虫有关的任何线索。他随手拿起一个干瘪的人头，不知怎么的想到“万一她的脑袋被砍了会如何”，一时间神游物外。

这么稍微一愣神的工夫，一阵风吹过，桌上的蜡烛被吹灭了。就在整个屋子里变得漆黑一团的一瞬间，地面上的一块地板忽然被掀开，还没等洛夜行反应过来，从地板里跳出一个高大的黑影，猛地向他撞来。这一下来势十分猛恶，洛夜行用尽全力才躲开，而对方撞了个空之后，连身体都没有转过来，就右手向后挥出，一道寒气向着洛夜行的腰际刺去。

那是一柄寒光四射的长剑！洛夜行刚才那一下躲闪已经竭尽全力，实在做不出第二个闪避动作，而看这一剑凶猛无匹的来势，即便紧急凝出冰盾，也多半会被刺穿。情急之下，他只能横过左手手肘，挡在了腰间。

叮当一声，这一剑稳稳刺中了洛夜行的左手，但却并没有刺穿血肉的声响，反而发出了金属撞击的声音。对方似乎也是没有料到这一剑会有这样的效果，微微一愣后，洛夜行已经发起了反击，一道狂舞的冰风暴打在了敌人身上。人影闷哼一声，被风暴席卷，摔出门去。他旋即从地上爬起，似乎是看出了洛夜行不易应对，并不纠缠恋战，快步向着远处跑去，脚步声很快消失。

洛夜行也并没有追赶，而是在右手上重新点亮了照明用的白光。在光芒下可以看到，他的左手从小臂处一直到指尖，呈现出银白色的金属光泽。这是一种名叫“金属变身”的秘术，可以将人或动物之类的活体短暂地变成金属，一定时间后则会复原。先前在千钧一发之际，洛夜行正是用这一招把自己的左臂变成了金属，这才挡住了那一剑。

化为金属的左手仍然无法自由行动，好在敌人也已经走远了。洛夜行在秘术的照明下，看清了屋子里的现状，不觉摇了摇头：“这下子，就算是老家伙来了也没用了。”

先前他为了在一招之间迫退强大的对手，不得已使用了十分暴烈的冰雪风暴，当时也顾不上想太多。到了这会儿才发现，那漫卷的旋风已经把屋子里吹得乱七八糟，许多瓶瓶罐罐都摔碎了。

他在遍地的狼藉中捡起蜡烛重新点燃，扶起一把刚才倒在地上的椅子，坐了上去。一天多以来，他先是骑着快马疾驰，然后是冒险踏入墨沼，刚才又进行了一场虽然时间极短、却凶险无比的战斗，到这会儿终于感觉到疲累了。

尽管如此，他还是仔细观察着散落一地的物品，希望能发现一些什么不一样的东西，但除了各种他看不懂的奇怪动物植物外，确实没有什么有价值的东西了。倒是有一样玩意儿引起了他的注意：一瓶运气不错没有摔碎的酒。

他把这个精致的白玉酒瓶捡起来，小心地嗅了嗅瓶子里的液体，一股馥郁的酒香传了出来。他笑了起来："正好是我需要的。这个河络总算是给我留下了一样好东西。"

他来到屋外，靠着外墙坐下，喝了一口酒。酒的味道出乎意料的甘美香醇，堪称他这辈子喝过的最好的酒，也不知道是哪儿的高手匠人酿制的。他也不客气，一口气喝下了半瓶，然后带着醉意慢慢睡去。屋外睡觉当然没有屋里舒服，但那里遍地是古怪的药材和毒虫的残骸，或许会产生毒素，还是屋外保险一点。

虽然打定了主意要替风天逸洗脱冤屈，但到底应该怎么做，白茯苓心里还是没数。虽然过去也曾和风天逸在一起应付过一些危机，并且屡屡在关键时刻展现出急智，但总体而言，让她自己一个人慢慢动脑子还是一件蛮痛苦的事情。

好在风天逸只是被软禁，而且是软禁在他自己的豪宅里，还不至于受什么苦，这总算能让她得到一些安慰。而忠心耿耿的马旗也不断打探回来各种消息。

风天逸这起案件的完整过程如下：那一天上午，虎翼司的副监察使汤擎取消了其他的事务，一直在他办公的厅堂里待着，似乎是有重要客人将要到访。

大约到了阳时之初，汤擎从厅堂里出来，向外间捕房里的一名下属要了一份文件，又重新回去。两分钟之后，他的客人来了，那是富甲九州的翔瑞鸾驿大老板风天逸。

风天逸径直进入了汤擎的厅堂，但进去之后只过了几十秒钟，他就在房间里喊了起来："快来人！汤大人被杀了！"

所有人都惊呆了。不过虎翼司一向纪律严明，所以多数人并没有乱动，只有几名职司较高的官员连忙冲进去，他们发现汤擎坐在自己的椅子上，一把匕首深深地插入了他的胸口，只剩刀柄露在外面，而胸口竟没有血流出来。只有靠近了才能看明白，这把匕首实在是太轻太薄，所以伤口也极窄，血无法流出来。

不过，这道伤口正好位于心脏位置，所以汤擎已经气绝身亡，无法救治了。而风天逸就站在一旁，脸上满是惊讶的神情。

表面上看起来，风天逸应该只是无意中进入凶案现场并发现尸体的人。但经验丰富的虎翼司捕快们立即封锁了虎翼司进出的路径，并且火速勘探现场。他们发现，房间里并无外人进出的痕迹，风天逸是唯一一个进入者。

而更加糟糕的，在于那柄匕首。匕首被拔出来之后，人们发现刃尖上用非常精密的工艺雕刻了一个小小的族徽——青都羽氏家族的族徽。而风天逸，正是羽氏大贵族羽国琮的义子。

"这把匕首是我家的，"风天逸主动承认说，"这是多年前我义父委托河络工匠打造的，后来传给了我。不过这把匕首太短，实用性不强，所以一直只是放在我的收藏室里。"

“他总说我是笨蛋，可我看他才是真正的大笨蛋！”白茯苓撅着嘴，“哪儿有那么乖乖地就认下那把匕首的！那样岂不是浑身是嘴都说不清了？”

“没有用的，”马旗说，“既然匕首是凶器，以虎翼司的能耐，无论怎样都能找出它的来历，越是遮遮掩掩，越容易引人怀疑。”

“倒也有道理……可是他还是被当成了头号嫌疑犯，”白茯苓没精打采地说，“除了他，就没找到别的可以被怀疑的人么？”

“虎翼司并没有放松其他的调查，但确实没有第二个嫌疑人，所以，他们只能继续软禁主人，”马旗说，“亏得主人身份特殊，不到羽皇那个级别的人物不能轻易动他，所以才只是在自家的屋子里软禁。要是换成个普通人，受刑都不知道多少次了。”

马旗还按照白茯苓的要求，托人打听到了虎翼司对汤擎的人际关系的调查。据说汤擎在官场上一向八面玲珑，本着“与人方便自己方便”的原则，对贵族高官们总是网开一面，这大概也是风天逸选择他作为行贿对象的原因。按理说，这样的人是不容易招惹到什么一定要置他于死地的仇家的。

好处在于，虎翼司的注意力都放在了这件大案上，倒是没什么人再顾得上去寻找白茯苓了。她稍微改变一下形貌，已经可以大着胆子走上街，只是上街后该干什么，却全然没有头绪。她也很想去探望一下被软禁在家里的风天逸，却又怕招来额外的麻烦。

*我真是没用，简直什么忙都帮不上。*她忧郁地想。

这一天午饭过后，白茯苓心情烦乱，在天空城里信步乱走。这些日子以来，她对这座城市已经稍微熟悉了一点，却仍然觉得，这不像是一座属于她的城市。这并不仅仅是因为她不是羽人。

天空城的街道太宽阔、太干净。天空城的建筑太恢宏、太华丽。天空城的店铺太齐整、太堂皇。这里走在街上的人，一个个都穿着精美的绫罗绸缎，身上的饰品在阳光下足以闪瞎人的眼睛。除了那一小片可以供“下等人”略微享受一下的贫民区，整座城市显得实在是太……虚假。这里不像是一个熙攘喧闹供人生活、享受红尘与人烟的所在，而像是一座精美的展台，供羽皇向全九州展示羽族强大的展台。

所以一向喜欢朴素打扮的她也不得不尽量穿得华丽漂亮一些，使自己看起来更加符合这座城市，这总让她有一些沐猴而冠的羞愧。从本心里说，她更喜欢穿着一身廉价却洗得干干净净的粗布衣衫走在街头。

白茯苓扭扭捏捏地走了一阵子，心里实在不舒畅，在一座街边的小花园里坐下。这是只有天空城才有的独特设计，专门供给城里身份高贵的人们歇脚。花园里除了花朵之外，还有一个很有趣的喷泉，利用机械让活水不停地循环流动，从一只人工铸造的铜鱼嘴里喷出。

也只有在天空城，这样的喷泉才能始终保持清澈洁净，白茯苓想。在其他的城市，无论是人族的还是羽族的，如果有这么一大片地方，到了夜间就会睡满流浪汉，白昼则留下遍地的垃圾脏物。而在那些水源不足、饮水都需要收钱的地方，也绝不能维持这样一个喷泉。

“这里真好啊……可是，真不像是人住的地方。”白茯苓自言自语地感叹着。她的眼神无意识地划过喷泉旁边的水池池台，忽然发现上面好像刻了一点什么东西。左右无事，她好奇地凑过去看了一眼，发现那是一种暗记符号，但这样的符号的风格，却恰恰是她认识的。

“我们虽然是做正经生意的，但是为了防止树大招风，一般情况下，运送货物都不会太过张扬。你得知道，黑道上有很多阴险狡诈的劫匪，一直都盯着各处的商路呢。”那是当初找她帮忙运送货品的那个接头人告诉她的话。

白茯苓忙不迭地点头表示明白：“嗯，我懂，大概就和过去那些镖局经常保暗镖是一个道理吧？”

“没错，就是相当于暗镖！你真是一点就通！”接头人大加赞赏，“所以你需要学会一点联络用的暗号，这样才更加安全。”

现在回想起来，白茯苓真是肠子都悔青了，什么叫做“防范劫匪”——这帮孙子比劫匪危险百倍！而自己就那么愚不可及地上了钩，成了犯罪分子的帮凶……

不过她顾不上去后悔了。现在看到这个记号，她立刻意识到，这极有可能是血羽会相互联络的记号。虽然比接头人教她的要复杂一些，但可以明白无误地判断出，二者源出同宗。想来是接头人只教了她一些最简单的，所以过于复杂的她无法解读。

白茯苓突然眼前一亮，一个主意不可遏制地冒了出来：*我能不能冒充这些杀千刀的血羽会成员，也留下一点暗记，然后骗血羽会的人见面，再然后……抓住他们？这世上最喜欢暗杀的组织，就要数血羽会了，说不定他们就是杀害汤擎的真凶呢？要是那样的话，就可以宣告风天逸的清白了。*

这无疑是个危险的主意。她并不知道藏在这几个暗号背后的血羽会成员有多少个，哪怕只有一个，能被派遣到天空城来执行任务，也必定实力超群，她未必能胜。更何况，从“血羽会喜欢搞暗杀”直接跳到“汤擎就是血羽会杀的”，步子未免迈得稍微大了点儿。

但我们的白小姐是一个一旦情绪上来了就懒得过多思考的人，她兴致勃勃地在那个记号的下方，添加上了她所会的为数不多的几个暗记之一。

“明日正午，在此会面。”她写道。

第二天一大早她就来到花园里等待。枯坐了一上午，到这里来闲逛的人却寥寥无几。细细想想，这座带着喷泉的花园虽然漂亮，对于富贵人家而言，却也并不稀罕，他们或许更情愿待在自己家的宅院里。而穷人……白天都在替人工作，大概也是不会有空上街的。

那种奇特的疏离感又涌上心头了。白茯苓出神地思索着，连自己为什么坐在这里都几乎忘记了，直到她忽然感到有一个坚硬而寒冷的东西轻轻抵在了她的后颈。

“你是什么人?”一个女人的声音问，“为什么要冒充血羽会?”

白茯苓悚然。她刚才虽然有些走神，毕竟还是有着警戒和防御的本能的，否则也不会那么多年跑在危险的货运路线上却几乎从未失手。然而这个女人如此突兀地出现在她背后，直到制住了她的要害后她才发现，这人脚步之轻，动作之无声无息，实在令人畏惧。

“我并没有冒充，”她决定装傻充愣，“只不过你没有见过我而已。”

“别装了。”对方的声音十分冷酷，“我观察了你足足有二十分钟，这二十分钟里，你就像一只刚刚睡醒还没吃饭的母鸡，就算有老鹰叼走你的小崽子你都不会有丝毫反应。血羽会不可能把你这么笨的人派到天空城这样的地方来。”

娘的，就这么被羞辱了！白茯苓悲愤不已，但不知怎么的，对方提到她笨，她却反而有一些隐隐的亲切感，就好像是风天逸正在训斥她一样。

“起来，装出若无其事的样子，跟我走，”这个只闻其声未见其面的女人说，“不然的话，你的脑袋随时搬家。”

既然已经落入对方手里，白茯苓索性不再多想，乖乖地依照对方的指示站起身来，向着城中心方向走去。她一度胡思乱想地怀疑对方会把她带到风天逸家里，不过最后的目的地是一座远不如风家有气派的普通宅院。当然，这样的普通只是和风家比较而言，相比之贫民区的小酒馆，仍然算得上是上等居所了。

“门没锁，推门进去。”背后的女人命令说。

白茯苓依言推开门，当先走了进去，呈现在眼前的是一个荒草丛生、还有不少垃圾的大院子，和这座宅院的外观很不匹配。她走到院子里，耳听得身后的女子回手关好了门，猛然间一矮身，回腿向着对方的小腿扫去。

女子反应也快，向后一窜，躲开了这一扫，两人终于正面相对了。白茯苓这才看清，站在对面的这个女子长得十分美貌，就是眼神太凶了，像是随时能从中射出毒针。

“刚才那一脚……动作还算快。”女子说着，举起了双掌。阳光下，她的双掌居然是银白色的，闪烁着银子的光泽，白茯苓先是一怔，随即明白过来，这是一种特制的手套。刚才抵着她脖子的那种冰凉的硬物，大概就是女子戴着手套的手指。

“我不只会动脚。”白茯苓冷冷地回应，也亮出了她的兵刃。那是一对长短不一的短剑，长的也不过一尺多，短的还不足一尺。

两人僵持了一阵子后，白茯苓毕竟耐性差了一些，大喝一声，率先发起抢攻，双剑分别刺向敌人的两肩。对面的女子看来实战经验很丰富，脚下纹丝不动，直到白茯苓欺近到身前，突然迅猛地挥拳，直击白茯苓的面门。

白茯苓万万没想到对方第一招就使出这样两败俱伤的招数，但算计下来，如果双方都不变招，自己不过能刺伤对方的肩膀，却要被狠狠打在脸上。看那双古怪的手套，直接把自己的整张脸毁掉也说不定了。她别无选择，只能硬生生变招，双剑回收和女子的拳头撞击在一起。当当两声响后，两人各自退出几步，发现手套和双剑均没有受损，不由都有些诧异。

“你的这两把剑……还挺硬呢。”女子说。

“彼此彼此！”白茯苓回应说，然后挥剑再上。刚才那一下险些中招，她已经知道对方出招狠辣异常，不敢大意，把两柄短剑舞得剑光四射，先求自保，不敢冒进。

对面的女子反而开始招招强攻了。她双掌翻飞，几乎每一掌都攻向白茯苓的要害，招数阴毒狠辣。白茯苓毕竟心地良善，很少见到这样恨不能每招都取人性命的打法，手脚慢慢有些慌乱，左手的短剑也被打落在地。女子抢得先机，出手愈发凶狠，白茯苓左支右绌，疲于奔命。不过她生性倔强，从不轻易认输，虽然局面大为不利，还是凭着胸中的一口气苦苦支撑着。

“看不出来，倒还挺顽强的。”血羽会的女子哼了一声，右手握成拳，突然从中路突入，一拳直取白茯苓的胸口。白茯苓连忙回剑格挡。不料女子这一拳并没有用上真力，眼见她回剑，立刻张开五指，一把抓住了剑刃。这副金属手套似乎带有某种古怪的吸力，白茯苓用力回夺，竟然抽不出来。

而敌人的左掌已经伸出，抵住了白茯苓的咽喉，却并不吐劲：“你输了。”

白茯苓不甘心地哼了一声，右手松开撤剑：“下次再打，我并不一定会输的。”

“的确，你的武功不错，”女子说，“但如果我存心杀你，你已经不可能有下一次的机会了。你根本不具备一个杀手的素质。还不肯说实话么？”

白茯苓闷闷地说："好吧。我的确不是你们血羽会的人，但我是被你们骗了的。"

"骗？骗什么？"女子有些诧异。

白茯苓很不情愿地把自己如何被接头人骗来给血羽会传递消息的事情经过讲了一遍。女子听完之后，先是愣了一会儿，忽然把白茯苓的身子一扭，在她的后颈上的某个部位用力按了一下。白茯苓立刻觉得浑身酸麻，软软地趴在地上，然后莫名其妙地听着女子哈哈大笑起来。

笑了好一会儿，女子蹲下来，在她的肩背处揉捏了一会儿，白茯苓觉得力气恢复过来，连忙跳起身，却发现对方压根没有和她动手的意思。她只是带着笑意不停地摇头："我们血羽会里的人，总是说我喜欢莽撞行事，但是你不只是莽撞，简直就是……呆……"

她忍不住又是一阵捧腹大笑。白茯苓明白过来，刚才女子是按压了自己后颈上一个特殊的气血节点，让自己暂时没有力气，然后……好方便她发笑。

太过分了！白茯苓想要生气，却不知怎么的，忽然间跟着她一起笑起来。

"没错啊……认识我的人都这么说……"白茯苓笑得上气不接下气。

第四章 变异

“原来那个时候为我父亲做仵作的，是你的徒弟……”萧轻盈沉吟着，“他是怎么死的？也是被人杀死的么？”

“不是，没有人杀他，他死于意外，”老仵作说，“我这个徒弟贪杯好酒，大概是看到和他一直关系不错的雪大人被害，心情不大好，于是去酒馆里买醉，结果……”

“结果怎么样？”

“有一天早上，有人发现他的尸体漂浮在城中花园的喷泉水池里。我亲自为他做的尸检，”老仵作的话语里充满了伤感，“他身上没有任何伤口，肺部有水，血液里有酒，确实是醉酒之后失足跌入水池溺毙的。”

“我有一万种办法可以让一个人看上去像是意外死亡，酒醉溺毙，只不过是其中微不足道的一种。”萧轻盈说。

“是么？”老仵作随口应答。萧轻盈觉察到他的语气有异，看了一下他的神情，只见老仵作脸上的表情似乎显得很茫然，眼神里却灼灼发光，忽然间有点明白过来——老仵作有话想要告诉她，但可能又怕惹上祸端，不敢直言。

于是她也跟着说：“好吧，我只是随口说说，大概他的确是失足落水淹死的。不过，关于他临死前所跟的最后一起案子，也就是猎风馆馆主王国麟的命案，有没有和你说过什么？”

“我什么也不知道，我哪儿可能知道些什么呢？我不过是个小小的仵作……”老仵作还是那副茫然而昏聩的模样。他慢慢挪到一张椅子旁，在椅子上坐下，嘴里喃喃自语着：“他死了，我很难过，很难过……他毕竟是我手艺最精的徒儿。可是死了终归是死了，我也没有任何办法。不过他死之前，大概是寄了什么东西给我。嗯，是一个包裹，通过翔瑞鸾驿送到我家的，送到家时，我已经听闻了他的死讯。”

萧轻盈浑身一震，只听老仵作接着说：“只是我这个人天生胆小，什么事儿都不敢招惹，所以即便收到了那个包裹，也根本不敢拆开看。不过我想，我徒弟啊，他既然把这个东西寄给我，想来是很重要的，我也不能就那样随便丢弃，所以我找了个地方，把它埋起来了……”

老仵作说出了埋那个包裹的地址，萧轻盈听完后，一言不发地转身离去，身后的老仵作仍然在絮絮叨叨地诉说不停。

“他是我最聪明的徒弟，也一向最敬重我……我不想见到他死……可我没办法啊，我能有什么办法呢……”

萧轻盈来到天空城城北的祭坛。这也是羽皇构想中的天空城的标志性建筑物，的确修得气势恢宏而且充满了奇想。它同时融合了华族的砖石建筑技法和羽族依托森林的传统建筑精华，将沉重无比的石质祭坛建筑在几株特殊培养的巨木上，显得格外雄浑而庄肃。

不过，祭坛修成了这样，显然就是平民免进了，所以除了皇室举行祭祀典礼，其他时候这里都冷冷清清。老仵作把包裹埋在祭坛附近，倒的确不容易为人发现。

萧轻盈转了几个圈，找到了老仵作所提到的一棵树干上留有雷击伤疤的大树。她左右看看，确定四下无人，戴上金属手套，在树根下方挖掘了好一会儿，终于找到了一个包袱。包袱被层层包裹，每一层都打上了结，可见老仵作的谨慎小心。

她好容易才把包袱完全解开，露出其中的一个小木盒。木盒上照例有锁，但她用金属手套轻松地扭开了锁，打开了木盒。

木盒里会藏着什么重要的东西、让那位年轻的仵作在临死前赶忙送往师父家？会不会就是王国麟一案的关键证据？萧轻盈心里有些激动。她深吸了一口气，把木盒的盒盖推上去，然后看向盒子里。

这一看之下，她只觉得浑身冰凉，差点惊呼出声——盒子里是空的！

她调整了一下呼吸，定定神，仔细地把盒子对着月光研究了很久。杀手本来就对各种机关都有研究，萧轻盈凭借着自己的经验，很快判断出：这只是一个普普通通的木盒，没有任何夹层机关，上面也没有任何文字或者图案。

她沮丧地坐在地上，手里拿着这个空盒子发呆。真是空欢喜一场啊，她想，本以为找到这个盒子就能有重大的突破，却没料到辛辛苦苦挖出来的盒子竟然是空的。

难道是那个糟老头子骗了我？萧轻盈霍然站起，拳头握得紧紧的，一时间恶向胆边生，就想要杀回验尸房去，把老仵作狠狠揍一顿，哪怕取了他的狗命也不在话下。但刚刚迈出去一步，她的脑海里忽然浮现出来天空城之前师兄嘱咐她的话。

“你的武功很高，实战经验尤其丰富，连我都未必是你的对手。

而你的脑瓜子也并不笨，每次刺杀行动都能够随机应变，”师兄说，“但你最大的缺点就是鲁莽、考虑事情不周详，所以每回行动往往都得靠别人替你制订计划，你再依计划行事。”

“行啦行啦，每次都要教训我一顿，”萧轻盈很不服气，“谁都不是万能的，我做好自己的事情就行啦。”

“但是天空城是一个非同一般的所在，”师兄说，“这里是整个羽族的重心所在，也许是全九州最危险的地方——对一个杀手而言。在那里随时可能发生突发事件，你随时可能陷入令你意想不到的险境。所以，无论什么时候，你都要记住，冷静，冷静，再冷静，绝不能像一头蛮牛一样乱撞。”

“你才是蛮牛！滚蛋！”萧轻盈没好气地说。

此时，在失望、愤怒所引发的报复冲动中，萧轻盈又回想起了和师兄的这段对话。她收回脚，闭上眼睛，几次深呼吸之后，觉得心情稍微平静了一点，头脑也终于可以用来认真地梳理一下事情的前因后果了。

不对，这不太像是老仵作的故意欺骗，萧轻盈分析着。从当时的情状来看，他的悲痛是真的，并非作伪。而且就算他真想骗自己，应该把自己送往一个能被人制服的地方，以免自己转身去报复。而这里空空荡荡没有人烟，至今也没有什么埋伏出现。

那么，如果老仵作并没有骗自己，这里确实是他埋藏包裹的地方，包裹里的盒子又怎么会是空的呢？

“难道是……他把东西埋在了这里，后来又被人挖出来掉包了？”萧轻盈自言自语着，但紧跟着又摇摇头。她刚才把包裹挖出来之后，就像剥洋葱一样一层一层地解开束缚，十分费劲，如果真的是早已被人盗走，又何必那么麻烦地把这个空盒子恢复原状，总不能就是为了搞个恶作剧吧？

真是莫名其妙了。难道是盒子里本来就装着什么容易消失的玩意儿，时间长了自行挥发掉了？又或者是东西送出去之前就被人截走了？

她胡乱猜测着，双手无意识地翻检着刚才拆开的一层又一层的布，忽然之间，眼前出现了几个字。

那是一块材质相当结实坚韧的包袱布，布料上绣有鸾凤图案，还有四个金色的大字：翔瑞鸾驿。她愣了愣，反应过来这就是当初送货给老仵作时、翔瑞鸾驿所用的包袱皮儿，倒的确很结实，不容易破损。

不过，翔瑞鸾驿……翔瑞鸾驿？

翔瑞鸾驿！

萧轻盈狠狠一挥拳。她终于想明白了，盒子里的东西并非是被埋到这里之后才被偷走的，而是在送到老仵作家之前就已经被掉包了。而将之掉包的不是别人，正是当时负责送货的翔瑞鸾驿的货运人！

那个货运人，一定是那个货运人，不会是别人的，萧轻盈兴奋地想。这个人显然并不希望盒子里的东西落入老仵作手里，但另一方面，他又必须保证有东西送给老仵作——因为翔瑞鸾驿的货物运输都会有记录。所以他才会拿走东西后，又把空盒送到老仵作家里，反正老仵作也并不知道里面原本有什么。他没有料到的是，老仵作甚至于没有打开包裹，就把它原封不动埋了起来。

接下来，就是寻找当年的那个货运人了，萧轻盈想。这如果是在其他的城市，货运人或许流动很大，不易查找，天空城却不同。这里的城市准入制度十分严格，找到一个身份合格又愿意做货运人这种苦差事的人很难，所以一旦找到，恐怕就不会轻易更换。甚至于，说不定那个两年前的货运人，现在也还在做着同样的工作呢。

*这也算是天空城迄今为止带给我的唯一便利么？*她自嘲地笑了笑。

回到雪严君的屋子，天色已经发白，而洛夜行依然没有回来。她睡了一觉，醒来发觉已经是午后，也顾不上吃饭，匆匆忙忙地梳洗完，然后上街去打探翔瑞鸾驿。

倒是不费什么力气。翔瑞鸾驿的名气足够大，城中贵族更是以使用翔瑞鸾驿递送货物为荣，所以她轻易地就打听到了这家商号的地址。

不过，来到翔瑞鸾驿门口，她却怔住了。这家全九州名气最大的货运商号，居然大白天地大门紧闭，没有一丁点做生意的迹象。她又绕到后门，发现后门也关得紧紧的。

“这可不像大商号的经商之道，我们血羽会可都是全年无休呢……”萧轻盈咕哝着，又绕回了正门。她很不甘心，抱着试一试的心态开始拍门。

拍了好一阵子，里面始终没有任何人应答，倒是隔壁一家丝绸铺的伙计听到拍门声，从店铺里走了出来。

“别拍啦，姑娘，翔瑞鸾驿恐怕很长一段时间内都不会营业了——至少天空城分号是这样的。”伙计说。

“为什么？”萧轻盈很诧异。

“他们的大老板出事了，听说是卷入了杀人案，被当成头号凶嫌，现在被软禁在家呢，”伙计说，“老板都出事了，商号自然也暂停营业了。”

“杀人案？谁被杀了？”萧轻盈更加诧异。

伙计左右看了看，似乎是为了确定没有人在旁偷听，然后压低声音对萧轻盈说：“听说是杀死了虎翼司里的汤擎汤大人，那可是桩大案子。只不过翔瑞鸾驿的风老板身份与众不同，这才只是软禁起来慢慢调查，换成其他人，早就关进虎翼司的黑牢打板子了。”

“我明白了。谢谢你。”萧轻盈点点头，转身走开，神色阴晴不定。她没想到，就在她来到天空城的这段日子里，居然真的发生了高官被刺杀的案件——但偏偏不是她干的。这会是巧合吗？

恐怕不会是巧合，她一面走进一座街心花园，一面推测着。这一次天空城之行原本就存在很多古怪，比如自己刚一进入天空城，就目睹了接头人被抓，这样的事情以前从来就没有遇到过；而就在这段时间，城内发生了怪虫伤人案，按照洛夜行的说法，这也是从未发生过的。她隐隐地觉得，这些事情可能牵扯到某个阴谋，而这个阴谋或许和血羽会有关，但关联到底在哪里，她一时间把握不到。

坐在喷泉边的长椅上，她忽然想起，自己曾经在水池边留有血羽会的暗记。虽然她并不相信真的会有本会的人看见，但还是偏过头瞧了一眼，这一瞧，她愣住了。

就在她留下的暗记下面，居然真的有人用血羽会的暗号留下了几个字：“明日正午，在此会面。”

天亮了。尽管墨沼上空笼罩着厚重的云气，阳光还是透过云雾照进了沼泽地，至少不必要使用秘术照明也能看清楚路径了。

洛夜行疲惫地醒来，只觉得腰酸背痛，毕竟他是靠在户外的墙边睡了一觉。他站起身来，活动了一会儿筋骨，怀着一丝侥幸重新回到毒虫洛金那已经被毁得乱七八糟的屋子里。依然没有惊喜，即便是借助着白昼的日光，还是无法寻找到任何有价值的事物。

他叹了口气，在屋子旁边挖了一个坑，把毒虫洛金的尸体埋葬了。洛金死了，这一条线索算是断掉了，而他甚至连杀人者的样貌都没有看清楚。唯一能确认的是，那个敌人是个用剑的武士，而且剑术相当高明。

不过这一趟也不算完全白跑，从有人专门潜入这里杀害洛金，可以推断出，洛金一定是干了什么招致他被灭口的事——说不定就是培育毒虫。然而，光知道这一点是没用的，洛金不会无缘无故去对天空城下手，多半背后有人指使收买。但洛金已死，从哪儿才能找到这个背后的指使者呢?

“真是麻烦啊，”洛夜行捶了捶额头，“懒了这么多年，一遇到事儿就折腾得人没法清闲。”

留在这里也没有办法可想，他只能郁闷地选择离开。白天看起来，那些死在地上的毒花毒虫显得越发狰狞，而那只巨蟾身外的冰块也已经融尽，此刻它巨大的身躯趴在地上，已经有不少蚊虫死在它的身畔——那无疑是追逐腐肉而来却中了尸体里残余的剧毒。

只有一只通体碧蓝色的蜥蜴好像是完全不畏剧毒，正在巨蟾的肚腹处起劲地撕咬着。这可能也是毒虫洛金培养的一只毒物，不过并没有在昨夜被杀死，所以也并不怕巨蟾身上的毒质。

洛金的货架上还真是花样繁多呢，洛夜行想着，从巨蟾身边走过，但突然之间，他停住了脚步。在阳光下，巨蟾身上那道被蜥蜴撕开的伤口中，赫然闪出了一道奇怪的光芒，血肉之躯不应该闪现的光芒。

洛夜行回过头，仔细看了一眼，没错。就在蜥蜴的身下，蟾蜍的肚腹中，有个什么玩意儿正在发光，光亮是近乎耀眼的金色。他伸指弹出一道微弱的寒气，蜥蜴受到惊吓，匆匆忙忙地逃走了。

洛夜行用秘术护住双手，以防止毒气侵入，然后小心地切开那道伤口，把里面正在发光的东西掏了出来。那是一块拳头大小的水晶，在水晶的核心部位嵌着一枚形状不规则的细小碎片，比人的小拇指指甲还小，那耀眼的金光就是这块碎片发出来的。

“这是什么玩意儿?”洛夜行很是好奇。不过一时之间也没有工夫去细细研究，他把水晶擦净，纳入怀里，继续赶路。

白天的道路比夜晚好走很多，中午的时候，他已经走到了墨沼的边缘地带。到这时候他才注意到，墨沼附近并非像养父所说的那样完全没有人烟，此刻在阳光下，他能够看到，墨沼外围隐隐有几道炊烟升起，说明那里可能有村落。

正好肚子也开始咕咕叫了，洛夜行决定去村庄里找些吃的。他朝着炊烟的方向走了没多久，穿过一片小树林后，已经可以看到房屋了。这果然是一个小村落，大概只有十多间房屋，但确实是有人住。不过这些茅草屋歪歪斜斜极为简陋，可见住在这里的人都很穷。

洛夜行一脚踢开一只瘦骨嶙峋的黄狗，走向离他最近的那间屋子，敲了敲门。门很快开了，一个黑黑瘦瘦的中年女性羽人走出来，上下打量了他一番，眼神里充满警惕。

“你要干什么?”中年妇人很不客气地问。

果然是穷山恶水出刁民，洛夜行想。他把之前准备好的一套礼貌的说辞收起来，换回和中年妇人同样冷漠的面孔，伸手递给她一枚银毫：“买点吃的。”

妇人接过银毫，验看了一下，一声不响地把银毫收进怀里，转身回屋。过了一会儿，她重新走出来，递给洛夜行一碗汤和两个馍馍，然后砰的一声关上门。

“吃完了把碗放门口。”妇人依旧冷冰冰地说。

汤里漂浮了几片菜叶子，基本就等于一碗白开水；馍馍又粗又硬，颜色焦黄。洛夜行无所谓，正准备开吃，却忽然停住了。他想了想，把汤碗放在地上，伸手施放了一个秘术，他的耳边开始响起了模模糊糊的说话声响。

“什么人?”这是一个男人的声音。

“一个过路讨吃的羽人，我已经在食物里下了料了，他很快会晕过去，不会耽搁我们。”这是中年妇人的声音。

“你就是心地太软!”男人听起来有些生气，“那帮人转眼就要到来，随时可能被看到。这种无关的外人，直接杀了就行了，还留他一条命做什么?”

“你何必那么紧张?”妇人说，“你还真以为那么多年过去了，羽皇还会在意我们的存在？不必自己吓唬自己啦，少杀一个人也是好的。”

“总之小心点没坏处，”男人哼了一声，“赶紧把他拖到屋后去，准备迎敌。”

听到这里，洛夜行连忙一脚踢倒汤碗，再把一个馍馍藏进怀里，然后往地上一躺，佯装昏迷。其实这里发生的一切原本不关他的事，那个男人想要杀他的主意却一下子激怒了他。他决定打探一下这帮人到底想要做什么，然后好好地捣一捣乱。几天的辛苦找到毒虫洛金，却晚了一步而没有任何收获，他的心里正好有火。

门又开了。中年妇人的脚步声来到洛夜行身边。然后他感到妇人抓住他的两条胳膊，把他拖进屋去，塞到床底下。他一直闭目装作晕倒，不加丝毫反抗。就在妇人放下他、走向屋外的一瞬间，他在妇人身上沾了一丝他自己的精神游丝。这样的话，这一群人在外间的对话他就都能听到了。

妇人走出门去，身边很快聚拢了一群人的脚步声，听起来有将近二十个人。他们站在一处，并没有说话，但听呼吸可以判断出他们的情绪都比较紧张。十分钟后，沼泽之外的远处又传来了一阵脚步声，来的比这一群人要多得多，大约有四十来个。但洛夜行听得出来，这当中，有三十多个的步态都不大正常，听起来很僵硬，不像是活人的脚步声，只有五个人听上去没什么异样。

不像是……活人？洛夜行隐隐想到了点什么。

很快地，来人进入了这个小村落，双方各据一方，开始对峙。先前和中年妇人对话的那个男人率先开口：“不错啊，虽然你们只来了五个人，看上去声势比我们大多了。这操纵死人的法子果然好玩。”

果然是尸舞术！洛夜行明白过来。也就是说，这新来的一行人只有五个活人，却驱动了将近四十具尸体。对于尸舞者来说，平均每人能操纵七八具尸体，已经算是不错了，不过，真正的高手一般能带十多具尸体，也就是说这五人还谈不上顶尖。

比老头子还差得远呢，他略带一些自豪地想。

男人说完话后，对方也有人开口了，这是一个清脆的少女的声音：“哎哟，二叔，你嘴上这么说，心里想的恐怕还是‘身为羽人竟然修炼污秽邪恶的尸舞术，实在是太丢家族脸面了’吧？”

“你既然自己说出来了，我也就不必重复了。”男人回答。

“行了行了，不必斗口了！”中年妇人插嘴说，“我们叶家分裂这百年来，斗口斗了无数次，打架也打了许多场了，分出过高下对错吗？现在是嘴上的输赢要紧，还是赶紧夺回法器要紧？”

洛夜行从这一句话里听出了不少关键的元素。首先，这两拨人原本属于同一个叶姓的家族，由于种种原因，已经分裂了百年，并且彼此争执不断，甚至于动手。其次，这一次双方约在沼泽边上见面，却并不是为了要分高下，而是为了合力抢夺属于他们家族失去的法器。

会是什么人抢走了法器呢？难道就是墨沼中的毒虫洛金？而且，“叶”这个姓氏，虽然并不是十大贵族姓氏之一，却也似乎有些耳熟，好像在什么地方听说过。叶姓，叶氏家族，叶，分裂百年……百年……

对了，叶姓！洛夜行猛然间想起来了。叶姓在羽族的历史里的确是留下了浓重一笔的，因为他们曾经参与了百年前的一场下三翼平民所发起的叛乱，叶姓正是主要的领导者之一。当然了，羽族历史上的平民叛乱，基本都是以平民的惨败而告终，因为贵族和平民之间飞行能力的巨大差异。当纯血统的贵族可以每天起飞、甚至于每天飞行好几个对时，而平民却只能一个月飞行一次、一年飞行一次的时候，双方的实力差距实在太过明显。

不过，百年前的那次叛乱，由于谋划周详、准备充分，还是给羽皇造成了不小的麻烦，这当中叶姓的先祖居功至伟。所以当叛乱被平定后，叶姓遭到了羽皇毫不留情的全面镇压，家族中的男丁一律处死，女性则发配给贵族家族终身为奴。

不过，还是有少量叶姓后人逃掉了，他们逃离宁州，在九州的其他地方，在羽皇的翅膀到达不了的地方顽强地生存了下来，不过，再也没有掀起叛乱的能力了。

也就是说，现在这两拨人，就是叶氏那些逃亡者的后裔了。不过，和一切人世间的常态一样，他们一面躲避着皇室的追缉，一面自己还在内斗不休。*烂泥糊不上墙啊*，洛夜行轻蔑地想。*就算是手里有什么法器，又有什么用呢……*

等等，法器？洛夜行忽然想起了自己怀里的那块水晶。这个发出奇异光彩的东西，会不会就是叶家人想要找的法器？

*难道我在无意之间捡到了一件宝贝？*洛夜行自嘲地笑了笑，*看来我的运气也不总是那么糟糕呢。*

双方的对话仍然在继续。嗓音清脆的少女说："是啊，为了法器，我们万里迢迢从雷州渡海赶了回来。但是你们能不能确认，我们的法器的确是被那个叫作毒虫洛金的老河络偷到了这座沼泽里?”

“确切地说，不是毒虫洛金偷的，是他唆使别人来抢夺的，”中年妇人说，“那帮人趁夜袭击，武功都相当高，我们不是对手，还被杀死了五个人。后来我们多方打探，才得知法器最终落入毒虫洛金的手里。我们知道光凭自己的力量可能打不过他们，所以一面给你们送信，一面占据了这个小村，冒险居住在羽皇的眼皮子底下。”

她说得轻描淡写，洛夜行却已经猜到了“占据了这个小村”的含义。他在心里叹了口气，不愿去多想。

中年妇人继续说：“但我没有料到，你们一共只来了五个人，我不知道是否能起到作用。”

少女笑了起来：“我们当然要留一手了，免得中了你们的埋伏嘛，你们过去又不是没有使过计。不过，听了你刚才的话，我相信你说的是真的。”

说完，洛夜行听到一声火药燃烧的轻响，接着有什么东西冲上天空炸开，那毫无疑问是一枚传递信息的焰火。焰火炸开后，很快地，又传来了一片庞杂的脚步声，洛夜行依稀分辨出，这次来的大概有十个活人和五十来具尸仆，可能是这些人的尸舞术没有先来的五人那么精纯，也可能是其中有人的技艺并非尸舞术。

不管怎么说，这一次叶家聚集了三十多个人，外带近百尸仆，声势也算不小了。但这帮人并不知道，他们如此声势浩荡地闯入墨沼，最终也不过是扑一场空，因为毒虫洛金已经死了，现场也并没有看到任何能和“法器”两个字联系起来的东西，多半已经被杀害他的人抢走了。除非……自己捡到的这玩意儿就是他们要找的法器。

反正与我无关，洛夜行想，等你们离开之后，老子就带着这个鬼知道是法器还是什么的东西溜之大吉。你们自己慢慢去泥水里摸爬滚打吧。

然而他脑子里刚刚转过这个念头，叶家人群中忽然响起一个嘶哑的男声："屋子里有一个活人，怎么回事？"

中年妇人连忙解释："那是一个路过讨吃的行人，我已经把他药翻了，两个对时内都醒不过来。"

嘶哑的男声哼了一声："你用毒的本事难道能比得上我们成天和尸体打交道的人？我已经听出来了，那个人呼吸正常，根本就没有中毒。老六、老四！你们两个进去看看。"

这家伙好厉害！洛夜行微微一惊。他知道这下子躲不过了，突然之间，却产生了另外一个主意。这个主意虽然有些冒险，却有可能帮助他解开心中的一些疑团。

"各位，不用进来揪我了，我投降！"他站起身来，高声喊道，"我这就出来！"

萧轻盈没有想到，眼前这个叫白茯苓的丫头虽然看起来笨了点儿呆了点儿，厨艺却相当不错。虽然只是厨房里简简单单的一些原料，她也能做出两碗香气四溢的鸡蛋面来。

两人恶斗了一场，肚子都饿了，此刻坐在餐厅里，一人捧着一碗面，呼噜呼噜地吃将起来。两个习惯了快速吃饭的女人几乎同时放下碗筷，接下来的动作却不大一样。萧轻盈往椅子上一靠，满意地打算休息休息，白茯苓却已经拿起空碗和筷子走进了厨房，厨房里马上响起了刷洗碗筷的声音。

萧轻盈本来有一肚子的问题想要问，没想到对方先去干起了家务，只好耐心地等着，耳听得白茯苓刷干净了碗筷，洗干净了煮面的铁锅，擦干净了灶台……好容易等她走了出来，萧轻盈还没来得及说话，却发现她的两只手里一手拿着笤帚，一手拿着抹布。

“你……你这是要干什么？”萧轻盈大惑不解。

“这间屋子太乱太脏了，”白茯苓说，“我想打扫一下。”

萧轻盈目瞪口呆，一时间竟然说不出话来。过了好半天，她才重重一拍桌子：“不想我马上砍了你的话，就把手里的劳什子扔掉！”

白茯苓委委屈屈地“哦”了一声。

“也就是说，你被我血羽会里的人骗了，一直帮他们传递消息？”萧轻盈看着白茯苓，“我还真是没见过你这么好骗的……你是怎么活到这么大的？”

白茯苓垂着头：“其实我也很想知道……”

“那你约我见面是想干什么？报复？”萧轻盈问。

“不是，我一个死跑腿的，哪儿来那么大的胆子报复血羽会？”白茯苓说，“只不过是因为，最近我一个朋友受到了陷害，被冤枉说他杀人了。我琢磨着杀人这种事，不是血羽会最在行么？所以想找你们问一问。”

萧轻盈的眉头皱起来了：“最近受到了陷害？杀人？等等，你说的这个朋友……不会就是那个什么翔瑞鸾驿的老板吧？”

白茯苓点点头：“你也听说了？是的，他叫风天逸。”

“我也是刚刚听说的，”萧轻盈说，“你肯定杀人的不是他？”

“不会是他，绝对不是他，”白茯苓很肯定地说，“他是九州屈指可数的大富翁，有什么必要去杀一个高官给自己惹麻烦？再说了，就算他想要杀人，难道不能花钱请杀手么——比如请你们血羽会的，为什么要那么蠢自己动手，而且是在虎翼司那样的地方当着无数人的面动手？”

“这话倒也有理，确实应该交给我们血羽会……”萧轻盈想了想，“看来你比我想象中稍微聪明些。那么，这位姓风的大老板，有没有什么可能陷害他的仇家呢？”

“这个我就不太清楚了，我也有好几年没有见过他了，”白茯苓说，“不过他长年做着大生意，翔瑞鸾驿更是挤垮了不少同行，想来仇人不会少吧？”

“好几年不见了，现在你却为了他的事情这么热心，甚至不惜约见血羽会……”萧轻盈若有所思，“听上去，你俩的关系似乎有点不寻常啊。”

白茯苓脸上一红，不知道怎么回事，萧轻盈已经摆了摆手：“我就是随口一问，男女之间的风流韵事我没兴趣过问。现在我想告诉你的是，你找到我也没用，因为我也不知道那位汤大人到底是谁杀的。也许是血羽会的人，也许不是，我并不知情。跟你说实话吧，我这一趟来到天空城，本来是有任务的，结果我的接头人被杀了，也没有其他人找到我——我现在也像孤魂野鬼一样瞎转悠呢。”

两个人都愁容满面，相对无言。过了好一会儿，白茯苓才开口问：“你说你是被派到天空城来执行任务的，可是这座房子像是普通人的住家啊。”

“这是我生父的房子，”萧轻盈淡淡地说，“他在两年前被人杀害了。”

“抱歉，我不该问的。”白茯苓轻声说。

萧轻盈摇摇头：“不要紧，反正我从小到大都没见过他。不过既然你问起来了，我也想要问问你，你以前在翔瑞鸾驿干过，认不认识两年前天空城里负责送货的人？”

“我早就离开翔瑞鸾驿了，就算是外面的人也不认识，更不用提天空城里的了，”白茯苓说，“不过，我毕竟认识风天逸，当初也认识一些管事的人，应该可以帮你打听。”

她思索了一会儿："嗯，对了，我住在风宅的时候，曾经见到一个赶车送货的车夫进入宅院。他在翔瑞鸾驿已经待了十来年了，没准会知道两年前的事情，我这就去帮你找他打听去。"

她站起身来，向门外走去，萧轻盈在背后叫住了她。白茯苓回过头，正看见萧轻盈的脸，这张脸上现在带着一种难以置信的表情。

"你……这就去帮我打听？"萧轻盈好像是在斟酌词句，"不需要我替你做什么来交换？"

白茯苓很奇怪："为什么要交换？不就是帮你打听点事情么？"

萧轻盈也站起来，来到白茯苓身边，绕着她转了一圈，让后者一阵心里发毛："喂，你这么看我干什么？"

"我是想判断你到底是真傻还是装傻。"萧轻盈说。

"我不懂你的意思。"白茯苓说。

"不懂就算啦。你这样的呆瓜，还真是很少见，"萧轻盈说，"干脆这样吧。你去替我打听翔瑞鸾驿的事情，我也帮你个忙吧。"

"什么忙？"白茯苓问。

"我去试试，能不能帮你找到杀死那个汤大人的真凶，替你那位姓风的有钱人洗脱冤屈。"

"真的？"

"我在呆瓜面前从来不说谎，因为骗呆瓜太无趣了。"

白茯苓出门而去。萧轻盈站在院子里，叹了口气。她也不知道自己为什么会冲口而出揽下这件和自己毫不相关的事情，或许是白茯苓那副呆呆笨笨毫无心机的样子，让她想起了过去的自己。总而言之，按照师兄的说法，自己又莽撞冲动了一次，一点也不像是个职业杀手。

她发了一会儿呆，开始琢磨如何下手。刚才白茯苓已经把所知道的情况都告诉了她，听上去，风天逸的确没有任何理由在那种场合杀人，被陷害的可能性确实很大。不过，她并不相信汤擎就真的不会有仇家。作为一个杀手，她见识过无数令人意想不到的仇人关系，都不可以以常理度之。何况一个人表面上和和气气、八面玲珑，背地里鬼知道会干出什么肮脏勾当。她决定到汤擎的家里去打探一下。比较便利的是，汤家现在正在办丧事，她可以很容易地就混进去。

"不过，丧事什么的，真是讨厌。"萧轻盈脸上现出十分鄙夷的表情。

羽族一向是一个讲求仪式感、讲究繁文缛节的种族，这样的繁文缛节在丧礼上达到了极致，以至于有一个专门的重要职业，叫作"丧仪师"，专门设计和主持丧仪。而随着羽族和人族交流的增多，这些吃饱了饭没事儿干的丧仪师又天才地把两族的丧葬风俗综合在一起，形成了一套驴都能被累死的复杂程序。

好在汤擎已经死了好几天，前头的许多繁杂流程都已经走完了，剩下不过是汤家大门洞开、供各路亲朋前来吊丧而已。萧轻盈在家里翻腾了一阵子，找出一个雪严君收藏的陶瓷白鹤，也不知道值钱不值钱，不过样貌看起来不错，而且白鹤也蛮符合羽族崇鸟的特性。

她把白鹤包裹起来，很容易就打听到了汤府的所在。她原本还担心该怎么混入汤家，到了门口发现这样的担心完全是多余的，因为汤府的大门敞开，任由人们进进出出，根本没有人盘查来者的身份。

萧轻盈走进汤府，把白鹤送到收礼处，然后混进了人堆里。她带着满脸的肃穆，眼珠子滴溜溜乱转，寻找着可以搭话的人。但这是她第一次进入天空城，原本就不认识城里的任何一个人，连谁是汤家的人，谁是宾客都难以分清。

看来只能找那些穿着明显的仆从下人服色的人去打听了，尽管那些下人未必知道家族的大事，总归聊胜于无。她这么想着，以手扶额，在脸上装出因为人多而感到不适的样子，很自然地走向人少的地方，但刚刚走出两步，就被人拦住了。

抬眼一看，站在身前的是一个年轻的羽人，和周围那些衣饰华贵的人们相比，他的穿着显得朴素得多，唯有挂在胸前的翠绿的玉环彰显出不一样的身份，一张白净的面孔更是显得有几分儒雅的气质，和通常看上去英气勃勃的羽人贵族青年不大一样。

“这位小姐，你是不是不舒服？”年轻人问，“人多的地方容易气闷，如果有需要，我可以让仆妇扶你到房间里休息一会儿。”

萧轻盈从这一句话得出了两个判断：其一，这个人有权利让自己到汤家的房间里休息，可见是汤家的子弟，而且地位不低；其二，这是个守规矩的人，如果换成那种轻浮浪荡的纨绔子弟，早就伸手过来扶自己了，而不是像他这样规规矩矩地站在三步之外，提出让仆妇来搀扶。这两个判断归结成了一个结论：此人可资利用。

“啊，多谢你了……”萧轻盈含含糊糊地说着，忽然身子一歪，向前就倒。年轻人慌忙伸手扶住她。他没有办法，只能自己搀着萧轻盈把她送到客房。

居然脸红了，萧轻盈偷瞄了一眼，然后在心里直乐。看来是个老实孩子啊。她索性一装到底，作绵软无力状靠在这个年轻人身上，任由对方十分小心地像扶着瓷花瓶一样把她扶进客房。

进入客房后，年轻人看了看床又看了看椅子，似乎是觉得把一位漂亮姑娘放到床上的动作过于暧昧，正不知如何是好，萧轻盈看对方也被捉弄得差不多了，慢慢把身子挺了起来。

“到了这儿就好多了，不必躺下了，麻烦你扶我坐下吧。”她说。

年轻人如释重负，把萧轻盈放到了椅子上。萧轻盈看着他额头上的汗珠，扑哧一乐："多谢你啦，还没有请教你怎么称呼。"

"我姓汤，汤崧，在家行三，先父就是刚刚故去的汤擎汤大人。"年轻人说。

"啊，原来是汤家三公子，请节哀。"萧轻盈没有参加过正经的丧仪，不知道该说些什么，想想"节哀"算是个能用的词儿。

汤崧礼貌地点头致谢，接着说："不过我过去从来没有见过你，不知道你是哪一家的小姐？"

*居然把我当成贵族大小姐了！*萧轻盈心里直乐。那一瞬间她打了若干个算盘，想来想去，无论冒充哪一家贵族都不妥当，很容易被拆穿，不如就直接把组织安排的假身份用到底。

"我不是天空城的居民，也不是贵族小姐，"萧轻盈说，"我姓萧，来自宁南城，是来和建造司谈新建风帆的材料供应的。因为我们商号过去曾经受到过汤大人的照顾，所以特地来拜祭他一下，以表心意。"

汤崧叹了口气："父亲这一生八面玲珑，虽然功利心重，倒也算是帮过不少人。"

"听上去……你对汤大人的做派还有些不满？"萧轻盈问。

"虎翼司掌控的是国家的安全，处处与人为善并不是最适合的选择，"汤崧说，"律法需要的是铁面无私。"

萧轻盈看了他一眼："看不出来，汤三公子竟然是如此有正义感的人呢。"

"世上无所谓正义不正义，"汤崧摇摇头，"律法的作用是维系国家的稳定，而国家的稳定并不和正义天然相关。只不过，作为这个体系中的一员，尊重律法的规则还是有必要的。"

这番话说得真绕，萧轻盈想。她一向不去思考这种"大问题"，一时间不知该如何作答，只能顺着杆子往上爬：“汤公子见识不凡，一定是读过很多书的饱学之士吧？”

汤崧苦笑一声：“是啊，我还真是读过很多书，但也为此荒废武艺，所以才被家里人看不起。”

“人不读书就不能明理，”萧轻盈愤愤不平，“头脑简单四肢发达又有何用？”

真要感谢你啊，师兄，萧轻盈想，你以前训我的话，现在都可以用来哄骗这位爱读书的汤公子了。

萧轻盈有一句没一句地和汤崧闲聊，很快把汤家的情况打探得差不多了。这位汤公子，头脑还算清醒，并不是一般意义上的迂腐书呆子，不过就是正义感——虽然他自己不承认——或者说傲气略微强了一些，不愿意和一般的贵族子弟一起同流合污。再加上他从小不喜欢练武，在尚武的羽人贵族圈里更加被人轻视。就算是在汤家，分别在虎翼司和城务司服务的大哥二哥也并不喜欢汤崧。尤其是大哥，堪称羽族年轻一代贵族中的佼佼者，时常对他出言讥刺。

好在汤擎身为虎翼司高官，俸禄优厚，他也并没有强迫每个儿子都一定要有出息，所以汤崧乐得每天待在家里，读书，作画，跟着工匠学一些有趣的技艺。

“工匠的技艺？”萧轻盈一愣，想起自己眼下冒充的是贩卖施工材料的商人，忽然间一背都是冷汗。早知道另外编个身份了，她想，万一这位博学的工匠兴致一来和我探讨材料和工程的事情，那岂不是露馅了？

幸亏汤崧并没有问及她的事情，而是兴致勃勃地讲起了自己如何喜欢手工制作。萧轻盈耐着性子敷衍着，心里想着，这位汤三公子恐怕是平日里寂寞得太久了，现在总算遇到一个愿意听他说话的人，居然变得滔滔不绝起来。

说到最后，他的神色有点黯然："前些日子，父亲一直抱怨年纪大了腰疼，我设计了一把椅子，可以让他的腰靠得舒服一点。可惜刚刚做到一半，他就遇害了。"

"你虽然不满意他的日常作为，但看来还是很孝顺的啊。"萧轻盈说。

"他虽然算不上一个特别正直的官员，但在家里，始终是对我很好的，"汤崧说，"至少他从来没有嫌弃过我不成器。"

话题总算绕回到汤擎身上了！萧轻盈差点要跪在地上感谢天神了，她赶忙抓住这个机会："可惜的是，汤大人最终还是……他真的是被那个姓风的大老板杀的吗?"

"风天逸不认罪，虎翼司还在调查，"汤崧说，"但我也不认为是他杀的。"

"为什么呢?"萧轻盈问。

"他没有任何杀人动机，"汤崧说，"他过去和我父亲一直关系不错，在不少事务上都得到过父亲行的方便，当然他也给予了丰厚的回报。就在被害的前一天，父亲在饭桌上还隐隐晦晦地提起，明天他又能收到一份厚礼，我想那应该是来自风天逸。也就是说，两人的约会原本就是为了商谈钱权交易的事情，就算谈崩了，也不可能发生在一两分钟之内。"

"听你这么一说，还真有道理。"萧轻盈半真半假地恭维说。虽然同样的理论她已经听白茯苓说过了，但没想到汤崧这个当事人也能做出一样理性的判断。她接着问："那你觉得凶手会是谁呢？是不是汤大人有其他的仇人?"

"仇人么……真说不准。"汤崧并未察觉到萧轻盈似乎对此事过于认真，"父亲表面上和和气气对谁都行方便，但实际上，还是在有些事情上招惹过一些人的。唔，我想想……"

萧轻盈等待着汤崧说出她想要的人名，但汤崧还没来得及开口，屋外忽然传来一片嘈杂混乱的声响，好像是汤府里出了什么意外状况。汤崧站了起来："你留在这里，我去看看。"

"我已经休息好了，我们一起出去吧。"萧轻盈说着，拉住汤崧的胳膊，扯着他一起出去。汤崧不好甩开她的手，脸上微红，跟着她一起走了出去。

一出门，两人都愣住了。先前汤府里那些四处走动、似乎无所不在的吊唁来客，此刻都已经纷纷贴着墙、柱、房门而立，那挤在一起的模样活像是人类爱吃的贴饼子。而在前院的大片空地上，汤府的子弟们和一些身怀武艺的宾客则围成了一个小圈子。他们有的赤手空拳，有的手中握着兵器，一副如临大敌的样子。

萧轻盈和汤崧对望一眼，向前走了几步，从人圈的缝隙之间，看清楚了被围在当中的事物。汤崧立刻倒抽了一口凉气。即便是在杀手生涯中见多识广的萧轻盈，也不禁皱起了眉头。

"这是个什么怪物啊……"她轻声说，"这里真的是天空城？"

洛夜行现在看起来就像一只落进了狼群的小羊羔，似乎随时可能被撕成碎片。身在一堆叶姓逆贼后人的包围中，他显得势单力孤。

"不要那么浓重的敌意嘛，其实我的名字里也带了个'叶'字……"他懒洋洋地笑着，这种无所谓的笑意让叶姓后人们更加恼火。

"居然能看出我的汤里放了迷药，你还真不简单哪！"中年妇人瞪着眼睛，"老实交代，你接近我们叶家，到底是什么目的？难道你是羽皇的奸细？"

"羽皇算什么东西，也配让我给他当奸细？"洛夜行摇晃着脑袋。

叶家人面面相觑，似乎对他说的话半信半疑。一个胖乎乎的少女接着开口，正是先前声音清脆的那个女子："那你到底是干什么的？你以为在我们面前耍嘴皮子是很痛快的事？"

随着她的这句话，站在她身后的两个彪形大汉突然迈动步伐向着洛夜行扑了过去。这两个大汉步伐略显古怪，脸上表情僵硬，正是两具早已失去生命的尸仆。

洛夜行抄手而立，并没有做什么动作。然而，当两具尸仆奔跑到半途时，忽然全身燃起了熊熊火焰，这火焰十分猛烈，竟然在短短的几秒钟之间就把两具尸仆的双腿烧断，令它们无法再奔跑、倒在了地上。又过了不到半分钟，它们的身躯彻底化为了灰烬。

叶家人的脸色都有些不大好看。少女一跺脚："真是看不出来，还是位秘道家呢。看来你今天真的是存心找碴来了。"

她把手一挥，其他几位叶家的尸舞者也驱动了尸仆，一下子有十多具尸仆从不同的方向向他包围过来，存心要让洛夜行的秘术来不及施展。但这一次，这些尸仆仍然是跑到一半就停了下来。不过他们停下的原因并不是被洛夜行的秘术袭击，而是少女重新发布了命令。

"都停下！让尸仆全都停下！千万别靠近他！"少女近乎失态地喊叫起来。

——她看得很清楚，洛夜行已经伸出了手，手里摊着一样东西。那是一块水晶，中央嵌着一枚正在发光的不知名物品。

"那是……那是我们的法器！"中年妇人也叫了起来，"怎么会在你手里？"

"你从哪里得来的？""快点放下，别损毁了！"其他叶家人也乱糟糟地喊道。

果然让我猜对了！洛夜行心里有些兴奋。这个藏在水晶里的奇怪碎片，就是这群叶家人无比珍视的法器。

那么，毒虫洛金为什么要抢夺这件法器？会不会和他培育的红色妖虫有点关联呢？

“各位，你们也知道我是秘术师了，那就好办了，”洛夜行把法器高高举起，“只需要一眨眼的时间，我就能把它变成碎片，变成粉末。”

“你敢！”少女怒喝道，“你要是伤到它一丁点，我把你碎尸万段！”

“就别拿这种没用的话来威胁人了，”洛夜行一笑，“你要是聪明一点，就应该改换一下态度，好好地和我说话。”

少女大怒，正想说话，却被人拉了拉胳膊。回头一看，正是那个中年妇人。

“法器在他手里，千万不要轻举妄动，”中年妇人低声说，“现在只能和他谈判，看他想要做什么。”

少女无奈，只能忍气吞声地退到一边。中年妇人上前几步，仍然保持着和洛夜行之间的安全距离：“我们认栽。阁下有什么要求，不妨提出来。”

“还是你知情识趣。”洛夜行竖起大拇指，“其实我的要求很简单，只希望你们回答我一个问题。只要答清楚了这个问题，这件法器我马上物归原主，并没有其他任何附加条件。”

叶家人都有些惊诧，没有想到洛夜行竟会提出这样一个看似轻而易举的要求。中年妇女想了想，慢慢发问：“你想要问什么？”

“我想要请你解释一下，你们家族的这件法器，到底有什么效用？”洛夜行说，“一个字都不许隐瞒，完完全全地告诉我。我听完之后，就会把它还给你们。”

“那怎么行？”中年妇人还没有说话，一个相貌朴实木讷的黑脸汉子已经抢先开口了，正是先前那个嗓音嘶哑的男人，“你若掌握了它的用法，我们怎么拦得住你?”

“不，不需要用法，”洛夜行说，“只要告诉我它的功用。”

男人沉默了一会儿，把中年妇人和少女叫到身边，三人低声商议了几句。看得出来，少女对洛夜行颇有敌意，说话时不住摇头，那显然是不同意的意思；中年妇人则似乎赞同以这样兵不血刃的方式拿回法器。而黑脸汉子有些犹豫，拿不定主意。

但最后，他还是重重地一挥手：“好吧！反正告诉你也无妨。这件法器，是我们叶家几百年前的一位祖先打造的，外面的这层水晶只是用来日常抑制它的力量的，它真正的精髓，在于里面的星流石碎片。”

“原来这是一枚蕴含星辰力的星流石碎片啊，”洛夜行端详着水晶里正在闪烁着光华的碎片，“我还是第一次见到。以前听说，寻常的星流石碎片，坠落到大地上之后，星辰力就会逐渐消散，所以能找到仍含有星辰力的碎片是极为不易的。”

“的确不易，这一枚碎片来自云州。”黑脸汉子说。

“云州？你这位先祖居然去过云州?”洛夜行有些惊讶。九州大陆如同其名字，被划分为殇州、瀚州、宛州、中州、宁州、澜州、越州、雷州和云州。其中，雷州和云州位于西部大陆，人烟稀少，云州尤其由于地理条件的原因，长期处于闭锁状态，人迹罕至。基本上，如果谁能到云州晃荡一圈然后活着回来，就能成为说书人口中的传奇了。

“是的，我们的这位先祖，曾经和历史上的传奇人物、羽族箭神云灭有过一些交情，而云灭就曾经活着从云州回来，”黑脸汉子说，“这位先祖也是个不安分的人物，对云州一直心向往之，于是向云灭打听了进入的路径，真的去了云州。这枚碎片，就是他在云州的历险后带回来的。”

“你这位先祖倒还真是不简单呢，”洛夜行真心实意地说，“光有勇气只能算鲁莽，不但去了，还能活着回来，还能有收获，想来也是个人物啊。”

黑脸汉子愣了愣，一直绷得紧紧的脸上终于略微放松了些。他接着说：“你手里的这一枚星流石碎片，就是太阳的碎片。”

“太阳？”洛夜行眼前一亮，“这可太有趣了。就是我们头顶上照亮白昼的太阳？”

“是的，你是一个秘术师，对于天空星辰的特性肯定了解吧？”

洛夜行当然了解。本质上，秘术就是运用自己的精神来借用星辰力的功夫。一般秘术师的修行，借助的都是九州天空中十二主星的力量：太阳、谷玄、明月、暗月、郁非、亘白、印池、填盍、岁正、密罗、寰化、裂章。

每一颗主星都有各自的特性，秘道家擅长的每一种秘术，都和星辰特性相关，比如洛夜行最擅长的驱使冰雪的秘术，就来自岁正；而他同样在苦修的火焰秘术，来自郁非。

而太阳，代表着“生长”“活力”和“秩序”。太阳系的秘术，通常都和医疗、生长有关。洛夜行也尝试着修习太阳秘术，不过只练到能治好几个小疖子的程度就放弃了——因为难度太大。

“太阳主生长，太阳秘术师通常很擅长治愈，那么，这枚星流石的作用是什么？帮你们治伤吗？”洛夜行问。

“刚开始的时候，的确是在几次战斗之后用来疗伤，它的星辰之力十分强大，比秘术师施展的治愈秘术强很多，”黑脸汉子说，“但是后来，后来……”

他沉吟着，似乎仍然没有决定是否要说出最关键的部分。洛夜行笑了笑，摊开手掌，手里的太阳法器像长了翅膀一样，平平地向着黑脸汉子飞了过去。叶家人齐齐发出了惊呼声，一个个脸色大变，似乎唯恐法器有个什么闪失摔在地上。

好在洛夜行的秘术还算可靠，这个简简单单的亘白空气秘术没出什么岔子，法器平平安安地落到了黑脸汉子手里。他双手捧着法器，满脸都是惊诧之色，过了好一会儿才反应过来，把法器递给了圆脸少女。然后他走上前数步，来到了洛夜行身前。

“你这么做是什么意思？”他问，“你知不知道没有了法器的制衡，即便你的秘术再高，我们一拥而上，也一样可以把你撕成碎片。”

“我是开赌场的，这就是赌一把啰，”洛夜行耸耸肩，“我看得出来，你心里有顾虑，担心我知道真相后会舍不得把法器还给你。所以我索性先把它还给你，希望你能稍微有一点信守诺言之心。”

“你能不能先告诉我，你为什么对此这么感兴趣？”黑脸汉子说。

“为了查明一件和你们叶家无关的案件，从羽皇的手里救出一个人。”洛夜行答得很干脆。

黑脸汉子思索了一小会儿：“好吧，我们叶家虽然世代流亡，却也不是背信弃义的无耻小人，那就告诉你吧。我们的先祖在几次战斗之后使用了太阳星流石，医治受伤的人，效果非常好，无论伤势轻重，只要之前人还没有死，都可以很快治愈，恢复如初。但是一段时间之后，他们的身上产生了异变。”

“异变？”洛夜行若有所思，“怎么个异变法？”

“他们的力量开始迅速增加，明明都是羽人，力气却很快超越人类，甚至人类都不可能有那样的蛮力。而他们的身体也发生了不同的变化，有的突然增高，有的突然变胖，大多都变得十分畸形，外表看上去就像怪物一样。无论医生还是秘术师，都没有办法令它们恢复原状。”

“怪物……那后来呢?”洛夜行问。

“他们不只是外形变化，更可怕的是渐渐失去理智，开始攻击自己人。我们没有办法，只能把他们……全部……”黑脸男人说得含含糊糊，但洛夜行一听就明白是什么意思。他摇了摇头：“既然这法器如此危险，你们为什么不把它毁掉，反而要一直留存下来，分裂成两派之后都还要争来抢去……啊，我明白了!”

洛夜行的脸上现出了鄙夷的神色。黑脸汉子叹了口气：“你也猜到了？不错，虽然这件法器用来治伤已经被证明行不通了，但被它意外制造出来的怪物，却出乎意料地强悍。那时候，叶家还并没有起兵抗击羽皇，但羽族社会里由飞行能力而划分出来的血统阶级已经是矛盾重重。先祖们预料到日后贵族和平民必有一战，不愿意就此毁掉法器，希望它在未来的战争中能够起到作用。可惜的是，经过这几百年的秘密研究，也始终没有找到办法可以完全掌控它带来的变异之力。”

“倒是你们的整个家族被羽皇打成了叛逆，然后你们那么少的人了，还要为了争夺法器打来打去……”洛夜行微微一笑，“不过，这是你们的家族事务，反正我管不着。总而言之，谢谢你的坦白。顺便告诉你，毒虫洛金已经被别人杀死了，现在你们又已经找回了法器，就不必要再进墨沼里去折腾一趟了——这破沼泽实在是半点也不好玩。好了，我走了，祝你们好运吧。”

他真的掉过头向着沼泽外的方向走去。叶家人有些踌躇，不知道是不是该让开一条道，但黑脸汉子坚定地做了一个手势，他们还是让开了路。

洛夜行走出人群，在脑子里思索着太阳法器的意义，以及这件法器是否真的和红色妖虫有关。但没走出几步，他就停了下来。

“各位，你们恐怕有麻烦了。”他说。

“什么麻烦？”中年妇人问。没等洛夜行回答，她的脸色也微微一变。

脚步声。叶家人都听到了那由远及近的脚步声，越来越近，也越来越清晰。从这一阵脚步声的声势来判断，来的恐怕有好几百人，

那已经是一支小军队了。而它们的来意，也不难判断。

“我们快逃！”圆脸少女叫道。

“逃不掉的，”中年妇人满脸都是绝望，“背后是墨沼，根本无法逃远，而通往沼泽之外的路，现在已经被完全封住了。”

“抱歉连累了你，”黑脸汉子来到洛夜行身边，“如果先前不叫破你，我们进入墨沼，你等我们走后独自离开，或许反而更好。”

“倒是不至于连累我，”洛夜行淡淡地说，“我是一个秘术师。虽然要打败这些官兵是绝对不可能的，逃生却没有大碍。”

黑脸汉子愣了愣：“你的意思是说，你有本事从这数百官兵的围剿中逃脱出去？”

洛夜行点了点头。在两人的身畔，叶家后人和他们所带来的尸仆已经结成了作战阵列，准备迎战。这毕竟是一群血液里就流淌着反叛与战斗的人，虽然实力上处于明显的劣势，几乎可以肯定难逃覆亡的命运，却并没有畏惧。

“可以想象，你们当年和羽皇的战争，一定打得可歌可泣。”洛夜行很难得的话语里不含讽刺的意味。

黑脸汉子沉默了一小会儿，忽然问：“如果让你多带一样东西，你还可以逃出去吗？”

洛夜行不解：“多带一样东西？什么东……啊！你想要让我把这件法器带走？”

黑脸汉子肯定地点了一下头："如果你以后能帮我把它转交给我们叶姓剩下的人，那当然最好。如果不能，就自己留着吧，总比落到羽皇手里好。"

"我明白。这也算是你们在羽皇面前最后的尊严。我答应你，会想办法把它交还给姓叶的。"洛夜行接过了法器。

已经可以看到官兵们武器上的寒光了。叶氏后人们严阵以待。

"这样的怪物，我从来没有在天空城见到过。"汤崧说。

"别的地方我也没见过，"萧轻盈回答，"这一次来天空城算是开了眼界了。"

此刻，被汤府中的众人所围住的，是一个货真价实的怪物。它的身高有一丈多，接近于一个夸父的高度，但体形比例却完全不似夸父。他的躯干仍然和普通的羽人和人类差不多大小，双臂和双腿却颀长得十分突兀，就像是一个普通人的四肢被硬生生拉长了一样。

那两条腿，就像是踩高跷的江湖艺人一样，萧轻盈莫名其妙地联想到。

除了长得不正常的四肢外，这个怪物还有着一个比西瓜还大的脑袋。它的脸上还能依稀看出人的五官，但是肿胀得太厉害，就像是面皮下被注入了大量液体一样，已经无法分辨本来的面貌。它的皮肤上布满了暗绿色的疙瘩，眼睛呈一种古怪的暗红色，好似干涸凝结后的黑红相间的血色，看起来有一种森然鬼气。

此刻，在众人的包围之中，它显得很是暴躁，畸形的身躯不住地抖动，嘴里不断发出喑哑难听的号叫声，红色的血沫顺着嘴角流了下来。

汤崧挥手招来一名汤府的仆人，问道："这个怪物是从哪儿来的?”

仆人磕磕巴巴地回答:“那、那不是什么怪物。那是……三房的晗少爷啊!”

“你说什么?”汤崧看上去很是震惊,“那是晗弟?他怎么可能变成这个样子?他不是一直在床上昏迷着的么?”

“谁也不知道怎么回事……”仆人哭丧着脸说,“午饭的时候我刚刚给晗少爷擦了脸,那时候他还没有什么问题。结果就在刚才,也不知道怎么搞的,他突然从房间里冲了出来。开始我们以为他苏醒了,还在高兴,可是很快就发现他很不对劲,谁叫他也不回应,谁也认不出来,表情十分古怪。然后……然后……他就当着我们的面,一下子手脚变得老长,浑身长出绿色的疙瘩,脸也变成了……那副样子。”

“我知道了,”汤崧点点头,“你不会武功,当心被伤着,先躲远点吧。”

他扭过头,低声对萧轻盈解释说:“我父亲是家里的长房,那个……怪物……是我三叔的小儿子汤晗,今年只有十六岁。前些日子,他莫名其妙地生了病,一直昏迷不醒,大夫也查不出病因。后来还是我爹通过虎翼司查明……”

“所有昏迷的人都是被一种红色的妖虫咬伤的,对吗?”萧轻盈问。

汤崧奇怪地看了萧轻盈一眼:“你怎么知道?”

“我也是听说的,”萧轻盈含含糊糊地说,“照这么看来,这种红色妖虫伤人之后的效果,绝不仅仅是昏迷而已。昏迷只是最早的症状,在这段时间里,某些不明的物质可能已经在改变他们的体质了。然后,到了爆发的时候……”

她没有把话说完,只是伸手指了一下汤晗。此刻的汤晗,哪里能看得出来是一个十六岁的羽族少年？已经完完全全像是一个妖魔。

包围住汤晗的人们大概也都知道他的身份，所以虽然手上都握有利刃，还是不敢轻易出手，只是将他团团围住，不让他突围出去。汤晗显得十分暴躁，不断张开嘴嗥叫，可以看出他的牙齿也已经变异，变得长而尖锐，形若狼牙。

“晗儿，你怎么了？晗儿，醒醒啊！”一个五十来岁的老者不顾一切地分开人群，站在汤晗面前，高声呼叫着。不必问，萧轻盈也能猜到，这就是汤晗的父亲，汤家三房的老爷。

汤三爷一脸惶急，身上还穿着官服，无疑是从工作的府衙一类的地方急急忙忙赶回来的。此时汤崧已经悄悄在萧轻盈耳边解释清楚，这位汤家的三爷汤逢易中年得子，其后妻子去世，汤晗是他唯一的骨血，平时当成心肝宝贝一样的爱护。

那这位汤三爷可真不幸，萧轻盈想，先是被儿子的突然昏迷煎熬了那么多天，现在又要目睹儿子的死。她虽然只是第一次见到这样的怪物，却已经凭直觉做出了推测：汤晗不可能救回来了。

如她所料，汤晗好像是再也忍耐不住了，突然发出一声尖厉的啸叫，挥舞着长臂向身前离他最近的一个羽人男子打去。羽人手里倒是握着一柄剑，但显然是顾忌着汤晗的身份，不敢挺剑刺出去，稍微一迟疑的工夫，汤晗已经一掌拍到了他的肩膀上。这个羽人的身材也算得上高大，被汤晗拍中之后，竟然像断线的风筝一样，身体横着就飞出去了，撞翻了三四个人才落到地上。

好大的力气！萧轻盈一惊。她眼看着那个被击中的羽人躺在地上始终爬不起来，嘴里和鼻孔里不断流出鲜血，杀手的丰富经验让她立刻判断出，此人已经受了很重的内伤，只怕有性命之虞。

“晗儿，你疯了！”汤逢易声嘶力竭地叫喊着，“你怎么能这样伤人性命？快住手！”

汤晗没有理他，父亲的喊叫在他的耳中好像只是无意义的杂音，也完全没有在意被他打伤的人。这第一次出手仿佛激发了他体内的凶性，他又抬起脚，朝第二个人踢去，这个人手里握着一支长枪，依然是不敢直接刺向汤晗，只能用枪柄去格挡。咔嚓一声，柚木枪杆断成了两截，汤晗高跷一样的长腿还是踢到了他的胸口。好在枪杆先抵消掉了大部分的力道，他挨得没有上一个人那么惨，不过仍然是踉踉跄跄退出去十来步，一跤跌坐在地上，喷出一口血。

人群哗然。汤晗的这一掌和这一脚，并无任何章法，看上去就像是街头流氓打架的寻常拳脚，但其中蕴含的力量之巨大，竟似不逊色于夸父，一不小心就可能招致重伤。人们更加不敢怠慢，尽力躲避着汤晗的攻击，却始终无人用刀枪的尖刃去还击。但其他的棍棒之类的武器，打在汤晗身上不痛不痒，根本不能造成伤害。倒是汤晗越来越是癫狂，两条长长的胳膊就像两条长棍一样大力挥舞，又打伤了几个人，逼得人们不停躲闪。他的双腿也无意识地在院子里乱走，越走越接近一个地方——停放着汤擎灵柩的灵堂。

"那是父亲的灵堂！"汤崧也发现了怪物的行走方向，想要上前去阻止，萧轻盈一把拉住了他。

"你的功夫，比起那些人如何？"她冲着那些被汤晗赶得四处躲闪的羽人努努嘴。

"我的拳脚功夫是家里最差的，"汤崧很诚实，"晗弟虽然只有十六岁，我和他动手也未必打得过。"

"那你上去能有用吗？除了送死？"萧轻盈说。

汤崧想了想，叹了口气："你说得对，确实没用。可是，万一他辱及先父的尸身……啊？三叔？"

萧轻盈顺着他的目光望去，只见汤家的三老爷汤逢易已经拦在了灵堂门口，挡住汤晗的去路。他的手中握着第一个被打倒的人落在地上的长剑，剑尖指向汤晗。

“三叔的剑法是家族里最好的，”汤崧低声说，“看来，他是下定决心了。”

萧轻盈能看得出来汤逢易的武艺绝对不低。他虽然穿着累赘的官服，此刻站在那里，却有一种渊渟岳峙的气势，手里的剑稳稳当当，没有半分晃动。只是他的架势虽然不凡，脸上却早已老泪纵横，充满了哀伤。

“晗儿，我虽然舍不得你，但现在……已经没有办法了。”汤逢易低声说，“无论如何，我不能让你毁了大哥的灵堂。”

汤晗没有丝毫反应，于他而言，父亲的话语或许只是一些无意义的噪音。他只是发现了有活物挡在他的行进路线上，并由此感到了愤怒。他发出一声怒吼，挥舞着长臂向汤逢易打了过去。

汤逢易并没有躲闪，当汤晗的手臂挥到半途的时候，他猛地手腕一振，长剑抖落出点点银光，围观的众人几乎只是见到剑光一闪，只听汤晗惨叫一声，小臂已经齐根断裂，断掉的手臂落在了地上，伤口处喷涌出夹杂着绿色的古怪的血液。

好快的剑！萧轻盈吃了一惊。她刚才也只是勉勉强强看清发生了什么：汤逢易先是一剑刺中汤晗的手腕，阻止了对方的攻势，紧跟着剑刃上挥，剑锋割断了汤晗手臂上的筋脉。然后他使出了第三招，长剑用力下劈，把汤晗的小臂整个切了下来。三招一气呵成，几乎是在一瞬间完成的，这样的剑法，她自忖自己还不够火候。

汤晗捂着断臂，惨呼了几声后，凶性大发，向着汤逢易和身扑上。汤逢易咬着牙关，虽然满眼都是不舍之情，手中的剑仍然稳定如山。他暴喝一声，长剑如流星般刺出，一剑穿透了汤晗的心脏。

汤晗跌跌撞撞地退出几步，发出最后一声怪吼，重重摔倒在地上。他那畸形的四肢忽然慢慢缩短，逐渐回到正常羽人的手足长度。

他身上那令人恶心的疙瘩一一破裂，面孔的浮肿也一点点消失。虽然遍体伤痕，断了一条手臂，汤晗却总算在死后恢复了原本十六岁少年的面目。

危机解除了。

当啷一声，汤逢易手里的剑落到了地上。他失魂落魄地走到儿子的尸体前，慢慢地跪在了地上。

“孩子……我对不住你……”汤逢易泣不成声，佝偻的身影就像是一下子老了十岁。

汤府的下人们开始忙忙碌碌地清理现场的狼藉和安抚宾客们。汤崧却拉了拉萧轻盈的衣袖，示意后者跟他走。萧轻盈不明所以，还是跟在他的身后，两人重新回到了刚才萧轻盈装病休息的那间客房。

汤崧小心地关好门，转过身来，突然问：“萧小姐，你到底是什么人？”

萧轻盈一惊：“我？我刚才不是跟你说了么，我从宁南城来，是……”

“是制造风帆材料的商人，是么？”汤崧哼了一声，“那能不能麻烦你告诉我，贵商号的帆布是平纹还是斜纹，用几股线，纱支粗细分几类，密度有多大……”

“好啦好啦，别问啦！”萧轻盈一脸悻悻之色，“我承认我骗了你，我根本不是什么卖风帆材料的商人。但是，我对你，对汤家，都没有什么恶意。我来到这里，只是想要调查一些事情而已。”

汤崧看着她：“我来试着猜一下吧。第一，你好像很关心我父亲到底是怎么死的；第二，你听说过妖虫杀人的案子，而且好像对此很熟悉；第三，刚才三叔对付……对付晗弟变成的怪物的时候，我一直在留意你的举动。我看得出来，你的武功相当不错。”

“你虽然自个儿武艺不怎么样，眼光倒挺毒辣的。”萧轻盈摇摇头。

“最近一段时间，天空城发生了很多以前不曾发生的怪事，妖虫伤人、我父亲被杀、虎翼司还逮捕了一名血羽会的奸细，据推测，这名奸细应该是在城里等着和他的同伙接头。我不妨大胆地猜一猜：你就是他所要等待的同伴，一名血羽会的杀手。对吗？”

萧轻盈长出了一口气：“刚才我还把你当成了一个只知道读书的大少爷，看来我的判断出错了。”

“总体而言，我确实比较像一个四体不勤的大少爷，”汤崧说，“我只是喜欢动脑子而已。”

“那我现在应该拿你怎么办呢？”萧轻盈看来有些苦恼，“按照惯例，我应该杀了你灭口。可是……虽然和你刚认识，我还蛮喜欢你这个人的，真的不想杀你。”

她随口说着“我还蛮喜欢你这个人的”，汤崧听在耳朵里，居然脸涨得通红。他迟疑了一会儿，忽然说：“要不然这样？”

“怎么样？”萧轻盈问。

“我说出来，你先答应我别生气。”汤崧吭哧吭哧地说。

萧轻盈气得笑了起来：“我现在在考虑要不要宰了你灭口的严肃问题，你他妈的居然还在担心会不会惹我生气，你知道这些年死在我手里的人有多少吗？……不过好吧，你说。”

“我看得出来，你是一个想到什么就做什么的人，虽然有应变之能，却欠缺精心规划。”汤崧小心翼翼地说，“我没有别的意思，只是你……”

“我知道我知道，你们个个都这么说，我都习惯啦！”萧轻盈摆摆手，“说吧，我就是莽莽撞撞的人，然后呢？”

“如果你愿意告诉我你想要做的到底是什么事，也许……也许我可以帮助你。”汤崧说。

“你？帮助一个血羽会的杀手？你是说真的么？”萧轻盈有些难以置信。

“我也是有条件的，我们是互惠互利。”汤崧说，“你是一个血羽会的杀手，自然有着常人难及的技巧，相比起虎翼司的捕快们，也可以更加不择手段。结合我的头脑和你的手段，也许你可以帮我找出，杀害我父亲的真凶到底是谁。”

“其实就是你出头脑我出蛮力，是么？”萧轻盈哼哼唧唧着说。

“说得直白点，大概就是这个意思了……”汤崧挠挠头。

第五章 血蜘蛛

白天的小酒馆基本没什么生意，显得冷冷清清。马旗正在和伙计们一起搬运食材原料，见到白茯苓走回来，他放下了手里的菜筐。

“看你的样子，难道有什么发现么？”马旗问。

“暂时没有，但我找到了一些方法，所以想找你问几个问题。”白茯苓说。

“你要问什么？”

“你知不知道两年前，天空城翔瑞鸾驿的人事安排？主要是知不知道都有哪些人负责城内货运？”白茯苓问。

马旗显然没想到对方想问的是这个问题，愣了好一会儿才开口：“此事……和主人的案件有关？”

“有关。”白茯苓肯定地点点头，“而且，如果有当时每日运货送货的详细清单，那就更好了。”

“人名都记在我的脑子里。但运货送货的详细清单那就太复杂了，得有很多本，都存在铺子里，我现在去取，晚上能给你。你需要哪一天的？”马旗说。

“你……就这么信任我?”白茯苓有些意外。

“我只是相信,你绝不会做任何对不起主人的事情。”马旗说。

白茯苓的脸又红了。她把老件作收到货物的日期告诉了马旗,马旗转身离去。她站在原地发了好久的呆,心里想着,这个马旗和自己说话,好像总是话里有话呢。

他大概是真的很急于给主人找到一个女主人吧。

她一向闲不住,一时间无事可做,索性就跑进厨房,帮着羽人们收拾整理,不知不觉间天色昏暗了下来,第一批客人也走入了酒馆。

贫民们的夜晚开始了。羽族的饮食一向以菜蔬为主,贵族才会吃鱼,这样一家贫民区的小酒馆,自然不可能有鱼肉,也不可能有高档次的果蔬。如果是其他的城市,会有贫民偷偷吃肉,但在天空城,除了洛夜行那样胆大妄为之辈,一般人也不敢买卖肉类。所以,无论怎么整治饮食,都只是一些粗糙的菜蔬。

唯一能提起人兴趣的,也就只有酒了。几杯酒下肚,菜是好是坏倒也无所谓了。小酒馆里闹哄哄的,酒精的气息四散传播,一张张喝得通红的面孔将生活的悲欢展露无遗。

其实羽人和人类并没有什么差别啊,白茯苓突兀地想。那些上面的人互相看不起、互相仇恨、互相发起战争,而下面的人,也无非就是这样,在一天辛苦的劳役后用酒精麻醉自己。对他们而言,人类也好,羽人也好,夸父河络也好,鲛人和魅也好,都不过是一些与己无干的名词罢了。

她突然也想喝酒了,很想喝。但一想到回头还有事情要做,最好保持头脑清醒,又不得不强忍着。

就这么一直等到了夜深。一拨又一拨的客人来到小酒馆，以至丁店内的地盘都不够了，不得不在店外摆放一些桌椅。好在现在是秋天，坐在户外不会太冷。

马旗为什么还不回来？她终于发现了这个问题。这些日子和马旗接触虽然不太多，她也能看出来，马旗是那种嘴上不多言、办事却极有效率的人，从来不会拖沓。他既然答应了自己晚上能把东西交给自己，就不会不守诺——除非中间出了什么岔子。

“现在的天空城……什么事都会出岔子的吧？”白茯苓自言自语着。她有些坐不住了，站起身来，向伙计打听了翔瑞鸾驿商铺的地址，匆匆忙忙地出门而去。

由于受到风天逸案子的牵连，翔瑞鸾驿在天空城的分号这些日子以来一直大门紧闭，并没有开业。白茯苓绕了一圈，发现商号的前后门都紧闭着，但从门缝往里面看，隐隐可以看到一些灯光。她考虑了一下，干脆翻墙进入了商铺里，灯光是从一个房间传出来的。

“马先生，是你吗？”她发问道。

房间里没有任何回应。白茯苓快步走入房间，禁不住“啊”的一声惊呼出声。

房间里摆放着许多的大柜子，还有一张巨大的木桌，看来是做算账、处理文书之用的。现在桌子上堆放着不少厚重的账簿，桌旁的地上却倒着一个人，那正是马旗。

白茯苓抢到马旗身边，俯身一看，吓了一大跳。马旗还有呼吸，但已经昏迷不醒，小腿上的裤腿破了一个洞，露出里面一道还在流血的伤口。而在马旗的身边，落着一团被拍扁的血肉，依稀可以看出是一只长相丑陋的红色虫子。

红色妖虫！白茯苓捂住了自己的嘴。她即刻明白了这里发生了什么。马旗原本是在这里帮她查找那一天的送货记录，结果遭到了最近在天空城频频出没的红色妖虫的袭击。不过他功夫也不弱，受袭后竟然还能还击，把虫子也杀灭了，算是留下了现场证据。

那我就没什么可做的了，白茯苓想。按照现在所得到的消息，每一个被红色妖虫咬伤的人都会陷入长久的昏迷，不过除了昏迷之外似乎也没有其他危害，随着时间的推移，也许会有高明的大夫找到救醒他们的方法。

她把马旗扶起来，把他的身子靠在椅子上，然后借着还没有熄灭的烛火去翻看马旗摊在桌上的文件。这一看之下，她的心沉到了谷底。

桌上是一本记事簿，详细记录着翔瑞鸾驿每一天的运货情况，包括送货人、货主、送达地址等。现在记事簿正好翻开摊在她要查找的那一天：两年前的四月二十四日。

但这一页被人撕掉了。

前面的二十三日，后面的二十五日都有，唯有二十四日这一天的被撕掉了。

这是怎么回事？白茯苓坐在地上，苦苦思索着，一点一点地理清了头绪。显然，有人不希望她找到那个送货人，所以撕掉了这一页，至于马旗被妖虫咬伤，会是巧合吗？

不会是巧合，白茯苓想，怎么可能那么巧，两件事碰巧凑在同一时间发生。也就是说，照这么推论，红色妖虫很有可能是撕掉这一页记录的人所施放的，那么……

当年想要掩盖王国麟一案真相的人，和现在制造红色妖虫的人……是一伙的！白茯苓只觉得全身都是冷汗。这两件看起来八竿子打不着的事情，竟然产生了某种神秘的联系。

她进一步想到，那位虎翼司汤大人的被刺杀，会不会也和之前这两件事有关？一件发生在两年前的凶案，一件绵延了一两个月的怪虫伤人事件，一件刚刚发生不久的高官被刺案，这三件事，表面上看来全无干系，可是……难道会有什么共通之处？

白茯苓觉得自己的脑子不够用了。到了这种时候，她更加想念智慧过人的风天逸，尽管这个混蛋总是喜欢用各种言语讥讽她，可她还是无法停止这种想念。

“要是你在就好了……”白茯苓低叹道。

她回到小酒馆，将事情告诉了马旗的副手杨卓，杨卓很快和其他手下一起把马旗带回了小酒馆。将马旗在床上安置好之后，杨卓显得满面忧色。

“别太担心了，毕竟只是昏迷而已，慢慢会有大夫找到解救的办法的。”白茯苓说。

“不，不只是昏迷这么简单。”杨卓摇摇头。

白茯苓一愣：“为什么？怎么了？”

“今天下午，刚刚发生了一件事，那位害得主人被冤枉成杀人凶嫌的汤大人家里，出事了。”杨卓说，“汤家有一个十六岁的少年子弟，也是一两个月之前被妖虫所伤，昏迷不醒。可是就在今天下午，他……变成了怪物。”

“什么？怪物？”白茯苓吃了一惊。

“是的，他突然从昏迷中苏醒过来，身体变得很畸形，却又力大无穷，而且完全失去神志，不能和人做任何交流。他打死了一个人，打伤了好几个，最后被他的父亲亲手杀死。”

“这还……真是一桩悲剧呢。”白茯苓喃喃地说，“照这么说，马先生他……也有可能变成那样的怪物？”

“不一定，毕竟现在只发生了那一例，并不能确定一定是妖虫的原因。”杨卓说，“但是如果真是妖虫，那么，头儿可能真的会有危险。”

“不过那至少也是在一两个月之后了，我们还有机会救他。”白茯苓说，“现在开始，一刻也不能耽误了。”

敲击声通过特制的传声装置传到了墓穴深处。从那有规律的声音，老人立即判断出，来的又是他最挂念的养子洛夜行。他的嘴角浮现出一丝笑容，正准备打发两个尸仆去逗弄一番洛夜行，却发现敲击声并没有停止。对方又敲出了几个密码，那是两人专门约定好的：我遇到了危险。

老人的脸色变了。他以和他的苍老外表不相称的敏捷从摇椅上一跃而起，肥大的身躯消失在通往地面的甬道里。很快地，他重新回到了地下，臂弯里抱着一个人，那正是洛夜行。此刻的洛夜行遍体鳞伤，左臂软软地垂下，看来已经被打折了。

“所以我早就说过，你这臭小子成天就是太懒散。要是老老实实地天天修炼，打架也就不会那么差劲了。”老人絮絮叨叨地抱怨着，似乎是想掩饰自己的心痛。他把洛夜行小心地放到一张石床上，转过身翻箱倒柜地寻找伤药。

“秘术这种事儿，主要靠天分，”洛夜行虽然伤得不轻，说话的语气却依然轻松，“那些笨蛋就算苦练三十年，也比不上我学三个月。”

“你这小王八犊子别的地方不像我，吹牛的功夫倒还真是货真价实老子的亲传……”老人大摇其头，“我先给你的手臂接骨，忍着点。”

片刻之后，老人已经替洛夜行简单处理好了伤口。洛夜行虽然痛得满头冷汗，脸上却依旧带着无所谓的笑容。

“老爹，给我弄点儿吃的来，这两天光顾逃命，我他妈快要饿死了。”洛夜行说，“这些年来，一想到你做的冰糖肘子，就忍不住要流口水。”

“冰糖肘子什么的，做起来可慢。”老人说，“先给你弄点填肚子的玩意儿吧。”

“那就麻辣牛肉粉吧！”洛夜行眉开眼笑。

老人唉声叹气地站起身来：“都是我把你养坏了，一个羽人，居然那么能吃肉……”

他很快从厨房做好了一碗香气四溢的牛肉粉，洛夜行三口两口吃了个精光，看上去精神了不少。老人这才有余暇问他：“到底是被谁揍了？是毒虫洛金么？不像啊，你的伤口里并没有毒素。”

“不是毒虫洛金，是羽皇的官兵。”洛夜行回答。

“官兵？”老人很诧异，“你是怎么招惹到官兵的？”

洛夜行把自己如何进入夜沼，如何发现洛金的尸体，又如何意外得到太阳法器并遇见叶家后人的经过向老人说了一遍。老人听完，不由得喟然叹息：“没想到毒虫洛金就那么无声无息地死了。他虽然性情狭隘偏激，但也的确是一个了不起的人物啊。至于叶姓后人……倒是有些意外，我还以为他们早就消失了呢。”

“祸害万年在嘛！”洛夜行一笑，“下三翼的叛民永远是羽皇的肉中刺，哪儿那么容易拔干净。”

“后来你是怎么受伤的？”老人问，“你不是跟他们吹牛说以你的隐匿行踪之术，可以轻松脱逃么？以我对你的了解，这件事你原本可以做到的。”

“我的确可以做到，隐匿行踪的秘术，如果不被人说破，一般是不会被发现的。”洛夜行说，“只是，叶家的后人，并不如我想象中那么坚定——至少不是每个人都如是。”

“你是说，有人出卖了你?”老人说。

“是啊，有个家伙一见到官兵的阵势就吓傻了，大概是希望能用太阳法器换一条活命吧。”洛夜行说，“他一嚷嚷出来，官兵中的秘术师自然就能找到我了，所以没办法，开打啰。”

“然后你就被揍成这样了，”老人嘿嘿一笑，“不过总算是逃掉了性命，挺不错的了。那件法器呢？没丢吧?”

“要不是为了护住那件碍手碍脚的法器，我也不会伤得那么重，幸好我半道上抢的两匹马还在，靠着它们才能甩掉追兵，从墨沼一口气跑到这儿。”洛夜行说着，从怀里取出那块水晶，递给了老人。墓穴里立刻被太阳碎片的光芒照亮了。

“看上去还真漂亮，”老人赞叹说，“可惜被这玩意儿治好伤的人最终会变成怪物，要不然的话，拿来给你疗伤倒是挺好的。”

“是啊，中看不中用，”洛夜行说，“要不然留给你好了，我看这块碎片挺亮堂的，给你做一盏长明灯多好，还省蜡烛。”

“老子可不缺蜡烛油灯钱，就算是鲸油脂老子都烧得起!”老人把手乱摇，“这种烫手山芋你想扔给我？想都别想！自己乖乖拿走!”

“你这死老头真是不讲义气……”洛夜行嘟哝着，身体在床上躺平，“反正各种各样的麻烦都揽到身上了，多一样不多，少一样不少，就这么着吧。”

过了一会儿，他忽然发出了一声叹息，老人有些奇怪：“你那么累了，怎么还没睡着?”

“我在想这一趟离开天空城的所见所闻，”洛夜行说，“你知道的，我并不是一个忧国忧民喜欢思考国家大事的人，但这一路上，我深切地感觉到，羽族的社会即将被天空城所撕裂。”

“你指的是……平民和贵族的分化?”老人问。

洛夜行嗯了一声："这种分化本来就一直很剧烈，天空城的兴建加速了它的进程。这么几天的工夫，我看着各种各样的贫与贵的纷争，忽然就想起了几百年前的血翼之灾。"

洛夜行所说的血翼之灾，是羽族历史上一次极其惨痛的内乱。那时候也是羽族贫富分化达到高峰的时期，羽族的平民在一个野心家的煽动下发起了大规模的叛乱。如果是在其他时代，这样的叛乱并不足为惧，因为贵族阶层和平民阶层在飞行能力上的差距有如天壤之别，高翔于天空中的精英是平民们难以抵挡的。然而，那位野心家却找到了一种久已失传的高深秘术，让那些能力很弱甚至根本无法凝翅的平民们能够随时随地凝聚出血红色的羽翼。在血翼的帮助下，叛军一路高歌猛进，险些真的推翻统治了羽族数千年的贵族阶层。那一场战争结束后，羽族人口锐减，在很长时间内不得不被异族压制，度过了一段漫长的黑暗时期。

"血翼之灾倒是不大可能再发生了，"老人也跟着喟然长叹，"但是羽人的族群，确实距离再次被撕裂不远了。一旦真的发生内战，那又是一场深重的灾难啊。"

洛夜行没有回答，过了一会儿，响亮的呼噜声在地穴里响起。

洛夜行虽然受了不少伤，但大多是皮外伤，而养父手里炼制有不少好药，休养几天之后，已经没有大碍。他在墓穴里活动活动筋骨，觉得差不多了，便向养父提出回天空城。

"可是，你现在这样回去，能派上什么用场吗？"老人问，"你并没有找到证明毒虫洛金和红色妖虫之间联系的证据。相反，你得到了叶家的太阳法器，那玩意儿要是被官府知道了，那你恐怕会被当成叶家的同党。那样的话，你所面临的，就会比你喜欢的那个姑娘严重多了，没准会被立马抓起来凌迟处死。”

“我也知道，但是不回去更没有用处。”洛夜行说，“而且我总有一种模模糊糊的直觉，这件太阳法器不会是全然无用的东西，不然毒虫洛金不会那么费力地从叶家手里抢到它。我想要回到天空城，想办法搞到一只活的红色妖虫，试试看这件法器会不会对它有什么特殊功用。”

“总之，为了心爱的小妞，你是不在乎自己的性命了……随你吧！”老人哼了一声，“我还真是挺奇怪的。你这辈子一直懒得像头猪，怎么就会为了一个女人那么拼命呢？”

“我和她……以后再说吧。那些啰啰嗦嗦的故事你也未必爱听。”洛夜行摆摆手。

“你就是这样，有什么话都喜欢憋在心里。”老人说，“当年你为了维护我这个被别人看不起的尸舞者，不惜和你的好朋友翻脸，然后赶了五天五夜的路……”

“别说那么多废话了，我就你这一个爹，不护着你护谁？你要是嗝儿屁了谁给我做好菜吃？”洛夜行不耐烦地翻着白眼，“快给我做一顿冰糖肘子吧，吃完之后我就出发。以后什么时候再能吃到你烧的冰糖肘子，就很难说了。”

老人默然。过了好一会儿，他才站起身来，慢慢走进厨房。

回到天空城的时候，正是黄昏时分。夕阳缓缓地下坠，天空城被残阳的余晖染成了妖异的红色，在云层中熠熠生辉，忽然令洛夜行产生了一些古怪的联想：天空城就像是一只巨大的红色妖虫。这只妖虫盘踞在九州的天空之上，穿行于云中，蚕食着天地，吸吮着九州的血肉。

“好大的一只虫子……”洛夜行轻声说。

受伤之后的身体依然感到疲劳，但他顾不上回家休息，也没有回到赌坊去看一眼，而是去往了关押简帆的虎翼司监牢。这里通常用于关押已被虎翼司逮捕但还未审判定罪的嫌犯，一向看守森严，但对于洛夜行这样的秘术师而言，混进去还不算太难。而奇怪的是，今天虎翼司里来来往往的人并不多，甚至于连日常轮值的守卫数目都减少了一些，这大大降低了他潜入进去的难度。

他用隐遁术潜入监牢，找到了关押简帆的囚室。看上去，简帆的待遇还算不错，大概是虎翼司毕竟有一些外交上的顾忌，给她安排了一间单独的囚室，房内干干净净的，睡的也是一张床而不是铺在地上的稻草。此刻简帆正坐在床边，脸和身上并无伤痕血迹，看来并没有受刑。“你简直像是在这儿疗养，都胖啦！”洛夜行坏笑着说。

简帆悚然回头，看清楚了对方的脸，随即脸上现出了生气的表情：“你到这儿来干什么？还不快走！当心被抓住！”

但说完这几句话之后，她的表情重新变得柔和：“算了。要是这些话你能听得进去，你也就不是你了。看你的样子，精气不足，是不是又被人揍了？”

洛夜行叹了口气：“你不愧是这世上最了解我的人。没错，我去了趟宁州东北部的墨沼，希望能探寻到红色妖虫的来历。”

“嗯，你果然也查到了红色妖虫，”简帆说，“他们审讯我时也反复问这个，但我确实不知道。那你找到妖虫的下落了么？”

“找到一些间接的线索，但未必能有结果。”洛夜行把墨沼之行的经过告诉了简帆。

“太阳碎片做成的法器？疗伤后让人变成怪物？”简帆皱着眉头，“这事儿听起来倒是挺古怪的，但是能和红色妖虫有什么关系？”

“我也不知道，但这是现在唯一能碰一碰的运气了。”洛夜行说，“所以我打算去捉一只活的红色妖虫，试试用法器能不能使它们产生某些异变，这样至少能猜一猜培育妖虫的人的意图。”

“辛苦你了，”简帆低声说，“其实，我并不值得你这么做。”

“我做事不过是求一个自己高兴，既不图什么，也无所谓值得不值得。”洛夜行回答。

简帆低下头，过了许久才说：“你……多小心些。”

汤崧端起茶杯，闻了闻气味，往杯子里看了一眼，哑然失笑：“这是泡茶，不是熬药，用不着放这么多茶叶的。”

萧轻盈搔搔头皮：“我平时也不喝茶……这不是想着汤家的贵族少爷莅临寒舍蓬荜生辉嘛，给你倒白水怕委屈您老了。”

汤崧摆摆手：“我没那么讲究，以前经常因为看书入迷忘了吃饭。父亲还好，母亲却总是一生气就不许给我留饭，所以我经常半夜跑到厨房偷冷馒头喝凉水。”

“那我给你换成白水？”

“还是我自个儿去沏茶吧。这茶叶不错。”

汤晗的异变给汤家带来了不小的骚动。在这样的骚动之下，并没有什么人去留意平时就不爱出风头的汤崧的行踪，所以天黑之后，他跟着萧轻盈溜了出去，来到了雪严君的宅子。

汤崧沏好了茶后，萧轻盈把雪严君的案子向他讲述了一遍。汤崧凝神思考了一阵子后，开口说：“先是查案的主事死了，然后是仵作死了，说明此案一定有内情。王国麟的死，背后有重大隐情，可能藏着些什么了不得的阴谋。”

“了不得的阴谋？”萧轻盈琢磨着，“那个王国麟，横竖也就不过是个开戏班看管斗兽场的。斗兽场是属于羽皇的，他的财产最多也就是那些奇奇怪怪的野兽吧？”

“不，羽皇付了他一笔钱，斗兽场里的所有的野兽和夸父俘虏也都属于皇室了。”汤崧说。

“那就更没道理了。不过说起来，羽皇曾经答应过要赏赐王国麟爵位，会不会和这个爵位有关？比方说，有人盯上了这个爵位，打算干掉王国麟后取而代之；又或者羽皇自己舍不得……”

“为了一个末等爵位，不惜杀害一名虎翼司主事吗？你不觉得这样的代价稍微大了一点？”汤崧反问。

“倒也有道理……”萧轻盈泄气了，“算了，先不管它。我答应了别人先查你父亲被害的真相，还是先分析一下你父亲被杀的原因吧。”

汤崧饶有兴味地看了一眼萧轻盈：“没想到，你居然那么信守承诺。”

萧轻盈瞪了他一眼：“废话！我们做杀手的，最重要的就是守诺，答应了杀谁就一定得杀，不能赖账！”

汤崧哈哈大笑，过了好一会儿才收敛笑容：“我确实怀疑父亲的死是其他人干的。我的几位兄弟都在虎翼司或城务司任职，工作繁忙，很少有在家的时间。只有我这个无业游民，成天待在家里，才会注意到父亲的变化。”

“变化？”

“最近几个月来，父亲的情绪有些阴沉。我经常注意到他一个人愁眉苦脸地悄悄叹气，有一天还听见他和什么人在后门附近争吵，”汤崧说，“我曾经问过他，他却什么也不肯说，只是告诉我公务繁忙，所以有些劳累。当时我也并不以为意，因为父亲平时的原则是谁也不得罪，多半是遇到一些不好圆转处理的案件，所以才会犯难。

一直到他遇害，我才明白过来，他是真的摊上了大事。”

“那你知道他平时忙些什么吗？”萧轻盈问。

汤崧叹了口气：“惭愧，我平素一向不太关心这些。不过，我大哥汤巍和父亲一样，同在虎翼司办事，或许他会知道一些父亲的工作内容。等明天我去问问他。”

刚说到这里，萧轻盈忽然向他打了个眼色，示意他继续说话。汤崧会意，若无其事地继续说下去：“我的这几位兄弟，虽然一向不大看得起我，但毕竟都是骨肉至亲。我要问他们问题，料想也不至于不……”

他说到这一句话时，萧轻盈已经暴起发难。她就像一只扑食的猎鹰，直接破窗而出，闪着金属光泽的双手向前凶猛抓出，直取站在院落中央的一个人影。

一声巨响之后，遍地都是碎裂的闪亮碎块。萧轻盈则硬生生地收住了手，怒喝一声：“你这混蛋！回来也不知道打声招呼么？”

“我哪儿知道会自己住的地方都会挨打？”对方懒洋洋地回应说。

——这个站在院子中央疑似偷听的人，竟然是已经离开天空城数日的洛夜行。刚才萧轻盈的攻势猛恶，幸好他及时用秘术凝出冰盾，才挡住了这一击。

“把我的手都震麻了，”洛夜行夸张地甩着手，“你这么野蛮以后怎么嫁得出去……哎哟，看来我这话说错了。”

他的视线停在从房里慢慢走出来的汤崧身上。汤崧礼貌地点点头：“这位想必就是洛夜行先生了，我是……”

“汤崧，汤擎的三儿子，旁人眼中‘汤家最不成器的子弟’，”洛夜行抢先说了出来，“不过我对你的印象还凑合，你也算是汤家的那群子弟中最像人的一个。”

汤崧有些惊诧：“谢谢你的夸奖，但我不记得我曾经见过你。”

洛夜行笑了笑："你有一个叫汤晗的堂弟，不知道从哪个下人那里学了赌博，偷偷溜到贫民区的赌坊去玩，结果是你一路找了过去，把他带回了家。还记得那件事么?"

汤崧恍悟："啊，是的，那是去年的事情。原来那个时候你在赌坊里?"

"不只是在，我就是赌坊的老板，一直在柜台后看着。"洛夜行说，"我还记得你当时跟你堂弟说的话，挺有意思的。"

"你当时说什么了?"萧轻盈不禁好奇。

"我只是告诉他，赌博这种事本无所谓好坏，然而世人的意志远比他们自己想象的要薄弱。所以这团小小的火苗，烧到人身上就可能烈焰焚身。"汤崧说。

"我指的不是这句话，"洛夜行说，"这样的陈词滥调对赌徒而言，作用基本为零。"

"你说对了，作用为零。后来晗弟居然试图叫家里的仆人陪他赌，被三叔揍得屁股肿起，在床上趴了四五天……"汤崧摇摇头，"那我就不明白你指的是哪句话了。"

"你弟弟虽然不服你的话，毕竟你是他的兄长，还是跟着你回家了。但在离开桌子的时候，一个平民不小心碰了他一下，他十分生气，骂了对方一句'贱民'。"洛夜行说，"你马上揪住你弟弟，逼迫他向被骂的人道歉，然后训斥他说：'万物平等，世上没有什么人可以将别人称之为贱民。'那时候我就想，你总算还是个明白人。"

"原来是这句话……可惜说了也没什么用，"汤崧显得有些神情萧瑟，"如今贵族和平民的分野越来越严重，一发不可收拾。"

"行啦行啦，什么贵民贱民的，听得我脑仁儿疼!"萧轻盈不客气地打断两人，"喂，吃肉的贱民，你先讲讲，你找到制造红色妖虫的人了吗?"

“你怎么关心起这件事了？”洛夜行有些意外。

“因为我刚刚目睹了被妖虫咬伤的人突然变成怪物。”萧轻盈说，“那场面真是让人终生难忘……你怎么了？怎么一副要吃人的样子？”

“你说什么？变成怪物？怎么变的？”洛夜行似乎面孔都要扭曲了，如果萧轻盈不是个女人，他说不定会猛扑上去直接揪住对方。

“洛先生不必激动，我这就告诉你，”汤崧说，“变成怪物的，就是你刚才提到的我的堂弟汤晗。”

汤崧把下午发生在汤府的一切告诉了洛夜行。洛夜行详细地听完了他的描述，又着重询问了汤晗变成怪物后的种种特征。

“你怎么对这个怪物那么感兴趣？”萧轻盈问。

“因为我可能碰巧知道了，这个怪物是怎么来的。”洛夜行的一句话让萧轻盈差点跳了起来。

洛夜行从怀里取出在夜色中依然闪光的太阳法器，把墨沼的经历说了一遍：“所以，之前我一直在苦苦思索却始终想不明白的地方，总算有了答案：红色妖虫和太阳法器之间到底有什么关联？现在我明白了，太阳的星辰力被施加在了那些妖虫的身上，被它们咬伤的人，也会和当初被太阳碎片治愈的人一样，一开始并没有什么，一段时间之后，身体受到太阳生长之力的控制，就会改变人体的结构，化为怪物。”

“这个毒虫洛金……到底图的是什么？”萧轻盈眉头紧皱，“就是为了在天空城制造一场大混乱么？”

“如果只有妖虫，或许可以这么猜想，”汤崧说，“但现在天空城同时发生了妖虫杀人、血羽会入侵、我父亲被害三件事，我仍然怀疑这三件事彼此关联。根据你先前的描述，这个毒虫洛金虽然狠毒狭隘，却也似乎没有什么深谋远虑，我觉得即便红色妖虫是他培育的，背后也另外有人主使。最关键的是找到这个人，弄清楚他到底想要干什么。”

“我这一路上，也是同样的想法，”洛夜行说，“单独的一个事件，不容易找到足够的线索，但如果把几件事情联系起来，或许就能找到一点共性。”

“你俩都有好脑子……”萧轻盈嘀咕着，“那现在应该从哪里入手？”

“妖虫的线索最直接也最重要，但整个事件现在还找不到切入点，”汤崧说，“因此我建议继续观察此事，因为晗弟是天空城最早被咬伤的人之一。他变成了怪物，其他人也就快了。一旦这一批人都出现状况，必然会引起整座城市的混乱，到那个时候，或许就会有新的状况出现。”

“不错。说实话，想到那些变异的怪物，我还隐隐有点期待呢……”洛夜行事不关己地邪恶一笑。

“洛先生是赌坊主人，想必认识各种不同阶层的人，就麻烦你注意着那些怪物如何？”汤崧接着说，“至于家父的案件，我会想办法和萧小姐一起继续打听。”

“和萧小姐一起？”洛夜行嘴角浮现出一丝不怀好意的笑容，“萧小姐什么时候变得那么和蔼可亲好说话了？”

话音刚落，他的身体猛地向旁边一闪，躲开了萧轻盈的重拳。侧头一看，汤三少爷的脸好像又有点红，他明白过来点什么。

“萧小姐，除了为汤公子担任得力臂助之外，你还有一点其他的事情要做。”洛夜行说。

萧轻盈硬生生收住第二拳：“什么事？”

“继续尝试寻找血羽会的同伴，”洛夜行说，“照我看，血羽会恰恰挑这个时候派你进入天空城，一定和这些事件有所关联。要么是血羽会被人摆了一道，要么……”

“要么什么？”

“要么就是你和你的接头人被你们的组织摆了一道。”洛夜行打了个哈欠。“这种事情实在是太常见不过了。”

迟了一步，没能得到送货人的信息，但总算其他日子里的资料还在。白茯苓好歹也是在翔瑞鸾驿干过的，知道在这个商号里干活虽然异常辛苦，但轮休的机会也不少。所以她依据着其他日子的送货员名单，大致拼凑出了四月二十四这一天在天空城送货的人员名单：一共有六个人。

“这六个人的名字，你都熟悉吗？”白茯苓问杨卓。

“唔，这是六个送货人吧？我看看……”杨卓看着名单，“我是最近两年才跟着马大哥的。这当中五个人的名字我都见过，现在依然在为翔瑞鸾驿做事，只有这个叫常璇的，我完全不认识。他并不是商号里的伙计。”

“也就是说，这个人可能有点问题，”白茯苓说，“明天能不能帮我打听一下这个人？”

第二天中午，杨卓从外面回到酒馆，找到了白茯苓。他的表情显得很是困惑。

“这个人的情况查到了，他的确是负责那一片区的货运的，但是十分奇怪，”杨卓说，“他好像就是在那一年的四月二十四号晚上被发现身死的。”

“你说什么？”白茯苓一惊，“当天晚上死的？”

“不，不是当天，”杨卓回答，“那天晚上只是发现了尸体。但根据吴作判断，他已经死了两天了。从现场判断，是自杀，自己把自己吊死的。”

“我明白了。”白茯苓点点头。杨卓离开后，她在卧室里走来走去，用她那不算太有急智的头脑一点一点理清了头绪。调查这个常璇是没有什么用处的，因为那个送货的人并不是真正的常璇。他只是杀害了常璇后假扮成这个人，以便中途调换那件货品，然后还把现场布置成自杀。

这可有些奇怪了，白茯苓想，他是怎么猜到那位年轻仵作会通过翔瑞鸾驿去送东西，而不是自己去送，又或者埋在自己家里，通过信件之类的方式通知老仵作去取呢？他难道能未卜先知，猜中仵作的心理？又或者……

她忽然间有些明白了。这个假冒常璇的人，要么是仵作的熟人，清楚仵作平时的习惯，所以才能猜到仵作的选择；要么是仵作更为亲近的人，就是他说动仵作选择翔瑞鸾驿的。

所以，我应该去仵作的家里问一问，白茯苓想。这种事儿真不是我擅长的，但我不得不去做。

太阳下坠到和天空城平齐时，白茯苓找到了这位名叫鹤澹的仵作的家。她注意到此人姓鹤，按理也应当是贵族的后人，却不知道为什么偏偏做了和尸体打交道的仵作。

更令她意外的是，这位鹤澹所居住的地方，却并不是姓鹤的家族的地盘，而是……汤府。汤这个姓氏对白茯苓而言并不陌生，前些日子被离奇杀害并导致风天逸被软禁的那位虎翼司高官，就是姓汤。而这座汤府，正是汤擎汤大人的家。

如今汤府大门紧闭，原本还需要延续若干天的丧事被迫中止，这无疑是因为前一天发生的病人变成怪物后的伤人案。白茯苓忽然有了一些不祥的预感：鹤澹居然曾经是汤府的人，这仅仅是偶然吗？还是说，那桩两年前的连环命案，会和两年后发生的一切有所关联？

这会是怎样的一张大网？白茯苓觉得自己的脑子不够用了。不过她还是晃晃脑袋，决定不去想那么多——反正也不容易想明白——还是先把鹤澹的身世打听清楚再说。

她不大有找陌生人搭讪问话的经验，犹豫了好一会儿，才硬着头皮走向一名看起来是出门购物的汤府仆人。仆人看了她一眼，看出她是个人类，微微皱眉，不过开口还是带着大家族仆从严格训练出来的礼貌："您是来吊丧的客人吗？很抱歉，府上昨天出了一点小意外，暂时无法接待宾客。您可以留下姓名……"

"我其实是想打听一个人，"白茯苓低声说，"两年前，贵府有一位名叫鹤澹的人……"

她的话还没说完，仆人就已经露出了一脸恍然大悟的神情。他先前那种勉强摆出来的礼貌消失了，剩下的只有不加掩饰的厌弃和不耐烦："啊，原来就是你啊？跟我来吧！"

*原来就是我？我是谁？*白茯苓有些莫名其妙。但她马上明白过啦，这个仆人把她当成了另外一个人类，一个和鹤澹有关的人类。*那就将错就错吧*，她想，*先进去再说*。

仆人打开了一扇偏门，领着白茯苓走进去。他直接绕开了汤家的主人们所住的院落，带她来到伙房，然后对她说："等在这里。"

白茯苓不明所以，乖乖地站在门外，鼻子里闻着从伙房里传出来的食物的香气。倒还真的比小酒馆里呛人的油烟味儿好得多，她不甘心地想着，有钱人和没钱人，贵族和贱民，毕竟不一样，连厨房的气味都不一样。

等了好一会儿，那个带路的仆人才走出来，递给白茯苓一个沾满了煤灰的破包袱："就这些了，你都拿走吧。"

"谢谢你，不过，我能不能问问当初鹤澹为什么会住在汤府里？"白茯苓接过包袱，小心翼翼地问。

"还问我？还不得赖在你头上！"仆人很不客气，"如果不是为了你，他怎么会被鹤家逐出家门？也就是他和我家老爷有交情，勉强得了一间屋子住，靠着当仵作来赚钱维生……"

如果是在过去，白茯苓还真的未必能明白这句话，但她碰巧刚刚听萧轻盈讲述了生父雪严君的过往，所以一下子就懂了。这个名叫鹤澹的人，原来果然是鹤氏的贵族之后，然而他爱上了一个人类女子，所以被鹤家逐出门墙。不过汤家的老爷和他有旧，收容了他，却也不好给他找其他事做，所以鹤澹索性去做了受人歧视的仵作，倒也算是自食其力。

而眼下，自己就被当成了那个害得鹤澹失去贵族身份的人类女子，倒是将错就错的大致了解到了一些此人生前的情况，还得到了鹤澹的遗物。也许从遗物里还能发现一些什么。

她拿着那个沾满煤灰、散发着种种难闻气味的包袱，慢慢走回贫民区，一路走一路胡思乱想着。不知怎么的，雪严君和萧轻盈的母亲，鹤澹和那个不知名的人类女子，这两对殊途同归的悲剧人物的命运总是在她的脑海中浮现。雪严君听从了父母的命令，抛弃了萧轻盈的母亲，结果自己孤独一生，女儿也成了一个和朝廷律法对着干的杀手；鹤澹没有听从父母的命令，连家都不能回了，沦为和尸体打交道的贫民，心爱的女子却也不知所踪。

一个是贵族爱上平民，一个是羽人爱上人类，最后的结局都是令人遗憾的。她过去并没有在这方面思考很多，此刻才真切地发现，某些看不见的分割线是如此冷酷，如此真实，如此鲜血淋漓。它们就像是融入了宁州的空气之中，再随着呼吸进入每一个羽人的血液，让人无法逃离，无法摆脱。

她忽然心里一颤，想到了自己和风天逸，这个联想立刻让她烦乱不已。她几乎是魂不守舍地回到小酒馆，把自己关在了房里，直到窗外完全黑下来才想起应该看一看包袱里的东西。

她点亮了油灯，费劲地拆开这个似乎已经被油腻所腻住的包袱，露出里面的东西。那些都是鹤澹的遗物，一些散碎的银毫和铜锱，几件旧衣服，一些烟斗之类不起眼的杂物。但翻到包袱的最深处，露出来一样东西，让白茯苓一看就呆住了。她小心翼翼地拿起这样东西，在烛光下端详着，脸上的表情就像是刚刚吞吃了一只红色妖虫。

“怎么会有……这种东西?”她喃喃自语着。

——她手里拿着的，是一只狰狞丑陋的蜘蛛。并不是真的蜘蛛，而是用某种光滑的材质雕刻而成的假蜘蛛，可以看出曾经被涂成红色，但现在颜色已经发黑。这只雕刻出来的假蜘蛛只有一枚金铢的大小，雕工却非常精细，血红的眼睛、丑陋的嘴甚至于腿上的细毛都清晰可见。任何人看到这样一只蜘蛛，都会立刻联想到污秽、恐怖、邪恶等词汇。

然而，对于白茯苓而言，这只怪异的蜘蛛着实令她吃惊，因为她碰巧知道这种蜘蛛所代表的意义。

白茯苓的记忆回到了几年前。那时候她已经离开了翔瑞鸾驿，四处寻找各种短工来养家糊口。某一天她游荡到了越州一处人类和河络聚居地的交界处，意外地碰上了一场大规模的械斗。

她看见一群河络手里拿着金属打造的刀枪，堵住了一个人类村落的村口。河络长于铸造之术，打造出来的兵器都锋利而趁手；村里的人类则仗着身高力大，拿着扁担锄头镰刀等农具和河络对峙着。双方谁都不敢轻易先动手，人类嘴里一直骂骂咧咧吵吵嚷嚷，河络们相对沉默，却也始终不愿意后退一步。

白茯苓反正无事可做，仗着自己身怀武艺，还不至于被这些一望而知并不会武的普通人误伤，索性待在一旁瞧瞧热闹。不久之后，当地的人类地方官带着一队兵丁赶了过来，白茯苓不觉一阵遗憾：唉，看来是打不起来了。

"到底怎么回事？"人类地方官让兵丁分开了两边的人，看上去十分恼火，"我不是早就和你们讲过吗？你们要干别的我不管，偷鸡摸狗甚至拦路抢劫老子都睁一只眼闭一只眼，但是不许械斗！不许械斗！械斗就是大麻烦，你们不懂吗？"

这番话是对着人类村民说的，他扭过头又冲着河络嚷嚷起来："这些事儿我和你们阿络卡不也说得明明白白的吗？阿络卡呢？她到哪儿去了？"

所谓阿络卡，是河络用语，指的是河络部落里的女性领袖，可以直译为"地母"，在部落里有着至高无上的地位。地方官这句话其实也就是随口一问，因为阿络卡只有遇到特别重大的事情，才会离开河络居住的地下城。一般的日常事务，都是由被称为"苏行"的河络族长老来处理。

河络们没有人说话，只有一个长老模样的老年河络越众而出，左腿踩在地上发出木头的声音，看来是假腿。地方官看了他一眼："哦，木腿卓尔苏行，你能解释一下吗？"

木腿卓尔冷冷地瞥了他一眼，摊开自己的手心，只见他的手掌心里握着一只深红色的丑怪蜘蛛，不过一动也不动。白茯苓猜测那只是雕刻出来的假蜘蛛。再看看地方官，他先是愣了一下，随即忽然间脸色惨白，向后退了两步。

“血蜘蛛！”他叫了起来，“难道你们的阿络卡……已经被……”

“没错，她已经遇害了，这只蜘蛛就是你们的人留下的，”木腿卓尔把“你们的人”四个字说得很重，“我们河络，从来都并不想和异族开战，但那并不意味着我们就可以任人宰割。”

“竟然把阿络卡……阿络卡……”地方官浑身都在颤抖，竟然连站都站不稳了，随从连忙上前扶住他。但他一把推开了随从，连滚带爬地跳上马，疾驰而去。兵士们一溜小跑跟在他身后。

白茯苓虽然脑子没有风天逸那么快，但是走南闯北见识不少。她知道阿络卡对于一个河络部族而言有着何等重要的意义，那基本上就是所有部落成员的精神依托，现在知道这场械斗的起因是阿络卡被害，那可是不折不扣的大事儿。她担心事情闹大到不可收拾，赶紧开溜了。

事实证明她的选择是正确的。离开那个地区后不久，她听说那里发生了一场小规模的战斗，人类和河络死伤上百，差一点就要酿成战争了。后来越州总督亲自出面向河络赔礼道歉，并处死了杀害阿络卡的几名凶手，才算是勉勉强强平息此事。

但是对于那几人为什么要杀死阿络卡，却始终没有一个正式的说法。但白茯苓始终记得那只丑陋可怕、让人看一眼就觉得不寒而栗的血蜘蛛，相信它必然有着一些特殊含义。

几个月之后，她随着一个马帮走在了澜州的山路上。到了晚间，马队找了个避风的地方升起火堆休息，吃饭聊天。一位马帮汉子捉住了一只肥大的山里蜘蛛，说是烤来吃很香，白茯苓恶心之余，却又一下子想到了那只血蜘蛛。她描述了一下血蜘蛛的模样，问走南闯北的马帮人有没有谁听说过。

大部分人听完她的话都大眼瞪小眼，显然是从未听闻，但有一个领路的老人却显得有些诧异。他发问道："你是在什么地方见到那只血蜘蛛的？"

白茯苓把当天的经过讲述了一遍。老人默然良久，缓缓地说："虽然事情的具体真相也许永远也不会有人知晓了，但是有一点可以肯定，那几个杀害阿络卡的凶手，和那个河络部落有着深仇大恨。因为这种血蜘蛛，是复仇的标志。"

"复仇的标志？怎么回事？"白茯苓很是好奇。

"那种血蜘蛛极为罕见，一般人的确不大容易知晓，那是一个已经消失的部落的复仇印记。"老人说，"你听说过百年前西南戈壁里的游牧民吗？"

"听说过一点儿，"白茯苓说，"据说那个部落是由一群在几百年前的人羽战争中投向人类的羽人创建的。战争结束后，他们同时被羽族和人族所唾弃，索性迁居到了荒凉的西南戈壁里。到后来又吸纳了一些各地的逃犯，渐渐形成了一个奇特的部落，里面什么种族的人都有，随着绿洲迁居。不过到了大概一百年前的时候，西南戈壁的环境越来越恶劣，部落已经无法在其中生存，慢慢也就散了。"

"没错，他们散了之后，部落里的人分散到九州各地，不再有当年的声势，但还保留着一些过去的部落习俗，血蜘蛛就是其中之一。"老人说，"游牧部落里的人大多都有着复杂的过去，手上有血债，也有血仇。为了让部落民凝聚在一起，他们形成了一个风俗，举全部落之力为被杀害的同伴报仇，然后留下血蜘蛛的标记，说明是他们干的。"

"血蜘蛛是假的吧？用什么雕刻成的？"白茯苓问。

"骨头。如果能找到死者的尸体，就用死者的骨头来雕刻。如果找不到的话，就用狼骨替代。蜘蛛雕成之后，再通过特殊的工艺，用死者亲人的鲜血来染色。”老人回答。

真是没想到，时隔几年，竟然会在天空城重新见到血蜘蛛，白茯苓想。可是这只血蜘蛛出现在鹤澹的遗物里，究竟说明什么呢？

应该有两种可能性吧，白茯苓尝试着推理。第一种，鹤澹曾经杀死过游牧部落的后人，死者的亲人来向他报仇，杀死他后留下了这个血蜘蛛。第二种，鹤澹自己就是游牧部落的后人，带着这个血蜘蛛是为了随时向仇人寻仇。可到底会是哪种情况呢？

白茯苓揉了揉头发。她实在不想再去和汤家那样的贵族之家打交道，但是这只血蜘蛛的来历必须弄明白，不去也不行。

第二天白天，白茯苓又来到了汤家。她忍受了无数的白眼，又赔着笑脸塞了几枚银毫，总算是把鹤澹的一些情况问明白了。

大概是由于生活过于苦闷的缘由，鹤澹一向有好酒贪杯的毛病，而他的死因似乎也和醉酒有关。就在雪严君死后的没几天，某一天夜里，他没有回到汤府睡觉。第二天清晨，有人经过城中的喷泉花园，发现鹤澹正漂浮在水面上，一动也不动。

虎翼司的人很快赶到，并由仵作给这位死去的仵作验了尸。鹤澹是被淹死的，这一点没有什么疑问，不过尸体上有一个小细节——鹤澹的右手握成拳，即便到死了之后也捏得紧紧的，仵作费了很大力气才把他的手掰开，发现他一直在手心里握着一样东西：一枚经判断用骨头雕出来的红色的蜘蛛。

这枚蜘蛛骨雕被当成鹤澹的遗物，归入了他为数不多的遗物中。他既不属于汤家，又被鹤家驱逐，不能进入任何贵族家的墓地，最后尸体被运出天空城，葬在了地面上的某一处荒坟里。

白茯苓听完了这一切之后，心里冒出了四个字：草菅人命。即便是她，也能听出鹤澮的死疑点颇多，但虎翼司却并没有任何人去深入调查，就迅速作出自杀的结论。毕竟这是一个身份卑微的人，没有人愿意为了他去找麻烦。

而白茯苓也因此推翻了自己之前关于血蜘蛛的两种猜测。这枚令人毛骨悚然的骨雕，既不是旁人复仇后留下的标记，也不代表鹤澮自己的仇怨，而是鹤澮临死前从杀害他的人身上抢到的。那个人杀害鹤澮可能只是为了灭口，但身上却实实在在地背负着某种深仇。

鹤澮的死……常璇的死……雪严君的死……王国麟的死……这四个人的死亡，都因为这桩无人知晓的仇恨吗？

第六章 事情闹大了

洛夜行要萧轻盈继续想法子寻找血羽会的人。他倒是上下嘴皮子一碰就发布了命令，萧轻盈却有些犯难。现在天空城不断出现各种状况，管理越来越严，她不像洛夜行那样是天空城的正式居民，假如此刻离城，估计就不会再被放进来了。但现在城里到底有没有血羽会成员，汤擎的命案到底是不是血羽会干的，她也不能肯定。

所以她还是只能在各处留下记号，并且期望着真能有同伴可以看到。与此同时，洛夜行所说的话一遍一遍地在耳边萦绕，让她总是感到不快："要么是血羽会被人摆了一道，要么就是你和你的接头人被你们的组织摆了一道。"

洛夜行这个混蛋固然是狗嘴里吐不出象牙，但他说的话却往往都有些道理。现在萧轻盈自己心里也存着这样的疑惑：我被派来到底是为了什么？我和接头人是不是被组织扔出来的……炮灰？

要是师兄在这里就好了，她郁闷地想，师兄虽然武功远不如我，却是个脑子灵活的人。

中午的时候，萧轻盈又逛到了那个她和白茯苓撞上的喷泉花园，看了看先前留下的暗记，并没有回应。除了钓上了白茯苓这条笨头笨脑的鱼之外，再也没有任何与血羽会有关的人出现。她好像真的被组织抛弃了，抛弃在这座奇特的城市里。

不过倒也没有白来一趟，她想。在过去的日子里，除了杀人之外，她和血羽会之外的人几乎没有什么交集，现在却意外结识了好几个有趣的人。而且，那么长的时间里，她并没有杀一个人，居然也并不感到手痒。

再这样下去，手脚会变得不灵活吧？萧轻盈下意识地抓握着指节，简直想要找个人来打一场架。嗯，最好的对象可能是洛夜行那个孙子，汤崧少爷可就不行了，自己一拳头下去他说不定就要呜呼哀哉……

就在幻想着自己如何臭揍洛夜行的时候，附近的街区传来一阵骚动的声响，让她一下子就想起了先前发生在汤家的事件。难道是又有那样的怪物出现了？她连忙站起身来，循声跑了过去。

眼前出现的一幕却比她想象的还要离奇。她并没有看到像汤晗那样的长手长脚的怪物，眼前也没有其他的怪物，人们的骚动来自一所道旁的民居。那是一座普通的带小院的房屋，从装饰和规模看来应当是某个低等贵族的住宅。

而这座住宅，正在……长高。

萧轻盈揉了揉眼睛，再仔细一看，没错，房子真的在不断上升，而且不止是一间房子，而是所有的房屋、花草树木连带着院子的地皮一起往上长。

等到地皮也升到足够的高度之后，她终于看明白了到底是怎么回事。这座院子是被地下的某样东西硬生生顶起来的。那个东西好像是在不断地生长，不断地增高，所以才把房屋抬上去了。远远地看过去，那似乎是一大团黑色的藤蔓。

她更加好奇，费劲地分开围观的人群，挤到了前面。这回可以看得更清楚了，那个从地上不断往上长的东西，并不是什么藤蔓，其实是一团缠绕在一起的黑色的细丝，非常细，细得就像头发一样。

头发！萧轻盈猛地心里一颤。这一团像潮水一样往上涨的东西，竟然是头发！

好恶心，这是萧轻盈的第一反应。头发原本是一种最常见的东西，因为九州六族的生灵只要不是秃子，都会有头发。但头发都是和人联系在一起的，一头青丝披在一个窈窕少女的肩头，一头飘逸的长发随着少年弯弓的动作而随风舞动，都能给人带来美感。而眼下，看不到少年也看不到少女，只有这一大团头发在蠕蠕而动，就好像是从千百颗头颅上剪下来的一样，看上去真是让人浑身起鸡皮疙瘩。

这难道也和红色妖虫有关吗？萧轻盈想起了先前洛夜行的推测。红色妖虫身上很可能吸取了太阳法器的力量，因而能带来那种古怪而危险的“生长之力”，最终能带来什么样的结果却不能确定。汤晗的变异，只不过是无数种变化中的一种，这团头发，搞不好就是另外一种。

可这些头发不会是凭空冒出来的，怎么也得是从什么人、或者什么东西上长出来的吧？萧轻盈悄悄戴上了自己打架专用的手套，然后向后退了几步。她可没有什么舍己救人的伟大情操，此刻心里只有一个念头：万一有什么玩意儿闹起来了，身边的这帮人还能帮我做肉垫呢。

萧轻盈对危险的嗅觉总是很灵敏。刚刚把手套戴好，那一团原本缓慢生长的头发忽然像爆发一样急速生长，那些细密的发丝就像钢针一样，瞬间把顶在上方的地皮和房屋全部刺穿。在人群的惊呼声中，她听到房屋里隐隐传来几声惨叫，大概是屋里的人受到了头发的伤害。

紧跟着，被刺得千疮百孔的房屋终于无法再承受自身的重量，陆陆续续地解体崩塌，化为碎片落入下方的深坑。萧轻盈敏锐地注意到其中混杂了不少浑身鲜血的人的躯体，看来已经被头发刺死了。

失去了房屋与地皮的压制，这团杀人的长发更加肆无忌惮地继续向上疯长，而令它们生长的“根”也终于被连带着露出了地面。这个东西露出来之后，人群立刻陷入一片恐慌，不少人转身就逃。

萧轻盈没有逃，但她也被眼前看见的东西所震骇。出现在她视线里的，是一副奇怪的骨架，它看起来近似人形，骨骼的形状和数目却都不大对，比如有三颗头颅、六条腿和六只手，其余部位的骨头也又密又多，完全不符合正常人体的结构。萧轻盈在练习刺杀术的时候，专门学习过对人体构造的研究，她辨别了一下那些骨头，初步地得出一个结论：这副怪异的骨架，好像是三副人体骨架被打散了又拼接在一起的。

不过这种拼接并无章法，显得十分混乱，比如那六条胳膊，有一条在腰间，还有一条和腿骨粘连在一起。更为奇怪的是那三颗头骨，呈品字形排列在一起，在脖颈上挤作一团，三颗骷髅的头盖骨上都开了一个大洞，头发就是从那三个洞里源源不断地涌出的。

“这可真是难得一见的大场面……”萧轻盈自言自语着。她能判断出，这个怪物的战斗力可比汤晗变身后不知高到哪里去了，决不能轻易上前硬拼，于是也跟着人群慢慢地后退。

黑色的头发不断聚集，看来渐渐像是一座山峦，又像是降落到地面上的巨大的乌云。它已经毁掉了一所住宅，杀掉了住宅里的人，却不知道接下来还能做什么。

“虎翼司来了！虎翼司来了！”周围的市民们忽然喊了起来。

萧轻盈心里一宽。抬头一看，果然，天空中飞来了十多个白点，那是闻讯而来的虎翼司的兵士们。他们都有优秀的飞行能力，在空中绕着已经化为废墟的宅院转了好几圈，看样子是在观察敌情，并没有急于下手。另外有几个人直接降落到了人群旁，开始指挥人们迅速撤离这一片街区。

*虎翼司果然训练有素，*萧轻盈想，*这要是换了我处在他们的位置，说不定就挽起袖子直接上了。*她原本想要留在附近观察一会儿，却不敢和虎翼司对抗，只能乖乖地听从指挥，离开了这片街区。

她站得远远的，看着那些士兵在空中盘旋，不久之后，又飞来了二十多人，显然是先来的部队没有把握解决掉这个怪物，于是召唤了援军。

过了一会儿，几名士兵在空中弯弓搭箭，试探性地向着下方射了几箭。随着这几箭的射出，地面上的怪物突然有了激烈的反应，它的头发甩动起来，其中的一些竟然像箭矢一样笔直地射向天空，速度奇快。好在士兵们反应也快，及时躲开了，不然说不定也要像屋子里的那些人一样，被头发穿透。

但下方的怪物像是被激怒了，不断地发射出头发，数量越来越多，速度越来越快，令士兵们的躲闪也越来越吃力。终于，有一名虎翼司的士兵躲闪不及，被一丛黑发击中，那一丛头发就像是聚在一起的钢针，一瞬间穿透了他的胸口。士兵身上用精神力凝聚的羽翼消失了，整个身体像石块一样坠落下去。

远处的人群再度发出惊恐的呼声。萧轻盈也禁不住心头一紧，不知道凭借着自己的这双手套，能否挡住那尖锐的长发。同时她也有些替士兵们担忧：怎么才能解决掉这一团乱七八糟的怪物呢？那些头发可软可硬，用箭射看来是没有效果的，以此类推，刀枪剑戟应该也没用。直接攻击那具骷髅或许会有效，但它肯定会用头发来掩护自己，那么……

“可以用火试试。”身边忽然响起了一个声音。

萧轻盈回头一看，说话的是汤崧。他不知什么时候也来到了这里，估计是听说了骚乱后就匆匆赶来了。

“用火？啊，还真是！”萧轻盈恍悟，“头发遇火烧得快极啦。”

虎翼司无疑也做出了同样的猜测。天空中飞翔着的士兵大多都落到地上休息，积蓄精力，剩下两人飞得高高的监视着地面的动向，并不出手攻击。

几分钟后，街头传来了木轮碾过地面的声响，萧轻盈侧头看去，发现那是几架救火用的水龙。水龙来到刚好能喷射到怪物身上的距离，从水管里喷出一股股黑色的液体，全部喷到了那些张牙舞爪的头发上。

“那是什么东西？”萧轻盈很纳闷。

“那叫作石漆，是一种从地下开采出来的油，”汤崧说，“不能用来炒菜，但是用火能轻松点燃，是一种很好的燃料。只是石漆开采提炼十分不易，所以一般百姓都见不到。”

“但是看起来，似乎可以用到战争中，”萧轻盈说，“虎翼司的手脚还真是快。”

水龙里的石漆终于喷完了，先前休息的那些虎翼司士兵重新凝翅起飞。他们已经换了特殊的箭支，箭头上也用石漆浸过，点燃了火苗。士兵们分别占据不同的方位，向下方射出带火的箭矢。萧轻盈看得真切，地面上立刻燃起了熊熊烈火，怪物的全身都被点燃。

没有惨叫声，这个怪物根本就不能发声，只有那些头发在火场中如有生命一般不停翻滚，却没有办法扑灭身上的火焰。渐渐地，它们不再动弹，化为遍地的灰烬，难闻的焦臭味在空中飘散开来。

“我们走吧。”汤崧说。

萧轻盈点点头。两人一起混在人群中离开，脸色都有些凝重。

走了一会儿，两人几乎同时开口说话，萧轻盈摆了摆手："你说的话总是比我有道理，还是你说吧。"

"其实我俩想说的话估计差不多，"汤崧说，"红色妖虫所造成的后果，比我们想象中还要严重。看上去，天空城遇上大麻烦了。"

"是啊，事情闹大了，"萧轻盈的语声中隐隐带点幸灾乐祸，"那帮虎翼司的家伙有得忙活了，没准就顾不上找我们血羽会啦。"

说完这句话，她忽然发现汤崧的脸色变了，眉头紧皱，目光里却多了几分神采。她有些奇怪："你怎么啦？"

"你刚才说什么？"汤崧说，"'那帮虎翼司的家伙有得忙活了'，是吗？"

萧轻盈点点头："是啊。我也就是随口一说，怎么啦？"

"我觉得，我猜到了那么一丁点真相了。"汤崧说，"谢谢你。"

赌坊里的人叽叽喳喳，一面赌钱一面讨论着白天发生的大事件，洛夜行自然是全部收入耳中，并且立刻委托老董替他打探详情。老董很快带来了回音。

"那栋房屋里的情况很复杂，因为那把火几乎把所有东西都烧光了，虎翼司要调查也很困难。"老董说，"不过我的朋友还是弄来了一些小道消息。"

"什么小道消息？"洛夜行问。

"住在那个宅院里的，是一家姓风的末等贵族，不是大名鼎鼎的雁都风氏那一支，也没什么势力。"老董说，"但是据说，他们家的公子十分不成器，竟然从外面绑架人类的女子或者羽族贫民女子，关押在地窖里供他取乐。"

"真他妈畜生！"洛夜行猛地一拍桌子，"竟然敢在天空城干这种事情!”

“具体发生了什么，已经难以考证了，不过虎翼司的人猜测，那个能不断长出头发的怪物，或许就是被关押的女子遭妖虫咬伤后变化而成的。或许是风家公子发现她们昏迷后，不明所以，以为她们死了，于是决定把尸身掩埋起来，结果……”

“也就是说，被红色妖虫咬过的人，不只是自己的个体能变异，甚至还能几具躯体合在一起发生改变。”洛夜行眉头紧皱。“看来太阳法器的力量远远超过我们所预想的。接下来，指不定还会发生什么样的新变故。”

“也就是说，天空城已经变成了一个危险的地方?”老董说。

“危机四伏，”洛夜行很肯定地说，“所以到了这个地步，施放红色妖虫的意图反倒有些清楚了。我猜想，有人想要把天空城彻底搞乱，而且是大乱。”

“但光是乱显然不会是最终意图，”老董说，“乱过之后才会是真正的目的。”

“所以还得继续调查，”洛夜行说，“正好这段日子，我也在赌坊听到了一些其他的有趣传言，我琢磨了一下，搞不好会和妖虫事件有点关联。”

“什么传言?”老董忙问。

“听说最近，天空城的贵族相互邀约比武的事件多了起来，甚至已经闹出过人命了。而贵族之间正经的比武是律法允许的，所以也不会有人去管。”洛夜行说，“如果真的有人想要让天空城乱起来，挑唆贵族们打架也可能是手段之一。我想搞清楚到底是怎么回事。”

“行，我这就找人去打听。”老董没有犹豫。

“我知道你是万能的，不过这事儿不用劳烦了，”洛夜行坏笑着，“我最近认识了一个货真价实的贵族，脑子不算笨，能给我些帮助。”

“脑子不算笨……这就算你很难得的夸奖了。”老董也跟着笑了起来，但笑容却很快收敛。

洛夜行注意到了老董表情的变化：“怎么了？”

“你喜欢的那位人类女捕快，可能要遇上麻烦了。”老董犹犹豫豫地说，“我的朋友打听到，红色妖虫的事情越闹越大，已经不可能再压住消息，羽皇可能需要一些替罪羊来安抚民心……”

洛夜行一下子从椅子上站了起来，头也不回地跑出门去。老董叹了口气：“所以我才不想告诉你。”

夜间的天空城不复往日的静谧。不只是虎翼司的士兵，也不只是城务司的衙役，羽皇甚至调动了用于护卫国家安全、对外作战的防务司，上千正规军也被紧急调入城内。所以到了夜间，天空城处处都能听到巡逻的脚步声。这样的脚步声可能会给普通市民带来安全感，但对于一些知道一点儿内幕的人来说，就并不那么想了。

“没用的，天空城那么大，妖虫又是从地下钻出来的，一旦闹起来，根本来不及反应，”萧轻盈判断着，“调再多的兵，也就是让人们宽宽心而已。真正想要解决问题，还是得找到施放妖虫的幕后真凶，从源头上斩断。”

“萧小姐现在越来越善于动脑了啊。”汤崧赞曰。

“可惜我的脑子也就能动到这一步，”萧轻盈叹息一声，“我是没本事去猜出真凶是谁的。你现在有什么想法了吗？”

“今天下午这一场风波，确实是天空城建成以来从未出现过的恶性事件，一整个家庭被灭门，还牵扯出绑架拘禁平民的丑闻。”汤崧说，“不过，死在怪物手下的是一个末等贵族家庭，倒是让我想到了最近贵族们的一些动向。尤其要感谢你说的那句‘够虎翼司忙活了’，更是提醒了我。”

“什么动向?”萧轻盈问。

“大概也就是最近两个月，贵族阶层里相互邀斗比武的事情忽然多起来了。”汤崧说，“贵族比武原本是很常见的事情，也是律法允许的，只要按照规则行事，没有人能够干涉，杀死人也不会被治罪。然而，像最近两个月这样频繁比武，而且死了好几个人，就有些不大寻常了。所以我也打听了一下。尽管我父亲不愿意告诉我，我还是从其他渠道大致了解了一点——你知道羽族的朝政体制和部门划分吗?”

萧轻盈歪着头想了一会儿：“我从来只关心杀人……大概也就知道羽皇跟着人类学习，划分各种部门，什么虎翼司、防务司、城务司、农林司、文教司之类乱七八糟的。”

“没错，在这些部门当中，原本是没有虎翼司的，”汤崧说，“最早的时候，一切的城市建设、清洁和治安，都归城务司负责。后来羽族的城市规模越来越大，异族人也越来越多，各类案件层出不穷。再加上先有天罗，后有血羽会，暗杀组织也成了悬在羽皇头上的心腹大患。所以后来，当时的羽皇专门从城务司里剥离出负责查案办案的部门，成立了虎翼司。”

“从那以后，虎翼司的规模不断变大，职权不断变多，不只是负责一般的案件，更加肩负起保护羽皇和高官贵族的重任。过去的青年贵族们都以加入军队成为军官为荣，后来却更加愿意加入虎翼司。至于城务司，最重要的和武力有关的部门都被剥除了，他们渐渐只能负责建设、清洁、管理商铺之类的任务，被虎翼司讥笑为‘扫大街的’。”

“我有点明白了，”萧轻盈说，“就好比在我们血羽会里，刺客的地位是最高的，我们一般都不大看得起那些负责杂务的人。所以虎翼司和城务司一定闹得很僵。”

“没错，的确很僵，不过碍着羽皇的面子也不能明着闹事。但是大约半年前，有一个流言传出来了，说是羽皇在考虑合并这两个司，以虎翼司为主体，把城务司并入虎翼司。”

“从城务司分出来。最后反而吞并了城务司……城务司的大爷们一定挺不乐意的吧?”萧轻盈似有所悟。

“是的，要是真的合并的话，城务司的所有人的职位都会有所下降，更重要的在于，在虎翼司面前没准就抬不起头来了。”汤崧说，“因此他们也在积极想办法。城务司现在表面上看起来地位不如虎翼司，背地里的势力其实并不小，因为城市的建设修补都是非常赚钱的，所以和大贵族们联系密切。”

“明白，我这次进来用的假身份不就是供应材料的么，”萧轻盈说，“但我不明白虎翼司和城务司的争斗，与妖虫有什么关系?”

“你想想这些妖虫带来了什么?”汤崧反问。

“带来了……带来了混乱呗。”萧轻盈思考着。“整个天空城乱成了一锅粥，百姓人人自危，满街都是兵士，却也没办法……啊，我明白了！妖虫作乱，虎翼司就会很丢脸!”

汤崧点点头：“没错，我就是这么猜想的。妖虫作乱也好，血羽会入侵也好，这一类的事件都得由虎翼司来处理，如果处理不好，如你所言，虎翼司就会很丢脸。而假如虎翼司解决不了的事情，偏偏城务司解决了，那么……”

“羽皇就会重新考虑合并的事!”萧轻盈抢着说，“你这么一提，我就懂了。如果城务司证明了他们比虎翼司更好使，羽皇就会好好掂量一下，搞不好反而让城务司吞并虎翼司都有可能!”

“而且我也记起来了，父亲有一段时间时常和城务司的一位高官会面，每次会面后心情都不大好，”汤崧说，“他的遇害，说不定还真能和这事儿挂上关系。”

萧轻盈摩拳擦掌：“看来我应该去拜会一下这位高官。”

“哪儿那么容易？”汤崧苦笑，“自从我父亲被害后，高层官员的安保都加强了许多，你再厉害也……怎么了？”

“有人靠近，”萧轻盈说，“不是洛夜行，来了十多个人，都有武艺。我索性翻墙躲出去吧，虽然有假身份证，但现在是非常时期。”

“无妨，有我在这里，不会有事的，看看他们说什么好了。”汤崧并不慌乱。

“我现在有点狗仗人势的快乐了。”萧轻盈哧哧笑起来。

来的果然是虎翼司的人。他们原本一个个面色不善，但看到汤家三少爷也在屋里，都有些意外，脸上也勉强挤出一些和善和恭敬。

“请问汤少爷，知不知道住在这个宅院里的姓洛的人去哪儿了？”领头的虎翼司军官问。

“我不知道，他一整天都没有回来过。”汤崧回答，“能告诉我为什么找他么？”

军官犹豫了一下，还是回答说：“他劫走了我们看管的一名嫌疑人。”

“什么？”汤崧大吃一惊，“从虎翼司里面吗？”

“是的，还打伤了我们好几个人，”军官回答，“现在已经抽调人手对他进行全城通缉了。”

“我明白了。如果我发现他的踪迹，一定告诉你们。”汤崧回答。

军官显然并不相信汤崧的话，但也并没有说什么，礼貌地点点头，带着手下离开了。

虎翼司的兵士离开后，汤崧和萧轻盈面面相觑，即便是汤崧这样充满智慧的人，也有些不知所措。

"从虎翼司抢囚犯，就算是你也没办法救他了吧？"萧轻盈很难得地小心翼翼地问。

"我？你开什么玩笑。别说是我，就算我父亲还没死，也保不住他的。"汤崧一摊手。

"好吧，我倒是开始有点佩服他了，"萧轻盈嘟着嘴，"虽然又懒又馋又惹人讨厌，一旦真的想要干什么事，一出手就是大事。够狠。他真该加入我们血羽会……不过终归还是好色之徒。"

"好色之徒？"汤崧不解。

"你以为他那么起劲地查找红色妖虫的真相是图什么？还不是为了他那位人类的老情人。现在为了救出她更是不惜劫狱，真是够有情有义。"

杀害鹤澹的人，是当年那批沙漠牧民的后人，而且身上背负着血仇。这是白茯苓从那枚血蜘蛛骨雕上推断出的结论。而且她还大胆地猜测，斗兽场主人王国麟，虎翼司主事雪严君，翔瑞鸾驿的送货员常璇，年轻仵作鹤澹，这四个人都是被血蜘蛛的主人所杀害的。凶手也许是一个人，也许是好几个，最终的目的多半都是为了血蜘蛛所代表的深仇大恨。

不过看上去，雪严君、常璇和鹤澹都是无辜被卷入的，他们要么直接参与了对王国麟之死的调查，要么可能间接帮助传递信息，这才接二连三地被害。所以白茯苓还是决定把重点放在王国麟身上。

这依然是个难题。她原本以为，通过翔瑞鸾驿的记录找到送货人就能解决问题，却没想到这条线索并没有太大的用处。到了最后，还是得转回到王国麟身上去。

但她没有丝毫放弃的念头。答应了萧轻盈的事情，就一定要做到，哪怕自己笨一点，笨人也有笨功夫。

按照白茯苓的猜测，由于近期天空城发生了太多事，斗兽场的凶兽和夸父角斗士都可能成为不安定的因素，所以斗兽表演应该会被迫暂停。但出乎意料的是，此时的斗兽场内正传出一片一片的欢呼声，尽管声势也许不如平常，至少也还算热闹。

白茯苓想了一会儿，有点揣测到了羽皇的用意——羽皇仍然是好面子。这座斗兽场一向被视为天空城的脸面之一，也是羽族称雄九州的标志。不管天空城混乱成什么样儿，羽皇也总得打肿脸充胖子，摆出一副“一切仍然在我掌控中”的派头。所以，尽管斗兽场里隐藏着比其他街区多许多的危险，羽皇还是下令斗兽场继续营业。

不过，这里的保卫还是外松内紧，比如白茯苓站得远远地观望了一阵子，发现每一个进入的观众都会被严查身份，还有不少疑似虎翼司便衣的人在斗兽场内外游荡。作为一个被当成血羽会成员的在逃嫌犯，她自然不敢靠近，只能站在远处发愁。该怎么去打听王国麟的身世呢？

正在发呆，她忽然发现斗兽场里的声音有些不对，比起先前相对齐整一些的欢呼喝彩，好像多了几分混乱无序。而那些猎犬一样游弋在附近的虎翼司暗探也匆匆忙忙地奔向斗兽场内，甚至有几人直接凝翅飞了进去。

难道又是红色妖虫作乱？她一下子想起了旁人告诉她的先前发生的那起骚乱，被妖虫咬伤的几个人竟然化为白骨聚集在一起，还能生长出可以杀人的长发，听上去既恐怖又刺激。可惜那一幕她没能目睹。眼下，似乎有了新的热闹可看，而且虎翼司的暗探也都顾不上监视外围了，她决定进去瞧瞧。

但是刚刚迈出两步，背后有人拍她的肩膀。白茯苓回过头，一下子呆住了。对方的手藏在袖子里，正用某样尖锐的物体隔着袖子顶住她的腰，明白无误地表现出某种威胁的意味。然而，这并不是最让她惊奇的，对方的脸，才真正让她难以置信。

“怎么是你？”她怔怔地看着眼前的人，“你不是已经……”

“并没有，那只不过是欺骗你的手段而已，”对方回答，“我本来以为，那样可以让你放弃，没想到你却越陷越深。我不能让你打乱我的计划，跟我走吧。”

——这个正在胁迫白茯苓的人，是马旗。

风天逸手下忠心耿耿的忠仆马旗。一直在为白茯苓提供各种帮助的马旗。但此刻的马旗，再也不是先前的沉稳忠诚的模样，脸上带着阴鸷而充满嘲讽的冷笑，尤其是双目中充满了一种近似于仇恨的情绪。

仇恨？他在仇恨些什么？

白茯苓觉得自己的脑子有点儿不够用了。

马旗贴在白茯苓身后，指挥着她离开斗兽场，走向城市的另一个方向。不过两人只能走小巷，因为大路已经戒严，大批士兵正在顺着大路赶往斗兽场。

“想知道斗兽场里发生了什么吗？”马旗问。他连说话的腔调都有些不大一样了，话语里也有一种让人十分不舒服的感觉，好像真的变了一个人。

白茯苓摇摇头。马旗轻笑一声：“不过是在打开夸父囚牢的时候，地下突然钻出了一堆红色妖虫，搞得一片混乱，于是夸父们抓住这个机会集体暴动，越狱了。”

“夸父……越狱？”白茯苓惊呆了，“那可是一群夸父啊，那要是打起来……”

“不只夸父，他们还顺手放出了一批猛兽呢。”马旗笑得更加邪恶，“想想看，夸父，狮子，老虎，熊，狰，豹子……还有比这更热闹的事儿吗?”

“我过去好像就没见你笑过,”白茯苓说,“真是没想到你不但会笑,还能笑得……那么像坏人。”

“坏人?”马旗的声音听起来饶有兴味,“好人,坏人,这就是白小姐对世界的简单认知么?”

“我知道我头脑简单,”白茯苓说,“我也知道世界不能简单地划分为好人和坏人。但你现在确实像一个坏人。你在风天逸面前的一切,也是装的吗?”

“也是,也不是,”马旗说,“我对他的欣赏和尊重是真的,他交给我的所有事我也全部尽心竭力地办好了。只不过,我也存了一些小小的私心,希望有朝一日他也能帮我一点儿小忙。”

“那现在,就是‘有朝一日’的时候了,是么?”白茯苓问。

马旗没有回答。他忽然在白茯苓的后颈处用力一按,白茯苓头晕眼花,昏了过去。

醒来时,她发现自己正坐在一张椅子上,眼前蒙着黑布,什么也看不到。尝试活动一下四肢,发现手脚都被捆住了。

“白小姐,请原谅,我并不是故意要让你那么难受,而是因为我不想让你知道你到底在什么地方。”正前方响起了马旗的声音。他揭开了白茯苓的蒙眼布。

白茯苓左右看看,发现自己是在一间窗户被封死了的房间里,四周布满了灰尘和蛛网,好像是许久没有人住的地方;再微微用力,发现捆住自己的绳子十分结实,不用工具是不可能挣得开的,只能轻轻叹了口气:“你带我到这里想干什么?”

“我想委屈你在这儿住上一段日子,直到我想要干的事情干成了为止。”马旗回答。

“你为什么不直接杀了我?”白茯苓不解。

“因为你是对主人很重要的人，我不能冒着彻底激怒他的风险去伤害你，”马旗说，“但是你又走得稍微远了些，可能会对我的计划有所妨碍。”

“也就是说，你打算把我关在这里，直到你完成你的计划?”白茯苓说，“到底是什么计划?”

“以后你会知道的。”马旗说，“希望你能聪明一点，也许能活着看到呢。”

马旗没有再说其他的。白茯苓听着他的脚步走远，听到开门关门的声音。她在脑子里勾勒着整个事件的轮廓：马旗是一个别有用心的人，一直潜伏在风天逸身边。听口气，他和风天逸并无仇怨，只是想要利用对方替他完成某件不可告人的阴谋。

而这一桩阴谋，恰恰就在最近这一两个月爆发。她并不确定自己到底在不在这阴谋的算计当中——也许是无意闯入的，也许对方就是通过血羽会故意骗她来以便让风天逸心有挂碍的。但有一点可以肯定：自己近期的行为超出了对方的控制，所以马旗才会把自己抓起来。

她回想着自己和风天逸会面后的点点滴滴：风天逸收留了自己，答应为自己洗脱“血羽会党羽”的嫌疑；风天逸邀约虎翼司的汤擎见面，结果汤擎离奇被杀，而他成了头号嫌犯被迫遭软禁；自己开始想办法调查此事，并且试图用血羽会的暗记引出会中成员，结果误打误撞结识了萧轻盈；由于和翔瑞鸾驿的这一层关系，自己自告奋勇为萧轻盈打探两年前的那位送货人，尽管此事和风天逸的案子其实并无关系……

等等！真的并无关系吗？白茯苓忽然猛地一激灵。她努力回忆着马旗在自己面前态度的变化。一开始，当自己宣称要调查汤擎之死时，马旗确实在很认真地帮助自己，并没有给自己使任何绊了。事情的转折似乎就出现在自己转而去做“无关”的事情、打探两年前的送货人的时候。当天夜里，马旗就假装被红色妖虫所伤，显然就是不想让自己再调查下去。但自己还是不依不饶，不但顺藤摸瓜从鹤澹的遗物里得到了蜘蛛骨雕，还把重点放在了昔日的斗兽场老板王国麟身上……

白茯苓差点带着被捆绑在她身上的椅子跳了起来。我明白了！她兴奋地想着。马旗根本不在乎自己去调查汤擎之死，却偏偏害怕自己挖掘出王国麟之死的真相。因为王国麟之死也和他的阴谋有关，而且牵连更深广，更容易暴露出幕后的一切……

这一切都是有关联的！白茯苓惊喜交集。她万万没有料到，这桩表面上的萧轻盈的“家事”，表面上和妖虫、血羽会、高官遇刺毫无关联的两年前的旧事，才是一切的关键。

我要想办法告诉萧轻盈，她父亲这件看似和近期情况无关，“我就是随便打发一下时间你也别太放在心上”的案件，才是解开一切谜团的关键。

可是，要怎么才能从这里逃出去呢？

如同汤崧所说，敢从虎翼司的手底下抢人，那可是犯了大忌了，洛夜行这个小小的赌坊主恐怕难逃追捕。不过这事儿并没有让萧轻盈太犯愁——反正是她绝对无能为力的事情，犯愁也没用嘛。

她只是有些心情烦乱。洛夜行这个孙子在这种时候竟然不分轻重，为了心爱的女人而铤而走险，这无疑又会更大地刺激虎翼司，让他们更加警惕，也更加凶狠。洛夜行这厮就算死了也就是轻如鸡毛，但万一坏了萧轻盈的事，那就应该被碎尸万段了。

所以萧轻盈在床上翻来覆去地一直没睡着，天亮后才开始迷迷糊糊地熬不住了，偏偏汤崧已经来了。她冲着汤崧挥挥手：“我要先睡会儿。你要么在屋里随便转转，要么晚点再来。”

然后她在各种不安的梦境中疲惫地睡了半天，起床之后发现日已西沉，汤崧正在堂屋里坐着，桌上还放着他带来的不少糕点和鲜果。她这才发现自己的肚子已经在咕咕叫了，不客气地抓起桌上的食物就吃。

“你们有钱人家的糕点就是不一样，是南淮城清桂斋的吧？这水果也……啊对了，你难道就一直等在这儿的？”吃饱喝足之后，她才想起关心一下汤崧。

“其实本来是一直等在这儿的，你父亲的藏书里有几本挺有趣的，只要有书我就能打发时间，坐多久都没问题。”汤崧老老实实地说，“不过，下午我还是出去了一趟，因为今天又发生了一件大事，比那天的长发妖怪还严重。”

萧轻盈登时来了兴趣：“什么大事！什么大事？难道是出现了比那个长发怪物更可怕的东西？那得长成什么样啊？”

“倒不是那种怪物，不过也和红色妖虫有关，”汤崧说，“斗兽场里忽然钻出了妖虫，夸父们借着混乱逃狱了，还顺手放走了包括巨狰在内的其他猛兽……”

萧轻盈两眼放光：“那也太刺激了！你为什么不叫醒我？我也好去看看热闹啊！”

汤崧摇摇头：“我得到消息时，骚乱已经被平息了，叫你也没用。不过这一仗真是好惨烈，死了三个夸父，剩下的也个个受伤。虎翼司和防务司加在一起死了八个人，受伤的更多。”

“死得太少了，最好虎翼司全死光……”萧轻盈嘟哝着，“看来我们上次的猜测是正确的，养妖虫的那帮人真的是想让整个天空城陷入混乱，越乱越好。虎翼司这回可倒大霉了。”

“的确。就在回这里之前，我又听到了消息，虎翼司已经开始怀疑这一系列的事件可能和城务司有关。双方的最高层还算是比较克制，但下级的部属们却都忍不住了。很有可能就在今天晚上，虎翼司和城务司的一些高级军官会挑起一场暗中的约斗。”

萧轻盈跳了起来：“那可一定得去看看热闹！这种好事儿不那么容易遇上啊。”

“好事儿……我父亲也是死在这种好事儿里的啊……”汤崧苦着脸，“不过我倒是真建议我们到现场去，但不是去看打群架。”

“那干什么去？”萧轻盈很奇怪，“去了不看打架，那不是好比摆一桌子好菜不让人吃？”

“好菜未必是摆在桌上的那些，”汤崧说，“也有可能还在厨房里没端出来。”

“厨房里？没端出来？”萧轻盈愣了愣，但很快明白过来，“啊，你是说，当虎翼司和城务司真正打起来之后，那个幕后真凶有可能在附近观望？”

“有这个可能性，”汤崧说，“所以我们得过去看看。”

“我还是更情愿看打架……”萧轻盈嘀咕着。

这一场约斗选择的场地，是在虎翼司衙门里，这也是没有办法的事。现在天空城草木皆兵，虎翼司自身就担负着巡逻监视的重任，高级军官们自然也要给部下做出一些表率，不好到其他地方去添乱——在自己的地盘反倒无所谓。

萧轻盈和汤崧早早来到了虎翼司外墙，然而难题来了：虎翼司的护卫力量又加强了，汤崧的武艺实在稀松平常，无法像萧轻盈这样的金牌杀手那样不被发现地潜入。

“那就只能我一个人进去了，”萧轻盈说，“你在外面等着吧。”

汤崧看了看她，欲言又止。萧轻盈不觉火起，右手探出，忽然一把拧住了汤崧的手腕，然后手指上移，把汤崧的五指握在了手掌心。她微微一用力，汤崧的脸都歪了。

“痛死了！”他低声叫道，“让我叫出声，会被人注意到的。”

萧轻盈这才放开手，满脸悻悻之色：“你以为我看不懂你那个表情么？你他妈就是觉得我行事鲁莽，担心我一个人进去误事！”

“话都是你说的，我什么都没说啊……”汤崧痛苦地活动着右手手指，“我只是觉得，你根本不认识虎翼司或者城务司的人，见到什么可疑人物也认不出来嘛。”

萧轻盈想了想：“好吧，这么说倒也有些道理。那就饶了你。可是该怎么办呢？”

汤崧沉吟未决，正在犹豫，萧轻盈忽然拍拍他，伸手一指：“好像你所说的城务司的人已经来了。”

汤崧顺着她的手指看去，眉头微皱：“看服色并不像是城务司的人，倒像是……像是……御林军！”

“你说什么？”萧轻盈吃了一惊。

“快躲起来！”汤崧一把抓住她的衣袖，把她拖到一旁，躲到一棵大树后面。

“你说那是御林军，那走在中间的那个人岂不就是……”

“没错，就是羽皇。”汤崧的语气里也充满惊奇，“真没想到这件事居然让羽皇也坐不住了。”

“看来打不起来了，谁也不能不卖羽皇的面子啊，”萧轻盈十分遗憾，“不过这羽皇胆子够大的，现在城里那么危险，他不躲在皇宫里，居然还出来晃荡劝架。”

“你真是不关心国家大事啊，”汤崧叹息一声，“羽皇一向以武艺超群闻名于世，曾经亲率大军南渡海峡与人类作战。就算不带御林军，他也敢一个人出来溜达。”

萧轻盈眼看着羽皇和御林军进入虎翼司，知道这一场架肯定打不成了。但她心里有了一些新的疑惑：“你说，羽皇来到这里，就是为了制止虎翼司和城务司的殴斗吗？光为了这件事，恐怕不至于让他亲自出来一趟吧？”

“你说的也有道理，”汤崧想了想，“羽皇来这里应当是有其他的目的，挑这个时间算是为了顺手制止双方的约斗，但他可能另有更重要的目的。”

“什么目的？”萧轻盈问。

“虎翼司里，如果说有什么足够吸引羽皇亲自来一趟的东西，那就是关在里面的犯人了。”汤崧说，“你敢不敢跟进去看看羽皇打算见什么犯人？”

“就算要我去刺杀他我都敢，”萧轻盈哼了一声，“当然看这个阵势我肯定杀不死他，搞不好还得被他杀掉……但要跟踪窥探一下，应该不难。”

“那你小心点，”汤崧说，“万一被发现了，赶紧逃，别管我。”

“那是当然的。”萧轻盈嫣然一笑。

萧轻盈轻盈地越墙而入，汤崧在墙外不安地等候着。过了好一会儿，萧轻盈终于回来了，看来她还真不是吹牛的，潜行窥探果然有过人之能，虎翼司和御林军都没能发现她。但汤崧注意到，萧轻盈的脸上写满了疑问和困惑。

“你怎么了？”汤崧赶忙问，“是遇到了什么奇怪的事情么？”

“的确是奇怪，太奇怪了。”萧轻盈搔搔头皮。

“到底怎么回事？”

“我见到了羽皇想要提审的那个人，是一个女性人类。为了摸清她的身份，我冒险靠近，听到了一两句羽皇和她的对话。羽皇称呼她为‘简捕头’……”

“什么？”汤崧也怪叫一声，“就是你跟我提到过的，洛夜行先生喜欢的那个女孩子？”

“对，姓简名帆，来自中州天启城，洛夜行喜欢她，但又好像是剃头挑子一头热……”萧轻盈一口气说下去，“可是，她昨天晚上不是被洛夜行那个不要命的疯子救走了吗？”

“是啊，那可是虎翼司的人亲口说的！”汤崧也很纳闷，“难道洛先生带着简小姐没能逃掉，今天又被抓回来了？不应该啊，那样的话我肯定会听说消息的。会不会是什么地方搞错了？”

萧轻盈忽然一拍脑袋：“你说，会不会是我们一开始就想错了——那个王八蛋跑过去救的人，根本就不是简帆？”

汤崧眼前一亮：“没错，可能是我们都先入为主了。那个虎翼司的人，根本没告诉我们洛夜行到底救走了谁，但我们都知道洛夜行心里只挂念着简小姐，所以就没有想到其他的可能性。不然的话，我稍微打听一下就能知道答案的。”

萧轻盈一脸茫然：“可是这孙子如果不是去救他的老情人，还能救谁呢？”

“先回你父亲家，我这就去找人问问。”汤崧说。

“也好，反正热闹也没了。”萧轻盈依旧十分惆怅。

她回到家里，在院子里坐着发呆。不久之后汤崧回来了，表情很是奇异。

“怎么了？他到底救走了谁？”萧轻盈问。

“我们昨天都误解了虎翼司的话了。”汤崧说，“他所说的是‘他劫走了我们看管的一名嫌疑人’，而我们理解成了从虎翼司里劫人。”

“有什么区别吗？”萧轻盈不明白。

“虎翼司所看管的人，未必就是关押在虎翼司里的，”汤崧说，“有一个关键人物，虽然是虎翼司负责监视，但其实是被软禁在自己家里的。”

“软禁在自己家里……妈呀，你指的难道是……”

“没错，就是他，翔瑞鸾驿的老板，风天逸。被怀疑杀害了我父亲的风天逸。”汤崧说，“洛兄可真是有能耐。”

由于老板深陷杀人官司，翔瑞鸾驿在天空城的分号已经停业许久，商铺始终大门紧闭，人们从街面上走过，渐渐也对它不太在意了——不开门的商铺，和不存在也并无两样。

所以，这里面可以用来藏人。

藏逃脱的翔瑞鸾驿老板和协助他脱逃的人。

“我和你素不相识，你为什么要救我？”风天逸问。

此时两人都待在账房里，房间里黑黢黢的不敢点灯。风天逸在掌柜的太师椅上坐得舒舒服服，洛夜行却随便地坐在了书桌上，似乎这两种不同的坐姿也在彰显出二人身份上的巨大差异。

“其实我并没有打算救你的，”洛夜行说，“我也并没有打算去你家。只不过是我想要救的人救不出来，只好找你帮忙了。算是一种交换吧。”

“交换？怎么个交换法？”风天逸不紧不慢。

“我想要请你利用翔瑞鸾驿的运输网，帮我送一条最紧急的讯息到中州天启城。”洛夜行说。

“你得先说清楚要送什么，”风天逸说，“我并没有求你救我，所以现在我们只是公平交易。如果你要完成我无法接受的事情，我宁可转身回去。”

洛夜行盯着风天逸看了一会儿，笑了起来：“一向听说风老板为人霸道，性格刚硬，果然是这样。放心吧，我救你出来，本来就是赌一把想要求求你，你不答应，我也不会把你送回去。”

“好吧，你要做什么，说来听听。”风天逸不置可否。

“我有一位朋友，是从天启城来接收引渡犯人的捕头，因为妖虫的事情受到怀疑，被关在虎翼司。”洛夜行说，“最近我听说了一个消息……”

“因为迟迟找不到幕后主使者，而妖虫酿成的灾祸已经越来越大，所以羽皇急需找一个背黑锅的，对么？”风天逸插嘴说。

洛夜行点点头：“没错，你也猜到了。我当时就尝试去把她救出来，但是虎翼司加强了看守的兵力，我根本没有能力突破他们的封锁去救人。”

“所以你是想要我利用翔瑞鸾驿的运输线，把这个消息以最快的速度传回天启城，让他们施加外交压力？”风天逸问。

“这是我唯一能想到的办法了，”洛夜行说，“而且，单纯寻求上层的帮助其实没太大用处，现在羽族在九州独大，人类皇朝不会愿意轻易去招惹羽人，很可能会装聋作哑牺牲掉我的朋友。”

“我有点明白你的意思了，”风天逸说，“你不仅仅是需要立即把这个消息以最快速度传回天启城，更重要的在于，你需要利用翔瑞鸾驿的人力，把‘羽人准备冤杀一个人类’的新闻广泛地传播开，激起人类百姓对羽族的愤恨。那样的话，在民怨沸腾之下，即便再不情愿，皇室也不得不出面交涉了，而羽皇还不至于为了这种事就和人类撕破脸开战。”

“和聪明人说话就是不费劲，”洛夜行说，“我知道这事儿牵连很大，所以也就算是碰碰运气。”

风天逸轻轻摇头：“不，你才不是碰运气和试试看。我看得出来，如果我不答应你的要求，你或许连杀了我的心都有。”

洛夜行耸耸肩，没有否认：“所以就看你怎么说了。”

风天逸微微一笑：“我怎么说？当然是好说了。”

话音刚落，他微微一抬手，一股劲风从衣袖里射出，直直射向洛夜行的面门。当的一声，这样东西被洛夜行及时凝出的冰盾挡住了，随即落在地上。

那是一支短小的金属袖箭。

洛夜行从桌子上跳了下来，右手一挥，几枚尖锐的冰锥瞬间凝出，像箭一样刺向仍然坐在椅子上的风天逸。但风天逸动作奇快，咔嚓几声后，冰锥钉在了椅子上，入木三分，他的人影却已经消失了。

洛夜行微微一怔，旋即感到背后有一丝森冷的感觉直逼上来。他几乎是凭借着本能合身前扑，躲开了这凶险的一击，然后甚至来不及站起身来，就以狼狈的姿态在地上翻了个身，这才看清楚，风天逸刚才用来袭击他的，是一把闪着寒光的锋锐短剑。风天逸的穿着打扮看起来就像是一个寻常的富商，却不料浑身上下都藏满了危险的武器。

双方相隔数尺，彼此僵持着，谁都没有轻易发动下一轮攻势，似乎是刚才那电光石火的几次瞬间交锋后，两人发现他们的实力接近，谁都不能很轻松地击败对方。风天逸依然右手握着短剑，左手缩在袖子里，随时准备射出袖箭。而洛夜行浑身升腾着淡淡的白雾，他决定全部使用他最擅长的岁正系冰雪秘术与对手抗衡。

“看来，我俩如果真打起来的话，一时半刻很难分出胜负吧？”风天逸忽然说。

洛夜行点点头：“确实很难。”

“行，那也差不多了吧，其实我原本是想打倒你的……”风天逸摇摇头，“我这就交代手下按你说的去办。”

洛夜行很是意外：“你并没有输给我，为什么会答应帮我？”

“其实你提的这个主意我非常感兴趣，”风天逸说，“正好最近被关在家里关得很难受，心里有些火想要发泄出来。如果能就此给羽皇捣捣乱，让他也像我一样好好头疼一阵子，我是求之不得。只不过，有一点，我从来不喜欢在别人的胁迫下做事。即便我答应了你，那也必须是在平等的前提下，所以我一定要先和你干一架，告诉你，我虽然答应了你的要求，却绝不是因为害怕你。”

“你们有钱人的思维就是奇怪。”洛夜行挤挤眼睛，“我可没你那么强烈的自尊心和荣誉感。你愿意帮我这个忙，我深表感谢。”

他真的弯下腰，深深地鞠了一个躬。

风天逸不再多说，推门走出账房，不久之后，他重新走了回来。

“天空城分号虽然好长时间不开张了，但我的手下一直没有停止喂养信鸽。”风天逸说，“我已经放出了信鸽，上面有我的私人印章，每一处驿站的人都会严格遵行我的要求，一站接一站地用信鸽把消息传递到天启城。不出意外的话，两天之内就可以把命令带到天启，比派人骑马快得多。”

“多谢。”洛夜行拱手说。

“不过么，闲来无事，我倒也有些好奇，”风天逸说。“被关押的这位捕头，是个姑娘吧？你为什么会为了她不顾一切呢？”

洛夜行犹豫了一阵子，最后还是开口说道：“你帮了我这么一个大忙，我自然可以告诉你。不过那样的故事，未必有意思。”

“有没有意思听完才会知道。”风天逸说。

洛夜行点点头：“好吧。”

“那已经是五六年前的事情了，那会儿天空城都还没有完全建成呢，”洛夜行说，“我在九州各地四处游荡，有时候打短工赚点儿钱，有时候就干脆……”

他打了个手势，风天逸一笑：“没本钱的买卖？你不会还打劫过翔瑞鸾驿吧？”

“打劫倒不至于，我通常都是玩一点小骗术，无伤大雅，”洛夜行说，“那一年我来到了天启城。天启是帝王之都，城里有很多贵族高官，这些人表面看起来风风光光颇有威仪，其实最好骗。”

“没错，权势和地位只能带来更多的贪婪，一旦贪婪就容易上钩。”风天逸表示赞同。

“总而言之，那时候我假扮成宛州商会在宁州的分会长，和一个天启城的大理寺少卿勾搭上了。但他为人十分警惕，和其他的高层笨蛋不大一样，有些怀疑我的身份，我只好提前溜号了。不过，在和他接触的过程中，我也无意间偷窥到了他的一次受贿，贿赂他的人是个羽人。”

“我知道你在说谁了，”风天逸说，“是大理寺少卿收受羽族富商贿赂、打算用顶包的方法放跑被抓获的羽族杀人犯的那起案子吧？”

“就是那一起，”洛夜行点点头，“那家伙是富商之子，但性情扭曲残暴，先是在宁州因为一点小龃龉杀害了一家三口的平民，逃到中州后又抢劫杀人，终于被人类捕快抓住。抓他的就是我的朋友，那个名叫简帆的捕头，当时还只是个普通捕快。”

“由于案犯在宁州和中州都犯有重罪，所以羽族也有虎翼司的一名副主事前来协助调查，那个人名叫雪严君。他们也注意到了案犯的家人来到了中州，猜测对方可能会采取一些帮他脱罪的策略，却又猜不到对方会用什么手法。我碰巧目睹了受贿的过程，想着没在这厮手上骗到钱心情不愉快，就随手帮了他们一下，权当是出气，于是就那么认识了。”

“你不像是会临时起意帮助别人的大善人，多半是见色起意吧?”风天逸说。

洛夜行耸耸肩：“我不否认。老雪和简帆的确是两个能干人，他们先是不动声色地任由那位大理寺少卿安排了掉包，然后暗中追踪，在真凶离开天启城之前抓获了他，一时间全城轰动。”

“然后简帆也因此看上你了?”

“看上我了？不，恰恰相反，她打算抓我，”洛夜行苦笑一声，“因为她认出了我就是她想要抓的那个骗子。不过最后，她还是手下留情放我离开了，但是逼着我答应以后再也不许回中州行骗。”

“倒是个有个性的姑娘。”风天逸点点头。“一般而言，这种性情的姑娘，即便你这次救了她，她应该也不会就因此决定和你在一块儿。”

“这一点我当然知道，”洛夜行说，“我原本就不会抱这种希望。但我喜欢她，就要做到我能做的一切。”

风天逸的目光忽然黯淡下来。他走回到太师椅前，想要坐下，却发现上面还钉着先前洛夜行发射的冰锥，融化的冰水已经把椅子弄湿了。

他只能站在那里，过了好一会儿才轻声说：“真羡慕你，可以为了心爱的人做到一切。”

“你做不到吗?”

“我很想，但却做不到。”

第七章 全都有联系

人类的信使来到了天空城。从消息在天启城炸开，到人类的信使抵达，前后不到半个月的时间，堪称神速。尽管这还不是正式的使节，但人类皇帝的亲笔信函也已经足够重要了。

如同洛夜行和风天逸所预测的，翔瑞鸾驿的伙计们把消息在天启城散播开之后，立刻引起了轩然大波。百姓们本来就为了数年前那场惨痛的战争而深恨羽族，现在算是找到了一个发泄的口子。这些人其实压根不关心简帆的死活，对于许多人而言，捕快这个职业天生惹人厌，要是在天启城里死个百八十个，他们搞不好还要放鞭炮庆祝。

但是死在该死的扁毛羽人手里就不同了，被拿来背黑锅更是不可饶恕。消息传开的当天，就有许多天启居民来到皇宫外请愿，其后附近市镇的人们也陆续赶到。皇帝刚开始还试图出动羽林天军驱散人群，但很快，他明智地意识到这股沸腾的民怨是压根镇压不下去的。唯一的选择，就是顺民心而动。尽管现在羽族强势，并不是招惹对方的好时候，然而，他已经没有其他选择了。所以他很快派出信使，迅速跨海赶往宁州。

谁也不知道这封信里到底写的是什么，对于人类皇帝而言，给羽皇写信也足够头疼的。作为战败国和弱势的一方，语气太强硬了，似乎会显得色厉内荏；但是语气过于谦卑吧，恐怕又更会落下话柄，也起不到想要的效果。此中种种权衡斟酌之处，足够难倒一堆大学士了。

但不管怎么说，收到信后，羽皇确实没有对简帆行刑，当然也没有放她。据小道消息，她将会一直被关押着，直到人类的正式使节抵达为止。而到了那个时候，可以预期的结果就是经过磋商之后，简帆被无罪释放。至于羽皇会不会另外找出点儿别的什么替罪羊，那就不得而知了。

而在这一段时间里，先前被红色妖虫咬伤昏迷的人，果然陆陆续续产生了变异，好在虎翼司和防务司早已有所戒备，没有酿成大祸。但这些人无一例外全部死亡，谁也没能幸免。

有些富贵人家重金请来秘术师，试图把伤者冰冻起来，等待日后寻找救治的机会。但冰冻对这些伤者也并不管用，即便是在冰块中，他们一样产生了变异，并且破冰而出。所以在妖虫面前，无论穷人还是富人，都享受着平等的待遇。

天空城里人心惶惶。一些有钱人索性选择了离城暂避，但更多的贵族还是留了下来，因为羽皇并没有走。

“只要天空城还在，我就在。”羽皇斩钉截铁地说。

羽皇不走，贵族高官们也不便离去，只能提心吊胆地继续留在城里。有趣的是，许多高官都放弃了东陆风格的宅院，重新搬进了树屋里居住，大概是因为离地面越远越能给他们带来“我离妖虫远了一些”的心理安慰。

但妖虫反而不再出现了。在给天空城制造了巨大的麻烦、混乱、痛苦，甚至引起了种族之间的纠纷之后，它们暂时消失了，一连好几天都没有再在城内出现。尽管不再有新的受害者出现，人们的心弦仍然绷得紧紧。它越是蛰伏不出，人们就越发紧张，越发担忧，越发惶惶不可终日。

对于幕后黑手的猜测也成了全民性的行为，不同的人有着不同的猜度，还有人口沫四溅信誓旦旦说自己知道真相知道内幕，直到被虎翼司带回去问话才老实了。人们越是猜得热闹，虎翼司就越是脸上无光。

而“妖虫是城务司散播出来让虎翼司丢脸的”的流言也不胫而走，让两司的人都格外恼火。不过处于这样的压力下，双方表面上也不好再搞些约斗争吵的勾当，只能暗中用劲。

天空城里暗流涌动。

“我不喜欢说太多谢谢，”洛夜行对风天逸说，“我虽然是个懒鬼，但如果你有什么吩咐，我一定竭尽所能。”

“啊，你先欠着吧，等我想到什么事的时候再差遣你。”风天逸摆了摆手，显得有些心不在焉。两人这时候已经离开了商铺，来到一座表面上和风天逸没有丝毫关系的住宅，但那实际上也是风天逸的产业。这个心思缜密的富商在每一座重要的城市都做了狡兔三窟的布置，没想到还真用上了。

“你好像有什么烦心事，是还在担心你的杀人嫌疑吗？”洛夜行问。

“那件事的确很烦，不过，还有更要命的。”风天逸说。

“翔瑞鸾驿的生意？”

“我的钱再过一千年也花不完，耽搁几天生意有什么关系？”风天逸半闭着双眼，“你说你一向是个懒人，但为了所爱的女人，却可以突然变得很勤快。”

“啊，你这么说我就明白了，”洛夜行说，“我听人讲起过，是为了那位姓白的人类小姐吧？她怎么了？”

“失踪了，已经有十来天没人知道她的踪迹。”风天逸说，“这么算起来，大概正好就是你把我从家里弄出来的那一天。”

“那我去帮你把她找回来吧，”洛夜行说，“正好就算是还你的人情了。”

“我都找不到的人，你能行？”风天逸看了他一眼。

洛夜行一笑：“你们富人有富人的手段，我们穷人也有穷人的路数。有些事情，有钱人的手段未必比穷鬼的路数好使。”

“如果有可能的话，帮我多找一个人。”风天逸把白茯苓和马旗的相貌都向洛夜行形容了一下。“他们俩几乎是同时失踪的，如果是被人绑架，也许是同样的敌人下的手。”

把事情交代给老董之后，洛夜行再次潜入了虎翼司。这一次简帆的看守比之前松多了，或许是因为事情已经演变成了外交纠纷，羽皇也知道简帆不会逃走了。

简帆依然是老样子，好像不管处境是好是坏，都是那副云淡风轻的模样。她看了看洛夜行，轻声问：“是你干的吧？”

“什么是我干的？”洛夜行问。

简帆笑了笑：“别在我面前装了。也亏你想得出来，把这么一件小事搅和成了国家争端……不过倒的确是你的办事风格。”

洛夜行也笑了起来：“国家争端什么的，反正和我没关系。只要能达到目的就好了。抱歉。”

“你救了我的命，为什么要说抱歉?”简帆有些奇怪。

“因为我太了解你了，”洛夜行说，“在你的心目中，国家比你的性命还重要。你或许宁可自己被羽皇关起来甚至于杀头，也不愿意造成外交上的动荡，更何况这件事已经不仅仅是高层层面的事情了，它还激起了民怨。也许就因为这样的民怨，会发生一些人族和羽族之间的民间械斗，甚至更糟糕。以你的性子，绝不愿意见到这些发生。”

“原来你也想到了……”简帆的眼神有些奇怪，似乎包含着很复杂的情绪。

“在做这件事之前，我当然想到了这一切，也许想得比你还清楚。”洛夜行说，“但我就是这样做事鲁莽的人，一不小心还是那么办了。我知道会让你生气，也许以后再也不会和我见面，我还是不能看着你死。”

他顿了顿，接着说：“总之，我要做的事情做完了。这也是我最后一次来见你。再见。”

他挥了挥手，转身准备离开。简帆咬了咬嘴唇，忽然开口：“等一等!”

洛夜行停住脚步，扭过头来：“怎么了?”

“我的确很生气，”简帆说，“我所做的一切，都是为了国家的安定，你却偏偏为了我把这一切搅得乱七八糟。但是，我也很高兴。”

“高兴?”洛夜行微微吃惊。

“我不是木头做的，有一个男人为了我这么拼命，我不可能不高兴，”简帆的声音带有一种独特的温柔，却也有几分凄然，“我不想骗你，也不想骗自己。你知道这些年来，我为什么一直都不敢见你吗?”

“我觉得大概是你不愿意见我，因为你对我……和我对你，并不相同。”洛夜行苦笑一声。

简帆摇摇头：“你错了，我只不过是一直在害怕一件事情。”

“怕什么？”

“怕有一天我会不得不亲手抓你。”简帆说，“我知道，你这几年一直缩身在小赌坊里，做出一副懒散模样，都是为了我。但那不是你的本性。在九州各地游荡骗人时，才是真正的你。我当然不会愿意看到你做出任何违反律法的事情，但是同样的，我也不想见到你郁郁寡欢。”

“郁郁寡欢？会么？”洛夜行又是一声苦笑，“我忽然发现，你对我的了解，比我以为的要多一些。”

“难道你自己没有注意到么？”简帆说，“这些日子天空城发生了各种事情，你因为我而被迫卷入，没法像前几年那样蹲在柜台后面装懒虫了，但你却好像比以前更快乐了。”

洛夜行一怔：“更快乐了？”

“因为你注定要做一个不平凡的人，不管是干好事还是干坏事。当你找到一件事可以发挥你的才华时，你才会真正专注，然后从专注中得到快乐。”简帆说，“但是你能找寻的快乐，往往和我格格不入。”

洛夜行想了一会儿，颓然地叹口气：“你还真说对了。仔细一想，这段日子过得乱七八糟，心里还始终惦记着你的事儿，但我却……确实心情并不坏。”

“所以啊，当你喜欢上一个女人的时候，不能光想着你喜欢她，”简帆的脸上浮现出一丝红晕，“你总得想一想，如果你和她在一起了，你的生活会变成什么样，你会快乐吗。你为了我，憋着当了几年天天睡觉的掌柜，你真的开心吗？”

洛夜行一时间竟然无法作答。过了好一会儿，他轻轻地说：“我回去想想。”

回到风天逸的宅子里，洛夜行把简帆的话翻来覆去也不知道想了多少遍，却依然理不清头绪。他只能用“现在还有更重要的事情要做”来强迫自己不要再想下去。虽然他知道，这也是简帆所说的自我欺骗，但除了自我欺骗，似乎也找不到更好的办法来排遣心里的烦闷。

倒是在风天逸面前，洛夜行所说的话并没有成为谎言。所谓猫有猫道，鼠有鼠道，老董还真替他打探到了一些很有用的信息。

“我有一个兄弟在那一天见到过你所说的这两个人，”老董说，“他在赫赫有名的雁都风氏的宅子里当差。那一天中午的时候，正好他出门去布庄替女眷们买布，无意中瞥见有一个男人肩膀上扛着一个麻袋从一扇侧门走进了风宅，模样很像是你所描述的那个，而那个麻袋的大小形状，也像是装着一个人。但是后来他从来没有在风家见到过那个男人。”

“风宅？雁都风氏？”洛夜行很是意外。他连忙回到藏身之所，把这个消息告诉了风天逸，风天逸大惑不解：“那个人如果真是马旗，那可奇怪了。他扛着的如果是狗熊，那就更奇怪了。”

“狗熊？”洛夜行一愣。

“啊，就是白茯苓，”风天逸摆摆手，“她太笨了，又贪吃，所以我喜欢叫她狗熊……马旗一向对我忠心耿耿，办事也从来没有出过差错。三年前我们在澜州遇到劫匪，他为了保护我中了好几刀，差点丧命。那一次之后，我再也没有怀疑过他。”

“袭击有可能是马旗故意安排的局，即便不是，如果这个人心机深沉又图谋不轨，完全是可能冒死拼一把的。”洛夜行说。

风天逸想了想，缓缓地点点头："你说得没错，有这个可能性。如果你面对的是一个连生命都不顾惜的人，那么把生命作为衡量忠诚的标准就毫无意义了。我看错人了。"

"有错就认，不推诿责任，我算是看出来你为什么能当一个有钱人了，"洛夜行笑了笑，"那么，假如我们确定就是马旗背叛了你，他为什么要绑架白茯苓？他和雁都风氏又是什么关系？说起来，你不也姓风吗？"

"虽然都姓风，但并不是同一支，"风天逸说，"雁都风氏是目前宁州最古老、最有名望的大家族之一，或许可以去掉之一。我和他们当然时常会有生意上的往来，最近还刚刚从他们手里买了一块地呢。但也就仅限于生意，其他没有太多私交，更谈不上恩怨。我想，他们大概也会在心里看不起我这样的人羽混血，不过为了钱还是在表面上始终对我恭敬客气。"

"但是现在你我的身份都是逃犯，不能堂堂正正登门拜访，"洛夜行想了想，"还是我半夜溜进去瞧瞧吧。"

"一起去，"风天逸淡淡地说，"论半夜翻墙，我未必比你差。"

好长时间不见洛夜行了，被洛夜行救走的风天逸也一直不见踪影，连带着白茯苓也消失了。天空城的氛围变得沉闷压抑，令萧轻盈的心情也变得格外恶劣。

"我简直觉得我现在不在天空城，而是在越州。"萧轻盈喃喃念叨着。在她的头顶，是蓝得近乎透明的天空。

"越州？怎么讲？"汤崧问，"我很少出门，从来没去过越州。"

"越州啊……不停地下雨，不停地下雨。天永远是阴沉沉黑漆漆的，空气就像是一张湿润的汗巾，好像随时随地都能拧出水来。"萧轻盈摇摆着手，“特别是一旦遇上雨季，那雨可以一下就是一个月，绵绵密密没完没了。在那样的地方待久了，你会觉得浑身上下都像是要长蘑菇一样，心情就像埋在了泥里，呼吸都不畅。”

“照你这么一说，现在天空城的气氛还真有些像呢，”汤崧说，“尽管天气其实不错。你去越州干什么？杀人？”

“除了杀人，我还有别的事情可做么？说起来，我让你打听的事情，查出来了么？”萧轻盈问。

“我已经让人去查了，但是没有任何官家的地方有白小姐的下落，”汤崧回答，“所以我猜测，她应该没有被虎翼司城务司之类的地方逮捕，而是被其他的某个私人抓走了。”

“私人？”萧轻盈眉头一皱，“这位白小姐呆呆蠢蠢，怎么会去得罪什么人呢？不过也难说，可能就是太呆了才得罪了人都不知道……”

“不过另一方面倒还有些收获，”汤崧说，“你真猜准了，翔瑞鸾驿和城务司之间，果然有一些纠葛。”

萧轻盈打了个响指：“我就说嘛，这都是杀手玩烂了的招数，一箭双雕，既处理了翔瑞鸾驿的老板，又干掉了虎翼司的高官。这事儿准是城务司干的。”

汤崧哭笑不得：“光凭这点儿怎么可能定罪？就算你猜测我父亲是被城务司杀害的然后再栽赃给风老板，也需要证据啊。”

“所以说还是杀人痛快多了……”萧轻盈噘着嘴，“说说看吧，一家运货的商号怎么会得罪到城务司了？”

“这件事儿还真是挺隐秘的，也有些让人想不通，但那可能是唯一的线索。”汤崧说，“我上次也和你讲过，翔瑞鸾驿在九州的名头越来越响亮，以至于贵族们都以使用翔瑞鸾驿为荣，明明自家有空闲的仆人，仍然会使用翔瑞鸾驿去送东西，原有的人手有些不够用了。所以风天逸打算把天空城里的生意细分成不同的片区，再分设几个支号，一来增加了人手，二来区域划分更细，也增加了效率。”

“还真是个有头脑的商人呢，”萧轻盈说，“可是多开分号这种事儿能碍着谁呢？难不成城务司自己也想揽这样的生意？”

“并没有，城务司的性质不允许公开经商，何况翔瑞鸾驿的生意在九州完全没有竞争者，谁想和他们抢生意着实不算明智。所以我才说让人想不通。总而言之，就在风天逸筹备开分号的过程中，有一天把一份例行的动土木的报备文书交到了城务司，按道理，以风天逸的身份和翔瑞鸾驿的名头，这样的文书应该没有任何阻碍地被批准。结果第二天就有人看到一名城务司的官员找到风天逸谈话。”

“谈话？谈了些什么？”萧轻盈问。

“两人是在一间茶社的雅间里谈的话，目击者也只是碰巧遇到，当然也不会刻意去偷听。但是他的确听到雅间里有争吵声，还隐隐听到‘分号’‘不批准’等零碎的词句。再后来，他眼看着城务司官员先走，风天逸后走，两人的脸色都不好看，估摸着是谈崩了。”

“谈崩了？”萧轻盈思索着，“这可奇怪了，开分号是最常见不过的商业行为，风天逸又是宁州的红人，城务司干什么不卖这个面子？”

“我看，我们应该去找那名官员问一问。”汤崧说着，眉头却有些微皱。

萧轻盈敏锐地捕捉到了汤崧的表情变化：“你怎么了？累了？”

“不是，只是今天刚刚被我大哥训了一顿。”汤崧勉强一笑。

“训你？训你什么？”萧轻盈一怔，“又怪你游手好闲有辱家风了？”

“的确是训我有辱家风，不过不光是游手好闲的事情。”汤崧吞吞吐吐地说，“他注意到了我这段日子老是和你在一起，所以责怪我不应该……不应该……”

“不应该老是和平民混在一起，对吧？”萧轻盈替他说下去，“别担心，我们平民从小被人瞧不起惯了。不过，你要是……”

“我没问题！”汤崧慌忙打断她，“大哥也就是训我，拿我没什么办法。我们这就去找人去。”

那个和风天逸争吵并不欢而散的官员是城务司里的主事天灏，大约四十来岁。他是有名的宁南天氏的子弟，但却并没有住在规模宏大的天氏府邸，而是自己和夫人孩子住在单独的小院里。

“你们贵族家族不是都喜欢一大家子人住在一起么？”萧轻盈问，“为什么他要自个儿搬出去住？”

“据说他并不是天氏的嫡系，而是远房乡下一支到宁南城讨生活的旁系子弟。这样的旁系子弟每一个大家族都有不少，他们的地位比嫡系低一些，往往会受到排挤、蔑视。”汤崧说，“虽然做到主事已经不低了，但想来由于出身的原因，还是会被其他人疏远。所以他索性自己出去住。”

“还挺有骨气的，”萧轻盈斜眼看了一眼汤崧，“比某些混吃等死的大少爷强多了。”

汤崧看来已经习惯了被萧轻盈揶揄戏弄，也不生气，来到天灏家门口，伸手敲门。过了好一阵子，才有人来应门，那是一个四十来岁的中年妇人，身材纤瘦，神色间充满了警惕。

“我是天灏在城务司的同僚。我们想找一下天灏，有一些工作上的事情问他一下。”汤崧说。

“你撒谎。”妇人说，“我丈夫已经因病告假半个月了，司里同僚都知道，不可能来找他。”

妇人如此直截了当，汤崧不由得有些难堪。妇人不再搭理他，准备关门进去，门却被萧轻盈一把拉住。萧轻盈毫不客气地一脚跨进门里，另一只手亮出了一柄匕首："带我们去见他，或者我宰了你自个儿去找。"

妇人瞪了她一眼，嘴唇动了动，终究还是没说什么，慢慢地在前面带路。萧轻盈握着匕首跟在她身后，汤崧小心地关上门。

这个院子确实不大，比雪严君的住房还要更寒酸一些。萧轻盈注意到，院子里堆放着纺车和各种乱七八糟的纺线，说明天灏的夫人可能一直在靠纺织补贴家用。

天空城居大不易啊，她想。

天灏的卧室没有点灯，十分阴暗，里面充斥着刺鼻的药味。天灏躺在床上，不住地咳嗽，看上去真是病得不轻。

"二位是……"他刚问了三个字，就开始猛烈地咳嗽，后面的话一直说不出来，听上去简直要把肺都咳出来。

看着天灏的这副模样，汤崧有些为难，似乎是不好对一个被疾病折磨的人发问。萧轻盈瞥了他一眼，手里把玩着那把匕首，嘴里咕哝了一声："废物。"

说完，她忽然一回身，手中的匕首向着天夫人的咽喉刺去。汤崧大惊，想要阻拦，萧轻盈却早就算准了他的行动，飞起一脚把他踹到一边，匕首仍然刺向目标。

汤崧摔倒在地，绝望地看着刀尖距离天夫人的咽喉要害越来越近，但就在这时候，一只手斜刺里伸出，握住了萧轻盈的手腕。

那是天灏。他从床上一跃而起，抓住了萧轻盈的手。

"看来你虽然病得连话都不能说，身手还是蛮麻利的嘛。"萧轻盈并不挣扎，笑吟吟地说。

天灏的脸色十分难看，缓缓松开了手。

"求求你们，不要再逼我了，"天灏低声说，"我只是一枚棋子，听别人摆布的棋子，除了按命令做事，别的什么都不知道。"

“这话拿来骗这位闭门造车的汤少爷大概是可以的，对我却没用，”萧轻盈伸手指了指坐在旁边低眉顺眼、仿佛身体正在不断缩小的汤崧，“我既然来到了这里，就一定要你把实话说出来，不然的话我不会走了。”

她紧跟着又换出一脸真诚：“你放心，我问你的话，都会绝对保密，肯定不会让别人知道的。”

天灏仍然犹豫不决，脸上阴晴不定，萧轻盈正想继续诱骗，天夫人却忽然说话了：“夫君，告诉他们吧。”

天灏一愣：“可是，可是……”

“老是这样装病是躲不下去的，”天夫人说，“我虽然不知道你和翼大人之间到底有什么秘密，但我知道，最近天空城已经乱到不像话了。如果这些事儿和你有关，你就算逃开了罪责，能心安吗?”

天灏长叹一声：“好吧，我说。我和翼大人，许多年前就认识了……”

“翼大人？是谁?”萧轻盈打断他。

“应该是城务司监察使翼嘉桐，”汤崧说，“天灏先生的顶头上司。”

天灏点点头：“没错。你们可能也知道了，我不是天氏嫡系，想要往上爬原本是很困难的。最初的时候，我只是在宁南城城务司跑腿，连个正式的编制都没有，翼大人却一直对我青眼有加，一路提拔我，后来更是把我带到了天空城。我当然也察觉到翼大人是想要利用我，但是利令智昏，为了争一口气，没有抗拒……”

萧轻盈一脸不屑，汤崧却同情地点点头：“我能理解。生活在贵族之家的确是不容易，出身不够好的人在羽族社会想要往上爬就更难了。”

天灏神色阴沉：“在律法之外，我替翼大人干了不少事情，虽然每件事都算不上特别严重，但如果加在一起的话，把我关个二三十年只怕也没什么问题。当然，那些事情也都没有造成什么不可收拾的后果，可是，风天逸这一次却大不一样了。”

“那个翼大人，到底为什么要和风天逸作对？”萧轻盈问。

“我也不知道。翼大人吩咐下来的事情，我从来只管办事，不问缘由。”天灏说，“那几天，翔瑞鸾驿呈上来几份文书，是我经办的。文书本身没有问题，翔瑞鸾驿就是想要新开分号，他们完全按照规条提供了全部所需的资料，几块地皮也都是从别人手里转手买下的，以翔瑞鸾驿的等级，不占用新地皮就无需走那些拿地的繁文缛节，我就有权直接批准。所以我基本只相当于走了个过场，只用了两天时间就通过了他们的申请，剩下只需要翼大人朱笔一圈，他们就能破土动工了。”

“但是翼大人……他不批？”汤崧问。

“奇怪就奇怪在这里，”天灏说，“我把文书交给翼大人时，他问了我一句：‘你都看完了，没什么问题吧？’我告诉他一切合乎规范，没有问题。于是他提起笔来，想要翻到最后一页直接落笔，但忽然间，一阵大风吹过，吹开了窗户，把桌上的文书吹得遍地都是。我连忙追着捡拾，翼大人也弯下腰，顺手捡起就落在脚边的那几页。就在我把其他纸张捡回去之后，我发现翼大人的脸色变了，变得十分难看，好像是充满了某种紧张不安，甚至于是惶恐。”

“就是捡起了几页纸？”汤崧思索着，“也就是说，他多半是看了那几页纸之后，才发现了什么让他惶恐的事物？”

“很有可能。”天灏点点头，“但是他很快就把纸张覆盖在一起，我也无法看清到底是哪些内容让他一下子那么不安。总而言之，他猛地一拍桌子，说翔瑞鸾驿发展太快，照这么下去岂不是分号要遍布天空城？天空城是羽皇耗费心血规划出来的，不是单纯的商业城市，不能任由商号随便扩张。他要我约谈风天逸，让风老板放弃这个念头，或者至少是少开两家。”

“这个理由太牵强，”萧轻盈说，“反正每次扩张都得让城务司批准，这次批了，下次不批不就行了？怎么会连最初的这几家都不许？何况先前他还说了没问题。”

“我虽然不解，但一向对翼大人都是绝对服从的，所以我也没有多问，约谈了风天逸。”天灏说，“但是你们也知道了，风天逸这样的大人物，当然不可能会服气，他和我吵了起来，绝不同意翼大人的提议，还威胁说要把这件事闹到羽皇那里去，让翼大人吃不了兜着走。”

“这倒是风老板的典型作风，霸道而强硬。”汤崧评价说。

“这样的人，怎么会喜欢那种小笨蛋呢？”萧轻盈若有所思。

“你在说什么？”汤崧有些奇怪。

“啊，没什么没什么，”萧轻盈摆摆手，“那后来呢？”

“我回去向翼大人汇报了，问他需不需要择日再找风天逸谈谈，他却摇摇头，说风天逸生性狂妄霸道，再谈也没用，不必费事了。此事他自然会想办法解决。可是我没有料到，几天之后，就出了那件事。到那时候我才知道，翼大人所谓的办法竟然那么可怕，杀害一个羽族重臣，再陷害一个九州知名的富商，这完全……完全超出了我过去替他做过的任何一件事。”天灏说着，身体有些止不住地颤抖。

“所以你怕被牵连进去，才选择了装病躲在家里谁也不见？”萧轻盈哼了一声，“幼稚！汤擎都能被他杀掉，他要是真想对付你，你还能有命？”

天灏低着头，不敢应声。

离开天灏家之后，萧轻盈和汤崧都有些兴奋。这下子终于找到一点突破口了。汤擎被杀，风天逸被冤枉，总算是和某个特定目标联系起来了。

“虽然原因还不很明朗，但如果能想办法找到这位翼大人，也许就能问出来。”萧轻盈说。

“翼嘉桐没那么容易接近，”汤崧说，“我上次就和你讲过，城务司管的东西很多，许多商人都和城务司来往密切，这当中也免不了有些摩擦龃龉，还有不少牵涉到黑道。所以城务司对翼嘉桐一向保护严密。你要刺杀他或许有可能，想要抓住他问话基本没可能。”

“在我的字典里，就没有‘没可能’三个字，”萧轻盈高昂着头，“总能找到办法的。这是好不容易才揪出来的线索，我绝不能放过这个老混蛋。”

汤崧看着她摩拳擦掌跃跃欲试的样子，禁不住笑出了声，心情也轻松了许多。然而两人并没有走出多远，即将走到一个十字路口时，汤崧忽然一把拉住萧轻盈，拽着她躲到了路旁。

萧轻盈正想发作，汤崧低声说：“前面那条路，刚刚走过去的那一队人，领头的两个都是虎翼司的，剩下的估计也是。你最好别被他们发现了。”

“我当然不能被他们发现，不过，我很想跟着去看看他们又遇到什么麻烦了。”萧轻盈满脸都是幸灾乐祸。

汤崧无奈，只能跟着她悄悄在后面盯梢。走着走着，他发现了一些不对劲：“他们是去城务司的方向。”

“城务司？难道是去约架？”萧轻盈似乎更来兴趣了。

“不是。有几个人不断回头和同伴说话，看他们的表情很轻松，而且是很明显的幸灾乐祸——就和你现在的表情一模一样。”汤崧说，“他们并不是去约架，倒好像是城务司发生了什么事，需要他们去解决。别跟了，跟到了也进不了城务司，我们先回你父亲家里，我去打听。”

萧轻盈很不情愿，但也不得不承认汤崧说得有理。她回到雪严君家，不耐烦地等着，到了黄昏时分，汤崧回来了，看表情有些凝重。

“我们的运气真是不错。”汤崧苦笑着。

“运气不错？”

“是啊，我们想要去拜访的那位翼嘉桐翼大人，就在今天下午自杀了。我们看到的那些虎翼司的人，正是去调查他的自杀案的。”

萧轻盈狠狠摔掉了手里的茶杯。碎片飞溅。

天空城势力最大的这个风氏家族，来自雁都，也就是历史上赫赫有名的雁都风氏。雁都风氏曾经建立过不止一个风姓皇朝，即便在没有族员当羽皇的年代，也始终在皇朝里占据着高位。

风天逸虽然并不属于雁都风氏，却也时常和他们打交道，并曾经应邀到风家做客。尽管他并未刻意观察，但天生记忆力强，令他能在脑子里准确地勾勒出他所到过的所有风家位置的方位和路径。

“你们做生意的记性都那么好么？”洛夜行低声问。

“对于做生意的人来说，有一句非常重要的人类谚语：‘天知道哪块云彩会下雨’。”风天逸也低声说，“所以记忆这种事对我而言，就是本能。”

两人此刻正潜行在风家宅院里。作为一个举足轻重的大家族，风家的守夜巡逻自然安排得很严，宅院里还有高高的瞭望塔，可以居高临下地捕捉一切异动。因此两人的行动异常小心。幸好风天逸武功高强，洛夜行则有各种各样稀奇古怪的秘术来消声藏影，所以始终没有被发现。然而，他们也并没有发现白茯苓和马旗的下落。

“这样找下去就像大海捞针，”洛夜行说，“风宅那么大，房屋那么多，更别提还有不好寻找的暗室、地下室之类的。”

“但也没有别的办法，”风天逸说，“总不能随便从路边揪一个人逼问吧？”

“得仔细想想，马旗最有可能躲在什么地方，”洛夜行说，“风家应该不会随意让陌生人走进宅院吧？”

“你别忘了，马旗是我的手下，”风天逸说，“翔瑞鸾驿人手不够时，我的仆从都曾经临时担负过送货的职责。风家的看门人应该认识他。”

“但是翔瑞鸾驿不是早就停止营业了吗？”洛夜行问。

“停止营业的只是店铺，”风天逸一笑，“贵族们想要用我们的时候，不用进店铺也能用——我总能有办法。”

“那就没辙了，”洛夜行叹了口气，“看来赚钱点子太多也不是好事儿。咱们只能继续瞎找了。”

两人只能继续这样漫无目的地查找，走着走着，洛夜行伸手一指：“你看，那是什么玩意儿？”

黑夜之中，两人看到一道长长的方形轮廓矗立在夜色中，高有好几丈，长更是一眼看不到头。风天逸仔细一看：“哦，那是风家曾经闹过鬼的小楼。后来族长风天照下令把它封死然后用围墙围了起来，再也不许任何人靠近。”

“这事儿我听说过。当时风家的女鬼很是轰动呢，赌坊里的人都喜欢拿她做谈资。”洛夜行说，“没想到，现在居然能目睹这栋楼。要不是现在有事要做，我还真想进去会会那白衣女鬼呢。”

他左右瞧了瞧：“这里够荒凉的，除了这一道围墙，附近也没有什么建筑，对于寸土寸金的天空城来说，真不寻常。”

“毕竟闹过鬼的地方不吉利，没有人愿意靠近。”风天逸说，“听说原来这附近还有几栋小楼的，结果还是没人愿意住，后来也就拆了。所以我还得感谢那个白衣女鬼呢。”

“感谢？”洛夜行一怔。

“要不是她这一闹，这附近的一片地也不会归我所有了。”风天逸回答。

“归你所有？你的意思是说，你把这一片地买下来了？可这不是在风宅里吗？”

“你仔细看看，前面不远处就是院墙了，”风天逸指向前方，“从闹过白衣女鬼之后，这一片地就一直空着，对风家而言根本利用不上，卖给我反倒是能赚一大笔钱。天空城居大不易，风家的开销一直很大，风天照也一直在想办法赚钱呢。”

“你买下来干什么？开分号？”洛夜行说，“倒也算得上是废物利用。这里反正是一片荒凉，人迹罕至……”

说到这里，他忽然住了口，抬眼看风天逸，风天逸也是一脸的若有所思。

“看来我俩都想到了。”洛夜行说。

“没错，这样的地方，的确是最方便用来关人。”风天逸捏紧了拳头。

两人翻过围墙，小心地靠近那栋传说中的鬼楼。天空中浓云密布，月光很偶尔地投射下来，将鬼楼照得苍白黯淡。几年没有人居住，这栋楼已经显得破烂不堪，爬满了青藤。那些被封上的窗户，就像一个个丑陋的伤疤，显得分外怪异。

忽明忽暗之间，两人已经绕着小楼转了一圈，并且终于发现了一个入口。那是有人在一侧的墙体上用药剂腐蚀出了一个大概能供一人通过的缺口，再用涂成灰色的木板遮挡起来。如果有人在墙头上随意一瞥，很可能把那灰色当成是墙壁的一部分。

洛夜行用秘术消除了附近的声响，两人推开木板，钻了进去。小楼里充满了呛人的霉味儿，里面的房间有的锁着，大多数都大开着，还有些门板都已经被虫蛀腐朽。房间里凌乱的散落着各种被过去的主人抛弃的杂物，仿佛还在发出哀怨的叹息。

就像是时间在这里永久地停滞了。洛夜行莫名其妙地想到。

风天逸忽然伸手拍了一下洛夜行，指了指地面，洛夜行低头一看，地上有一些新鲜的脚印，在厚厚的尘土中踩出了一条小径，显得分外清晰。两人对望一眼，风天逸手里握住了那柄短剑，洛夜行也做好了随时发动秘术的准备。

两人沿着脚印的方向来到了一个房间门口，洛夜行打了个手势示意风天逸停下，用秘术释放出精神触须探查了一下，随即脸上现出疑惑的表情。

“房间里面没活人，”洛夜行说，“但是地上好像有一具死尸。”

风天逸脸色一变，抢上一步冲进门去，洛夜行连忙跟在他身后。进门之后，他一眼就看见地上趴着一具尸体。

一具男尸。

风天逸并没有说话，但洛夜行明显感觉到对方大大地松了一口气。风天逸蹲下身，把死尸翻过来，看清楚了死者的脸：“这是马旗。”

“那白小姐会去哪儿呢？”洛夜行皱着眉头，“马旗又是谁杀死的呢？”

风天逸检验了一下尸体："致命伤在胸口，他挨了很重的一掌，肋骨都被打断了好几根。马旗的武功高强，是谁能这么正面给他一掌呢?"

"也许是白小姐趁他不备偷袭?"洛夜行猜测说。

"那个丫头没那么大的力气，"风天逸说，"她如果偷袭，应该用兵刃才有效。另外，尸体还有余温，说明他刚死没多久。"

"说到兵刃，这边的地上有一些血迹，"洛夜行看着房门附近的地面，"看形状，应该是从伤口里流出来洒到地上的。希望是白小姐伤了对方。你看，地上倒着一把椅子，旁边有割开的绳子。"

风天逸默然不语，忽然之间，他伸手指了一下门口，嘴里却说道："看来，这里找不到什么了，我们回去吧。"

洛夜行会意，冲他点点头，也故意说道："是啊，累坏了，早点回去歇着吧。"

但他的手指却在暗暗绘制着秘术印纹。猛然间，洛夜行手一挥，一道火焰向着门口射出，门外的一个人影有些狼狈地缩身滚了进来。还没来得及站起来，风天逸已经扭住来人的手臂，一掌切向对方的咽喉，但手伸到一半，他却停住了。

"笨人有笨福，"风天逸虽然语气显得很不耐烦，却无法掩饰声音里的愉悦，"你的命还挺大的嘛。"

洛夜行一眼看去，这个被风天逸制住的是一个漂亮的人类女子。他明白过来这是谁，微微一笑，乖觉地走出门去，耳听得屋子里的两个人正在争吵不休。

"你才笨！我能活下来已经够聪明的了！"

"那不过是笨者千虑，偶有一得……"

翼嘉桐被杀了。好容易刚刚发现的线索就此中断。

萧轻盈十分沮丧。她从来不擅长掩饰情感，此刻就像一只饿了三天的母狼一样，在屋子里来回转圈。汤崧却还显得比较镇定。

“本来就算翼大人不死，我们也很难有接近他的机会。别丧气了，咱们再想办法。”汤崧说。

“现在还能想什么办法？”萧轻盈没精打采。

“我在想，刚一开始，翼嘉桐并没有表示出对翔瑞鸾驿开新分号的反对，这说明此事并不是什么商业竞争，”汤崧说，“但是，当资料被吹乱了之后，翼嘉桐随手捡起了几张，却一下子翻脸了。这说明什么？”

“说明……说明……说明那几张纸上有什么内容让翼嘉桐不能接受！”萧轻盈眼前一亮，“出问题的并不是开分号本身，而是开分号这件事中的某些措施和步骤招惹了他！”

“没错。所以我们现在就要搞清楚，到底是哪一个步骤像针一样刺到了他老人家。”汤崧说，“一起想想吧，在天空城开分号到底需要做到些什么？我没做过生意，对经商的了解只限于书本上。”

“我也只会杀人，不大懂得生意……”萧轻盈坐了下来，双手托腮，“我来想一想啊。如果我要开店做生意，得有货物吧？啊不对，翔瑞鸾驿是送货的，自己不需要货物，那他们需要的是……人。他们要开分号，就得招收更多的人来送货，会不会是他们要招收的什么人惹到了翼嘉桐？”

“不应该，交给城务司审批的文书，不可能连招伙计的名单都附在里面，这种事儿还不至于拿去打搅城务司。”汤崧琢磨着，“肯定是其他的环节，再想想。”

“要不然就是马车？”萧轻盈继续瞎猜，“送大宗货物需要马车吧？要不然就是马？是不是他们要买的马匹太多了，城务司觉得不妥当？买马可能是为了叛变也说不准呢……”

汤崧静静听着萧轻盈没边没际的胡乱猜测，直到萧轻盈说不下去了，他才接口说：“你说了这么一大堆，却把最基本的东西给漏掉了。”

“最基本的东西？”萧轻盈眨巴着眼睛，一时间有些不明白。

“要开店，总得先有店面对不对？”汤崧说。

“店面？倒还真是的，没有店面人家上哪儿去找你嘛。”萧轻盈似乎有点明白了。

“而店面从哪儿来？现在的天空城，每一处空地都有很严格的规划，如果有谁想要占一块新地皮，即便是翼嘉桐都不能自己做主，可能还要上报羽皇。”汤崧接着说，“但是根据天灏的描述，这一份文书他就可以处理，甚至翼嘉桐只需要走过场一样地画个圈就行，因为翔瑞鸾驿并没有申请新地皮，而是从别人手里买的地……”

“我明白了！”萧轻盈跳了起来，“风天逸买的地有问题！一定是那些地触到翼嘉桐的痛处了！”

“我明天就去打探一下，看看翔瑞鸾驿到底想要买的是哪几块地！”汤崧也有些兴奋。

不过，似乎好运气都是接二连三地接踵而至的。还没等到第二天天亮，黎明到来之前，答案就已经出来了。

那时候萧轻盈睡得正香，忽然听到窗外有些响动，似乎是有什么人跳进了院子里。她猛然惊醒，侧耳听了一下那脚步声，然后跳了起来：“你这王八蛋终于回来了！怎么没把你抓去砍掉狗头！”

“祸害万年在，要弄死我没那么容易。”长着狗头的王八蛋洛夜行回答。

这一番对话也惊醒了睡在隔壁屋子里的汤崧。他跟着开门出来，正看见洛夜行走近，背后跟着一男一女两个不速之客，一个是以前曾有过一面之缘的翔瑞鸾驿大老板风天逸，另一个人类姑娘从未见过，但他能猜到就是白茯苓。

“你到底去哪儿了？我到处找你都没影儿。”萧轻盈抓着白茯苓的手，看上去颇为亲热。

“说来话长，进屋说吧。”白茯苓回答。

“进屋你就坐下，不许去烧水倒茶或者拿笤帚簸箕。”正在和汤崧打招呼的风天逸头也不回地说。

“哦。”白茯苓委委屈屈地回答道，听语气很是不甘心。

“我被马旗抓起来之后，一直在想办法逃跑，”白茯苓说，“但是我也没有其他的招，只能一点一点地在椅子上磨绳子……”

“太像你的风格了。”风天逸哼了一声。

“马旗倒也没有太为难我，但我一直问他为什么背叛风天逸，又想要利用他做什么，他终于有一次说漏嘴了，”白茯苓说，“有一天他不知道为什么，给我送饭时显得心情很不好，我又问他‘为什么背叛主人’，他终于吼了起来。他说：‘等到我摧毁风家的时候，你就明白了！’”

“摧毁风家？”萧轻盈一怔，“哪个风家？”

“应该是指雁都风氏，”洛夜行说，“他把你关在风家的鬼楼里，绝对不是偶然的。他还说了些什么吗？”

“没有。他只是抢走了我从仵作鹤澹的遗物里找到的血蜘蛛。”白茯苓简单解释了一下血蜘蛛的意义。

“这样的话，我有点明白了，”风天逸说，“血蜘蛛是属于马旗的，而血蜘蛛的指向，也就是他的大仇人，是雁都风氏。”

“这就不好猜了，”洛夜行说，“远的就不提了，雁都风氏近百年结下的仇家都够摆一桌子大餐了。”

“甭管具体是什么仇，知道是风家招惹了他，也总算是个收获，”萧轻盈大大咧咧地一挥手，“还是先讲讲你是怎么逃出来的吧。”

“那件事，挺奇怪的，”白茯苓说，“距离老板和洛先生找到我不过十多分钟的时间。当时马旗又趁着夜晚来给我送吃的，看得出来还是很暴躁。我不敢招惹他，默默吃完了东西，这时候，突然从门外跑出来一个人……”

“什么样的人？”洛夜行问。

“一个穿着黑袍的人，脸上还戴着银色的面具，所以全身都遮住了，看不清任何特征，”白茯苓说，“只能看出身材异常高大。”

“他是不是用剑？”洛夜行又问一，“长剑？”

白茯苓奇怪地望了他一眼：“你怎么知道？的确是用剑的。他一进来就偷袭马旗，不过马旗功夫也很好，和他缠斗起来。两个人打了几十个回合，一直不分胜负，直到马旗打飞了对方的剑。”

“马旗多半上当了，”风天逸说，“如果两人一直不分胜负，一下子把对方兵器打掉的事情肯定有诈。”

白茯苓点点头：“是的，马旗乘胜追击，一脚踢到对方的腰间，那个蒙面人做出受伤倒地的假象，等马旗靠近时，突然双掌齐出，重重打在马旗的胸口。我当场就能听到骨头断裂的声音。”

“也就是说，他能挨马旗一脚，却没有受到严重伤害？”风天逸想了想，“那他身上应该有护甲之类的东西。”

洛夜行又是眉头一皱，似乎想起了些什么，但没有开口说话。

“马旗被那一掌打得横飞出去，把我连同捆绑我的椅子一起打倒在地，但正好摔在了那把长剑的旁边。我装作被撞晕的样子，悄悄在剑刃上割断了绳子，然后趁那个人过来检查马旗尸体的时候，刺了他一剑。可我没想到他身上的护甲那么硬，我已经用上全力了，原本打算一剑把他刺穿，但他身上有一股很大的阻力，最后也只是划伤了他的腰。当然，那把剑十分锋利，虽然并没有命中要害，他也伤得不轻，所以并没有继续和我缠斗，而是逃走了。”

“地上那一摊血迹原来是这么来的，”洛夜行点点头，“当时着实把风老板紧张坏了。”

风天逸面无表情，白茯苓的脸稍微有点红，有些磕磕巴巴地继续说下去：“然、然后，我坐在地上喘了会儿气，检查了马旗的尸体，确认他已经死了。我正准备离开，却在一个墙洞上注意到有两个人影在靠近。我不知是敌是友，就先藏起来了。”

萧轻盈长出了一口气：“你的运气还真是不错。如果不是这两个家伙火并，要你单挑的话，任何一个可能都打不过。”

白茯苓一笑：“笨人有笨福。对了，我还想起一件很重要的事儿想要告诉你，但具体是什么事却又想不起来了。”

“没有什么比你这条小命还活着更重要的了，”萧轻盈拍拍她的肩膀，“先好好休息，明天再说。”

白茯苓“哦”了一声，仍然在冥思苦想。萧轻盈拉住她的胳膊：“走吧，今晚和我将就挤一挤。我这位死去的亲爹留下的房子不够大，没那么多床。”

“我想起来了！”白茯苓蹦了起来，把萧轻盈吓了一跳。

“你一提到你父亲，总算是提醒了我！”白茯苓一拍脑袋，“轻盈姐，你父亲的死，其实和现在天空城发生的这一切关系紧密！”

“你说什么？”萧轻盈一愣，“我父亲的死，和现在的这些破事？”

“是的，事情是由那个叫王国麟的斗兽场老板引起的。王国麟的死，天空城的妖虫案，老板的被陷害，这些事全都有联系！”

第八章 第二枚骨雕

休息了一夜之后，大家的精神好了许多。考虑到雪严君的这座宅院或许会引起虎翼司的注意，众人躲到了风天逸的临时避难居所。一阵大风吹散了昨夜遮蔽在夜空中的浓云，此刻的天空城万里无云，一派秋高气爽。

“是不是因为这里离天更近？”萧轻盈说，“总觉得这里天更蓝更亮，就像是被水洗过一样。”

“不是离天更近，而是我们就在天上，”汤崧说，“其实刚刚搬到天空城来居住时，我很不适应。虽然脚下的地面是坚实平稳的，和在宁州的地面上行走并无任何分别，但我还是总有一种错觉，觉得脚下是虚浮的、没有根基的，仿佛随时都可能一脚踏空，从云端里跌下去，一直落到地上，摔得粉身碎骨。”

“我到现在也都还有这样的错觉，”风天逸说，“所以我不喜欢在这里常住。在地面上踩着，心里踏实一些。”

“这里的确不适合你，你这样的大老板，居然也会享受到杀人嫌疑犯的待遇，”洛夜行说，“你想明白了吗？你拿的那几块地，到底哪一块会让翼嘉桐做出那样的反应?”

“其他几块地都并没有什么特殊的,”风天逸回答说,“如果一定要说有哪块地有些不对劲,也许还是得着落在风家那块地,再说确切一点,闹鬼的那栋楼。那栋楼一定有什么地方不对劲,绝不仅仅是闹鬼那么简单。”

“也就是说,要查清楚最近这几个月天空城发生的事情,我们需要先去调查两件陈年旧事。”洛夜行说,“一件是三年前的女鬼杀人案,一件是两年前的王国麟被杀案。真是没想到,这些线头会绕得那么远那么长。”

“分一下工吧,”风天逸说,“萧小姐和汤老弟去调查风家的女鬼,我和洛兄去调查王国麟。”

“为什么不让我去查王国麟,那可关系到……”

“正因为关系到你的生父,所以才不能让你去,”风天逸打断她说,“你很容易掺杂进个人感情,然后冲动误事。”

萧轻盈不吭声了。汤崧拍拍她的肩膀:“听风老板的吧,当大老板的都懂得知人善任。”

“那我呢?我干什么?”白茯苓问。

“你那么笨,出去也难免碍手碍脚,”风天逸说,“这座宅子反正也很久没有人住了,交给你慢慢收拾。”

白茯苓没有反对,斜眼看看墙角的笤帚,居然显得有些高兴。

在夸父暴动之后,斗兽场终于暂时停止了斗兽表演。巨大的场地周围一片寂静,往昔那些欢呼声、惊叹声、加油声、鼓动声、怒吼咆哮声、垂死的惨叫声,此刻都消失无踪。这样的死寂仿佛是从一只怪兽身上抽走了它的生命力,把它变成一具毫无生气的尸体。

“没有里面那些乱七八糟的声音，感觉斗兽场……就像死尸一样。”洛夜行说。

乔装改扮后的洛夜行和风天逸此刻就站在斗兽场外。因为没有斗兽表演，虎翼司的人也都撤了，更显得这里冷冷清清无人问津。

“这本来就是一个不应该存在的地方，”风天逸说，“战争中的杀戮或许难以避免，但以杀戮作为取乐的手段，这是罪恶。”

“但是我们的王国麟却凭借这样罪恶的勾当得到了羽皇的青睐，还差一点混上了爵位，”洛夜行凝视着静默无声的斗兽场，“或许天空城本身就是罪恶的化身吧。”

两人绕过斗兽场，来到斗兽场后方的一排房屋，那是斗兽场里的雇工们的住所。在过去，王国麟在斗兽场旁单独建造了一座不逊色于贵族住所的房屋，极大地表现出他的暴发户嘴脸。但在他死后，继任的不再是他那样的人类混混，而是一个羽族的小贵族。该贵族吸取教训，凡事收敛低调，虽然接下了这样一个露脸的任务，却也再也没有兴建豪宅，老老实实住在自己过去的小房子里。而王国麟的豪宅最终随着他的死亡而被别人低价收购，一生中短暂的荣光烟消云散。

斗兽场里的夸父和野兽都有专门的地方看管，也有重兵把守，而雇工们的住所只是纯粹的休息生活之所，没有值钱的东西，所以并无任何看防。两人很轻易地走到了房屋跟前。

一股很明显的臭味扑鼻而来。洛夜行注意到，这里的地上脏水横流，到处都是垃圾，而那一排房屋都是简单的土房，不少墙体都已经有了裂缝。

“维系羽族脸面的这些人，却活得最没有脸面。”风天逸说。

洛夜行随便敲开了一户人家的门，一个睡眼惺忪的年轻羽族男人过了好半天才出来开门。他看来有些不耐烦，但看着风天逸那显然价格不菲的衣饰，却也不敢轻易发火。这里可是权贵云集的天空城，鬼知道你可能招惹到什么了不起的大人物呢？

“两位有什么事吗？”他最后选择了客气的问话。

“虎翼司的。”洛夜行把雪严君死后留下的虎翼司腰牌在男子面前晃了一下。男子下意识地向后退了一步：“我……我犯了什么事了吗？”

“没有，我们在调查一件旧案子，需要你的协助。”洛夜行冷冰冰地说。

男子明显松了口气：“两位大人想要问什么？”

“两年前，猎风馆前任馆主王国麟被杀时，你在不在这里做事？”洛夜行问。

“在，我以前在中州和宛州的时候，一直跟随着王大哥。”男子回答。

“看你的模样，年纪似乎也并不大啊？”风天逸打量着他。

“是的，我所在的村子的森林被贵族强占了，我十五岁就开始在九州各地流浪，后来遇到了王大哥，跟在他身边学着驯兽。再后来，有人找到王大哥，要他来天空城替羽皇驯兽，我就和他一起来了。”男子说。

“听起来，你对他还挺尊敬的，满口大哥大哥的。”洛夜行说。

男子笑了起来：“我当然知道在很多人眼里，王大哥都算不得什么好人。事实上我也没有把他当成什么所谓的‘好人’——他克扣我的时候也不少。但我确实从他身上学到了很多，而且没有他的话，我也许很早以前就饿死了。他给了我一条命，从我身上赚走一些钱又有什么关系呢？”

“恩怨分明，倒也有道理，”洛夜行点点头，“那么，关于当初王国麟的死，你有什么想法吗？”

“想法？什么意思？”男子的眼神里流露出一丝警惕。

“我们怀疑他并不是被那个老驯兽师杀害的，”洛夜行说，“你既然和他那么熟，不知道有没有什么想法。”

“说实话，我也并不觉得他是朱老头杀的，”男子说，“朱老头也就是喝多了酒之后喜欢瞎咋呼，真要他动手杀人，他应该没有这个胆子，借他两个胆子也不敢。”

“那你当时为什么不说出来呢？”风天逸问。

“他是个人类，本来就和大家的关系都不怎么好，”男子说，“就算有人觉得他冤枉，也懒得多说，免得自找麻烦。”

“但你现在为什么又说出来了呢？”洛夜行问。

“因为你拿着的腰牌是过时的样式，说明你们根本不是虎翼司的人，”男子说，“但你们一定是有钱人。”

风天逸哈哈大笑：“真是个聪明人。我就喜欢聪明人。”

说着，他真的掏出一枚金铢放在男子手里：“那在你心目中，谁杀了王国麟的可能性比较大呢？”

“这个我真不知道，王大哥为人阴险小气，得罪的人很多，而我平时对他的生活又并不熟悉，”男子说，“不过嘛，我可以告诉你们一个人，你们去找她。”

“什么人？”

“外人可能不知道，王大哥倒也并不是完全彻底的孤家寡人。他当年在天空城里的时候，其实养了一个秘密情人，”男人说，“现在她还在天空城住着呢。”

风家的白衣女鬼案实在让人有些无从查起，不是因为线索太少，而是因为线索太多。这件案子当年曾经轰动一时，在天空城无人不知无人不晓，几乎每个人都曾经对它有过自己的猜测甚至于是煞有介事的分析。

萧轻盈和汤崧问了一路，得到了各种各样毫无根据、相互矛盾的说法。不过，他们倒是通过这些人的说法，把案件的具体经过大致拼凑出来了。

“也就是说，事情的经过是这样的，”萧轻盈握着筷子在桌上敲打着，“风家进驻天空城之后，可能是憋着气和其他贵族之家比赛谁的宅院先建成，结果只顾了速度，忽视了质量，花园里一根石柱子倒了，正好压住了一个女仆。然后风家人看她伤势沉重，决定不施救，因为救活了也是负担。所以其他人就眼睁睁地看着她那么死去了——还真是一帮草菅人命的王八蛋。”

“这话从一位手上沾满鲜血的女杀手嘴里说出来，似乎欠缺一些说服力。”汤崧说。

“我和他们可不一样。我……我……我……”萧轻盈“我”了半天，发现无法找到合适的词句去反驳汤崧，气闷地挥挥手，“别他妈提我了！接着说风家！”

汤崧微微一笑：“于是女仆死了，尸身被收殓了。两年之后，女鬼现身杀死了第一个人，那是一个前来参加天空城两周年庆典的风家旁系子弟。再往后，又陆续杀死了风天照的外孙和风家的总教头。再往后……就没动静了。这个女鬼的行事还真是有意思啊。”

“有意思？有意思在哪里？”萧轻盈问。

“首先，为什么她死后两年才化为厉鬼，而不是当时就闹鬼杀人？”汤崧说。

“兴许是……鬼也需要修炼？”萧轻盈开始例行的胡言乱语，“就好比我们血羽会，刚入会的人一般也没法去执行任务，都太菜了，得交给师父好好打磨之后才能用。”

汤崧微微一笑："好吧，就算是女鬼修炼了两年才出山，那为什么她杀了三个人之后又没有任何动静了？"

"这个么……也有可能是因为……杀了三个人，气消了？"萧轻盈搔搔头皮，"好吧，连我都觉得这么想挺牵强的。"

"所以我们暂时放下你的奇思妙想，从另一个角度去想想，"汤崧说，"有没有可能是这样的：女鬼之所以在两年后才出现，是因为那时候有什么特殊的事情想要办；而之所以在杀了三个人之后就再也消失不见，是因为……那件事已经办完了？"

"你的意思是说，那个女鬼是假的，其实是有人在假扮女鬼完成某些目的？"萧轻盈瞪大了眼睛。

"你……你不会以为鬼真的存在吧？"汤崧的眼睛瞪得比萧轻盈还大，"你真的是个杀人无数的杀手吗？"

萧轻盈没精打采地嘟着嘴："我当然希望有鬼神存在了。没有想象空间的世界多无聊。那如果是你推断的这样，女鬼所想要完成的那件事，会是什么呢？"

"我也不知道，只能从三年前风家的动向来推测。我带你去见一个人，我在风家的朋友。"

这个名叫风穆的男人简直就像是汤崧的双胞胎兄弟，萧轻盈想。倒并不是两人的脸形身材长得有多么像，事实上风穆那张大饼脸实在比汤崧难看多了，主要还在于那种神似的呆气。而且风穆的房间里也堆满了各种各样的书，甚至于连床上都有一半的地盘放着书。而他也和汤崧一样，乍一见到漂亮女孩子就十分紧张，手都不知道该往哪儿摆。

物以类聚，萧轻盈在心里大大地叹了口气。

“三年前？就是天空城两周年庆典的时候？”风穆坐在床边，双手无意识地拧着衣角，“我还真想不起来有什么大事。等我翻一下我的日志。”

他撅起屁股，从床下拖出一口箱子，然后从箱子里抱出一摞纸张，在里面慢慢翻检。这个动作让萧轻盈莫名想起了自己翻看雪严君的笔记时的情景，心里微微一酸。

“找到了，这些就是第一次闹鬼前后那几个月我的日记。”风穆直接坐在地上翻看着，“好像没有什么别的事儿，就是每天读书，读书，读书……”

“喂，我关心的不是你干了什么，而是你们风家发生了什么事，”萧轻盈忍不住打断他，“你读一万年的书也对我没什么帮助啊。”

“未必全是读书，只要有其他任何异常的事，我都会记下来的，你看，五月十二日这一天我就记录了我四哥和嫂子吵架，然后被嫂子把头都打破了。”风穆很认真地说。

萧轻盈翻翻白眼，闭上了嘴，眼瞅着风穆一张一张地翻阅。看来这个人的书呆子气更胜汤崧，估计实在是一个人寂寞无聊了，每天的日记都写得很细致，包括读书后的感悟都在其中。真是不知道他要找到猴年马月才能找出些有用的东西，又或者完全找不出来。

“你四哥和嫂子吵架，是为了什么呢？”汤崧冷不丁地发问。

“我看看啊……”风穆依旧不紧不慢地看着他的日志，“哦，当时嫂子骂我四哥：‘这一切都是你当初惹出的事情，现在变成大祸了！’四哥只是小声嘟囔几句，不敢大声回应，我也不知道他说了些什么。”

“大祸？”汤崧眉头微皱，“什么大祸？那段时间除了闹鬼之外，风家还有什么事情吗？”

风穆又翻了好一阵子，然后回答道："应该没有了，那会儿正好是城庆大典嘛，各方面的事情都安排得很谨慎。要说大祸，只可能是女鬼杀人了。"

"那也许我们就可以假定，女鬼杀人的事件或许和你四哥有关，"汤崧琢磨着，"那个死去的女仆年纪有多大？长得漂亮吗？"

"不是很大，死的时候可能还不到三十岁。长得……不错，不过不如萧小姐您好看。"风穆说着，脸又红了。

萧轻盈哈哈大笑："不错，算你有眼光。不过，这么说来，你四哥会不会和那个死去的女仆……有点儿什么不同寻常的关系？"

"这我就不知道了，"风穆老老实实地说，"这种事我不关心，而且就算关心，以我的经验，也看不出来。"

"你四哥现在在做什么？"汤崧问。

"从女鬼事件之后，四哥越来越受到冷落，原本他在金钱方面的头脑不错，负责着家族里不少的生意，后来所有的权力都被大伯父——就是我们的族长风天照——剥夺了。嫂子和他也越闹越僵，最后一气离开，已经有半年多没回来了。所以现在四哥成天喝酒，已经老得不成样子了……"

"四哥"确实已经老得不成样子了。他还不到四十岁，看起来已经像六十岁的老人，头发稀疏，弓腰驼背。人们见到他，只知道他是风家的废人风立宏，而很难想象，就在三四年前，他还是风家炙手可热的重要人物。

他的屋子并不小，那是因为风天照虽然剥夺了他的家族职务，倒也手下留情，没有逼迫他搬家。但这原本的豪宅已经被他堆满了空酒瓶，屋里值钱的东西都被拿去换了酒。即便是见惯了各种恶劣环境的萧轻盈，进屋后也忍不住捏了捏鼻子。

“酒味儿真重。”她抱怨着。

“四哥，我带了两位朋友来看你。”风穆说。

风立宏正蜷缩在仿佛一万年没洗过的床铺上，手里握着一只酒瓶，双目半闭半合。听到风穆的话，他连头都没有抬，只是把手里的酒瓶伸出来。

这只酒瓶是空的。

风穆十分熟练地取走这只空瓶，换了一瓶刚刚打开的新酒。风立宏立刻咕嘟咕嘟喝下去半瓶，然后舒畅地出了一口气：“酒差了点，不过老子也不挑了……说吧，想要问什么？”

“我想问你，当年的那个化身厉鬼的女仆是怎么死的？”萧轻盈说。她一面说，一面暗中运劲，提防着风立宏随时可能暴起伤人，毕竟这个话题即便是对一个终日买醉的酒鬼而言，也是过于刺激了。

然而出乎她的意料，风立宏的脸上没有丝毫表情的波动，就像萧轻盈问起的并不是导致他颓废如斯的痛苦记忆，而是一些不相干的人和事。

“还能怎么死？就是那么死的呗，”风立宏漫不经心地说，“石柱子倒下来，活活压死，许多人都看见了。这还需要问我吗？”

“但我听说，她原本是可以被救活的，是你们风家人故意不救的，是么？”萧轻盈又问。

风立宏耸耸肩：“我当时不在场，不知道详情。照理说来，有这种可能性，在贵族的眼里，大概残废的贱民还不如死掉的贱民吧。”

他把“贵族”“贱民”两个词说得很顺溜，萧轻盈听在耳里十分不舒服，不觉微微有火。她正打算出言讥讽，汤崧扯了扯她的衣袖，使了个眼色。萧轻盈哼了一声，勉强闭嘴。

“你和她，那个女仆，没有任何特殊的关系吗？”汤崧发问说。

他的目光温和而坚决地盯着风立宏，但风立宏依然是一张木然的脸，似乎还带了一点嘲讽：“她不过是个女仆，一个贱民，就算长得再漂亮，我也不可能会和她有什么特殊的关系。我们风家的人，总还是要脸的。”

萧轻盈勃然大怒，汤崧用尽全身力气才拉住她，然后低声在她耳边说：“别在风家惹事。我看得出来，他说的是真话。我们的推断可能有误。”

“但是你的朋友也不会骗我们啊，”萧轻盈也低声说，“那你说，这家伙的老婆所说的话，到底怎么解释？‘这一切都是你当初惹出的事情，现在变成大祸了！’这话到底什么意思？”

风立宏没有搭理两人，一转眼已经把风穆递给他的第一瓶酒喝光了。风穆乖觉地递上第二瓶酒，酒瓶马上又被他的四哥塞进了嘴里。

汤崧忽然心里一动，缓缓地说：“你和那个女仆确实没有什么特殊关系，但是，她一定是无意中发现了你的什么秘密！”

风立宏猛然咳嗽起来，被酒呛得满脸通红。汤崧知道自己猜对了，提高了声音：“她所发现的，一定是什么很要紧的秘密，所以你才会安排人杀她灭口！她不是死于意外，是被你谋杀的！”

酒瓶掉在了地上，啪的一声摔得粉碎，还没有喝完的酒浆流淌了一地。风立宏从床上跳起来，挥拳向汤崧的胸口打去，动作居然还算矫健。汤崧本来不擅长武艺，被这一拳打个正着，身子向后跌出去，仰天摔倒在地。

风立宏顺手抄起床边的一个木凳，向着汤崧的头顶砸去，但他的手刚刚举起，萧轻盈已经拦在了汤崧身前。她左掌切在风立宏的手腕上，然后飞起一脚，把对方踢回到床上。这一脚虽然已经脚下留情，仍然让风立宏痛得缩成一团，再也无力发起攻击。

过了好半天，风立宏才哼哼唧唧地重新坐起来，双目中的怒火有如野兽，却也知道自己不是萧轻盈的对手，不敢再造次。而汤崧已经慢慢地站了起来，目光炯炯地看着他。

“所以后来风天照会那么讨厌你，不仅仅是因为你为了杀她灭口，给风家招来了无妄的灾难，还因为女仆所撞破的那个秘密，本身犯了风天照的大忌！”汤崧不顾胸口的疼痛，大声说道，“到底是什么事？”

风立宏咬牙切齿，身体颤抖着，始终没有开口说话。萧轻盈看看他又看看汤崧，强忍着自己冲上去把他好好修理一顿的冲动。

“过去的事情已经无法挽回了，但如果你说出来，或许还能换到一些现实的好处。”汤崧换出相对温和一些的口吻，并且在指缝间夹住了一枚亮晃晃的金铢，“想想吧，与其憋在心里，不如倒出来换点酒钱。”

“酒钱……酒钱……酒……”风立宏恍恍惚惚地重复着。萧轻盈赶忙冲着风穆打了个手势，于是风穆把第三瓶酒塞到了风立宏的手里。风立宏又喝了一大口，脸色愈发通红。

“好吧……说出来也没关系……”风立宏伸出颤巍巍的手在空中胡乱挥舞，“其实就是一桩生意而已。没什么大不了的。”

“什么生意？”汤崧追问。

“当时正是天空城刚刚建成、所有大家族都开始往城内搬迁的时候。尽管离开了祖宅，祖先们的坟墓却不方便迁移，所以族长们大多选择了重新修葺墓园，风家的任务交到了我身上。那时候，有一个专门修建坟墓和墓园的建筑商，花钱贿赂了我，得到了这个工程。我那时候也是太大意了，他贿赂我的场面被那个该死的贱民女仆看到了。”

“这种工程贿赂的事情，至于那么严重吗？”汤崧有些不解，“我们羽人贵族当中，通过家族生意中饱私囊不是家常便饭吗？就算她看见了，甚至于向族长报告了，也应该没事儿啊。”

风立宏苦笑一声：“是啊，如果工程不出意外就没事儿。可是，当祖坟重修完成后，却有人发现，坟墓里多出了一个新的盗洞，许多陪葬品被偷走了。”

汤崧“啊”了一声：“盗墓？那可真严重了，不只是财物的损失，更涉及家族的尊严。”

“事后我第一时间去寻找那个建筑商，却发现他已经暴病身亡了。很显然，他只是一枚被灭口的棋子，这次盗墓背后另外有人主使。可惜的是，他没有留下任何只言片语，我也无法查找到那个幕后主使到底是谁。”

汤崧的脸上现出不忍的神色：“这样的话，我也明白了，杀害那个女仆不只是你的主意。家族里的精英人物受人欺骗，导致家族墓地被盗，这样的事情传播出去，会让整个风家名声扫地。所以风天照才会设计了那起看似意外的谋杀案，杀死了那个无辜的女仆。然而他没有想到，两年之后，早已被他忘掉的女仆竟然会化身厉鬼，用另外的方式让风家颜面扫地，所以他更加迁怒于你，剥夺了你在家族里的一切职务和地位，把你变成了……现在这个样子。”

风立宏没有回答。一口气喝下去那么多酒，即便是嗜酒如命的他也难以招架，此刻已经神志不清了。他像一摊烂泥一样滑落在地上，嘴里嘟嘟哝哝地，慢慢失去知觉。

“这个样子……没什么不好……”风立宏喃喃自语，“这个样子……挺好的……”

“我认识你，你是个赌坊老板，”眼前的女子说，“我丈夫曾经去你那儿赌钱，后来被我揪着耳朵拎回了家。”

“你的记性真好，”洛夜行一笑，“在我的赌坊里，被老婆拎着耳朵抓走的男人还真不少，我对你没什么印象了，高夫人。”

“我对你倒是印象蛮深的，”高夫人也笑了笑，“我抓走我的丈夫，赌坊里的人都停下手里的事情看热闹，只有你从柜台上抬起头瞅了一眼，又继续趴下睡觉。”

这位高夫人，就是洛夜行和风天逸所要找的那位王国麟的秘密情人。据说她应该有二十三四岁，但看上去好像十八九岁，容颜风姿都不错，尤其一双眼睛带有某种天然的媚态，可以想象王国麟当年是如何为她着迷。

“当初王大哥之所以要建那座豪宅，并不完全是因为他自己的虚荣心，也是想要在那个小妖精面前好好显摆一下，”那个昔日王国麟的小弟如是说，“我只见过她一次，那可真是个迷人的小妖精。”

现在看来，他对高夫人的妖媚的形容并没有夸大其词。不过这妖媚只展现在某些看似不经意的瞬间，大部分时间里，高夫人都显得颇为端庄，满符合她现在的身份——天空城里某个非贵族商人的妻子。

“看起来，高夫人现在的生活相当惬意啊。高先生虽然不是贵族，但是经商有方，九州不少地方都有他的牲畜行的分号。”风天逸说。

“还好了，但是要和九州首屈一指的大富豪风天逸风先生相比，还是远远不够的。”高夫人瞥了风天逸一眼。

风天逸下意识地握紧了拳头，高夫人微微一笑：“风先生不必紧张。我对官府要抓什么人向来不感兴趣，再说了，我丈夫的生意也经常要仰仗翔瑞鸾驿照料，我可是真心盼着风先生能早日洗清冤屈，重新开业呢。”

“你果然记性很好，”风天逸叹了口气，“不但记性好，而且很聪明，我都忍不住要喜欢上你了。可惜的是，不管怎么喜欢你，该问的问题还是必须得问。”

“你想要知道些什么？”高夫人问。

“我想知道一些王国麟的事情，”风天逸说，“这世上可能没有人比你更了解他了。”

高夫人笑容不变：“我就猜到，终归还是会有人来找我问到他的事情，只是没想到会是风老板，以您的身份，和他那样的小人物扯上关系，还真是有些不搭呢。”

“我也知道这个画面有点儿古怪，”风天逸扮了个鬼脸，“可是没办法。现在我还真就对这个小人物感点儿兴趣。”

“好吧，你想要问些什么？”高夫人问。

“你对他的死，有什么想法吗？确切地说，你相信他真是被那个叫什么朱老头的人类驯兽师杀害的？会不会有别人呢？”风天逸说。

“说真的，我基本上不认识斗兽场里的那些人，我也是在他死后才知道有那么一个朱老头存在。不过我基本可以想象，以他那样的性子，以他那种钻营向上爬的手段，想杀他的人太多了。”高夫人回答。

“也包括你吗？”洛夜行冷不丁地插嘴问。

高夫人愣了愣，随即大笑起来：“你动脑子想想啊。我要是明媒正娶的话，杀了他或许还有好处，但我不过是他养的情人。而他本身没有任何权势，只是一个人人讨厌的贱民，所得到的一切都不过是靠着替羽皇卖命换来的。一旦身死，他那些泡沫一样的财富可能保得住吗？”

“倒也有理。”洛夜行点点头，“所以他死了之后，你选择了嫁给高老板，倒也挺干脆的。”

高夫人毫不羞赧地嫣然一笑："那是我当时的最佳选择。现在看来，这个选择很明智。"

"按你的说法，他死了之后，他的财富都被羽皇收缴了？"风天逸问。

"嗯，确切地说，是被羽皇和手下的权臣瓜分了。我只是偷偷藏起了一小部分珠宝。"高夫人说，"其实别的都还好，那座院子我是真舍不得，可惜最后还是被滕胖子拿走了，算是遂了他的心愿。"

"滕胖子？那座院子？遂了他的心愿？"风天逸眉头一皱，"能说说这个滕胖子是怎么回事吗？"

"就是一个商人，似乎挺有钱的，看上了王国麟给我修的院子，亲自到家里和他谈，"高夫人说，"其实他的报价相当合理，如果王国麟卖了的话，肯定有得赚。但他那时候正是春风得意，不在意那点小钱，拒绝了对方。不过最后他死了，那个院子被羽皇拿出来标价出售，滕胖子还是拿到手了。真是可惜……"

"滕胖子找王国麟买那栋宅子，距离王国麟死，有多长时间？"风天逸追问。

"也就是两三个月吧。怎么了，难道你们怀疑……"高夫人有些吃惊，但很快神情变得正常，"啊，不管你们怀疑什么，事情总归是和我没关系了。我只需要做好我的高夫人就行了。"

"你说得对。做好高夫人就行了。"风天逸点点头。

离开高府后，风天逸和洛夜行对望了一眼，眼神里都有些兴奋。

"这已经是第二件能和房子扯得上关系的事情了。"风天逸说，"而房子的背后说不定就是为了占地。"

"没错，那个城务司的翼大人阻挠你开分号，是为了你的新分号占地的事情；王国麟的死，搞不好也是为了他的豪宅所占的地皮。背后的这一切，或许真的和地有关。”洛夜行说。

“就算是天空城的地皮值钱，也不至于抢到这么拼命的地步。”风天逸说，“生意终归是生意，能不沾染血腥是最好的。为了抢几块地杀人已经是很出格的事儿了，杀到高官头上就更不对头了。这当中一定有文章。”

“我们得去找找这个滕胖子。”洛夜行说。

“当然得去找，不过，不太乐观。”风天逸说，“马旗被杀了，翼嘉桐被杀了，毒虫洛金被杀了。我感觉，总有人抢在我们前头杀人灭口。而且这个滕胖子从姓氏上来判断就知道不是贵族，多半又是炮灰。”

“但我们也可以反过来想，滕胖子作为平民能够有那么大的能量去抢走王国麟的豪宅，背后一定有大贵族的支持，”洛夜行说，“就算他死了，我们查找他生前做生意的轨迹，或许也能找到一些蛛丝马迹。”

风天逸看了洛夜行一眼：“你的脑子相当灵活啊，成天在赌坊里半睡半醒混吃等死，着实有些浪费。”

洛夜行摆摆手：“我知道你想说什么。谢谢老板看得起，但我这个人，对赚钱没什么兴趣，而且懒入骨髓，已经无可救药了。你现在看到的我，是非常态的。等到这件事了结之后，我恐怕还是愿意回到我的贫民区小赌坊，趴在桌上睡觉，直到老死。”

风天逸微笑不语，过了一会儿忽然说：“那如果，我把你喜欢的姑娘也请到手下做事呢？你会不会因此变得勤快起来？”

洛夜行一怔：“她？没可能吧，她是个捕快，查案就是她最喜欢的生活方式。”

“我就是随口一说，你别当真，”风天逸哈哈一笑，拍拍他的肩膀，“不过，考虑考虑吧。”

洛夜行正准备答话，眼光扫过街角，忽然一把拉住风天逸，站到了街边的一家瓷器铺子里。风天逸也几乎是同一时间发现了状况，立即装作低头挑选瓷器的模样，把后背冲向街心。

又是虎翼司的出动，而且又是大规模的出动。除了地面上奔跑的这群人，天空中还飞行着一群已经展翼起飞的精英兵士。

“难道是又有什么被妖虫咬过的变异怪物出现了？”洛夜行低声说，“不是已经有很长一段时间都没有怪物现身了吗？”

“我们去看看。瞧着这次出动的兵力，恐怕事态比之前任何一次的都要严重。”风天逸也低声说。“难道是妖虫去袭击羽皇了？”

“我可巴不得，”洛夜行说，“该给这个老小子找点儿麻烦了。但是他们去往的方向……不像是皇宫啊。”

风天逸的神情骤然变得严肃：“如果我没有猜错的话，这回真的是大事了。天大的事。”

“天大的事？什么玩意儿能摊上‘天大的事’这四个字？”洛夜行一惊。

风天逸伸手一指：“他们所去往的那个方向，有一样很重要的东西。”

“什么东西？”

“天空城的主风帆。”

“主风帆？可以让这座城市离开现在的地方、移动起来的主风帆？”

“没错，就是主风帆。”

风立宏醉倒了。

三人只能又回到风穆那个堆满了书籍的房间。风穆再细细地筛了一遍闹鬼期间的日志，并没有其他值得一提的东西了。

“我们的任务只完成了一半，”汤崧有些沮丧，“倒是弄清楚了女仆被害的原因，但是，后来为什么会有人借着她的名头出来装神弄鬼，还是没能找到。我觉得这一点才是破解谜团的根本。”

“就算按你所说，女鬼是假的，是不存在的——真没劲儿——那有人装鬼也可以理解的啊，”萧轻盈说，“不就是为了报复么？”

“不会只是为女仆复仇那么简单，”汤崧说，“如果只是要复仇，应该杀风立宏和风天照，而不是那几个毫无关联的人。我还是相信这件事背后是有深意的。嗯？外面怎么那么吵？”

风穆连忙拉门出去，几分钟之后重新回来，脸上有点惊慌：“又出事了！”

“什么事？又有怪物伤人了？”汤崧和萧轻盈都站了起来。

“比那个还坏，”风穆说，“我听家里人说，天空城一个最要紧的地方钻出来了大量的红色妖虫，虎翼司和防务司都马上派人赶过去了。”

“什么地方？”

“风帆。”

天空城一直高悬于旧齐格林的上空，一般而言，极少移动，但那并不意味着它就不能移动。事实上，在最初设计这座空中之城的时候，就充分考虑到了移动的可能性和必要性，所以给它添加了许多巨大的风帆。这些风帆经过了精巧的设计，可以在必要的时候让整座城市利用风力在天空中移动起来，就像是一艘在云海中航行的巨大战舰。

风帆位于天空城的不同方位，分为了若干组，每一组都有重兵把守。而在这当中，最重要的一组位于天空城的“头部”，按照最初设计的城市固定方向，位于北方。如果有需要的话，这组风帆可以提供最大的动力，所以也是看守最严密的地方。寻常的百姓甚至无法靠近到它方圆一里的位置。

但现在，主风帆已经成了人们关注的焦点。至少上千名分别来自虎翼司和防务司的军士把这里围得水泄不通，还陆续有援兵赶来，包括许多闻讯而来的城务司的工匠。

萧轻盈和汤崧赶到时，眼前出现的是一幕梦魇般的场景。这一组风帆仿佛被笼罩在了云雾里——红色的云。那是无数的红色妖虫，它们振翅高飞，萦绕在风帆的周围，看上去就像一团妖异的红云，仿佛要把风帆撕成碎片、嚼碎吞下。

“它们要干什么？”萧轻盈问，“是要吃掉风帆吗？”

“有可能。虽然它们习惯了伤人，从习性来说，并不像是会吃这些东西的样子，但只要驯化这些虫子的人加以诱导，做什么都有可能。但是现在它们并没有真正去咬啮风帆，我也不太明白它们出现在这里的企图。”汤崧说。

飞行能力强一些的士兵们都已经飞了起来，但他们也只是谨慎地在外围飞行。妖虫数目太多，体形又太小，无论放箭还是刀砍斧劈，似乎都没有什么大用处。用对付长发妖怪那样的火攻倒是可能有效，但火一旦燃起，就有可能伤及风帆，甚至于将其彻底焚毁。

一名士兵尝试着射出一箭，箭矢冲入了密集的虫群，只不过撞碎了十来只虫子，但却引起了虫群的骚动。突然之间，数百只妖虫朝着他直冲过来，瞬间把他包围起来。凄厉的惨叫声中，他被撕咬得血肉模糊，毒素的注入更是让他很快失去知觉，背后的羽翼也消失了。他的躯体在人们的惊呼声中摔到了地面上，骨头断裂的声音清晰可闻。

“我建议我们离开这里，”汤崧说，“这一批妖虫看起来相当凶猛，而且会集群式地发起攻击。即便是以你的身手，一旦被它们包围起来，也没有可能逃脱的。”

“我觉得，这群妖虫不会轻易对周围的人发起攻击。”萧轻盈摇摇头。“它们只会自卫，不会胡乱伤人。”

“为什么？”

“杀手的本能，”萧轻盈说，“我有一种感觉，它们围在这里，却什么事情都不做，一定是有什么目的的。就像杀手在真正动手杀人之前，也有各种各样的伪装和声东击西。”

“声东击西？”汤崧的眼前一亮，“你说得有理。这的确不像过去妖虫的行动方式。可是现在，它们出现在这里，到底是为了掩盖什么真正的目的呢？”

萧轻盈的目光看上去格外凌厉。她审视着天空中飞成一团恐怖红云的妖虫们，好像是正在用自己的杀手经验来判断眼前事态的真相。那种眼神让汤崧有些惊讶。他不再说话，似乎唯恐打扰了萧轻盈。

“有些时候，我们要刺杀的对象会受到很严密的保护，严密到我们根本找不到任何空隙可以出手刺杀，”萧轻盈说，“这种时候，我们就会在附近制造一些小事故，想办法把防卫的力量引开。比如说，想要刺杀一个丈夫，就让他的妻子陷入危险中；想要刺杀一个父亲，就让他的儿子陷入危险中。”

她一伸手，指了指红云中的风帆：“现在，这些主风帆就是妻子或者儿子，他们要刺杀的真正目标在哪儿？”

汤崧紧闭着双目，陷入了沉思，最后突然一拍脑袋：“我明白了！距离主风帆不远的地方，有一个几乎和这些风帆同样重要的东西，只不过，因为那个地方并不醒目，很多时候都被人忽略了。”

“什么地方？”萧轻盈问。

“专门由河络建造的机械室，用来把控天空城在风帆推动下前进的方向。”汤崧说，“当然，最近几年天空城几乎没有动过，所以控制室里一般只有几个轮值的机械师，不过外围一向是有不少的卫兵。但今天……”

“快去看看！”萧轻盈果断地说，“那就是刺杀目标！”

果然，机械室附近的卫兵大部分都被抽调到了风帆那边去，而仅余下的几个人已经被打倒在地。旁边的地面上露出一个黑漆漆的入口，那是位于地面之下的机械室的门。

“你留在外面，”萧轻盈说，“我下去看看。”

“我不能让你一个女孩子独自去冒险。”汤崧摇摇头。

“拉倒吧，带着你这样的累赘下去我才是真冒险呢！”萧轻盈毫不客气，“就你那点打个街头流氓都够呛的身手，要是遇上什么危险，我还得照料你。你就待在外面，保护好你那颗还算好使的脑袋就行了！”

“你说话总是伤人自尊，不过……是实话。”汤崧叹息一声，“那你去吧，小心点儿。”

“乖，好好待在这儿，姐姐一会儿赏你糖吃。”萧轻盈在汤崧的头顶胡噜了一把，动作轻捷地钻进了地下。汤崧下意识地摸了摸头皮，手久久没有放下来。

萧轻盈戴好了手套，顺着宽阔的阶梯一路向下，耳边渐渐可以听到齿轮运转的咬合摩擦声。越往下走，机械的噪声越大，她不禁微微皱眉，因为在这样的声响下，即便有敌人潜伏，也没有办法通过听觉来辨别。

转过一个弯后，眼前又出现了一扇敞开的大门，从门外可以看到里面的空间十分宽敞，一些巨大的齿轮和连杆在房屋内转动运作。那些齿轮，每一个的直径都比一个人的身高更高，沉稳而毫不停歇地转动着；长长的连杆每一次驱动都仿佛带着不可阻挡的气势，发出低沉的轰鸣声，就好像巨人迈出的步伐。

就是这些齿轮和连杆让天空城可以自由飞行吗？萧轻盈看着眼前这从未见识过的奇景，一时间有点微微走神。就在这时候，她忽然感到后腰处微微有点刺痛感，非常轻微，如果不是有杀手的敏锐触觉，几乎难以感觉到。

她在本能的驱使下猛地一扭腰，一个翻滚跃进了机械室。转身的一瞬间，她用眼神的余光看见一道寒光从她身边擦过，嗤的一声轻响，腰间的衣服被划破了一点，甚至还划伤了一点皮肤。

没等她站定，第二击接踵而至，但她已经做好准备，左手回身，咔的一声把对方的锋刃牢牢抓住。敌人显然没有料到萧轻盈的手套如此坚韧，微一愣神的工夫，萧轻盈已经手上发力，把兵器从对方手里夺了过来。

她也看清楚了，被她抓在手上的是一把古怪的兵器，看起来像一把弯钩，但尖头处却有一根钢针一样的长长的凸出，可以利用机簧弹出，所以既可以劈砍，也可以直刺，先前让她受了点轻伤的那一下，就是钢针直刺的结果。

至于这个敌人，是一个瘦骨伶仃的蒙面女人，个子矮矮小小，几乎比萧轻盈矮了一个头。她的目光中充满愤恨和警觉，盯着萧轻盈。机械室的地面上还躺着几个生死不明的平民肤色的人，估计是轮值的机械师，都已经被这个蒙面女人打倒。

“你是什么人？为什么要闯进这里？”萧轻盈问。

蒙面女人没有回答，忽然间右手一挥，不知道是从腰间还是哪里抽出来一根黑色的长鞭，向着萧轻盈的面门抽去。萧轻盈没有想到敌人还有第二件武器，动作稍微有些凝滞，只能扬起手里刚刚抢过的古怪武器来格挡。但那根鞭子十分灵活，仿佛一条有生命的黑蛇一样，灵巧地一卷，卷走了那件兵器。随即，蒙面女人左手持着这件一半似钩一半像剑的兵器，右手握着长鞭，向萧轻盈猛攻过去。

她双手分使不同的兵器，手上的招式丝毫不受影响，每一招都怪异而阴毒，鞭梢笼罩住萧轻盈全身，钩子和长针则不断刺向要害。萧轻盈只能挥舞着双掌借助手套抵挡着，她屡次想要欺近身去，都不得其法，而她试图抓住那根长鞭，长鞭却像抹了油一样滑滑的，根本抓不牢。

真是见鬼！萧轻盈有些焦躁。她这双材质古怪的手套一向是克敌制胜的法宝，却未曾想到，现在遇到了比手套还古怪的东西。而对方阴毒凶险的招式她过去也很少遇见，这样的路数很不寻常，既不是常规的武学套路，也不同于刺客一击必杀的手法。

相比而言，这些招式更像是在困境中创造而出的，就好像使用者早就预料到自己日后随时随地都会陷入绝境，因此一出手就不留任何力，一出手就是以命换命……

萧轻盈忽然灵光一现，大喊一声："马旗，你来了！"

这一声喊果然有奇效。蒙面女人手上的动作一下子停住了，扭头看向自己的身后，萧轻盈当然不肯放过这样的机会。她和身扑上，双掌齐出，喀喇喀喇两声，已经把蒙面女人的双手手腕卸脱臼。随后她飞起一脚，踹在对方的腹部，把蒙面女人整个踢飞出去，头部重重地撞在一枚正在运转的齿轮上。

糟糕！用力太大了！萧轻盈连忙跑了过去，只见蒙面女人头颅上开了一个大口子，鲜血正在汩汩流出，看来是活不成了。

萧轻盈十分懊恼，扯下她的蒙面巾，面巾下是一张毫无特色的平凡的面孔，看年纪也就二十岁出头。萧轻盈看她还有一口气，连忙摇晃着她的身体大声发问："我一喊马旗你就回头，说明你和他是一起的，都是沙漠游民的后裔！你们和风家到底有什么仇？你们带这些红色妖虫到天空城来，为的是什么？你又为什么会钻到这里来？"

垂死的女人嘴角勉强挤出一个嘲讽的微笑。她动了动嘴唇，用细若游丝的声音说："你……不会知道的。你们……终将被摧毁……"

她停止了呼吸，右手却还保持着伸向怀里的姿态。萧轻盈想了想，伸手进去，掏出了一样东西。

一只血红色的蜘蛛骨雕。和白茯苓得到的那只一模一样。

第九章 被一个笨蛋拖累死

两枚血蜘蛛的骨雕摆放在桌上，狰狞丑陋，让人看了就不舒服。五个人围坐在桌旁，神色各异。汤崧照例托着下巴作冥思苦想状，洛夜行照例一副半梦半醒的模样，萧轻盈无聊地玩弄着手指，只有风天逸一派正襟危坐的大老板派头。至于白茯苓，身子蜷成一团，多少有点儿委屈，那是因为她试图替萧轻盈和风天逸收拾房间，遭到了这两位的双重呵斥。

“你们怎么能忍得下那么乱的屋子……”她用蚊子一样的声音哼哼着。

“这里只是临时避难的地方，”风天逸毫不客气地瞪了她一眼，“收拾得再干净有屁用!”

“来到天空城就这么一两个月的时间，居然会发生那么多事情，我的脑子已经成了一锅糨糊了，”萧轻盈说，“幸好有勤奋好学的汤少爷，我才没有糊涂到底。”

“汤少爷怎么了?”白茯苓很好奇。

“我列了一张清单，把那些现在还无法解释的问题都写了出来。”汤崧说着，拿出了一张纸。白茯苓接过来一看，上面用清隽的字体列着一些条目：

一、妖虫杀人事件的真相是什么？

二、血羽会为什么会派萧轻盈到天空城？

三、雪严君和仵作被害的真相。

四、斗兽场老板王国麟被杀的真相。

五、杀害汤擎的真凶是谁？为何要陷害风天逸？

六、马旗的真实身份是什么？他的仇人是谁？

七、杀死毒虫洛金的是谁、是否就是妖虫的定制者？

八、滕胖子为什么要收购王国麟的地皮？他的幕后主使又是谁？

九、轰动一时的风家白衣女鬼的真相是什么？

十、攻击风帆事件的真相是什么？和之前的妖虫杀人到底有什么联系？

十一、……………………

“别说你，我看了都头大如斗……”白茯苓把这张纸还给汤崧，“不愧是有学问的人。你不总结这么一下，我都不知道我们面前居然有那么多的谜团。”

“的确很多，但现在我们也可以得出一些有用的结论，解决一些问题了。”汤崧说，“马旗和那个身份不明的蒙面女人是同伙，两人都是沙漠牧民部落的后代，他们的仇家就是现在定居于天空城的雁都风氏。而他们报仇的方式，似乎和地皮有关。这当中，可以确定的两块地是风家闹鬼楼的那一块，和当年王国麟兴建豪宅的那一块。

“而风老板和萧小姐父亲的遭遇也能得到解释了，”他接着说，

“风老板想要扩张分号，却一不小心买下了风家的那块地，那是对方想要得到的。雪严君大人的调查，虽然表面上只是调查他的死因，但我想，背后也一定牵扯到王国麟的这块地。很有可能，王国麟的死就和那块地有关。”

“按照你们打听到的情况，当初想要买那块地的人，是一个叫‘滕胖子’的商人？”萧轻盈插嘴说，“那是个什么人？你们两一个一直住在天空城，一个把生意做遍了九州，应该知道这个人吧。”

“我从没听说过这个人，”风天逸说，“和他没有过任何生意往来。”

“这个人我也完全不熟，”洛夜行回答，“他很少露面，一般的平民阶层也很难和他发生什么交集。我甚至不知道他到底做些什么生意，唯一知道的，是他的真名叫滕征。”

“滕征？”萧轻盈像是想起了些什么，“这个名字我好像刚刚在什么地方见过？”

“是在风穆的日志上，”汤崧一拍脑袋，“你不提我都想不起来。”

“奇怪，他那种比你还呆的书呆子，怎么会认识滕征？”萧轻盈看了看汤崧，左右食指一齐竖起，好像是在比较。

汤崧像一条受了伤的小狗低垂下头：“我大致还记得点儿内容，那个滕征好像只是给风家的一些重要人物送礼打点。风穆比较呆，偶尔碰上这样的事情，就记入了日志。而我一向知道在贵族之家里，有人上门送礼这种事实在是太平凡不过了，几乎每天都会有，所以压根没有留意。”

“但是现在我们就需要留意了，”洛夜行看上去就像睡醒了，“这个滕征买下了王国麟的房子，也许是偶然，也许是蓄意。但从风老板完全没听说过这个人、我也只是极偶然才有所耳闻来看，此人的行事一定十分谨慎。要抓住他的把柄，恐怕很难。”

“你怎么了?”风天逸忽然发问，发问的对象是白茯苓。白茯苓正趴在桌上咬着嘴唇，眉头紧紧皱着，像是陷入了深深的思索中。

“我在想一些事情，”白茯苓说，“我觉得滕征就是杀王国麟的凶手。而且，他是直接的凶手。”

“直接的凶手?”萧轻盈不明白，“难道还有什么间接的凶手吗?”

“我明白她的意思，”洛夜行说，“在你父亲介入调查之前，人们都认为，是那个人类老驯兽师把王国麟推进了铁笼子里让他被狰吃掉。所以，狰算是直接的凶手，而老驯兽师是间接的凶手。但是白小姐的意思是说，王国麟是直接被滕征杀死的，所以，当时被狰吃掉的，只是王国麟已经死去的尸体。”

众人都有些没有想到。风天逸凝神思索了一会儿：“那么，照你的说法，他既然已经杀死了王国麟，为什么还要把王国麟关进狰的笼子？为了毁尸灭迹？好像没有这个必要吧。滕征行事非常隐秘，几乎没有人会注意到他的存在，更是很难将他和王国麟联系起来。”

“最重要的在于，没有那个时间。”萧轻盈说，“杀手杀人的时候，首要讲究的是稳妥不出错，其次就是追求速度。当时兽笼附近有很多斗兽场的人，如果有人想要潜入刺杀王国麟，行踪随时可能暴露，所以，一击而中、迅速撤退才是稳妥的方案。”

“利用狰来毁尸灭迹也毫无意义。”洛夜行说，“首先，狰不可能把一个人吃得那么干净，总会留下些什么；其次，如果不是很熟悉狰的习性的人，谁敢冒冒失失地打开关狰的笼子？说不定狰根本不理会尸体，而直接扑向那个杀手呢？那不就弄巧成拙了么?”

白茯苓摇摇头：“不，我没有说是杀手把他塞进去的。”

这话说得大家又是一愣。萧轻盈搔搔头皮：“不是凶手，难道还会是王国麟自己失心疯了不成?”

“我觉得，就是王国麟自己把自己关进狰的笼子里的，不过，不是失心疯，而是他临死之前的灵光一现。”白茯苓回答。

“临死之前的灵光一现？真是越说我越糊涂了，”萧轻盈说，“你到底是怎么想的？”

“有些人一直都在骂我笨蛋，”白茯苓瞥了一眼风天逸，“其实我也知道，比起头脑的灵活程度，我确实比很多人都要脑子慢一点。不过，正因为如此，当你们在分析很多深层的东西时，我却会去注意一些表浅的事物。”

“表浅的事物？你的意思是？”汤崧忙问。

“掉落在兽笼旁边的钥匙，是王国麟的，所以我就先做了假设：是王国麟自己把自己锁进去喂狰的。可是，他为什么要那么做呢？”白茯苓说，“刚才我就是在想，如果我是王国麟，如果我突然被滕征袭击了，生命垂危，连喊叫的力气都没有了，我应该怎么办？”

“怎么办？”萧轻盈歪着头想了一会儿，“那就只能等死了啊。”

“如果是我，会想办法在地上写下凶手的名字，”洛夜行说，“我死了也就死了，但不能让凶手白白干掉我，总要给他找点儿麻烦。”

“没错，我也会这么想，”白茯苓点点头，“可是问题来了，我从来没有念过书，压根就不识字，没有办法写字，那要怎么才能告诉别人杀我的是滕征呢？”

“那你的想法是什么？”风天逸问。他很难得的语气里没有丝毫的嘲讽，相反多了几分别样的情绪。

好像是忽然发现了白茯苓身上令他意想不到的光彩。

“我马上就要死了，又不识字，想着就这么放任滕征逍遥法外，真是不甘心啊，”白茯苓说，“就在这时候，我的眼睛忽然看到了身边关着狰的那个笼子。于是我忽然想到了，滕征的名字，不也是‘狰’吗？”

萧轻盈猛一拍巴掌：“是这么回事！妹子，你他妈的简直是个天才！”

汤崧像鸡啄米一样点头：“太厉害了！你这么一分析，实在是合情合理！王国麟根本不识字，分不清‘征’和‘狰’这两个字的区别，这是他唯一能想到的办法了。”

“看来，我们需要去找滕征聊聊了。”风天逸说。

“我这算是你所说的‘笨者千虑，偶有一得’吗？”白茯苓问他。

“不，你从来都不笨。”风天逸忽然温和地说。

白茯苓的脸有些红。

滕征好像是一个不存在的人。

依然是白茯苓留守在家里，其余四人出去奔走。汤崧先去找他虎翼司和城务司的熟人打听了一圈，竟然没有任何人知道滕征的存在，更不必提他的踪迹和住所了。

“也就是说，这个人平时从来不和官家的人有所往来，”汤崧一脸的郁闷，“他可能是那种不到万不得已绝不抛头露面的人。如果不是因为王国麟的豪宅价值太高，非要亲自面谈不可，或许高夫人都见不到他。而且，他选择到王国麟家里谈，也是为了不让猎风馆的任何成员知道他。”

“那该怎么找他？”萧轻盈有些茫然。

“只能依靠风老板那些商场上的朋友了，”汤崧说，“我相信，总会有那么一两个人曾经和滕征有过交易。”

“那我们做什么呢？”

“我想到了另外一件事，可以去试试运气。”汤崧说，“你还记不记得我曾经跟你说过，在我父亲死前的一段日子里，我曾经听到过他和别人争吵？我曾经怀疑那些争吵里可能有文章，想要去父亲的书房里看看，但是……”

“家里人不让你去看？”萧轻盈问。

“我是父亲最没用的儿子啊，多半也是同辈中最没用的之一，”汤崧耸耸肩，“书房被上了锁，钥匙在我的大哥手里。不过嘛，我现在突然想起来了，我身边有一位天才，她或许可以不用钥匙也能打开那把锁。”

“‘或许’两个字是对我最大的侮辱，”萧轻盈一本正经地说，“不过，我怎么会变成天才了？”

“就在前两天，你指出妖虫的目的并不是风帆本身的时候。”汤崧说，“我的知识都是关在房门里看书琢磨出来的，而你的知识却来自真实的人生历练，来自血淋淋的现实。我觉得，我过去……有些……”

“觉得我就是个头脑简单的打手，只应该跟在你聪明的脑子旁边卖苦力，是么？”萧轻盈揶揄地说。

汤崧慌慌张张地摆手：“不不不，没有这意思，绝对没有这个意思！我只是……只是……”

萧轻盈在他背上拍了一把：“行啦行啦，我又没怪你什么。我们做杀手的，什么事儿没经历过？咱们快走吧。”

她走出两步，却发现汤崧站在原地，没有动弹，不由得很是奇怪：“你怎么了？”

“萧小姐，我有一个问题想问你。”汤崧磕磕巴巴地说，看上去十分紧张。

“啊？问题？问呗。”萧轻盈说，“还有，咱们认识那么久啦，别老是小姐小姐的了，再说我是穷人家出身，本来也就不是什么大小姐。叫我名字就好了。”

“好吧，轻……轻盈，”汤崧看上去鼓足了全部的勇气，“如果我们能顺利地解决掉这件事情，把幕后元凶揪出来。之后，你打算干什么呢？”

“我还能干什么？”萧轻盈很奇怪，“当然是继续回到血羽会做我的事情啊。”

“杀手？”汤崧追问道。

“废话，难不成当厨子？”萧轻盈说，“我唯一擅长往食物里放的东西就是毒药。”

“我是觉得，你也许可以不做杀手。”汤崧嗫嚅着，“你还年轻，也许可以试着过一个年轻女孩子应该有的生活。”

“什么叫‘一个年轻女孩子应该有的生活’？”萧轻盈的口气忽然变得很冷，“是你从书上看来的，还是你在你们汤家的深宅大院里见到的？”

汤崧一时语塞：“我……我不是那个意思……我……”

萧轻盈走到汤崧跟前，和他四目相对，几乎呼吸相闻。汤崧有些窘迫，下意识地想要后退，萧轻盈一把揪住他的衣襟，不让他退开。

“告诉我，你这辈子去过哪些地方？”萧轻盈紧盯着汤崧的眼睛。

“我……去过一次厌火，去过一次宁南，去过一次雁都。当然还有从小一直在齐格林长大。不过大部分时间我都躲在家里，不管是以前在齐格林还是现在在天空城。”汤崧说。

“所以你有没有经历过穷人的生活，尤其是羽族穷人的生活？”萧轻盈说，“你真的亲历过？真的体会过吗？”

汤崧摇摇头：“我没有。当然我在不同的城市、在道路上都见到过穷人，但我没有过过他们的生活。”

“那么我来告诉你吧，”萧轻盈说，“对于一个羽族的穷人、羽族的贱民来说，他的命运从出生的时候开始就已经被注定了。他无法拥有自己的森林和自己的土地，因为宁州所有的土地全部分封给了贵族们。他辛辛苦苦一辈子劳作，大部分所得都上缴给了贵族，以及交给了官府的税收，自己却所剩无几，只不过可以勉强糊口甚至连糊口都难。”

汤崧默然，萧轻盈接着说：“对于你这样的饱学之士，你当然会想：读书啊。读了书，有了知识，前景就广阔了。退可以到虎翼司城务司之类的好地方当个文吏，起码吃饭有保证；进可以考科举当官，一步一步往上爬，没准几十年后就是下一个汤擎汤大人呢。”

“不是……不是这样么？”汤崧嗫嚅着。

“理论上似乎的确是这样，但是我必须告诉你，首先，穷人家的孩子如果不从小就帮家里干活，一家人的饭就会不够吃，大多数人根本没有时间去念书，到头来会写自己的名字、能算清每年该交多少租子多少税就不错了。其次，科举这种东西，虽然我们跟着人类学了，但学的只是个表象，骨子里，各地主持文考的官员还是会优先选拔贵族出身的考生，贱民想要和他们争，几乎不可能。”

“你知道穷人的生活是什么样，那没什么奇怪的，因为你也出身贫寒。可你怎么会知道科考这种事呢？我记得你说过你对这些毫不关心、连羽皇叫什么名字都不知道啊。”汤崧问。

“我的确对这些没兴趣，但是我杀过这样的官员啊。”萧轻盈说。

汤崧浑身一震，萧轻盈微微一笑：“就在去年，有一个主持杜林城区域科考的考官，因为受贿舞弊做得太过分，导致了三名绝望的贫民考生公开自尽，你还记得这事儿吗？”

“我听说过，”汤崧忧郁地说，“这是国家的奇耻大辱。”

“你所想到的是国家的耻辱，别人想到的，却是不想被他牵连以至于影响自己的仕途。”萧轻盈说，“所以血羽会接受了某个高官的委托，炮制了他的假认罪书，然后我出马，杀了他，伪装成他畏罪自杀的样子。”

“你……你怎么能这样做……”汤崧很是震惊。

“那你觉得我应该怎么做?”萧轻盈反问，“我接活儿之前还先要去分清楚所谓‘善’‘恶’，‘正义’与‘非正义’？我也要像你那样胸怀着熊熊燃烧的正义感，只做‘对’的事情，不做‘错’的？那我要怎么活下去?”

汤崧再次沉默，过了好久才说：“好像我们第一次见面的时候，我就和你说过，‘正义’这种东西其实是很难界定的。”

“那我们就换个词，不谈正义，”萧轻盈说，“律法、道德、准则……随便什么玩意儿，总之是你心中所想要遵守的准绳，对吗?”

汤崧没有回答。

“但是你心里持守的那些准绳，对我而言连狗屁都算不上。你这辈子最大的难题无非就是没有办法成为一个武功高强的‘真正的’贵族，所以会被自家人取笑，认为你的人生无比失败。然而即便在这失败的人生里，你还是可以悠闲自得地每天躲在房间里读书、做你喜欢的手工活，偶尔向别人展示一下你有着非同于一般书呆子的过人智慧。你不愁吃不愁穿，每月领取家族发给的月例钱，也许一个月就足够一个穷人家庭挣好几年。再过上几年，你的家族会为你安排一门门当户对的亲事，你会娶一个贵族小姐为妻。你未必喜欢她，她也未必喜欢你，但是无所谓，你们成亲生子，继续延续汤氏的高贵血脉，那才是最重要的。”

萧轻盈一口气说完这段话，汤崧愣愣地看着她，有些不知所措。萧轻盈的目光里忽然有了一丝哀伤：“而穷人呢？只能继续和穷人成亲，继续生下带着低贱血统的平民甚至于无翼民。要是有谁不小心爱上了贵族家的人，就算是有了孩子，也会被驱逐滚蛋，独自一个人……”

她忽然转过身，背对着汤崧，没有再说下去。

两个人就像是两尊雕像，谁也不说话，就这样沉默着。过了许久，萧轻盈才轻声说：“走吧，去你家，找找你父亲有没有留下什么。”

汤崧“嗯”了一声，当先走在前头，萧轻盈跟在他身后。走出没几步，汤崧突然毫无征兆地停住脚步，要不是萧轻盈反应够快，差点鼻子就要撞上汤崧的后背。她正想发火，汤崧却抢先开口了。

“这一切，在我身上是不可能发生的。”他大声说。

“什么不可能发生？”萧轻盈没回过神来。

“我不会去娶一个我不认识的贵族女子，”汤崧回过身来，凝视萧轻盈的脸，“我只娶我喜欢的人，而且不管她出身高贵还是贫贱，不管她是大小姐还是杀手。如果有谁要拦在我面前，无论是谁，我都会越过他。”

这家伙头一次这么正面盯着我，萧轻盈想，*而且居然没有脸红，今天太阳真是从南边出来了*。不知怎么的，她居然头一次感到心里有点慌，然后又有一点说不清道不明的小小的愉快。

“你到底还是个读书人……”萧轻盈叹了口气，“什么叫‘我都会越过他’？要是换了我，谁敢拦我，应该是干掉他才对。”

此刻的汤府很安静，只能偶尔看见仆人们快步而静默地穿行于院落之间。丧事已经结束，生活终究要回到正轨，汤姓的精英们继续上工，少年们也都严格接受着各种课程。唯一一个游手好闲、无所事事的，大概就是汤崧少爷了。

“只有你一个人那么闲，你果然是家族之耻……”萧轻盈一面开锁一面嘀咕着。

“这个真理已经不必你来重复了。”汤崧探头探脑地张望着把风，不过这份谨慎似乎是多余的。果然如萧轻盈所说，只有他那么闲，现在院子里想要找个人来打扰他也不容易。

萧轻盈很快用一根铁丝打开了那把看似沉重的大锁，两人赶紧溜进汤擎的书房，再把门关上。

“这里的摆设……还是和父亲死前一样，基本没怎么动过。”汤崧的语调有些伤感，“可惜这些书，他再也没法回来读了。”

萧轻盈左右打量着：“汤大人看来很喜欢读书，家里的书比我父亲的多多了。”

“雪大人管查案，更多靠的是现场的经验；但我父亲主要管人，需要动的脑子更……啊，我不是那个意思！我是说……”

“行啦，我知道你经常脑子不好使，”萧轻盈宽容地拍拍汤崧的脸颊，然后似乎意识到这个动作有点过于亲密，赶紧把手收了回来，“咱们快找吧。”

汤崧不敢多说，埋头开始在书桌上翻找，偷空悄悄地摸了一下刚刚被萧轻盈拍过的脸。略有点发烫。

和雪严君不同，汤擎并没有记录日志的习惯，不管是公事还是私事都没有留下只言片语。书桌上堆放的，基本都是一些普通的来往信函，有的是日常事务的公文，有的是远方朋友的来信。汤崧一一取出查看，都没有任何值得一提的重要信息。汤擎果然是一个八面玲珑的人，似乎对谁都尽量行方便，所以不管是公函还是私信，最多的内容就是对他表示感谢。

“越看这些信，越让人感觉到，我父亲这样的大好人，会有谁非杀他不可呢？”汤崧苦笑着。

萧轻盈则一本一本地翻看着书柜里的书籍。她原本也就算是粗通文字，翻看汤擎那些佶屈聱牙的书籍，着实头疼。但她权当是在血羽会接受艰苦的训练，咬牙坚持着。不过从这些书里好像也看不出点儿什么名堂。汤擎似乎是个爱书之人，极少在书页里批注，所以那些书虽然都很旧了，保存得还挺不错，每一页纸张都干净整洁，折皱都几乎没有。

当翻开一本《简子说辑要》时，书里忽然掉出了一个信封。萧轻盈连忙把信封捡起来，发现信封上什么字都没有写。

汤崧也凑了过来，打开信封，从里面抽出一张信纸。他展开信纸，眼神里有些疑惑。

“这是一张白纸，上面什么字都没有。”汤崧举起这张信纸，迎着透进窗户的阳光仔细审视着。“真是奇怪，为什么父亲会把一封什么都没有的信藏在那本书里呢?”

“那不是白纸!”萧轻盈猛然意识到了些什么，“快扔了!”

但是已经晚了。经常被萧轻盈取笑弱得像面条的汤崧，此刻真的就像一根面条一样软到了地上，动也不动。萧轻盈自己也感觉到了一阵阵头晕眼花，几乎要栽倒。她明白，自己和汤崧都已经中毒了。

不过她毕竟常年和毒物打交道，自身也有一些抗毒的能力，虽然中了毒，并没有像汤崧那样完全失去知觉。但她还是顺势也倒在了地上，假装昏迷。

书房的门再次被打开，萧轻盈听到了一个人的脚步声。这个人关上门，一步一步地走近他们，当此人走到她的身边时，萧轻盈拼尽全部的残余力气，猛然一跃而起，一掌劈向对方的头顶。在中毒的情况下，她只能一出手就是杀招，争取能一击毙命，以免后患无穷。

但毕竟是中了毒，力量和速度都大打折扣，更重要的在于——对方的武功似乎是她在没中毒时也无法轻易制服的。来人以闪电般的速度挥掌挡住她这一击，然后胳膊肘顺势发力，一下子顶在萧轻盈的咽喉上。萧轻盈眼前一黑，只觉得咽喉处已经吸不进空气了，一头栽倒在地上。对方毫不客气地一脚踩在她的背上，萧轻盈浑身乏力，已经不可能再挣扎着起身了。

“三弟可真是太没出息了，”来人用一种高高在上的冷酷语调说，“成天和一个贱民厮混在一起也就罢了，明明知道这是血羽会的杀手，还不知自爱，真是丢尽了父亲的脸。”

“三弟?”萧轻盈虽然脑子昏昏沉沉的，但还是听清楚了对方说的每一个字，“你是汤崧的虎翼司大哥还是城务司二哥？啊对了，我记得他说过，他的大哥武艺高强，而且尤其喜欢讽刺他，还不许他和平民往来，想来你就是他大哥了。你叫什么来着？汤文钦?”

“是啊，三弟惹出来的祸，只有大哥才能收拾，”对方一声冷笑，“可不能让人以为汤家无人。”

萧轻盈想要说些什么，但舌头就像是坠了铅块一样，实在发不出声了。她努力对抗着眼前仿佛正在无限扩大的黑暗，竭力让自己不昏过去。

就算是要死，老娘也得看清楚我到底是怎么死的，萧轻盈在心里恶狠狠地想。

风天逸探寻商业伙伴的过程进行得小心翼翼。尽管他找的都是他绝对信任的人，却仍然要提防对方把他供出去的可能。所以基本都是他指明地方，然后由洛夜行冒充虎翼司进去打探。好在经商的人通常都会尽量配合虎翼司，以免引来麻烦，因此洛夜行倒也没遇到什么阻碍——至少没有人戳穿他所使用的雪严君的腰牌是过时的。

当然，也没有什么收获。

“我现在真的怀疑这个人到底存在不存在，”洛夜行说，“问到第七个人了，居然就完全没人听说过这个滕征滕胖子的存在。也就是说，到现在为止，除了我们风流俊俏的高夫人，和那个姓风的书呆子无意中的一次目睹外，没有其他人知道他。”

“你不是也听说过他的名字吗？”风天逸说，“那一次是在什么样的情境下提到他的？”

“那是一个到我的赌坊里赌钱的潦倒汉子，说他过去的雇主刚刚卖掉了过去的生意，害得他失业了，他从宁南城就开始跟着那位老板，已经做了十来年了。”洛夜行说，“他那时候说，那门生意是卖给了一个叫滕征的死胖子。”

“如果是某种生意的话，留下过去的雇员也无不妥啊，为什么会解雇呢？”风天逸若有所思，“解雇已经干了十余年的成熟雇工就更少见了，那样有经验的老员工在哪里都是抢手货啊。除非是……”

“除非什么？”洛夜行问。

“除非他的目的根本就不是为了接着做这门生意，”风天逸说，“也许，他拿下别人的整个生意，只是需要那一块地而已。你还记得赌坊那家伙是什么行业的吗？”

“抱歉，每天来到赌坊里的人太多了，我一般不太去研究他们到底是干什么的。”洛夜行叹了口气。“我对赚钱并不是很上心。后来我也再也没有见过他，他大概早就离开天空城了。”

“我倒是可以回去让手下人查一查，那一段时间有什么宁南城来的商号在天空城突然易主，”风天逸说，“这些并不难查到。然后，我们可以去参观一下，那个当年的商号现在变成什么样了，也许就可以猜测一下滕胖子偷偷摸摸到处拿地的目的。”

“倒不必那么麻烦，”洛夜行眼前忽然一亮，“咱们去看看那座曾经属于王国麟的豪宅就行了。”

王国麟的院子还在。不过，和高夫人描述中富丽堂皇的豪宅，似乎已经相去甚远了。

整座院子的外墙并没有太大变化，但内部已经被完全分割成了三个部分，由新增的高墙隔开，住进了两户小贵族家庭，还有一部分被改建成了仓库。高夫人告诉两人，王国麟曾经在院落里修建了一些宛州风格的园林、假山，但现在那些园林景观都被铲平，新修了一些毫无特色可言的住家房屋。

小贵族家里也没有余粮，养不起那些耗钱而又不实用的园林，洛夜行想道。

依旧冒充虎翼司的洛夜行，分别走访了这两家小贵族和仓库的看守者，并没有太特别的收获。在向两家贵族出售房屋的过程中，滕胖子虽然露面了，但却完全没有透露任何与自己有关的细节。他只是公事公办地谈好了生意，收钱交房后就再也没有出现。

“不过他开的价格确实非常公道，”其中一户云姓的小贵族说，“天空城的地价很贵，但他的价格比其他地方都要便宜一些。能够买下那么大的院子——尽管只是原来的一半大小——我也觉得很好了。”

这当中果然有问题，洛夜行想，高夫人在提到滕征收购这座宅院时，也提到了价格很好。从来没听说过故意高价买再低价卖的情况，除非这个人是疯子。但滕征显然并不是疯子，那他到底为什么会做这种完全不合情理的亏本生意呢？

他走出宅院后，把打听到的一切告诉了风天逸。风天逸眉头微皱："这当然不可能，做生意是为了赚钱而不是送钱。滕征一定做了些其他的不为人知的小动作。你曾经在人类的地盘当过骗子，能猜到滕征用了什么样的骗术吗？"

"我有点模模糊糊的猜想，但单是看到这一处房子，并不能确定。可能真的需要麻烦你联络你的手下，只要找到第二处被滕征购买的房产，我就有把握了。"

风天逸给手下留下信息后，天色已经暗了下来，两人只能先回到避难所。整个院子已经被白茯苓打扫得干干净净，两人进门时，厨房里正传出鱼汤的香气。鱼类是羽族贵族所能接受的为数不多的肉食之一。

"这个姑娘挺不错啊，"洛夜行吸溜了一下鼻子，"我平时最烦的事情就是做饭，可是不做饭吃又得饿死。"

"等到这家伙不管你有没有在床上睡觉就闯进你的房间替你收拾的时候，你就知道厉害了。"风天逸提高了声音说。

"你说话声音可以再大一点吗？"厨房里传出白茯苓愤怒的喊叫。

不久之后，白茯苓做好了一桌子菜，三人在桌边坐下，才发现汤崧和萧轻盈一直没有回来。

"看来汤少爷是带着萧小姐回家吃贵族饭菜去啦。"洛夜行说。

"不应该，萧小姐是个不大守规矩的人，汤兄却不是，"风天逸隐隐有些担忧，"既然约好了日落之前回来会合，他就一定会回来的，除非出了什么意外。"

"也许是遇到了什么事情耽误了点儿时间？"白茯苓说，"再等等吧。"

然而，一直到了天完全变黑，汤崧和萧轻盈仍旧没有回来。

下雨了。

天空城下起雨来有着和地面上不一样的特殊光景。雨云和城市之间的距离更近，有若肌肤相亲，人们能感受到那缥缈而湿润的云雾从身畔轻轻擦过，把城里的一切都沾染上水汽。

而每到雨云降临天空城时，皇室的秘术师们就会忙碌起来，动用各种秘术将雷电引开，以免城市的建筑被雷电击中点燃，防止居民受伤。

“可惜今晚没有太多雷电，”风天逸坐在屋檐下看着密密麻麻落下的雨滴，“我有一次来天空城时，碰巧就遇上了雷雨的盛况。那些雷被秘术所牵引，就在天空中闪过，看上去就好像刚刚好在头顶上炸裂一样。”

“我倒是见得多了，”洛夜行说，“不过我对下雨是真没什么好感。每次下过雨之后，城里就会特别潮湿，湿气久久不散，我的腊肉老生霉——把它们弄进天空城可真不容易呢。”

白茯苓扑哧一声笑了出来。过了一会儿，她的脸上重新出现了愁容：“不知道他俩出什么事了。萧姐姐身手那么好，不应该被人轻易拿住才对。”

“我们该走了。”风天逸忽然说。

“走？为什么？”白茯苓不明白。

“到这个时候还没回来，他们多半已经落入敌人手里。”洛夜行说，“这里未必安全了，我们得另找去处。”

“但是，雨好像下大了。”白茯苓说。

雨的确下大了。刚才不过是一阵中雨，现在却有几分暴雨的迹象，雨滴变得有如黄豆粒一般大小，头顶上的乌云开始汇聚，云层中隐隐有雷声轰鸣。

“不大对。”洛夜行猛地站起身来，手一扬，一道弧形的冰盾凝结出来，正好遮挡在三人的头顶。冰盾刚刚凝出，乌云中骤然响起一声巨响，一道狼牙般的闪电从云中闪出，直劈向三人。哗啦一声脆响，冰盾瞬间化为无数碎块。

“散开！”风天逸一声暴喝，三人四散分开。白茯苓虽然不如两人反应那么快，但也已经明白过来，这道劈向三人头顶的闪电，并非自然现象，而是秘术师驱使雷电的秘术。他们遭到了秘术师的袭击。

又是几道闪电劈了下来，三人早有防备，及时躲开了，雷电打在地面的泥土上，一股焦臭的气息随即蔓延开。但秘术师一直躲在暗处，白茯苓一面躲闪着，一面左顾右盼，却怎么也判断不出对方藏身的方向。

更加让她焦急的是，风天逸的脚步显得有些慢，不知道是身体不适还是受了伤，躲闪时的脚步比她还慢。好几道雷电都差一点就打中他，使得他更加踉跄。

白茯苓很想去帮忙，但她自己的功夫并不如风天逸，本身自己躲闪也不容易，实在无暇分身。她只能提心吊胆地看着风天逸一次次惊险的勉强闪避。要命的是，那个始终躲在暗处的秘术师好像也注意到了风天逸的状况不佳，更加密集地向他发起攻击，看上去，他似乎是支撑不了多久了。

管不了了，白茯苓想，*总不能让他活生生被劈成焦炭*。她一边躲闪一边悄悄靠近院门，打算冒险先冲出院门，然后伺机寻找秘术师，近身干掉他。

但她还没能够来到院门边，风天逸却忽然一跃而起。他以和先前截然不同的敏捷跃到半空中，右臂一挥，几支袖箭从袖子里激射而出，飞向院墙之外。墙外传来两声闷哼，听来有两个不同的人中招了，那些从天而降的雷电也暂时停止了。

这家伙原来是在装死，白茯苓精神一振。她已经猜到，先前风天逸故意做出的迟滞步态就是为了吸引秘术师们集中力量攻击他，以便他更好地捕捉到附近精神力的变化，找到敌人的藏身之处。

当然，或许还有可能是不放心她，想要替她减轻一些压力，这一点白茯苓也隐隐想到了，不过不敢多想。她只是趁着秘术师受伤的当口，撞开院门冲了出去。

果然，门外站着两个人影，看得出来一个肩头有伤，一个手臂有伤，无疑是刚刚被风天逸击伤的两名秘术师。白茯苓二话不说，长短双剑一起出鞘，像一头见了羊的饿狼一样向着他们猛扑过去。

并不是所有秘术师都有洛夜行那样的身手，不少秘术师在精研秘术的同时，身体移动却并不灵活。这两个人躲在暗处施展秘术，白茯苓猜测他们一定很害怕被武士近身，所以急忙抢攻。

她的判断是正确的。这两名秘术师刚刚被弩箭所伤，正有些慌乱，忽然发现她靠近后，匆忙间施放出几道闪电，完全没有准头。白茯苓不费什么力气就逼近到两人身畔。她右手的长剑挥出，横削第一名秘术师的脖子。对方慌慌张张地闪避开，动作十分狼狈。

但白茯苓的目标却并不是他。她右手的长剑只不过使了个虚招，真正的力道都在左手。趁着第一名秘术师的躲闪动作干扰了同伴的视线，她的左手握紧短剑，全力刺出，刺向第二名秘术师的腰际，对方猝不及防，被一剑刺个正着，闷哼一声倒在地上。

他的同伴顾不上救援他，转身就跑，但刚刚跑出没几步，脚下的雨水忽然间凝结成冰一样的镜面。他脚底一滑，重重摔倒在地上，没等站起来，风天逸的短剑已经架在了他的脖子上。

“不是只有你们才会秘术。”洛夜行冷冷地说。先前令秘术师滑倒的水瞬间结成冰的小戏法，当然是他的杰作。

“你们是什么人？”白茯苓喝问那个被她刺伤的秘术师。这个秘术师被一剑刺进腰间，伤势不轻，伤口处不断流出鲜血，然后被雨水所冲淡。他看了白茯苓一眼，慢吞吞地说："我说了，你可以放我走吗？"

白茯苓愣了愣："放你走？那当然不行。不过，只要你招供出背后指使你的是谁，我们可以饶你不死。"

"饶我不死？"秘术师苦笑一声，"你不知道我背后的那个人有多厉害。我只要吐露了半点他的消息，只怕还不如死在你们手里。"

"那么厉害？他到底是谁？"白茯苓问。

秘术师张了张口，却忽然剧烈地咳嗽起来，说不出话来。白茯苓好不焦躁，这时候，一只手拍了拍她的肩膀。

"我还以为你这些天慢慢变聪明了，"风天逸开口说道，"不过这一场雨好像又把你浇笨了。"

"虽然我已经很习惯你说我笨，但我还是想知道为什么。"白茯苓说。

"在这个家伙东拉西扯地和你说话，无非是想耽搁时间，好让他身上流出的血变出花样来。"风天逸指了指地面。"而你显然没有看清周围的状况。"

白茯苓慌忙低头，果然发现地面上的雨水颜色有异。按道理来说，那么大的雨，秘术师身上流出的血液应该早就被冲淡了才对，但此刻她的脚下以及周围一片的地面上，水的颜色是暗红色的，还冒着诡异的气泡。

还没等她明白过来，突然之间，脚底方圆数尺之间的雨水变得黏稠起来，迅速形成了胶状，从这一堆暗红色的"胶泥"中，滋生出数十根红色的细丝。这些细丝看起来脆弱不堪，实则十分坚韧，就像有生命一样地迅速生长延伸，一下子捆住了她的双腿。

白茯苓连忙用剑刃去割，但这些细丝十分古怪，能自动从被割断的地方重新生长，而且越长越长、越长越多。很快地，她的双臂都无法挥动了，整个人被捆得结结实实，就好像人类爱吃的粽子。

但是洛夜行会秘术，应该不会惧怕手足被捆，风天逸的武功也比她高，不会轻易受制。想到这里，她急忙扭头，这一看只把她气得七窍生烟：风天逸和洛夜行被捆得比她还结实。而且看上去，这两位像是没有做一丝一毫的抵抗，心甘情愿地被绑起来的。

“你们疯啦？”白茯苓目瞪口呆。

“少安毋躁，少安毋躁。”风天逸虽然不能动，说话的语气仍然像是在抚摸一只笨拙而暴躁的狗熊。

“什么少安毋躁？你们为什么就这么眼睁睁被抓起来？”白茯苓嚷嚷着。

“我们找了他们这么久，现在好容易他们主动来了，索性顺着点儿吧，”洛夜行挤挤眼睛，“这总算是一个和敌人面对面的机会。”

“但是就这么束手就擒，万一一会儿人家要杀我们怎么办？”白茯苓问。

“做生意就是要冒险嘛。”风天逸说，“不冒险怎么赚钱？”

白茯苓叹了口气，知道这两个男人虽然一个很有钱一个很穷，却有着一点共通之处：都是胆大妄为的货色。既然跟着他们混，就只能任由他们胡闹了。

雨越下越大，开始有真正的雷电在天空中闪现，发出巨大的轰鸣声。白茯苓晃晃脑袋，甩掉流进眼睛里的雨水，心里想着，今晚那些皇室秘术师又有得忙了吧。

萧轻盈这些年来执行过不少难度很大的任务，也曾经不止一次陷入到危险中，甚至有那么几次她已经感觉离死不远了。然而她从来没有做过阶下囚，从来没有失手被擒，这还是第一次。

她倒是有那么一点新鲜感，任由汤崧的这位名叫汤文钦的大哥把她和汤崧捆绑起来，带到藏匿于汤擎书房里的密室中。从汤文钦开启密室机关的熟练程度，可以判断出这个密室他经常使用。

这父子俩是一伙的，萧轻盈想，汤擎和汤文钦，无疑掌握着一些其他家人不知道的秘密。但他却始终没有说一句话，任由汤崧去猜测调查，然后在紧要关头把自己的弟弟也迷晕过去。

这个奇怪的哥哥。这对奇怪的父子。

迷药的药性渐渐消退，但是汤文钦所用的绳索十分坚韧，她稍微尝试了一下就明白，在自己的力气完全恢复之前是不可能挣开的。既然如此，她索性不再用力，暗中积蓄着精力，等待变化的出现。

偏过头看看汤崧，大概是体质偏弱，仍旧昏迷不醒。萧轻盈禁不住摇了摇头："难怪你那么看不起他呢，他还真没有半点羽人贵族子弟的那种尚武的气势。"

汤文钦哼了一声："他从小就这副样子，怎么教导他都不管用。父亲性子太过宽宏慈和，由着他的性子去折腾，我也没法拂逆父意去过多管束他。但是我万万没想到，这个只知道闷头读书的呆子，却会在这样关键的时刻跑出来捣乱，而且还误打误撞一步一步地逼近了真相。"

"到底是什么真相？"萧轻盈忍不住问。"红色妖虫是你们放的？我父亲当年也是被你们害死的？"

汤文钦没有回答，只是从身上掏出一个小瓷瓶，打开瓶盖，放在汤崧的鼻端。汤崧打了个喷嚏，慢慢醒来，看看汤文钦再看看绑住自己的绳索，有点儿发懵。

"大哥，你这是要干什么？"汤崧问。

"解决你惹出来的麻烦，"汤文钦哼了一声，"成事不足，败事有余。"

“我惹出什么麻烦了?”汤崧不解，“这些日子以来，我一直在调查杀害父亲的真凶。”

“杀害父亲的凶手早已确定，就是翔瑞鸾驿的风天逸干的，现在他潜逃在外，不过我们迟早会找到他。”汤文钦说，“你还要查什么查？完全是添乱!”

“不是添乱，大哥，父亲不是风天逸杀的!”汤崧抗辩说，“他是被人陷害的，他……”

“行了，闭嘴吧!”汤文钦不耐烦地摆摆手，“你什么也不懂!”

汤崧还想说下去，萧轻盈已经插嘴了：“汤少爷，别闹啦，你哥的话你还没听明白啊?”

“听明白什么?”汤崧费劲地转头看着她。

“听明白他的弦外之音。”

“弦外之音?”

“你亲爱的大哥知道杀你父亲的不是风天逸，而且多半也知道那个人到底是谁。”萧轻盈慢慢地说。

“你说什么？他……他知道?”汤崧有些难以置信。

“不但知道，而且还在拼命掩盖，因为他需要所有人都认为那个人是风天逸。”萧轻盈盯着汤文钦，“至于他为什么要这么做，就得问他了。”

汤崧也转头看着汤文钦：“她说的是真的吗？大哥，你知道是谁杀了父亲?”

汤文钦看了看汤崧，又看了看萧轻盈，叹了口气。他在这间狭窄的密室里来回踱了几步，摇了摇头：“真是打乱了我的计划。我原本打算，杀掉这个女贱民就行了，现在看来，三弟，我不得不连你一起杀死了。”

萧轻盈没有丝毫意外，汤崧却显得大吃一惊。他呆呆地看着自己的哥哥，好半天才开口：“你要杀了我？为什么？你明明知道杀父亲的是谁，不但不告诉我，反而要杀我，这是为了什么？”

“你不必多问了，”汤文钦摇摇头，“很抱歉，虽然我平时很讨厌你，但我还是拿你当兄弟的，并不愿意杀你。只是现在，我必须杀掉你，因为我不能留下这个血羽会的女人。而我杀了她，你会极度怨恨我，绝不会放下这件事。所以，我不得不这么做。”

“‘绝不会放下这件事’，到底是什么事？”汤崧瞪视着汤文钦，“什么事能让你连兄弟之情都顾不上了，一定要杀了我，尽管我对你所说的这件事根本一无所知。”

“你不必知道，”汤文钦的脸上难得地显出一丝犹疑和痛苦，说明他方才所说的兄弟情谊并不是谎言，“你死之后，如果要恨，就恨我一个人，不要恨父亲。他为了天空城，为了羽族，已经付出了太多，包括他的生命。”

“为了天空城？为了羽族？这是什么意思？”萧轻盈敏锐地反应过来，“到底是什么事情？这怎么就能牵扯到羽族的命运上头去了？”

汤崧也呆住了：“那些红色妖虫……父亲的死……羽族的命运？怎么会？大哥，这到底是怎么回事？”

汤文钦摇摇头：“我说过了，你无须知道。按照人类的说法，但愿你下一世不要生在贵族之家。”

他从暗室的一个角落里取出一个木盒，打开盒子后，用一块布裹住手指，从里面取出一枚色泽漆黑的针，萧轻盈看了一眼，眉头微微一皱：“这是……血羽会的韩慈所用的毒针。原来他被抓住杀头之后，看家的武器落到了你手里。”

“这就是在虎翼司当差的便利，”汤文钦说，“韩慈被捕之后，随身器物充公是由我经办的，我早就听说他的毒针厉害，当然要留下来了。”

“嗯，中针之后无药可解，只需要几分钟就能毙命，确实毒辣，”萧轻盈点点头，“而且我还听说，中了韩慈的毒针之后，人会迅速全身麻痹，死前少受很多痛苦。用韩慈自己的说法来讲：‘我一向是个慈善心肠的人，就算是杀人，也不想让人多受痛苦。’”

“虚伪！”汤崧呸了一声，“大哥，你现在也想用这种武器来杀死我，让我少受痛苦，以便减轻一点儿你的内疚么？”

“算是你临死前我为你做的最后一件事吧。”汤文钦没有否认。

他握着针，一步步走近了两人。萧轻盈闭上了眼睛，看上去好像是认命了；汤崧却瞪大了眼睛，死死地盯着汤文钦，目光里充满了愤恨和悲哀。

汤文钦似乎不大敢和汤崧的视线接触，眼睛一直看着别处。他又像是想让自己的亲弟弟多活那么短暂的一小会儿，先绕过了汤崧，手里的针尖逐渐刺向萧轻盈的身体。

“大哥！”汤崧怒吼一声。

汤文钦身子微微一颤，轻轻叹了口气，没有搭理汤崧，毒针仍然稳稳地向着萧轻盈颈部的血管刺去。汤崧的牙关紧咬，心里只觉得阵阵剧痛，但隐隐的也有这么一个念头：*好在我和她终于是死在一起的*。

脑子里正在一团乱七八糟，忽然听到汤文钦发出一声短促的叫喊，定睛一看，他几乎不敢相信自己的眼睛：毒针已经刺破了皮肉，但却不是萧轻盈的皮肉，而是汤文钦的！先前握在汤文钦手里的那枚毒针，此刻正扎在汤文钦的手背上。

萧轻盈先前说过，这种毒针一旦刺伤人就能让人的身体迅速麻痹，现在看来，这种说法并没有半点夸张。汤文钦的身体已经软绵绵地瘫倒在了地上，尽管努力试图站起来，但他的胳膊已经无法支撑起身体，还是再次摔下去。

发生了什么？汤崧一头雾水。汤文钦微微转动一下脖子，视线定在了萧轻盈身上："你……你会秘术？你不是个武士么，怎么会秘术？"

萧轻盈嘴角浮现出一丝得意的微笑："你要是拿任何一样别的东西来杀我，我说不定都没有办法，但你偏偏拿出韩慈所用的毒针，就正好撞在我手里啦。"

"为什么？"汤崧忍不住问。

"因为韩慈在血羽会的时候，一向和我不对付，"萧轻盈说，"我早就做好了和他决一胜负的准备。但是他的毒针确实非常厉害，我没有把握接得住。所以我真的找人教我练习秘术。你是习武之人，也应该知道秘术和武术的修炼方式是互斥的，一个优秀的武道家几乎不可能成为一个优秀的秘术师。但我根本不需要练到优秀，甚至于连入门都不用，我只需要学会一个最简单的小秘术……"

"操控银针！"汤文钦恨恨地说。

萧轻盈点点头："没错，我甚至都不必去研习所有金属的特性，只需要掌握银的属性，然后能在近距离操控它、让它产生一些小小的移动就行了，那样的话，在和韩慈交手的时候，也许我能出其不意地用他自己的毒针暗算他。我没有想到，花费了大力气学会这个秘术之后，韩慈就被你们抓住杀死了，我还以为这玩意儿再也没用了呢。"

"但是现在，偏偏就是这么巧，你用上了。"汤文钦长叹一声。他的脸色已经开始发黑，鼻子和嘴里流出黑红色的血液，看来离死不远了。

"所以还得感谢你对你弟弟总算还存了那么一丁点感情，不愿他死得太痛苦。你要是当一个纯粹的恶人，反而不会送命了。"萧轻盈揶揄说。

“大哥，你能不能告诉我，你和父亲苦苦隐藏的真相到底是什么？”汤崧大声说。

汤文钦微微摇了摇头，声音已经变得十分微弱：“三弟，相信我，别再去追查了，一切都会解决的，你不能坏了大事……”

汤文钦死了。

汤崧呆呆地看着兄长的尸体，一时间说不出话来。他虽然与汤文钦一向不睦，但毕竟血浓于水，这一瞬间他忘记了汤文钦刚刚还打算杀死他，不自禁地落下泪来。

“行啦，要流猫尿待会儿再流！”萧轻盈毫不客气地喝道，“外面又有人来了，趴下，装死！”

汤崧只能乖乖听命。他和萧轻盈身上的绑缚此刻依然没有解开，往地上一趴，倒真像两具被捆起来杀掉的尸体。

萧轻盈的听力果然灵敏。汤崧也很快地听到书房的门再次被打开。但令他意想不到的是，新进门的这个人竟然十分熟练地找到了隐藏的机关，打开了密室的门。

看来这间密室绝不只是父亲和大哥曾经进来过，汤崧想，除了这父子俩，还有谁能来这里？是二哥吗？

来人走入了密室，关上密室门，很快发出“噫”的一声轻呼，显然也没有料到一进密室就看到地上躺着三具尸体。从这一声，汤崧也听出来，这个人并不是二哥，而是一个女人。他稍微松了口气。

来人的脚步继续挪动，在汤文钦身边停了下来。她轻声呼唤了两声：“文钦！文钦！”但汤文钦已经不可能再做出任何回应了。

“你居然会死在这里。”这个女子轻声嘀咕了一句。她离开汤文钦，又走到了萧轻盈身边。正在俯身查看的一瞬间，萧轻盈的身躯忽然动了起来，她仿佛是用尽了全身的力气，狠狠一头撞在女人的下巴上。女人猝不及防，被撞晕在了地上。

“你真厉害，这么快就有力气了！”汤崧十分佩服。

“还没完全恢复，所以这个女人很快就会醒！”萧轻盈说，“你看到没有，你大哥的尸体旁边掉落了一根毒针，那是他还没来得及用的。你憋一口气，用力一吹，把这根针吹到这个女人的旁边，越近越好。现在针距离我太远，我那点秘术功底不够用。”

“你想要干什么？”汤崧先是一愣，随即明白过来。这时候他也看清楚了这个女人的脸，下意识地摇了摇头：“不行啊，你不能杀她。她是大哥的未婚妻，云家的云若溪小姐。”

“你大哥已经死啦，你还管他的未婚妻干什么？”萧轻盈很不耐烦，“她要是不死，等醒过来就是我们死！”

“那也不能随便杀人啊，”汤崧坚持说，“刚才要杀我们的是大哥，她未必也这样。我和她接触虽然不多，但她一向是温柔和煦，大哥训我的时候她还会劝解。”

萧轻盈一脸即将吐血的表情：“汤少爷，你他妈的真傻啊？你没听到她刚才对着你大哥的尸体说话时的语气？‘你居然会死在这里’，冷冰冰的，没有半点感情，这像是一个看到未婚夫死掉的未婚妻的语气吗？这个女人在你面前只是装样子而已，她肯定和你大哥一样，眼睛里只有那件狗屁的羽族大事。等她醒过来，咱们就没有第二次运气啦！”

“还是不行，”汤崧把头摇得像拨浪鼓，“除非她先动手，我们不能轻易杀人，生命是无价的。”

“无价你大爷！”萧轻盈满脸绝望，“我怎么摊上你这样的白痴！”

无论她怎么威逼利诱，汤崧坚决不肯把那根毒针替她吹过去。没过多一会儿，云若溪的身体开始轻微地挪动，喉咙里也传出了微弱的呻吟声。

她快要醒来了。

萧轻盈把眼睛一闭，心里想着，我这样的王牌杀手，今天居然会被一个大笨蛋生生拖累死，用人类的话来说，这就是报应啊。

第十章 我们终于见面了

“我们的待遇好像还不错。”白茯苓低声说。

“不错？不错在哪儿？”风天逸问。

“我上一次被马旗抓走的时候，他先是打晕了我，后来又蒙住我的眼睛，好像是很怕我发现被关在什么地方。但是这一次，我们只是被捆了起来，连眼睛都没蒙。你看，我们甚至能从马车里看到外面。”

洛夜行扑哧一声笑了出来。风天逸叹息一声：“笨蛋不可雕也……你知道这说明什么吗？”

“说明什么？”

“说明对方完全不在乎我们会不会发现被带到哪里、路径是怎样的，因为最后他们一定会把我们三个干掉。”风天逸说。

“啊？”白茯苓傻眼了，“可是，我们的嘴也没被堵上，他们不怕我们呼救吗？”

“你听说过通缉犯向官家呼救的吗？”风天逸反问，“嫌自己死得不够快？”

白茯苓不吭气了。

马车一路驶向了贵族聚居的天空城中心地带，在一个气势恢宏的巨大庭院外停下来。果然如风天逸所说，对方可能是铁了心要杀掉三人灭口，压根不加掩饰，直接把三人押下车，从一处侧门进了院子。

“这地方我来过，”风天逸打量了一下周围，“进了这个院子，恐怕凭我们三个人的力量是很难出得去了。”

“这到底是哪儿？又不是羽皇的宫殿。”白茯苓很是好奇。

“这里的守备恐怕不会比皇宫差，”一旁的洛夜行说，“这里就是云家在天空城的宅子。”

“云家？是那个大名鼎鼎的宁南云家吗？”白茯苓一惊。

“对，就是那个云家。”风天逸阴沉地说，“和雁都风氏齐名的宁南云家。”

“这么说起来，这里倒真不比皇宫差，”白茯苓喃喃地说，“难道……我们一直在寻找的幕后真凶，是云家？”

“很快就能知道了。”风天逸说。

看风天逸和洛夜行都是一脸镇定，白茯苓只能把忐忑藏在心里。她虽然是人类，但在羽族的地盘待的时间很长，自然对宁南云氏的响亮名头早有耳闻。这是一个从宁南城兴盛起来的强大家族，虽然历史不如其他一些古老的家族那么源远流长，却借助着宁南城发达的商业迅速崛起，逐渐超越其他对手，成为羽族最有权势的两个大家族之一。

而唯一一个能与宁南云氏抗衡的家族，就是雁都风氏。两个家族在历史上曾经争斗过很长时间，但在那次令整个羽族世界都陷入巨大危机的血翼之灾后，双方关系趋于和缓，此后虽然仍旧不冷不热、互相看不顺眼，倒也不再有太多明面上的对抗。也得益于这种停战，两个家族经过漫长的休养生息，势力重新恢复。

五年前，天空城建成，风云两家是最早听从羽皇的号召、将主家迁入城中的大家族。正是因为有这两家领头，其他一些原本不情愿搬迁的贵族才陆陆续续改变了主意。而羽皇也投桃报李，将天空城除了皇宫外最好的两块地分给了他们。

此刻白茯苓所跨入的这座云宅，从规模上而言，几乎也可以算得上一座小皇宫了。到这时她才体会到，风天逸固然可能是九州最有钱的人，但有些东西不是有钱就可以换来的。这座位于天空城的新云宅虽然只存在了五年的时间，却贯注了一个大家族千年的血脉与灵魂，天然地带有一种庄肃的压迫感，那是风天逸的家无论怎么装饰都不可能达到的层次。

到了这个时候，她才能真正明白不久以前风天逸曾经和她说过的话。那正是两人经过若干年的分离之后重聚之时，各自的心中充满了种种复杂情绪，却又不知该如何诉说，只能不停地闲谈一些无关的话题，不知道怎么的就扯到了羽人社会上面去。

“羽人的社会，和你们人类的社会天差地别，”风天逸那时候说，“我如果是个人类，现在在宛州、中州之类的地方，只怕已经可以横着走了，皇帝都要让我三分。但在羽族的地盘上，我只能镇得住中下阶层的人，在上层的贵族当中，仍旧有很多人看不上我。因为我的背后没有一个古老而庞大的家族来支撑。家族血脉是羽族不可动摇的根基，羽族历史上遇到过无数的危机，最终都能依托各大家族的力量化险为夷。而人类，却很难找到那样绵延千百年的大家族了。”

“这样……恐怕也不是好事儿吧？”白茯苓歪着头想了老半天，“如果羽族社会是靠家族支撑起来的话，那各个家族有各个家族的利益，存在时间越长，就越会珍惜各自的利益。而且，势力越大，约束起来就会越困难，那岂不是连羽皇的话也可以不听了？”

“你难得动一次脑子居然动对了，”风天逸赞许地说，“羽皇的皇权的确一直以来都不稳，权力大多掌握在各城邦的领主手里，而领主往往就是家族的代言人。不过，现在这位羽皇算得上是几百年来难得一见的强硬角色，尤其是掌握着强大的兵力，在他的兵权震慑下，大家族们也不得不有所收敛。”

“那……那些大家族是不是很不高兴？”

“肯定会不高兴啊，”风天逸说，“搬迁到天空城这种事，他们就更不高兴了。毕竟各大家族在九州不同的地方扎根生长，在各地的势力已经盘根错节。现在把主体搬到天空城，虽然在各地仍然留下了很多子弟，控制力必然还是会受到不少的影响。”

“那他们就不该搬啊，”白茯苓说，“故土难离嘛。”

“是啊，故土难离，然而羽皇已经决定把天空城打造成整个羽族的权力中心，远离这个中心，无疑将意味着另一方面的损失，而那样的损失可能更大。所以各大家族那时候都在权衡利弊，犹豫不决。到了最后，还是宁南云氏最早拍板，接受了羽皇的要求。既然势力最大的云氏都开了这个口子，其他家族也不敢落后，只能都迁移了进来。”风天逸说。

“那他们心里会好过吗？”

“这我就不知道了。”

如今回想起那段对话，再看看眼前幽深到似乎见不到头的云家大院，白茯苓觉得自己隐隐约约地猜到了一点什么。不过不容她想得太深，三人就已经被押到了目的地。那是一片宽阔的平地，地面上摆着各种各样的工具器械，还有一些兵刃和箭靶。空地四方边缘的几排假人尤其醒目。

“这里是云家的练武场。”风天逸说。

“那些假人是用来练习秘术的吧？”白茯苓问，“我有点不明白，不是听说宁南云家一向以武术闻名吗？倒是雁都风家很擅长钻研秘术。”

“那是过去的事情了。”风天逸说，“在血翼危机中，风氏和云氏第一次携手抗击血翼军，相互之间也传授了不少诀窍。在那之后，风云两家都做到了秘术武术兼修，门下子弟既有强悍的武士，也有高明的秘术师。”

“那我们一会儿就更难逃脱了。”白茯苓哼唧一声。

三人被押到练武场的中央，秘术师替他们解开了身上的束缚。白茯苓有些蠢蠢欲动，风天逸拍拍她的肩膀：“别想了，现在这里看起来空旷，四围至少有二十个秘术师和武士，每一个都不会比你弱。还是老老实实听主人发落吧。”

他一边说，一边伸手指向练武场正中，那里站着一个孤零零的身影。此时雨已经停了，清冷的月光照了下来，白茯苓看清了对方的形貌。这是一个身材高大的老人，虽然面相看起来有些衰迈，但不怒自威，浑身上下有一种凛然的霸气，让人一见就不禁心生敬畏。

“云何思，云老先生，我们已经有好几年没有见过面了，没想到你还是那么精神矍铄。”风天逸说。

白茯苓这才明白，这个老人就是宁南云氏的族长云何思。这个人近年来很少公开露面，家族事务大多交给年轻人去打理，所以她只是听过这个人的名字，对他却并不熟悉。

“风老板，洛老板，白小姐，欢迎各位光临，真是蓬荜生辉哪。” 云何思开口说道，声如洪钟。

“我才是受宠若惊，”洛夜行说，“你居然把‘洛老板’和‘风老板’并列在一起说，一下子把我的身份拉高了几百个档次。”

云何思哈哈大笑："拉高？我可不觉得。我眼里的人不以钱财多寡来分类，而是智慧。你们竟然能查到滕征这条线，而且能猜到一切的事件都和滕征那时候的到处买地有关，已经是我所见过的最聪明的人了。"

"你说得那么坦白，是因为料定我们逃不掉了？"风天逸问。

云何思慢慢地走到风天逸的跟前，看上去毫无防备："风老板和洛老板，都是羽族年轻一代中的佼佼者。白小姐虽然比之二位略微不如，也是相当有实力的高手。你们三个合力，的确一般人都难以抵挡。"

他目光一闪："不过，我不是一般人。"

这句话刚刚说出口，三人忽然感到全身感受到了某种说不清楚的压力。那并不是具体作用到肉体上的压力，比如某些操纵空气的秘术，而更加接近于精神的震荡。这个老人好像并没有施展任何秘术，而仅仅是把蕴藏于身上的精神力全部释放出来，就能给人造成那样惊人的压力。

风天逸和白茯苓主修武学，感觉还稍微好一些，而专修秘术的洛夜行就极不好受了。他只觉得如果自己的精神力是一道墙的话，云何思的精神力就是无数尖锐的锥子，一点一点地锥破墙体，让他感觉到自己的脆弱和渺小。他有些不服气地试图运起精神力相抗，却发现在那股惊人的力量的压迫下，自己根本无法催动秘术，就像是有一根无形的绳索捆住了他的全身，让他难以动弹。

一分钟后，云何思收回了自己的精神力，风天逸和白茯苓都是面色惨白，洛夜行更是满头大汗，犹如刚刚从水里捞出来的一般。风天逸叹了口气："我还没有遇到过你这样的对手。老实说，我们三个加在一起恐怕也打不过你。"

"但你们也表现得很不错了，"云何思淡淡地说，"换了其他人，也许早就受不了晕厥过去了。尤其是洛老板，竟然还能做出一些反抗，难能可贵。”

“你的精神力的确强，简直强得有些……”洛夜行喘着气说，但说了一半就住口了，随即口风一转，“你把我们带到这里来，是想要告诉我们一些什么吗？”

“我很想，因为我的确欣赏你们，但请原谅我不能那么做，”云何思说，“某些秘密，知道的人越少越好。”

“但你不是已经打算杀死我们三个了吗？”洛夜行虽然疲累，却目光炯炯，“横竖我们都是三个死人了，就不能在临死之前满足一下我们的好奇心吗？”

“这种事情不能随便做，”云何思诡异地一笑，“你们应该也听说过那些故事，坏人把好人制住之后得意忘形、侃侃而谈，把一切秘密都抖露出来，然后被人绝地反击。坊间小说家都喜欢那么胡编，尽管是胡编，却也能给人警醒。”

“那你直接杀了我们不就行了，干吗费那么大劲把我们抓到这里？”白茯苓问。

“因为你们这一伙一共有五个人，还有两个我没有抓住，”云何思说，“虽然已经有别人去办，但是稳妥起见，你们三位的命还得暂时留着。五个人凑齐了，才是送诸位上路的时候。”

“你还真直白。”白茯苓哼了一声。

忽然之间，一阵浓云覆盖住了月光，雨又开始下了。练武场中的四个人化为了影影绰绰的黑影，模糊不清。

“那么，三位，得罪了。”云何思说着，已经催动了秘术。三人的脚下又生出了先前捆绑他们的那种红色细丝，向着他们的腰部卷去，看来是准备捆住双手，然后带走关押。

“请稍等一下，云先生。”洛夜行忽然说。

“哦，洛老板还有什么事?”云何思微笑着问。

“我有一个问题想要问你。”洛夜行说。

“什么问题?”

洛夜行深吸了一口气，一字一顿地说：“你到底是什么时候死的?”

风天逸和白茯苓都是一怔，不明白洛夜行问出这句话是什么用意。但很快他们就明白了。刚刚问完这句话，洛夜行的身上就升腾起一股白气，那是将他最擅长的岁正冰雪秘术使用到极限的迹象。

随着这股白气的升腾，就在距离三人所处方位大概五六丈的距离，一片方圆数尺的空间内，那些正在下坠的雨滴突然间聚集到了一起，并且以极快的速度凝固成冰，转瞬间形成了一个奇特的形状。

一把剑。

一把用寒冰凝成的锋利长剑，剑锋其薄如纸。

没等风天逸和白茯苓反应过来，这把冰剑陡然下坠，像是有一名剑客握住剑柄使出全力一样，狠狠地刺向了下方的地面。嗤的一声，剑尖刺穿了地面，剑身的大半部分直刺入了地下。地下随即响起了一声痛苦的闷哼。

“地下藏着人!”白茯苓失声惊呼。

风天逸微一愣神，随即也飞身而起，扑向冰剑刺入的位置。他顺手从身旁取过一柄练武场上陈列的钢斧，用尽全身力气，一斧头向着冰剑下方的地面砸了过去。哗啦啦几声响，地面塌陷出一个小坑。他扔下钢斧，拔出短剑，在坑口向下看了一眼，眉头皱了起来。

“逃走了，”他对洛夜行说，“下面有一条地道，但你我都进不去，太窄了，可能不是侏儒就是河络。”

白茯苓正在不明所以，却忽然发现云何思的身体开始摇晃了起来，像是站不稳了。摇晃了几下之后，他干脆一头仰天栽倒在地上，不再动弹。

难道是突发什么急病了？白茯苓连忙抢上前去，打算趁机制住云何思，但刚刚靠近到对方身畔，天空中的乌云碰巧散开了一些，一道月光照在云何思身上。白茯苓低头一看，惊呼出声。

“他死了！”白茯苓喊道，“他不但死了，而且……烂了！怎么会？怎么会一下子就变成腐尸了？”

“因为他的确死了，”洛夜行在她身后缓缓地说，“不是现在才死，不是刚刚死，而是已经死了很久很久。”

“死了很久很久？”白茯苓目瞪口呆，但旋即反应过来，“尸舞术！”

“没错，尸舞术，”洛夜行说，“刚才我用秘术击伤的，就是操控云何思尸体的尸舞者。”

昏迷在地上的云若溪终究还是醒了过来。虽然看上去还有些头晕目眩，她还是努力地支撑着身体，摇摇晃晃地站了起来。她看了一眼刚刚撞晕她的萧轻盈，眼神里流露出残忍的光芒。

“汤少爷，这回真的被你害死了。”萧轻盈叹了口气。

“汤文钦是你杀的？”云若溪一边揉着下巴，一边问萧轻盈，声音倒是婉转好听。

“看来只能是我了，总不能是汤三少爷吧？”萧轻盈翻了翻白眼。

云若溪蹒跚着走到萧轻盈身边，忽然抬起脚，重重地踢在萧轻盈腹部。萧轻盈被踢得在地上滚了几滚，脸都痛得发白了。云若溪追上去，又是连踢带打。她注意着没有用太大的力气，也没有攻击要害，看来是存心要让萧轻盈受一些皮肉之苦。但萧轻盈咬紧牙关，哼都没有哼一声。

“云小姐！请住手！”倒是汤崧实在看不下去了。

云若溪直起身来，转头看着汤崧：“怎么？心疼了？你维护起一个贱民、一个杀手，倒是比维护家族的声誉更来劲啊，三少爷。”

“你过去说话不是这样的语调的，”汤崧叹了口气，“轻盈说得没错，你果然一直在伪装。”

云若溪恶毒地笑了笑：“我们每一个人都在伪装，就连这座城市都在伪装，有什么好奇怪的？”

“你和大哥都提到了天空城，到底是怎么一回事？”汤崧问，“天空城到底隐藏着什么秘密？是什么样的秘密让你们连自己的亲兄弟都要杀？”

“你死了之后，去找你大哥问吧。”云若溪娇媚地一笑。她不再搭理汤崧，转身继续对着萧轻盈：“其实，我虽然看不起你的贱民身份，却很羡慕你能做一个杀手。世上没有比杀人这种事情更痛快、更让人舒心的了，可惜我能亲手杀人的机会太少。”

“现在总算让你逮着机会了，恭喜你。”萧轻盈表面上满不在乎，心里却十分焦急。她的力气还没完全恢复，尚无法挣开束缚，刚才以头撞人的突袭也只可能用一次，现在云若溪已经有了防备，再来一回是不可能的了。她只能眼睁睁看着对方一步一步走向她，那双看似柔弱无骨的小手不停地抓握着。她猜想，大概对方要使用羽族擅长的关节技法直接拧断她的脖子。

*没想到会死得那么难看，*萧轻盈想，*死了之后都得歪着头。*

她想要闭目等死，但想了想，又改变了主意，瞪大眼睛死死盯着云若溪。云若溪反倒是被她瞪得有些畏惧，犹豫了一下，改变了主意，从怀里掏出一把精致的匕首。

她终究还是不敢直视着萧轻盈的眼睛去拧断对方的脖子。

就在萧轻盈大睁着眼睛准备看到自己死亡的结局时，云若溪的背后忽然有一阵劲风袭来。云若溪连忙侧身一闪，一个身影从他身边掠过，一掌拍了个空。

那是汤崧。他竟然已经挣脱了绳索的捆绑，出手攻向云若溪。

“你怎么挣开的?”萧轻盈很吃惊。

汤崧先用身子挡在了萧轻盈身前，然后背对着她回答道：“你忘了我没事儿做的时候，除了读书就是研究机关。虽然我没你力气大，解开绳索却未必一定要靠力气。”

“好吧，但是打架就得靠力气了，”萧轻盈说，“你刚才如果向门外逃，或许还有一线生机；但你回过身来和她动手，那就是死路一条了。”

“要跑一起跑，”汤崧说，“要不然就一起死。”

云若溪冷笑一声：“三少爷，你倒是个有情有义的汉子，我过去真是小觑你了。不过，光是有情有义，是没有什么用的。”

她跨步上前，左掌拍向汤崧的胸口。汤崧连忙横过右臂格挡。但云若溪这一掌只是虚招，右手已经握成拳，一拳击打在汤崧的肋下。汤崧被打得几乎无法呼吸，一下子软倒在地上。但稍微缓过神来之后，他还是忍着剧痛重新站了起来，又扑向云若溪。这一次，他被对方干净利落的一脚踢在腰间，和萧轻盈摔在了一起，一时间再也站不起来了。但他还是艰难地挪动着身躯，挡在萧轻盈身前。

“你这个笨蛋，没有足够的力量，逞强又有什么用呢?”萧轻盈轻叹一声，语声忽然间变得很温柔，“不过，还是头一次有一个男人愿意为了我而舍弃性命呢，虽然是你这样的呆瓜……谢谢你，我还是挺高兴的。”

“都怪我，刚才如果我听了你的话，我们就不会死了。”汤崧低垂着头，“我果然是百无一用。”

“甜言蜜语也好，悔不当初也罢，这些话留着以后慢慢说吧。”

云若溪的笑容说不出的狰狞和残酷。她站在汤崧跟前，高举匕首，汤崧长叹一声，闭目等死。

云若溪把刀尖对准汤崧的咽喉，缓缓地把匕首送了出去。但突然之间，她的身体一僵，动作停止了。紧跟着，她的身体向前直挺挺地扑倒，压在了萧轻盈和汤崧的身上。

汤崧费力地推开她的身体，低头一看，不由得呆住了：一支短箭正插在云若溪的背后，箭头和箭身都已经没入体内，而且正中心脏部位，眼见她是活不成了。

再回头一看，密室的门上多出了一个洞。他这才反应过来，是有人在密室门上凿出一个洞，射进这支短箭，救了他一命。

"快追出去看看!"萧轻盈喊道。

"可是……我还没给你解绑……"

"别废话了！再不追，人跑啦!"萧轻盈怒吼起来。

汤崧这才忍痛站起来，但密室门外已经传来一个人声："不必追，我不会跑的。"

密室门再度打开，一个人走了进来。这是一个蒙面人，身材瘦高，发色金黄，面巾上露出的眼瞳也泛着蓝色，尽管看不见面容，也可以判断出这是一个羽人。从额头的皱纹来看，这个人并不年轻，但也不老，大概四十岁左右。

"你是谁?"萧轻盈问，"是来救我们的还是杀我们的?"

来人没有回答，却扯下了蒙在脸上的面巾，露出面巾下的脸。他的脸型毫无特色，原本应当是一个怎么都引不起他人注意的平凡的路人，但脸上的一样东西却让他显得格外醒目。

——一个刺青。一只狰狞的秃鹫的刺青。

"刺青？秃鹫?"萧轻盈喃喃自语，"奇怪，怎么感觉那么熟悉?"

她并没有亲眼见过这样的刺青，但却十分肯定曾经在什么地方听说过。秃鹫……秃鹫……秃鹫形状的刺青……

想起来了！萧轻盈忽然眼前一亮，不禁喊出声来："你是那个什么什么破山寨的土匪！秃鹫！"

她真的想起来了。在刚刚来到天空城的时候，她曾经翻阅过父亲雪严君的一些办案记录，里面正好就记载了这个山寨的事情。这是一帮人羽混杂的土匪，专门在澜州人类和羽族居住区的交界地带抢劫。他们的两个大头目是人类，勾结了一个羽人军师。这两个大头目因为脸上都有伤疤，索性在面颊上纹了秃鹫刺青，一些手下也跟着这么纹，所以这群匪徒就被称为秃鹫了。

山寨被剿灭后，两名匪首逃到当时仍旧是都城的雁都，准备策划一起大案进行报复，却被雪严君识破并抓获。然而，几年后，这两人越狱杀害了雪严君。然而，这一起杀人案的详情如何，是否背后有什么阴谋，至今还没有答案。

"我没有猜错的话，你就是那个山寨的第三号人物，那个一直给两个人类匪首出主意的羽人，对吗？"萧轻盈问。

"萧小姐并不像想象中的那样不喜欢动脑子啊，"羽人咧嘴一笑，"没错，就是我。"

"父亲留下的笔记里，没有提到你的去向，我还以为你已经被官兵杀死了呢。"萧轻盈说，"那你现在到这里来，是为了斩草除根杀死我吗？"

"斩草除根？为什么？"羽人反问。

这话把萧轻盈问得一愣，好半天才回答："为什么？我老爹死在你们手里的啊，你再干掉我，不就不必担心我找你们复仇了吗？"

羽人摇了摇头，笑容变得分外诡秘，接着说出了一句让萧轻盈大吃一惊的话。

"复仇么？"羽人说，"可是你父亲并没有死在我们手里啊。"

密室的门重新关闭。汤文钦和云若溪的尸体就躺在地上，失去生命的身躯变得丑陋可怖。汤崧感到有些别扭，但他也知道，此时此刻，这间密室是最好的谈话场所。这个突然出现的昔日匪徒，或许会有什么非常关键的东西要告诉他们。

“我父亲没死在你们手里？”萧轻盈皱起眉头，“那到底是谁杀了他？”

对方的回答又让她吃惊：“你父亲没有被任何人杀死，直到几个月之前，他才真正死去，是病死的。”

“病死的？几个月前？也就是说，那时候他是假死？”萧轻盈的眼睛都瞪圆了。

“是的，假死，在其后的几年时间里，我们一直在帮助他。”

“帮助他？”萧轻盈一怔，“他不是你们的仇人么，为什么要帮助他？你们秃鹫和这次发生在天空城的事件又到底是什么关系？”

“关系非常大，”羽人回答，“不妨告诉你，最近几个月天空城的种种乱象，都是我们做的，但这一切的策划，都来自你父亲。”

萧轻盈不说话了。先前汤崧总结出的种种谜团，再次在脑海里一一闪现。那些或血腥或怪诞的事件，都是父亲雪严君策划的？他到底是为了什么？难道是对王国麟被杀事件的短短几天的调查，就让他嗅到了凶案背后潜藏的巨大阴谋，因而早早下了决心？

羽人好像看出了萧轻盈在想什么：“你别误会，并非所有的事情都是他干的，他所做的，无非是因势利导，借用别人的谋划而已。”

“我更糊涂了，别人的谋划？”

“我这次现身救你们，就是想要把真相告诉你们，也避免你们坏事。”羽人说，“不过我们先得去找你们另外那三位朋友，他们也正在麻烦中。”

“坏事？坏什么事？”汤崧忍不住问。

“事实上，你们倒是帮了我们一些忙，”羽人说，“因为你们的介入，让对方把怀疑的目光更多地放在你们身上，让我们的行事更加方便。但是现在，你们调查得过深了，反而会造成不利的局面。”

萧轻盈摇摇头：“你能从头讲起吗？真是一头雾水。”

“从头说起的话，就从你父亲那次遇害说起吧。”羽人说，“所有人都认为，我的两位兄长恨透了雪严君，想要杀他报复。但事实上，正好相反，他们半点都不恨雪大人，反而很感激他。”

“感激他？”

“是的，雪大人并不是我们的仇人，反而是我们的恩人。”羽人的目光里充满了庄肃和敬重。

只不过短短一两分钟，云何思的尸体已经高度腐烂，散发出阵阵恶臭。

“这是怎么回事？就算他是尸舞者所操控的尸仆，也不至于那么快就腐坏啊？”白茯苓捏着鼻子说。

“这说明刚才被洛兄击伤的那个不知是侏儒还是河络的尸舞者，已经解除了他和这具尸体之间的精神联系。”风天逸说。

“为什么要解除？”白茯苓不解。

“既然已经被发现了，这具尸体留着也没有用了，完整保留尸体反而容易让人从中发现蛛丝马迹，不如让它彻底烂掉。”风天逸解释说。

“我明白了，那你是怎么看出来的呢？”白茯苓问洛夜行。

“我虽然不算是最厉害的秘术师，但是自信九州大陆上比我强的人也并不多，”洛夜行说，“可是云何思刚才释放出来的精神力，竟然能强大到死死地压制住我，让我几乎没有还手之力，这很不正常。

碰巧的，我是一个尸舞者的养子，对尸舞术略有一些了解，尸舞术可以通过尸体将精神力放大，制造出比普通人更强的精神力，能够超越常人所能达到的境界，所以我马上就怀疑他其实只是一具尸仆。

“那之后我就开始努力捕捉尸舞术的来源。幸好我当年从我养父那里也学到了一点儿甄别尸舞术的方法，总算是发现了尸舞者的藏身之处。”

白茯苓还想再问，风天逸却敏锐地注意到了周围的变化：“我们得赶紧走，云家的人来了！”

练武场周围出现了一些影影绰绰的黑影。看来，虽然尸舞者借云何思的身份命令家族里的子弟不许接近，但在刚才那几下交锋过后，他们还是发现了不对劲，于是违反了族长的命令赶了过来。

“往西边突围！”风天逸果断地说。

白茯苓也看明白了，往西边的方向，练武场上正好有几副弓箭，方便擅长箭术的风天逸使用。她也把长短双刀握在手里，紧跟在风天逸身畔。恍惚中她觉得又回到了八年前和风天逸一同并肩作战的时光，内心升腾起一股莫名的勇气。

一起拼一拼吧，白茯苓想。

风天逸抓过了一张硬弓和几个箭壶，冲在最前方。他的箭术仍然和白茯苓记忆中一样，精准而强硬，前几箭射出去，几乎每一箭都能射伤一个人。而洛夜行也不含糊，虽然他最擅长的是岁正冰雪秘术，但在这样一个雨夜里，雷电和火焰显得更有威慑力，也能让敌人心生畏惧。

云氏子弟见识到厉害，不敢靠得太近，给三人让出了一条通道。

三人很快冲到了练武场边缘。白茯苓已经看准了前方的道路：“继续向西北方向是一排院子，钻进去的话，更容易藏身。”

“好，过去！”风天逸连珠五箭射出，逼开前方拦截的两名云氏子弟，洛夜行借机一挥手，三人附近的雨滴卷成一股冰雪烟雾，瞬间遮蔽住追兵的视线。一名云氏秘术师赶忙用秘术驱散洛夜行所设置的屏障，但当屏障散去，这三个人已经不知所踪。

白茯苓体会到了什么叫做“深宅大院”。他们在一重重的房檐下穿行，就像是行走在一座巨大的迷宫里。身后的追赶声忽远忽近，一时让她有些分不清方向。

好在深宅大院也有深宅大院的好处，一路拣着小路钻，哪里房屋密集往哪儿跑，还真不容易被追上。眼看前方已经隐约可以看到云家的外墙了，她心里逃生的希望大增。

但风天逸却一下子停住了脚步。白茯苓收步不及，一下子撞到了他的背上。

“你停下来干什么？”白茯苓闷声闷气地捂着自己的鼻子。

“我有点想起来了。”风天逸说。

“想起什么？”

“方向。云家大院里的方向。”风天逸伸手指向另一个方向，“我想起来了，右边的那条路，可以通向云何思居住的院子。”

“你的意思是……我们直接去云何思的住处？”白茯苓愣了愣，但很快明白了对方的用意，“你是想要去搜一搜那间房子？”

“我们来到这里的目的，就是为了弄清楚事实的真相，”风天逸说，“就这样逃出去又有什么用？羽皇可以把红色妖虫的事情推到人类使者的头上，你以为云家不会把云何思的死推到我们头上？堂堂云家怎么可能承认他们的族长早就被人杀害了，并且一直被尸舞者所胁迫？”

“所以我们必须把一切真相都掀出来，让他们想要混赖都不成。”白茯苓点点头，“我们进去吧。”

“洛兄，靠你了。”风天逸看向洛夜行。

“交给我吧，洛夜行点点头。”

洛夜行用尽全部的精神力量，制造出一个幻影，幻影中有他和风天逸、白茯苓三人的背影，向着外墙方向而去。这样的幻术的效果，非常依赖环境，假如是在艳阳高照的晴天，本领再高的秘术师也很难骗过别人。但幸好现在是雨夜，追兵们的视线里原本就是一团模糊，也很难分辨出那三个背影到底是真的还是假的。

所以他们总算是安然地潜入了云何思所住的院子。但是洛夜行为了先前那个秘术已经筋疲力尽，不得不由白茯苓搀扶着才能勉强行走。刚刚走进云何思的书房，洛夜行就瘫软在了椅子上。白茯苓连忙找到茶壶茶杯，替他倒了一杯茶水，尽管茶水已经凉透了，但洛夜行不管不顾，咕嘟咕嘟把一杯茶都灌了下去，脸色这才稍微好看一些。

“秘术师就是到关键时刻送命的。”他虽然疲累，但好歹还有开玩笑的力气。

风天逸已经开始借助一直没有熄灭的鲸油长明灯检视房内的一切。云何思的妻子十多年前就已经去世了，从此之后，他就一直独居，始终没有续弦。此时此刻，在风天逸的眼中，云何思的书房十分干净整洁，几乎没有多余的陈设。

“这真的不像是羽族贵族的书房。”风天逸说。

“怎么了？羽人不是一向喜欢素净么，不会像我们人类的有钱那样恨不能拿金粉刷墙。”白茯苓说。

“素净和炫耀是并不矛盾的，羽人所擅长的，无非是高一等级的炫耀而已。”洛夜行说，“像这样一个大贵族的书房，怎么也会装作不经意地摆上一些足够用来炫耀的玩意儿，比如羽皇亲手御赐的书画之类的。但是现在，这间书房真的没有任何多余的饰物。”

风天逸已经来到了书房的角落，打量着那里一个并不起眼的上了锁的高大木柜。他忽然拔出短剑，一剑划断了锁，打开柜门。柜门里现出了一个奇怪的东西，看起来像一副盔甲，但又呈现出木头的色泽。风天逸试着在这副“盔甲”上划了一下，如此锋利的短剑却只能留下一道很浅的印痕。

“这玩意儿够结实的，”风天逸打量着，“这是什么玩意儿。”

“我见过这种东西，”白茯苓说，“这是将风。”

“将风？你说的是……那种河络所用的半生物的坚硬甲壳？”洛夜行问。

白茯苓点点头：“我曾经在一次河络和人类的冲突中见到过，就是这种样子。”

“那我有点明白了，”洛夜行说，“一直操纵着云何思尸体的，果然是一个河络，也只有河络才那么擅长在地下打洞。而且我也明白了另外一件事。”

“什么事？”

“那个在沼泽里杀死毒虫洛金的高大的身影，应该就是这个河络，”洛夜行说，“他藏身于将风里，所以看起来异常高大，也不容易受伤。”

“这种简洁干净到极点的作风，也确实像河络。”风天逸说，“那么问题来了，这个河络尸舞者是谁？为什么要操控云何思？红色妖虫到底和他有关还是无关？”

白茯苓忽然“嘘”了一声，趴在地上，耳朵贴在地面上听了一会儿，然后抬起身来，低声说：“那个河络回来了。他应该是被洛先生打成了重伤，但是没有死，现在进了隔壁那间屋的地下——可能是卧室。他伤得挺重的，连喘气都很困难，可能不会注意到我们在地面上的声音。”

“那就正好去会会他。”风天逸一握拳。

三人蹑手蹑脚地离开书房，在卧室外等了一小会儿。当室内响起通道打开的声音时，风天逸猛地撞开门冲了进去，白茯苓和洛夜行紧跟在身后。

地面上，一块地板刚刚被掀起来，一个满身血污的中年河络刚刚从地下钻出来。他的半边脸上血肉模糊，耳朵都被削掉了，肩膀靠近颈部有一个仍然在不断流血的深深的伤口，毫无疑问就是刚才被洛夜行的冰剑所伤的。

河络听到声音，艰难地扭头看到了三人。不过没等他作出任何动作，白茯苓已经抢上前去，双剑架在了河络的脖子上。

“动一动，你的脑袋就得和脖子分家!”白茯苓恫吓道。

“我是真的无所谓啊，”河络的声音虽然虚弱，却带有某种高高在上的气势，“我多活了这么几年，已经赚了。不过，你们希望天空城多活几年呢?”

你们希望天空城多活几年呢?

这是个奇怪的问题，问得三人面面相觑，都不知对方是什么意思。洛夜行试探着发问：“你这话是什么意思？天空城会出什么问题吗?”

“如果我不死，如果云何思被我操纵的真相不被揭穿，就不会出问题，”河络喘息着说，“但是现在，你们这几个自作聪明的家伙惹出大麻烦了。”

“什么大麻烦?”

“天空城将会毁灭。”门外传来一个声音。

门开了，从门外走进三个人。第一个人是一个陌生的中年羽人，平凡的面孔上有一个十分醒目的秃鹫刺青。而跟在他身后的两个人，赫然是萧轻盈和汤崧。看情形，他们并非被这个羽人胁迫，而像是自愿跟着他过来的。

白茯苓还没来得及和萧轻盈打招呼，就看见羽人径直来到河络的身前，俯下身去：“我们终于见面了。”

“原来一直在探查我的底细的那些人还没有被杀绝啊，”河络看了他一眼，“我本以为杀死那兄妹两人就够了呢。”

白茯苓咀嚼着双方这短短的两句对话。听上去，这个羽人和假借云何思面目出现的河络好像一直都在对着干，而双方所牵涉到的所谓“底细”，竟然和天空城的毁灭有关。

天空城……毁灭？白茯苓有点茫然。她虽然并非羽人，也很少来到这座城市，但对于天空城的赫赫声名丝毫也不陌生。在她的心目中，天空城就几乎相当于传说中从来没有人亲眼见过的神秘种族——龙。

是的，天空城真的就像一条盘踞于云端的巨龙，神秘、威严、霸道、拥有不可阻挡的力量。如今虽然它在白茯苓心里的神秘感已经少了许多，也经受了红色妖虫带来的折磨，但那种凛然不可侵犯的威势却始终存在。她实在很难想象天空城将会如何被毁灭。

“我大概有点明白这当中的关系了，”洛夜行看了看羽人又看了看河络，“这位一直假借云何思的尸体在云家发号施令的河络，掌握着某个足以毁灭天空城的秘密；而这位羽人，就是策划了红色妖虫案的幕后者，目的是获取这个秘密，对吗？”

“而为了你们之间的争斗，我们所有人都被莫名其妙地卷入其中，要么被诬陷，要么被追杀……这可真让人有点窝火呢。”风天逸接口说。看他的样子，似乎真的想要不管三七二十一先把身前的羽人揪过来胖揍一顿再说。

“风老板，想要揍我的话，一会儿有的是时间。但我们得先离开这里，云家的人追不到你们，迟早会怀疑到这个地方，”羽人说，“在云家的大院里，还有另外一处适合藏身的地方。”

“我们跟着你去，然后你会把一切都说出来，是么?”风天逸盯着他。

羽人缓缓地点了点头。

萧轻盈老早就听说过，在羽族那些大贵族的家里，通常都会有专门的家族荣誉室，用来存放家族历史上得到的来自羽皇的赏赐，以及其他的贵重礼品。越是历史悠久声名显赫的家族，这样的荣誉室就越宽敞越有气魄，事实上也成了各大家族暗中攀比的一种方式。

“这里面的东西，随便弄一样出去就应该很值钱了吧?”萧轻盈说着，随手拿起了一个古铜色的面具。这个色泽斑驳的面具也不知道产生于历史上的哪一个时期，看起来十分古朴，却也有一种别样的威严。

“你最好别打这个主意，”那个名叫冼狄的羽人说，“这里的东西你只要敢偷一件，就会成为整个云家追杀的目标。”

萧轻盈笑了笑：“说得就好像现在我们不是云家追杀的目标一样……不过我是一个杀手，不是小偷。”

她把面具放了回去。冼狄已经押着河络逼他坐了下去，河络伤势虽然很重，却始终昂着头，对身前的这帮人诸多不屑。萧轻盈不觉有气，汤菘拦住了她：“别计较，先听听冼狄先生怎么说。”

萧轻盈点点头：“你先前说，我父亲不是你们的仇人，反而是你们的恩人，这到底是怎么回事儿?”

冼狄也坐了下来，目光凝视着无尽的远方，好像只是在倾听雨声。过了一会儿，他才开口说道：“当年，我的两位兄长的确是被雪大人亲手擒获的，但他们并没有任何怨言，因为雪大人答应了他们，只要他们两个人投降，就放走包括我在内的其他人。”

汤菘不觉有些吃惊：“这并不像是雪大人的作风啊？”

“不，这正是雪大人的作风，只是外人并不了解罢了。”冼狄说，“雪大人从来就不是人们想象中的铁面无私、嫉恶如仇的那种人。人们眼里见到的是他一次又一次擒获各种凶悍的匪首，却不知道他经常会高抬贵手放过一些作恶不多的人，尤其是妇孺。这大概和他年轻时的一些经历不无关系。”

萧轻盈没有搭腔，但心里明白，冼狄指的是她的母亲。

“朝廷对我们有着各种各样的丑化歪曲，但雪大人却早就已经查明，我们收容的都是一些穷苦的人，虽然迫于生计，不得不打劫，却从不滥杀无辜。他告诉我的两位兄长，此事必须要有一个了结，他们两个人必须被捕，算作是对羽皇的交代，但其他人他都可以放走。”冼狄说。

汤菘的嘴唇动了动，显然对这种“穷苦人打劫就可以得到原谅”的说辞甚为不满，但他又看了看萧轻盈，最终还是没有说出来。

“所以他俩看起来是我父亲的仇人，实际上却是把他当作了恩人。”萧轻盈若有所思。“照这么说起来，他们根本就不应该越狱，就算越狱，也不可能去找我父亲寻仇……啊，我明白了！”

她猛地一拍巴掌：“他们并不是越狱！他们是被人故意放出来的，目的就是收买他们借复仇的名义去杀害我父亲！但是收买他们的人却万万没想到，这兄弟俩不但不恨他，反而把他当成恩人。所以……我父亲果然不是他们杀的。”

冼狄点点头：“没错。那时候他们原本在等待刑期，却有一个不知道是什么身份的传话人，居然有能力支开狱卒和他们单独会面。那个传话人告诉他们，他可以想办法放他们出去，条件就是他们必须杀死雪严君。”

“他们一定是假意答应了，然后悄悄去通知了老雪，是么？”洛夜行有些明白了，“难怪不得以我的听力，那天晚上居然都没听到什么动静，原来他们根本就没有打起来。”

“不但没有打起来，父亲反而借助他们的帮忙，布置了一个假死的现场，”萧轻盈也大致猜到了，“他之所以要装作自己已经被杀了，无疑是因为调查王国麟被杀一案所遇到的巨大阻力。”

“不仅仅是阻力那么简单了，”冼狄说，“他甚至受到过匿名的死亡威胁。当时通过验尸，他和仵作发现，王国麟其实在被狰啃食之前就已经死亡了，在他的心脏部位有一个奇特的伤口，并不像是狰牙造成的，倒像是某种人工磨制的锐器。因此他和仵作得出结论，王国麟之死有蹊跷。”

“但这个发现还没来得及公布，他就受到了威胁，也由此猜到这起凶案背后的势力十分庞大，他很难在明处应付。所以当我的两位兄长找到他、告诉他这件事之后，他果断决定将计就计，索性假死。而他们三个都很清楚，在雪大人假死之后，我的兄长们一定会被追杀灭口，但是……那是我们应该做的。”

萧轻盈默然，过了好一会儿才说：“他们两个人……很了不起。”

“然后老雪就假装中毒了不让我碰……他的演技还真不错，居然连我都骗过了，”洛夜行笑了笑，“不过我还是挺佩服他的。那后来呢，他就在天空城躲起来了？”

“他先离开了天空城，辗转找到我，把事情经过告诉了我，然后问我，我愿不愿意让两位兄长白死，”冼狄的脸上露出一丝悲伤的神色，“无论是为了给他们报仇，还是为了替那些保住性命的兄弟报恩，我都不会做出第二种选择。”

“所以你和他一起回到天空城，开始追查王国麟的死因，”洛夜行说，“你们毫无疑问也找到了滕征那条线，而且发现了王国麟的豪宅是这起凶杀案的关键。”

“雪大人常年在虎翼司，手里积累了很多消息源，所以比你们的调查更为有效，”冼狄说，“他很快发现，滕征也不过是个傀儡，并且一直在替他幕后的主人买地占地。他的行事一向十分隐秘，很少留下痕迹，一般而言，能用高价拿下的地块，就绝不吝惜金钱，甚至不惜把别人的整个产业都高价买下，所以大部分地产都拿得顺风顺水，没有引发什么波折。但是还是有那么三块地，好像对方怎么也不愿意卖。”

“我没有猜错的话，其中一块是王国麟的宅子，还有一块是风家的那座鬼宅。”风天逸说，“还有另外一座是谁的房子？”

“另外一座房子属于一位茶行老板，那个老板某一夜饮酒过度，结果中风死了，当然，你们都能猜到这种中风的实质是什么。”冼狄说，“也就是说，为了圈占土地，他已经杀死了两个人。”

“但是风家的族长风天照就没有那么好杀了，”洛夜行想了想，“那个人再厉害，也很难从风家的守护中杀死他们的族长。而且更重要的在于，杀了风天照也没用，新的族长马上就会继任，他总不能把风家人全部杀光吧？”

他兴奋地一挥拳头：“所以他才会勾结马旗制造出那起白衣女鬼案！当年被杀死的女仆毫无疑问是马旗的至亲之人，所以马旗能知道那么多细节，让白衣女鬼显得那么逼真。可是……就算是用白衣女鬼吓住了风家的人，那个宅子依然在风家大院里，他们图的是什么呢？”

“我和雪大人当时也有这样的困惑，不过后来，随着事件的真相一点点水落石出，我们渐渐有些眉目了。”冼狄说，“我们发现，被滕征弄到手里的那些房子，他根本就没有好好利用，甚至有些又分割转卖了，卖的价格也很低。”

“我们也发现了，”风天逸说，“故意高买低卖的生意，我闻所未闻，不明白他们的用意是什么。”

“雪人人当时猜测，他们想要可能并不是完整的房子或地皮，只不过需要其中的一部分。拿到手之后，把没用的部分再卖给别人，更加不容易引人怀疑。他们的行事，始终都是相当谨慎。”

“只需要一部分？一栋房子的一部分？”洛夜行在房间里转着圈，嘴里念叨不休，河络坐在地上，冷笑着看着众人，不管他们说什么都始终不搭腔。

萧轻盈看着河络那张桀骜的脸，很想扑上去收拾他一顿，但又觉得打一个重伤之人胜之不武。但突然之间，她的脑海里灵光一现，忘乎所以地喊了出来：“我知道了！地面上的东西根本无所谓，他们要得到的在地下！就是这个矬子河络挖洞能够挖到的地方！”

洛夜行恍悟：“没错，就是这么回事。他们既不想要房子也不想要地皮，只是需要藏在地下的东西。”

“而且这样藏在地下的东西，可能非常难于搬运，甚至必须停留在原地，”汤崧说，“否则以河络的手段，早就打一个地洞把它们都卷跑了。”

他把头转向河络：“所以这位河络先生，能不能告诉我，你操纵着滕征所夺取的那些地，下面到底隐藏着什么样的秘密？”

河络嘿嘿阴笑两声，还是不愿说话。冼狄说：“雪大人那时候顺藤摸瓜，费了许多周折，终于发现了滕征的幕后主使是云家的家长云何思。他改变自己的容貌，冒险潜入云家，为此曾被云何思发现并用秘术击成重伤。虽然侥幸逃脱，毕竟伤势过于沉重，几个月后就去世了。”

“原来我父亲最后是死在你手里的。”萧轻盈看了河络一眼，心里不觉动了杀机。

河络再度冷笑一声，终于开口说话了：“没错，是我借云何思的手杀了他。我只恨没有早发现他，早点杀掉他，这才有今天的祸事。就这么眼看着天空城被毁掉，我还真是不甘心呢。”

“你已经第二次提到天空城会被毁掉了，”白茯苓忍不住插嘴，“到底什么东西能毁掉天空城?”

“就是那些隐藏在地下的东西，”冼狄说，“这是天空城最大的秘密。当初，在兴建天空城的时候，帮助主持设计的河络，在图纸里隐藏了一些旁人看不出来的结构缺陷。”

“结构缺陷?”汤崧很是吃惊，“你的意思是说……”

冼狄阴沉地点点头：“它们被称为星力点。如果往这些有缺陷的地下部分施加足够强的太阳星辰力，天空城就会在太阳和谷玄的相互作用下被拉扯分裂，直到完全分解。”

第十一章 太阳之神

雨仍然下个不停。远处隐隐可以听到云家人大肆搜索的声音，但他们的确很难想到，他们所想要抓捕的人竟然藏在云家最神圣的地方。

冼狄说出那一番话后，荣誉室里安静了好久，最后还是白茯苓愣愣地打破了沉默："你刚才说，天空城的地下有一些什么什么……星力点，往上面施加足够的力量，就会造成整座城市的解体？"

"是这样的。"冼狄说。

"可是，为什么会留有这样的星力点？"白茯苓追问说，"我不明白，辛辛苦苦建成这样的奇迹，为什么要留下可能毁灭它的隐患？"

"我还是从雪大人的发现继续说起吧。"冼狄说，"雪大人冒险潜入云家，原本是想要偷听云何思和滕征的对话。但是他很快发现，滕征完全是一条令行禁止的走狗，云何思只是给他发布命令，两人的对话并没有太多有价值的地方。他很失望，但就在准备放弃离开云家的时候，却无意中发现云何思来了一位意外的访客。"

"意外的访客？谁？"

冼狄看了一眼汤崧："就是虎翼司的汤擎汤大人。"

"什么？家父？"汤崧一怔，"他去找云何思做什么。"

"雪大人偷听了两人的谈话，才知道这两位举足轻重的大人物共同保守着一个秘密。"冼狄说，"从两人的谈话中，可以得知，这个秘密由两人共同保守，但汤擎始终很不安，屡次提到'当初我们的决定或许是错误的''有可能带来巨大灾难'之类的话题。雪大人知道此事关系重大，于是开始对天空城建设时的情形展开了调查。他寻访了一些那时候参与施工的工匠，特别是找到了参与图纸设计的几位巧匠，得知了一件事情：当初设计天空城时，云何思和汤擎曾经联名向羽皇推荐了一名河络族的建筑大师。但这件事似乎其他的大臣和贵族都不知道。"

众人听到"河络族"三个字，不约而同地把视线转到了河络身上。河络脸上的肌肉微微抽动了一下："没错，他所指的建筑大师，就是我的老师磐石阿索。我跟随着我的老师一起来到了天空城的地面基地，刚开始的时候，我们以为只是进行一些一般性的指导，毕竟河络的建筑技艺天下无双，而磐石阿索又是当时河络族最负盛名的建筑师。对于天空城这样空前未有的全新建筑方式，能得到我老师的指点，总归是多了一层放心。但我没有想到，羽人竟然会那么卑鄙……云何思和汤擎，这两个卑鄙的羽人……"

"我就是汤擎的儿子，"汤崧说，"请你告诉我，我父亲到底做了什么卑鄙的事情？"

说完，他向萧轻盈讨要了一点儿杀手随身携带的外伤药，走向河络。河络面无表情，任由汤崧替他止血包扎。等到汤崧忙完，他才重新开口说话。

"我只是老师的助手，负责一些辅助性的事务，但我知道，他还有一些秘密的设计，甚至连我都不能告诉，"河络说，"我亲眼见到他和云何思、汤擎三个人在一起商议，老师总是显得很为难，汤擎也有些犹豫，只有云何思非常坚定。所以最后，我猜老师还是按照他们的要求做了。

“我们整整忙碌了半年的时间，天空城终于升空了，一切都很完美。这座飞在天空中的城市成功地承受住了它自身的重量，高飞于云天，没有发生任何问题。当天夜里，我陪同老师出席了羽皇的御宴，那也是天空城建成升空后的第一次御宴。羽皇给予了老师极大的赞美，老师也很高兴，喝了不少酒，喝得酩酊大醉。

“然而，就在当天夜里，突然有人潜入驿馆，以极其迅速而准确的手法砍下了师父的头。那天我正好喝多了点酒，没有睡着，看到杀手冲进来就赶紧跳窗逃跑，这才捡了一条命。我逃出驿馆，一路慌不择路，被逼到了天空城的边缘。那时候我想，摔死也比被人杀死强，就一闭眼跳了下去。

“结果我的运气实在是好，就在我即将坠落到地面摔死的时候，我连续撞上了两个飞行中的羽人，这两次撞击极大地减缓了我的下坠之势，落下去的地方又正好是一个草堆，加上河络本来就比较轻，我总算是没有摔死，只是断了不少的骨头。而那两个羽人，就做了我的替死鬼，他们承受了大部分的下坠力道，而羽人本来骨质中空、身体脆弱，撞上后几乎当场死亡。后来我才知道，那是两个相约决斗的贵族子弟，真是报应不爽。

“我养好伤后，潜回了天空城，在云家的地下挖了一个通道，直通到云何思的书房和卧室，总算偷听清楚了在我老师身上发生了什么事。原来，自从羽皇动了兴建天空城的念头之后，云何思和汤擎就一直在担忧，担心天空城的出现未必是一件好事。所以，他们请我老师来到天空城，希望他能够在天空城的设计中留下几个弱点，让后人有可能通过那些弱点让这座城市解体。”

“你的意思是说，那些所谓的星力点，是云何思与汤擎这两位主动策划的？”风天逸问。

“就是他们两位，甚至连羽皇都不知道。”

众人又有些沉默了，给天空城留下如此巨大的隐患，竟然还瞒着羽皇，那恐怕是杀头抄家的大罪。云何思也就罢了，汤擎那种八面玲珑的人物会做出这样的惊人之举，实在太让人意外了。

“河络先生，我有点不太明白，”白茯苓说，“为什么他们会觉得天空城的存在可能不是好事呢？现在看起来，天空城已经俨然是九州第一城了，就连我这个粗人都明白，天空城多存在一天，东陆和北陆诸侯的脸上就没有光彩。”

“我倒是有点想通了，”萧轻盈忽然说，“就好比血羽会里现在是负责暗杀的暗月分部一枝独秀，虽然其他的帮会组织不敢招惹我们，但在血羽会内部，却有很多人对我们不满。当然，论打架他们肯定不是我们这些专门研究杀人的家伙的对手，但内心的积怨只可能越来越深。天空城也是这样，虽然能震慑异族，却恐怕会让羽族的平民越来越反感。”

洛夜行点点头：“萧小姐说得有道理。我去寻找毒虫洛金的路途上，沿路看到平民的生活越来越糟糕。天空城让富者愈富，贫者愈贫，民间自然怨念滋生，几年前的那场叛乱就可以说明问题。我猜想，云何思和汤擎这两位，正是预见到了将来可能发生的事情，才会做出这样的布置。但是……卸磨杀驴也的确有点太狠了。”

河络的脸上现出了痛恨和愤怒的神色：“不错，这两个老家伙为了保守星力点的秘密，竟然想要把我们师徒杀死灭口。我当然要报复他们。我曾经想过不少报复的计划，比如把云家的人挨个杀死，却总觉得还不够。后来我终于想到了，与其杀掉几个无关轻重的人，不如直接通过那些星力点毁掉整个天空城，那样的报复才够痛快。

于是我暗杀了云何思，想办法找到了他所收藏的星力点的具体位置，然后用尸舞术操纵他的尸体，从此以他的名义发号施令，指挥云家。”

“所以你不停地借助云家的财力操纵滕征拿地，而你所抢下的那些地产，地下一定就藏着一个对应的星力点，”风天逸说，“原来那就是你抢地的目的。虽然其他的地块都被你拿下了，风家的地却不好拿，因为风家的势力并不比云家小，你既无法诱之以利，也无法胁迫。所以你就勾结了马旗，制造了白衣女鬼案，好让那座房子被封闭起来。那样的话，尽管房子并不在你的手里，但因为平时没有人可以接近它，你挖掘地道通到鬼屋下方也不会被人发现。”

“确切地说，是马旗兄妹，他们一共是姐弟三人，当初被杀死的女仆，是两个人的大姐。”河络阴笑一声。“她无意中撞见了风家的风立宏接受贿赂把修葺墓园的工程交给别人的场面，所以才被杀人灭口。她的弟弟和妹妹，也就是马旗和他的三妹马萍，从小生活在游牧部落，后来部落散了之后四处颠沛流离，就是靠着姐姐做苦工养大的，对姐姐的感情很深。所以当他们的姐姐被杀害后，兄妹两人把血蜘蛛带在了身上，发誓要向风家报复。我几乎没有费什么力气就说动了他们，帮我一起策划女鬼杀人。对他们而言，哪怕最后毁灭天空城没能成功，先杀掉几个风家人出气也是好的。后来阻止雪严君和鹤澹继续调查，也是他们兄妹俩出的手。不过鹤澹临死前抢走了那个蜘蛛骨雕，留下了破绽。”

“这么说来，马旗的妹妹应该就是那个试图抢夺风帆的控制、和我大打了一架的女人吧？”萧轻盈说，“既然有办法通过星力点摧毁天空城，为什么要用那种笨办法呢？而且，经过这五年的谋划，难道你还没有掌握所有的星力点么？为什么还不动手？”

“因为我改变主意了，”河络说，“我决定继续保留天空城。”

“保留天空城？”洛夜行一怔，但随即明白了，“啊，我懂了，你的复仇之心还真是强烈呢，光是毁灭天空城都不能满足你的胃口。”

“几年前的那次骚乱提醒了我，”河络说，“如果让天空城继续运转下去，羽族内部的分裂会越来越严重，各种各样的起义、叛乱会越来越多，慢慢把整个种族都裹挟在其中。如果能看着羽人们自相残杀血流成河，那才是真正的报复。光是毁掉一座天空城，说不定反而会帮助羽族重新凝聚。”

风天逸叹了口气：“你真是个聪明人。现在羽族这样的状况，正好是你想看到的。而你以云氏族长的身份，还可以暗中安排各种激化社会矛盾的行动，让贫富贵贱之间彼此仇恨、彼此杀伐。长此以往，羽族恐怕真的要危险了。”

“但是我猜，马旗兄妹估计不会同意你改变主意吧？”白茯苓说，“我认识马旗，他是一个很坚决的人，如果他想要通过毁灭天空城来向风家复仇，恐怕很难让他改主意，何况他们本身也是羽人，不会想要看到羽族分崩离析的。”

“所以他们兄妹俩成了雪大人的盟友，”冼狄接口说，“在调查出两位贵族布置星力点的阴谋之后，雪大人刚开始的想法当然也是要阻止，但是随着时间的推移，他和这位河络得出了相同的结论：天空城的存在，将会把羽族的分化推向不可收拾的境地。萧轻盈小姐是雪大人的女儿，对于他和他所爱之人的遭遇，应该很清楚吧？”

萧轻盈默默地点了点头。

“然而还有一些细节你不太清楚。雪大人绝不是无情无义的人，当年他之所以不得不抛弃你和你母亲，是因为他的父母以死相逼。”

“以死相逼？”萧轻盈一惊。

“是的，他们说，雪家世世代代都只和贵族通婚，血统纯正高贵，绝不容许在雪大人这里受到玷污。他们威胁说，只要雪大人敢娶你母亲，他们就会双双自尽。雪大人权衡许久，最终不能眼睁睁看着双亲自尽，还是妥协了。但他的内心一直痛苦不安，一直惦记着你们母女俩。”

萧轻盈的眼睛里感到潮乎乎的。*他果然是迫不得已*，她想，*他确实不是一个冷血无情的人*。

冼狄说：“正是由于被迫和所爱之人分离，被迫和自己的亲生女儿分离，雪大人才更加痛恨羽族的阶级分离。在他看来，天空城会大大加剧这样的分离，所以他决心摧毁它。”

“所以就是说，原本打算摧毁天空城的人，最后决定保护它；原本决定保护天空城的人，最后决定摧毁它。”汤崧说，“这样的转变还真有趣。那么，红色妖虫和我父亲的死，又是怎么回事呢？”

“还有我们血羽会为什么会莫名其妙卷进来？”萧轻盈问。

冼狄还没来得及回答，门外忽然响起一个男人的声音：“血羽会卷进来，是我安排的。”

众人悚然回头，萧轻盈眉头微皱：“这个人的声音，听起来好耳熟啊。”

“我们被包围了，”洛夜行说，“现在这间荣誉室的周围围了好几十个人，每个人都带着硬弓。大家先不要轻举妄动，主动权在对方手里。”

门被推开了。一个长得圆滚滚胖乎乎的羽人走了进来。他有着一张和善的脸，带着和蔼到甚至略显呆气的笑容，但目光却锐利如电。而一看清楚这张脸，萧轻盈就惊呼起来。

“师兄！”萧轻盈喊道。

“师兄？”汤崧一愣，“就是你所说过的那个和你同在血羽会的师兄？那个经常帮助你、向你讲解各种常识，但是武艺不如你的师兄？”

“就是他，关于天空城的许多常识，的确是他告诉我的，”萧轻盈死死盯着对方，“现在看来，他的名字应该是假的。”

萧轻盈喊出的“师兄”二字已经让所有人都惊诧莫名了，但这位师兄接下来说的话却似乎更有震撼的效果。

“没错，你所知道的我的名字是假的，”师兄笑眯眯地说，“我的真名叫滕征。而我的真实身份，是直接由羽皇指挥的斥候。”

滕征？

羽皇的斥候？

萧轻盈看着眼前这个原本应当十分熟悉的师兄，只觉得自己的脑袋不够用了。滕征，那个一直在替云何思、也就是河络尸舞者四处买地抢地的人，竟然是她在血羽会的师兄。而他同时又是羽皇手下的斥候，也就是说——

关于这些星力点的存在，羽皇也可能早就知道了。

“没想到你居然是羽皇的人，”河络叹了口气，“我还以为云何思救了你的命你就会对他忠心无二呢。你骗了我那么久，也算得上是厉害了。”

滕征笑得更开心：“云何思确实救过我的命，但那一次的‘救命’，原本就是羽皇刻意安排的，目的就是为了让我接近云何思。”

“那血羽会呢？”萧轻盈问。

“血羽会则是云何思安排我加入的，我请示了羽皇，羽皇认为没有问题，因为血羽会原本也是他的一个心腹大患，”滕征说，“所以我算得上是双料斥候。”

“欺骗血羽会，你就不怕死么？”萧轻盈目露凶光，突然一个箭步抢上前去，右掌直切滕征的咽喉。滕征毫不避让，看似轻描淡写地直接一拳打向萧轻盈的脸，萧轻盈陡然感觉到一股巨大的压力排山倒海般迎面而来，几乎令她无法呼吸，只能硬生生地回掌格挡。砰的一声，拳掌相交，她被打得踉踉跄跄退出去七八步，差点把试图扶住她的汤崧也撞倒。她指着滕征，想要说话，一口鲜血已经喷了出来。

“你瞧，师妹，我的武术并没有你想象中那么差。”滕征耸耸肩。

“算你厉害，不服不行，”萧轻盈喘着气，“这么说来，你安排我到天空城来，就是为了让我做替死鬼？”

“因为我已经发现，雪严君的人准备展开行动了，那种时候天空城一定会乱成一锅粥。为了不让星力点的秘密泄露，一定得有一些能干扰虎翼司视线的事物存在。血羽会当然是最好的选择。只是我没有想到，师妹你的运气那么好，这么鲁莽易怒的一个人，竟然一路逼近了最终的真相。”

萧轻盈哼了一声。汤崧发问说：“请问滕先生，你说你发现雪大人的人——也就是这位冼狄先生准备展开行动，到底是什么行动？”

“就让冼狄替你们解说吧，他毕竟是当事人。”滕征依然笑容可掬。

“雪大人虽然发现了星力点的存在，却有一个难题：他无法找到它们具体的位置，”冼狄说，“这个河络似乎是把所有的星力点位置牢牢记在了脑子里，然后毁掉了原图。”

“所以他想出了红色妖虫的计谋，”洛夜行说，“这也是一直困惑我们的地方：那些妖虫到底是拿来做什么的？专门找毒虫洛金来制造，还借助了太阳法器，可真不是一般的东西啊。”

“这得从天空城升空的原理说起，”冼狄回答，“天空城升空依赖的是一个非常微妙而精巧的平衡系统，利用的是太阳星辰力和谷玄星辰力的相互作用带来的升力。而那些星力点，就是用来破坏这种平衡的。只要往星力点贯注足够的太阳力量，整个天空城就会失衡，如果所有的点都受到太阳力量的扰动，天空城……就会解体。”

“我有点明白了，”风天逸说，“那些红色妖虫，每一个都带着太阳的星辰力，单个的力量或许很少，但集群在一起就很难说了，而它们在地下到处乱钻，万一一不小心在某个星力点筑巢，也许就会破坏这个点。等这些妖虫在天空城闹出动静后，这位伪装成云何思的河络必然会感到担忧。他或许会想办法去一一寻找那些星力点，在其周围施加防御红色妖虫的防护措施，而冼狄和他的同伴们就可以通过跟踪云何思的行动，一一找到这些点。”

“而在这段时间里，碰巧我准备买下风家的那座鬼楼，于是我成了新的麻烦，”他继续说，“我也算是个有钱有名头的人，用一般的手段很难对付我，所以他们就想出了通过汤擎的死来陷害我。不过，汤擎和云何思不是一伙的么？还有翼嘉桐又是怎么回事？”

“翼嘉桐一直都是效命于汤擎。他并不知道星力点的真相，但汤擎给过他死命令：那些地下有星力点的地皮决不能交给任何人，”河络说，“至于汤擎，是自杀的。他早已得了绝症，大概也就剩下半年的命了。对他而言，早死半年，晚死半年，并无太大分别。”

“所以他选择了通过自杀来陷害我，确实让我百口莫辩。”风天逸苦笑一声，“众目睽睽之下，那么短的时间，如果想不到他是自杀的，我就是唯一的凶嫌。而且你们还事先偷出了我收藏的兵器，真是谋划缜密。”

“那我呢？”白茯苓忍不住问，“我又为什么会被骗到这里来呢？”

“这是我出的主意，”滕征说，“风老板的势力不小，我不敢马虎，需要找到一个可以用来胁迫他或者引诱他入彀的筹码。我想，白小姐就是那个唯一的筹码。”

“你对我的过去也调查得很清楚啊。”风天逸叹息一声。

"毒虫洛金和马旗是谁杀的?"洛夜行发问说,"没猜错的话,应该是套在将风壳子里的某个河络干的。"

"都是我,"河络说,"当我发现妖虫之后,第一个想到的就是洛金,于是亲自去找了他。洛金是个贪生怕死的货色,被我稍微逼问一下,就告诉了我真相。我杀了他,却没能找到那件太阳法器,后来你进入了沼泽,我和你过了一下招,知道不可能三两下杀死你,担心你看清楚将风的外形让我暴露目标,只能先离开了。至于马旗,敢于背叛我,自然也难逃一死。"

"那么,马旗的妹妹后来为什么会去对风帆控制室下手呢?"萧轻盈问。

"马旗的死极大地刺激了她,让她更加不愿意忍耐,"冼狄回答,"我一再告诉她,时机尚未成熟,现在我们还没有能力同时引发所有的星力点,她却执意不听,头脑发热之下,想要去劫夺风帆的控制权。事实上,就算抢下来,以她一个人的能力,也根本无法驾驭整座城市,但是仇恨……让她失去了理智。"

"我还有一个问题,"洛夜行说,"这么说来,其实羽皇早就知道红色妖虫的制造者是谁,但简帆仍然被当作嫌疑犯一直扣押,这也是羽皇故意的吗?"

滕征没有回答,但他的表情已经说明了一切。洛夜行的拳头握紧了。

"而且羽皇一直按兵不动,甚至导致了虎翼司和城务司的相互不信任,导致了天空城一片混乱,"冼狄说,"这又是为什么?"

"那是为了把你们一网打尽,一个都不漏,"滕征说,"妖虫带来的混乱不过是暂时的,哪怕死掉很多人,也可以用时光的流逝去慢慢冲淡。但一旦星力点的存在暴露了,你觉得还会有谁愿意留在这里?"

一切的谜团终于解开了。人们各怀心事，一时间好一会儿都没有人说话。萧轻盈看了看曾经的“师兄”滕征，心里想着：师兄说得对，这个世界对我而言，还是太复杂了。我终究只是那头只会杀人的莽撞蛮牛，而师兄却并不是一只愚蠢的肥猪，他的心机比任何人都深沉。

这一次来到天空城，真是让我好好地上了一课，她想，可惜的是，一切都将结束。

“接下来怎么样？你要杀死我们吗？”萧轻盈问滕征。

“我很舍不得你，师妹，”滕征说，“在血羽会的那帮子野兽当中，你是唯一一个单纯得有些像人的，我也一向和你很谈得来。但是你必须得知道，星力点的秘密绝不能泄露出去，我答应过羽皇要摆平这一切，请原谅我不能食言。”

“杀了我们不要紧，这些星力点却一直都会存在，也许以后还会有其他像我们这样的闲人发现这个秘密。到时候羽皇该怎么办？羽族又该怎么办？”汤崧说。

滕征的笑容在那一瞬间显得有些凄然：“我想不到那么远，那种事也轮不到我这样的无名小卒来操心。我所能做的，只是顾及眼下。如何，师妹，各位，请大家出去再动手可以么？这里毕竟是云家的荣誉所在，打坏了还是不大好。”

他顿了顿，又补充说：“当然，你们也不必指望在这里开打我的手下们就会手软。我带来的，全部是听羽皇指挥的御前侍卫，里面没有云家的人。”

“看来我们别无选择了。”风天逸活动了一下手指。“那就打个痛快吧。”

他当先推开门，走了出去。洛夜行和白茯苓紧随其后。萧轻盈看了滕征一眼：“师兄，你觉得你是在血羽会当杀手比较快乐，还是在天空城当滕征比较快乐?”

“无所谓快乐不快乐,”滕征说,“我早就不是为了我自己而活的人了。师妹,你其实也并没有为自己而活过,你注意到过这一点吗?”

萧轻盈沉默了一阵子,轻声说:“你说得对。这一次来到天空城,见识了太多的东西,我忽然觉得过去我的确是活得头脑太简单了,你还真没有说错。以后如果有机会,我一定要离开血羽会。当然,今天必须杀死你,活着离开云家,这个愿望才可能实现。”

“你几乎没可能有机会的,”滕征说,“刚才挨了我那一拳,你已经受伤了。”

“我大意了,没想到你把自己的真正实力藏得那么深,”萧轻盈冲着他笑了笑,“但是我还是会全力以赴。就算要死,也要拼个够本。”

“我……”滕征刚刚说出了这一个字,背后突然一阵劲风袭来。那是冼狄趁他不备,突然挥刀偷袭。但萧轻盈看得出来,冼狄的武艺甚至还不如自己,偷袭滕征恐怕难以得手。

果然,滕征轻巧地一侧身,刚刚好躲过刀锋,接着他沉肩挥肘,重重一肘击打在冼狄的胸口,萧轻盈听到了清脆的胸骨断裂的声音。冼狄的整个身体横飞出去,撞在墙上,滕征紧跟着冲到他身前,一掌切在他咽喉上。冼狄甚至不能发出声音,头软软地垂下,颈骨已经断裂。

“看起来,你不但武艺很强,杀人经验也很丰富,尽管在血羽会里你能接到的任务不多。”萧轻盈说,“看来我是真的要死在这儿了。”

滕征垂下头:“我会想念你的。”

一动起手来，洛夜行就心里微微一沉。看来滕征对他们五个人的实力了如指掌，带来的这二十多个御前侍卫个个都是硬手，想要从他们的包围圈中突围，着实不容易。

更别提还有数量更多的云家子弟在远远地观望。即便他们侥幸干掉了这些御前侍卫，恐怕也没有体力再去应付云家的精英们了。而在这些精英弓箭手和秘术师面前，想要凝翅飞走也是不可能的。

而且对方并不急躁，在实力占优的情况下，他们并没有冒险，只是牢牢地堵死每一条可能逃跑的通道，然后轮番车轮战进攻，显然是想先消耗掉对方的体力，再一举歼灭。

洛夜行轮番施展着各种秘术，然而先前那次用来逃命的幻术让他消耗了太多精神力，虽然休息了一阵子，但并未能够完全恢复。而无论是岁正冰雪，还是郁非火焰或者裂章雷电，都是相当耗费精神力的。但他别无选择，因为只有用这些威力巨大的秘术，才能震慑对方，为风天逸的弓箭争取到射击的时间。

风天逸一直被三名武士死死缠住。对方知道他的箭术厉害，所以一味地近身缠斗，不让他腾出手来射箭。只有在洛夜行秘术的掩护下，他才能抽空张弓，射伤了三名敌人，但都没有伤及要害。而洛夜行为此耗费了大量体力，眼看着脚步都有些松散了。

白茯苓同样陷入了苦战。她的武艺不及其他几人，好在体力不错，但敌人不断地用车轮战和她交手，也让她渐渐感到疲累。但她咬紧了牙关，努力做出精力充沛的样子，丝毫不显疲态，以便为风天逸和洛夜行分担压力。

然而，情况最不妙的还是萧轻盈。这并不仅仅是因为她在先前和滕征交手时受了些伤，事实上，这点伤凭借着她五人当中最丰富的实战经验是可以弥补的。真正要命的在于，她需要时刻分心保护汤崧。

汤少爷的脑袋当然是极为灵光的，但论到武功却当得上“低微”两个字，大概也就比街头流氓强点儿，在天空城的诸多年轻贵族子弟中，他的武艺绝对只能排倒数。眼前的这二十余位高手，没有一个是他应付得下来的。他手里挥舞着一把长剑，左支右绌，全靠萧轻盈不停地替他支援。

又是一支长枪的枪尖刺向了汤崧，汤崧勉力回剑格挡，当的一声，他的整个右臂都被震得酸麻了。对方枪尖一抖，第二枪刺了过来，汤崧已经无力抵挡。就在这时候，萧轻盈戴着手套的左手一拳砸在枪尖上，把对方的枪势阻挡住。但她的右半身却露出了破绽，另一名敌人甩出手里的长鞭，正打在右臂上，衣袖被打破了，她的右臂上留下了一道深深的鞭痕。

“别管我了！”汤崧喊道，“我一个人死了不要紧，不能拖累你。”

“屁话！”萧轻盈喝道，“闭嘴！”

眼看着敌人的长鞭又像毒蛇一样卷了过来，萧轻盈像是躲避不及的样子，整条右臂都被卷住了。她突然暴喝一声，右臂发力，竟然把敌人生生拉扯到跟前，然后左手挥出，只听一声凄厉的惨叫，对方的两个眼珠子已经被她生生抠了出来。她紧跟着抓住对方的头颅一扭，咔嚓一声，脖子断了。

“别忘了老娘是干什么的！”萧轻盈怒吼道。

“真不愧滕征送你蛮牛的外号！”洛夜行百忙中也不忘开玩笑，“男人的力气都没你大啊！”

“以后干脆来翔瑞鸾驿和我们的狗熊小姐搭档吧！”风天逸一剑逼开身前的一名敌人，“你俩简直是绝配！”

“呸！你才狗熊！”白茯苓愤怒地喊道。

萧轻盈击杀了一名敌人，把几个人的斗志又重新燃了起来，就连汤崧的身手都显得灵活了一些。但他们心里也清楚，杀掉一个人仍旧不能挽回己方所处的劣势，而且时间拖得越长，这样的劣势会越来越明显。

最可怕的在于，滕征一直抄着手站在一旁，并没有出手。先前他击伤萧轻盈，杀死冼狄，展露出了十分可怕的武功。此刻他无疑是在等待着五个人慢慢被消耗到筋疲力尽，然后在最恰当的时机出手，一举将五人击倒。

这是一个经验丰富的杀手的典型作风。

风天逸一面和敌人交手，一面在心里琢磨着对策。他已经感到腿脚发酸了，浑身的衣服都已经被汗湿，想来同伴们也好不到哪里去。但面对敌人们不紧不慢的严密守势，他们很难找到突破口，尤其在被萧轻盈杀掉一个人之后，剩下的敌人更加谨慎，轻易不露出破绽。

这就像是过去羽人和人类的战争啊，风天逸莫名其妙地想道。羽人凭借着独一无二的飞翔能力，总是能在局部占据优势，但架不住人类人多，后方的粮草支援源源不断，可以通过稳扎稳打步步为营，通过焚烧森林等战术一点一点蚕食羽族的领地。而等到羽族能飞翔的精英慢慢消耗得差不多了之后，人类就能从容地发起总攻，击败羽人。所以千百年来，在人类和羽人的战争中，羽人总是失败较多的那一方。

但是天空城的出现，有可能改变这一切。天空城就像一座永远不可能被焚毁的森林，提供给羽人永久的庇护。如果天空城真的被利用星力点摧毁了，或许羽族内部的矛盾可以缓解，但是外部的压力就又会大大增加了。

天空城的存在，到底是好事还是坏事？天空城的毁灭，究竟是必须还是谬误？

风天逸一时间有些恍惚，差点被敌人一刀砍中，幸亏白茯苓替他架住了这一刀。

“喂，聪明人，别走神啊！”白茯苓嚷嚷着。

风天逸冲着她一笑，忽然间有了主意。在这种时刻，唯一的选择大概就是兵行险招，强行攻击滕征，如果能一举擒拿住滕征，也许就能利用他胁迫其他的御前侍卫。

他侧眼看向洛夜行，发现洛夜行也在用眼神向他示意；再看看萧轻盈，也是同样的目光。此时此刻，不可能进行言语沟通，也不能有任何犹豫，只能靠灵光一现的默契了。

“狗熊！护着我！”他低声说。

白茯苓一言不发，手里的双剑舞成了一圈寒光，把风天逸身前的两名敌人逼退。风天逸猛地扔下手里的短剑，把最后的五支弓箭搭在弓弦上，五箭连珠射向滕征。与此同时，萧轻盈也甩开自己的对手，全力扑向滕征。

洛夜行则激射出数枚冰锥，将风萧二人与敌人分隔开。二对一，两人能否在这短短的一刹那制服滕征，将是决定胜负的关键。

三人的配合不可谓不默契，全部选在了最合适的时机，最合适的方位。眼看着滕征就算能闪避开风天逸的连珠五箭，也无法避开萧轻盈迅雷般的突击。而洛夜行的冰锥恰到好处地阻挡住了试图上前帮忙的其他人。

这下有戏了！白茯苓想着，眼睁睁地看着那五支箭射向滕征。然而，滕征竟然没有做出丝毫闪避动作，直接任由那五支箭射到了身上。巨大的冲力令他向后退出了几步，然而……却并没有受伤。他的身体就像是铁铸的一样，那五支箭居然没有办法射进去。

而萧轻盈也已经逼近到滕征身前。她也看清了对方没有被风天逸的箭矢所伤害，不由微微一愣。滕征已经双掌齐发，击向她的面门，萧轻盈无法闪避，一股倔强的劲头涌了上来，尽管明知这次计划已经失败了，仍然使出了和对方同样的招式，就是要和滕征硬拼。

双掌相交，发出一声巨响，萧轻盈的身体像断线的风筝一样弹了回去，重重摔在地上，嘴里喷出一口鲜血。滕征也向后接连退出十来步，身子摇晃了几下，慢慢地坐倒在地上。看起来，萧轻盈仍然不敌，但滕征似乎也受了重创。

“云家的护身宝甲！”风天逸十分吃惊，“怎么会在你手里？”

“我既然一直为云何思做事，自然也会想办法从他身上赚点好处。”滕征喘息着说，“风老板的箭术和洛先生的秘术我早有耳闻，我师妹的杀人技巧更是难防，我自然要做好充足的准备。”

风天逸所提到的这件护身宝甲，原本属于风家，材质异常坚韧，能抵挡大多数锋利的兵器，后来传到了一代箭神云灭的夫人风亦雨手里。风亦雨嫁给了云灭，宝甲也就跟着到了云家。

风天逸临时想出来的战术，就毁在了这件刀枪不入的宝甲上。萧轻盈受了重伤，剩余几人更加难以支撑，终于被一一击倒在地。

滕征摇摇晃晃地站了起来，虽然伤势也不轻，总算还是比连站都站不起来的萧轻盈强一些。他慢慢地走到五人面前，叹息一声：“各位都是铁骨铮铮的血性之人，杀了你们，我也很难过。但我这条命是属于羽皇的，他的命令我无法违抗。希望你们不要恨我。”

他又看了一眼萧轻盈：“师妹，你刚才那一下拼死一搏，是我十年来受过的最重的伤。你比我想象的还要厉害。”

“但我还是输了，至少你还站着，我却只能趴下了，”地上的萧轻盈艰难地说，“你赢了。动手吧。”

“对不起，如果我稍微能干一些，也许现在不会输得那么惨，”

汤崧低着头说，“我这辈子从来没有那么后悔过，后悔为什么没有从小开始听家里人的话，好好习武。我不但不能保护你，反而成了你的累赘。”

“世事无常，谁也无法预料未来，”萧轻盈摇摇头说，“我也没觉得你累赘。没有你的头脑，很多事凭我一个人是想不出来的。只不过，现在看起来，知道了真相也没什么用。我们都要死在这儿啦。”

“可惜我的万贯家财还没花完呢，”风天逸懒洋洋地说，“到死的时候身边还趴着一只狗熊。”

和他嘴里说的话相反，他的手一直紧紧握着白茯苓的手，似乎是到了人之将死的时候，再也不愿隐藏内心的情感了。

“倒还未必立马就死。”躺在一旁的洛夜行突然说。

萧轻盈一怔，只见洛夜行探手入怀，从怀里取出一块水晶。也不知道他用了什么秘术，水晶碎裂了，从中掉出一小块闪闪发亮的碎片。洛夜行捡起这枚碎片，眼神里充满了某种嘲讽的意味。

“你这是要……天哪！不行！”萧轻盈叫了起来，“你不能那么做！会死的！”

“不这么做就不会死吗？”洛夜行眼里嘲讽的意味更浓。然而，他刚刚把碎片举起来，忽然斜刺里伸出来一只手，抢走了这枚碎片。

那是汤崧。

赶在滕征出手阻止之前，他把碎片吞进了肚子里。

那枚带有恐怖的生长之力、仅仅凭借培育出的红色妖虫就能把人变成怪物的太阳碎片。

“你疯了！”萧轻盈忽然觉得自己的眼泪涌了出来，胸口一阵温暖，随之而来的则是一种撕裂般的痛楚。

滕征则显得有些惶急，他不再像先前那样一脸的成竹在胸、从容不迫，而是不顾一切地从身边随从的手中抢过一杆长枪，一枪刺向汤崧的胸口。枪尖刺入了汤崧的胸口，却并没有血流出来，相反的，从汤崧的胸腔里生出了一股巨大的斥力，把枪尖重新推了出来。而他的胸口迅速愈合，没有留下一丁点伤。

“让我这个最没有用的人发挥一点作用吧，”汤崧凝视着萧轻盈，双目已经开始变得血红，“虽然我大体上在家人的眼里是个废物，但在某些时候，我也想要当一当英雄，想要试一试，为了保护自己喜欢的人而不惜生命，到底是怎么样的一种滋味。”

汤崧的身体开始膨胀，衣服都被撕裂了。他脸上的神情十分痛苦，却死死咬紧牙关，没有呼痛。他的皮肤开始变成一种雪一样的惨白色，一会儿又忽然转成墨一样的黑色。最为古怪的是，他的背上开始出现了两团隆起，越来越突出，上面还渐渐长出白色的羽毛，看上去有些像——翅膀。

滕征万分焦急，下令御前侍卫们动用各种武器攻击汤崧的身体。但和他先前刺的那一枪一样，汤崧根本没有受到丝毫的伤害。而他的身体还在继续变化，越来越巨大，也隐隐约约可以看出一些变化的趋势了。

“那是……太阳神么?”萧轻盈喃喃地问，“我们羽族神话传说中的……太阳神?”

太阳神。

羽族神话传说中的一位上古之神。他身高百丈，背上的羽翼翼展三百丈，有着鹰一样锐利的眼睛，有着鹰一样弯曲尖利的喙。据说，每一天太阳的东升西落，都是依靠太阳神在背后展开双翼默默地推动。是他把光明与希望带给九州大地，是他把生长的力量带给大地、海洋与天空中的每一个生灵。

而现在的汤崧，活生生就像是太阳神降临人间。虽然他并没有百丈高，此刻的身长也有好几丈，体形比一个夸父都更高大。那和羽人的光翼不同的、有实体的巨大白色羽翼更是显得气势磅礴。

汤崧挺直了身体，庞大的身躯带有一种无法言说的威慑力，即便是御前侍卫们也不自禁地向后退出了几步。滕征咬了咬牙，扔下那柄长枪，从另一名御前侍卫手里抢过一把弯刀，再度扑向汤崧。他的身体高高跃起，手里的弯刀犹如一道闪电，劈向汤崧的头顶。

然而汤崧甚至都没有闪避。他抬起右手，轻描淡写地随手一挥，刚才在萧轻盈面前显得威力十足的滕征，竟然像一只脆弱的飞虫一样，被生生弹出去数丈之远。他狠狠摔在地面的泥水中，一时间爬不起来。

“你们快阻挡他!”他只能趴在地上大吼道，“所有人！所有人!”

看得出来，云家的人并不情愿受家族之外的人指使。但滕征可能是带来了羽皇的旨意，他们纵然不情愿，也不得不勉强靠近，通过强弓和秘术发起进攻。

但这些攻击对于汤崧来说，似乎连蚊子的叮咬都算不上。他只是随便地挥一挥手，那些足以射穿铁甲的箭矢就像一根根草棍一样跌落到地上，至于种种秘术，雷电也好，火焰也好，冰雪也好，暗月和谷玄的诅咒也好，更是完全无法伤及他的躯体。

这个曾经羸弱不堪、被视为天空城贵族中的笑柄的文弱书生，仿佛突然之间变成了一尊巨神，无可匹敌的巨神。他脚踏在不可一世的云家的土地上，却将眼前的一切都视为蝼蚁。

“真没想到，汤少爷也是个这么不惜命的人，”洛夜行轻叹一声，“真是了不起。”

“他会死吗?”萧轻盈哽咽着问，“那些被红色妖虫咬过的人，都死了啊!”

“红色妖虫身上，只带着极少量的太阳之力，汤兄却把整片碎片都吞下去了，到底以后会怎么样，谁也难以预料。不过现在……我想我们得救了。”风天逸说。

汤崧展开了他宽阔的白色羽翼。羽人虽然能凝翅，但凝聚出来的光翼并无实体，当精神力收回之后，羽翼也会消失。但此时此刻，汤崧背后的羽翼却毫无疑问是血肉之躯的一部分，当它们伸展开时，巨大的阴影投射到地面上，将御前侍卫和云家子弟笼罩在其中，令他们不自觉地心生畏惧，向后退出了那片阴影。

雨停了。太阳出来了。

初升的朝阳从天空城的边缘缓缓升起，一点一点照亮了这座九州历史上距离天空星辰最近的城市。天空城的居民们，有的仍然在熟睡中，有的已经醒来，正在感叹着下了一夜雨后的空气的清新。他们并不知道，就在他们的脚下，在这座城市的根基之中，蕴藏着足以毁灭它的秘密。他们也并不知道，就在刚刚过去的那个看似平凡的雨夜，发生了多少惊心动魄的诡异变化，又有多少人在为了他们脚下的秘密和这座城市的存亡而有过怎样的内心挣扎。雨夜过去了，天空城将继续沐浴在阳光下，继续俯瞰九州众生，继续延续羽族的骄傲和荣光。

只是谁也不知道，这样的荣光会在何时消散。

云氏子弟发起了最后一次攻击，但这样的攻击仍然是徒劳的。汤崧的羽翼轻轻扇动，带起一阵狂风，云家的高手们就像一片片腐朽的落叶，被纷纷吹走，撞在房屋和院墙上。

汤崧张口说话，声如洪钟，虽然声音已经完全变了，但萧轻盈等人还是能勉强听懂他在说什么。

“抓紧我，”汤崧用雷鸣一般的声音说，“我们离开这儿。”

他伸出双手，轻柔地握住了萧轻盈和白茯苓的腰，风天逸和洛夜行则抱住了汤崧的腿。雪白的巨翼以不可阻挡的气势完全伸展开，带起巨大的升力，带动着汤崧的身体离地而起，飞入天空。

这个有如天神一般的身躯飞入云端，将阴影投射到地面上。早起的人们看到他的身影，纷纷惊呆了。他们怀着惊奇与敬畏，目送着这个见所未见、闻所未闻的巨大身影从城市上空掠过，强健的双翼以不可思议的高速飞离天空城的边缘，身后是一群徒劳的追兵。

萧轻盈并不是贵族血统，她的血脉只能支持她一个月起飞一次，飞行能力也不够强，以至于进入天空城都得靠摆渡舟。此刻飞翔在这样一个她从未达到过的高度，风呼呼地灌入耳鼻，实在很难受。但她还是要说话。

“喂，你会死吗？”萧轻盈大喊道。

“我也不知道，或许吧，”汤崧说，“不过值得。”

“值得个屁！”萧轻盈说，“你得给我好好活着！说不定老娘心情一好就他妈的嫁给你了！我可不能嫁给死人！”

汤崧哈哈大笑起来：“希望我能有命活到那一天吧！不过，如果我死了，我也不介意你嫁给别人，只要你偶尔还能想起我就行了。”

风天逸摇摇头：“这真是我这辈子听到过的最没有水准的情话了，不过么……”

“不过什么？”洛夜行问。

“不过我们的狗熊小姐还是挺感动的啊。”

洛夜行抬头一看，被汤崧握在手里的白茯苓正在肆无忌惮地流着眼泪。

尾声

又是一天乱七八糟的忙碌。

简帆上午捉住了一名犯了杀人罪的嫌犯，下午抓住了另一名盗窃犯，然后用剩下的时间整理文书。一直到了太阳落山，她才放下纸笔，疲惫不堪地伸着懒腰，慢慢走出衙门。斜阳的余晖照在古老的天启城上，留下一道道沧桑的影子。

走出几步后，捕快的职业洞察力让她注意到有人在跟踪她。她不动声色地拐过一个弯，等到算计着跟踪者也差不多该拐弯时，猛地一拳打出去。

然后她又生生收住了拳头。

“怎么是你?”她的语气里充满了惊讶，却也不乏喜悦。

“差点被你把鼻子打掉，”洛夜行微笑着说：“得罚你请我喝酒。”

“那么长时间没有得到你们的消息，只是听说了有通缉令，我还以为你们还是被羽皇抓住了呢。”简帆说，“我后来还拜托朋友在天空城打听，也没有听说你们被关押或者杀头的讯息。”

“你还是挺担心我的嘛。”洛夜行挤挤眼，喝下了一杯酒。

简帆脸上一红，不自禁地低下头去，最后却还是抬起头来，看着洛夜行的眼睛：“我当然会担心你的。”

洛夜行反而有些手足无措。简帆笑了笑：“你们那天清晨的逃亡可蛮轰动的，半个天空城的人都看到了你们羽族的‘太阳神’带着几个人飞离，听说还有人顶礼膜拜呢。那到底是怎么回事？”

洛夜行把整个事情经过原原本本地讲了一遍：“后来的事情你也知道了。羽皇把与红色妖虫有关的一切都推到我们五个和已经死去的冼狄、马旗兄妹身上，现在还在宁州和澜州通缉我们呢。那个河络始终没有被提及，我猜是被秘密处死了，云何思曾经长期被尸舞者控制的秘密也被隐藏起来。总而言之，除了极少数的人，寻常百姓都不知道星力点的存在。”

简帆听完，半晌不语，最后终于长出了一口气：“没想到这件事当中，竟然有那么多曲折。那位汤崧汤少爷，后来……死了吗？”

“不算死也不算活。”

“不死不活？怎么讲？”

“我把他带到了我养父居住的那片坟墓。他恢复了原样，但却彻底失去了知觉，甚至没有呼吸和心跳。”

“没有呼吸和心跳？”简帆吃惊非常，“那和死了又有什么区别呢？”

“我的养父是尸舞术大师，他很明确地告诉我们，虽然没有了呼吸和心跳，但太阳碎片在汤崧的体内维系着他的脏器和血肉不腐坏，和真正的死人绝不相同。换句话来说，他的躯体似乎只是陷入了一种休眠。”

“休眠？”

“是的，太阳碎片的生长之力太猛烈，汤崧的躯体根本不能承受，所以转入了一种休眠的状态，以免遭到伤害。但他什么时候能醒过来就谁也不知道了，也许今天就会醒，也许永远沉睡下去。萧轻盈现在正在九州各地四处游历，寻访高明的秘术师，试图寻找到消解这种生长力的方法。”

简帆的脸上有些忧虑：“那可不是一般的秘术，而是直接来自太阳的星流石碎片，秘术师只是血肉之躯，能消解得了法器吗？”

“谁也不知道，但总得试一试，”洛夜行说，“萧轻盈可是一头执拗的蛮牛，她下定决心要做一件事情，就一定会做到底。”

“那她……也不在血羽会了？”简帆问，“血羽会能这么轻易放过她么？”

“血羽会肯定不乐意，也许会派人杀她吧？但她不在乎这个。”洛夜行回答，“以她那么丰富的杀人经验，一般人想要刺杀她可不容易。更何况，现在血羽会的头号敌人是滕征啊。萧轻盈不过是脱离组织，滕征可是卧底的朝廷斥候，而且潜伏了那么久，那才真是让血羽会大大地丢了脸。”

“只不过，我对那些叶姓的羽人食言了。我原本答应过把太阳法器还给他们的族人，现在已经成了汤崧身体的一部分，就没办法啦。”

“那么，风老板又怎么样了呢？”简帆又问，“就我所知道的，翔瑞鸾驿现在换了别人在经营，并没有被查封，但风老板仍然在通缉名单上。”

“风天逸是个不安分的人，他早就安排好了当自己不在时的商号的经营管理，所以他在不在没差别。”洛夜行说，“翔瑞鸾驿是一个遍布九州的商号，羽皇查封掉宁州的分号也没有什么用，倒是会大大影响宁州的税收。羽皇也不愿意损失太多钱财嘛——维系天空城的运转可得费钱呢。”

“那他现在在哪儿？还有那位叫白茯苓的？”

“羽皇只能在羽人的地盘通缉我们，到了人类地界就没辙了。虽然理论上中州宛州的捕快也应当帮忙抓捕我们，但你身在公门，最清楚这种事儿基本是不会有人搭理的。”洛夜行说。

“那倒没错，谁也不愿意帮羽人的忙，谁叫现在你们比我们强呢？”简帆笑了起来。

“所以他带着白小姐游山玩水去了，我没有估计错的话，现在已经在瀚州草原上吃烤全羊了。”洛夜行一脸的神往。“听说蛮族人的烤羊肉比你们华族烤的好吃多了，我一直想去见识见识呢。”

“那你为什么不跟着去？”简帆问。

“明知故问，”洛夜行说，“他们两个人去旅行，我夹在中间碍手碍脚的做什么？白茯苓那么矜持的人，好不容易才答应陪风老板出去走走呢。”

“你们大家都没事儿，那就最好不过了，”简帆说着，眼神里显得有些迷惘，“不过，天空城的秘密，将来会怎么样呢？”

洛夜行摇摇头：“我也不知道。雪严君和他的手下都死了，云何思、汤擎以及操纵云何思的那个无名河络死了，有可能知悉秘密的汤文钦和云若溪也死了。现在知道这个秘密的，除了我们几个，大概就只有滕征和羽皇本人了。”

“如果你是羽皇，你会怎么做？”他突兀地问。

简帆一愣：“我？如果我是羽皇的话，我……我……还真是难以下决断。我和你说过，我叔叔就曾经参与过上一次人羽战争，丢了一条腿，总算保住命回到了宛州。他告诉我说，没有亲临战场的人根本无法想象，那些遮天蔽日的羽族军队有多么恐怖。他们手里的弓箭无论如何都射不到那些飞翔的精灵，但是羽人们居高临下，射下来的弓箭就像暴雨一样，令人无处逃遁。他回到东陆之后好几年，看见天空中飞过一只麻雀都要吓得心惊肉跳。从这个意义上来说，只要天空城这个可以移动的堡垒存在一天，东陆诸侯和北陆大君就一天不敢进犯宁州。”

“可是另一方面，如果再次发生血翼之灾那样的大规模叛乱，羽族一样会元气大伤，不是毁于敌人，而是毁于自己人。羽皇是一个有雄才大略的人，我不信他想不到天空城可能带来的后患。只不过，想要解决这个问题，实在是太难了。”

洛夜行一声叹息：“我过去也时常把事情想得太简单了，经历了这一次的事情之后，我在想，你所做的那些事情，未必真如我所想的那样没有意义。人类也好，羽人也好，社会是一个极其复杂的机器，并不是靠独善其身就能维持正常运转的。所以，虽然这一次差点被羽皇玩死，我却并不恨他。他才是真正每天都在头疼，每天都在绞尽脑汁的那个人。而云何思和汤擎，同样是值得尊重的人，因为他们所做的一切都是为了种族的未来，尽管那种做法未必正确。”

“你还真是变了呢，”简帆看着他，“要是在过去，羽皇也好，我们的皇帝也罢，在你眼里就是一堆狗屎。”

说话间，夜色渐深，这间酒馆里慢慢挤满了人。和羽人的酒馆不一样，人类的路边小酒馆充满了油腻腻的肉味，那是由一些便宜油水足的肉食组成的：鸡爪子、鸡脖子、猪大肠和其他各种下水。在这里，能够要一个猪蹄来啃的都算是有钱人。

但洛夜行丝毫不觉得反感，反而深深吸了一口气：“真是喜欢中州啊，到处都能闻见肉味儿。”

“你就是为了吃肉才跑到这儿来的？”简帆扑哧一乐。

“也不尽然，”洛夜行说，“几个月前，有一个我喜欢的女人对我说，两个人在一起并不只靠一时的情感，还要看他们对彼此的生活能不能适应。所以我跑到这里来，就是想要试试，我能不能和她过上同样的生活。”

简帆慢慢低下头去："你真的……想试试？"

"这件事对我而言，也像是修建一座天空城，"洛夜行说，"让它飞起来可能会让我在某些方面不快活，但不那么做的话，我会更难过。"

简帆抬起头来，虽然脸上略有红晕，眼神里却带有一种奇异的光彩："要是这样的话……我这次就不赶你走了。"

洛夜行愣了愣，忽然间明白了简帆的意思，一时间差点跳将起来，就在这间油腻腻的小酒馆里手舞足蹈起来。

"不许在这儿闹，不然我把你抓起来！"简帆瞪着眼作恫吓状，但紧跟着，她又压低了声音。

"你还真需要帮我个忙，"她说，"还记得我上次去天空城的目的么？"

洛夜行想了想："不就是为了引渡一个犯人吗？一个天启城子爵的儿子，在宁州撒酒疯打伤了羽人。"

简帆点点头："没错。红色妖虫事件过去后，我被释放了，然后还是按照原计划把他带回了天启城。没想到他……没想到他……"

洛夜行看着简帆扭扭捏捏的表情，忽然间明白过来，差点把嘴里的一口酒喷出去："那小子看上你了！他是不是正在死缠烂打呢？"

简帆一脸苦相："他如果拿出纨绔子弟的派头仗势欺人，我反而好对付；偏偏他摆出一副洗心革面的样子，每天穿得像个读书人一样，经常跑到衙门外等我，我打也不是，骂也不是，简直不知道该怎么办好。"

洛夜行笑得咳嗽起来了，过了好一会儿才能说话："放心交给我吧。我是个秘术师，有一百种办法对付他。"

两人结了账，并肩走出小酒馆。暮春的夜风吹在身上，暖融融的，十分舒服。洛夜行抬起头，看了看夜空，眉头微皱。黑沉沉的天幕之上，不同色彩的星星正在闪耀。

“怎么了?”简帆问。

“还是有点不习惯看别的地方的夜空，”洛夜行说，“天太高，能看到的星星太少了。”

“醒醒吧，你已经不在天空城了。”

“但我还是想念它。”

◎选题策划 / 邹　禾　◎装帧设计 / 谢颖设计工作室

九州·天空城

— 珍藏版 —

CASTLE IN THE SKY